中医药抗疫纪实

国家中医药管理局　编

人民出版社

本书编委会

目　录

| 第二部分 |

中医药人抗疫故事和精神风貌

| 第三部分 |

中医药助力全球抗疫

| 第四部分 |

中医药抗疫获各方认可

| 第五部分 |

各地中医药抗疫成效

序　言

2020 年初,一场新冠肺炎疫情倏然而至。中国共产党团结带领全国各族人民,进行了一场惊心动魄的抗疫大战,取得了抗击新冠肺炎疫情斗争重大战略成果,创造了人类同疾病斗争史上又一个英勇壮举。

在这场波澜壮阔的抗疫斗争中,习近平总书记亲自指挥,亲自部署,提出"坚定信心、同舟共济、科学防治、精准施策"的总要求,明确"坚决遏制疫情蔓延势头、坚决打赢疫情防控阻击战"的总目标,因时因势调整防控策略。在以习近平同志为核心的党中央坚强领导下,中国以坚决果断的勇气和决心,采取前所未有科学精准的防控策略和措施,经过艰苦卓绝努力,用一个多月的时间初步遏制了疫情蔓延势头,用两个月左右的时间将本土每日新增病例控制在个位数以内,用三个月左右的时间取得了武汉保卫战、湖北保卫战的决定性成果,疫情防控阻击战取得重大战略成果,统筹推进疫情防控和经济社会发展工作取得积极成效。

国家中医药管理局坚决贯彻习近平总书记关于疫情防控工作的系列重要指示精神,坚持人民至上、生命至上,坚持全行业一盘棋,统一指挥、统一协调、统一调度,推动中医药全方位参与、全过程使用,首次大范围有组织实施早期干预,首次全面管理一个方舱医院,首次整建制接管病区,首次中西医全程联合巡诊和查房,首次在传染病重型、危重型患者救治中深度介入,探索形成了以中医药为特色、中西医结合救治患者的系统方案,为我国疫情防控取得重大战略成果贡献了中医药力量。据统计,全国中医药使用率达 92% 以上。

1 月 25 日,中共中央政治局常务委员会召开会议,习近平总书记强调,要不断完善诊疗方案,坚持中西医结合,尽快明确诊疗程序、有效治疗药物、重症病人的抢救措施。

国家中医药管理局第一时间成立局应对新冠肺炎疫情防控工作领导小组,贯彻落实中央应对新冠肺炎疫情工作领导小组各项决策部署,对接国务院联防联控机制各专项工作组的工作。第一时间召开中医药系统电视电话会议,组织动员全系统主动投身疫情防控大局，汇聚起疫情防控的中医药最强力量。第一时间派出专家组和国家中医医疗队抵达武汉，研究制定中医治疗方案，指导和参与临床救治。

中医药系统各级党组织和广大党员把投身防控疫情第一线作为践行初心使命、体现责任担当的试金石和磨刀石。1月21日农历腊月廿七第一批专家组抵达武汉，1月24日除夕夜第二批专家组抵达武汉。自1月25日大年初一首批国家中医医疗队逆行出征，国家中医药管理局先后组建五批国家中医医疗队773人驰援武汉，整建制托管雷神山医院、金银潭医院、湖北省中西医结合医院等3所医院8个病区，接管江夏方舱医院，搭建救治平台，管理1100张床位。中医药系统29个省份的700余家中医医疗机构4900余人驰援湖北。在这次疫情防控和救治中，中医药参与面之广、参与度之深、受关注程度之高，都是新中国成立以来前所未有的。

习近平总书记高度重视在疫情防控救治中坚持中西医结合。2月10日，习近平总书记在北京调研指导新冠肺炎疫情防控工作时强调，要加强医疗救治，继续巩固成果，坚持中西医并重，组织优势医疗力量，在降低感染率和病亡率上拿出更多有效治疗方案。2月23日，习近平总书记在统筹推进新冠肺炎疫情防控和经济社会发展工作部署会议上强调，要加强中西医结合，疗效明显的药物、先进管用的仪器设备都要优先用于救治重症患者。

国家中医药管理局不断完善中西医结合的举措机制，密集出台做好新冠肺炎中西医结合救治工作、建立健全中西医协作机制、加强定点医院中西医结合救治工作等制度文件，召开定点医院中西医结合工作会议，组建中医和西医专家联合开展巡诊会诊的重症救治专家组，创新建立了"有机制、有团队、有措施、有成效"的中西医结合医疗模式，坚持中西医结合、中西药并用，促进两种医学优势叠加，为在更大范围内推进中西医结合奠定了基础。不断优化完善中医诊疗方案，先后纳入第三版至第八版国家诊疗方案，形成覆盖医学观察期、轻型、普通型、重型、危重型、恢复期全过程的治疗方案，推动形成了符合我国国情、具有中国特色的中西医结合治疗新冠肺炎方案。中医专家纳入国家医疗救治组专家库，各地建立统一领导、共享信息、密切配合、协调一致的运行机制，各省级医疗救治组均有中医专家参加，全国26个省（区、市）及新疆生产建设兵团单独设置了省级中医药专家组，97所中医医院作为定点医院。

3月2日，习近平总书记在北京考察新冠肺炎防控科研攻关工作时强调，要加快药物研发进程，坚持中西医结合、中西药并用，加快推广应用已经研发和筛选的有效药物，同时根据一线救治需要再筛选一批有效治疗药物，探索新的治疗手段，尽最大可能阻止轻症患者向重症转化。

国家中医药管理局坚持临床科研一体化，以临床"急用、实用、效用"为导向，1月27日紧急启动"清肺排毒汤"临床救治确诊患者有效性观察，在取得良好临床救治效果基础上，2月6日联合国家卫生健康委及时向全国推荐使用。清肺排毒汤是开展系统研究最早、临床使用范围最广的方剂，也是湖北、武汉使用量最大的方剂，更是援助国际抗击新冠肺炎疫情数量最多的方剂。通过总结中医药治疗病毒性传染病规律和经验，深入发掘古代经典名方，结合临床实践，筛选出以"三药三方"为代表的一批有效方药，临床疗效显示中医药能够有效缓解症状，能够减少轻型、普通型向重型发展，能够提高治愈率、降低病亡率，能够促进恢复期人群机体康复。

9月8日，习近平总书记在全国抗击新冠肺炎疫情表彰大会上的讲话中，对中医药有效方药给予充分肯定，"在没有特效药的情况下，实行中西医结合，先后推出八版全国新冠肺炎诊疗方案，筛选出'三药三方'等临床有效的中药西药和治疗办法，被多个国家借鉴和使用"。

疫情发生以来，习近平总书记时刻关注国内外疫情形势，高度重视抗疫国际合作，多次作出重要指示批示，频频开展元首外交，从构建人类命运共同体高度，亲自推动疫情防控国际合作。

国家中医药管理局积极加强与世界卫生组织的合作，与80多个国家和地区举办40余次视频连线，分享中医药疫情防控方案和经验，选派50名中医专家赴28个国家开展生命救援，向15个国家和地区捐赠中药饮片和中医器具，向286个驻外使领馆捐赠清肺排毒汤复方颗粒，组建3支中医医疗队赴外救治中资机构员工，为支持全球抗疫贡献中医药力量。

习近平总书记在6月2日专家学者座谈会上指出，"中西医结合、中西药并用，是这次疫情防控的一大特点，也是中医药传承精华、守正创新的生动实践"。中医药抗疫实践充分展示了我们党领导中医药事业取得的医疗实力、科研实力，充分展示了中医药文明瑰宝的独特优势，极大地增强了群众对中医药的疗效认同感、文化认同感。再次充分证明，中医药学这个老祖宗留下来的宝贵财富屡经考验，历久弥新，值得珍惜。

中医药在疫情防控中的卓越表现，得到了中央和地方媒体的高度关注，可爱可敬的新闻工作者们奔波在抗疫一线，用他们的笔和镜头，记录下中医药深入参与疫情防控的方方面面、点点滴滴，或消息、或特写、或专访、或评论、或深度聚焦等，向全国人民展示了中医药防控疫情的重要价值和作用，反映了中医药系统抗击疫情的行动和风貌，记录下这段浓墨重彩的中医药抗疫篇章。

特选录部分较有代表性的媒体报道，以期呈现这段历史，记住这段历史。

本书编委会

2020 年 12 月 30 日

| 第一部分 |

中医药抗疫的独特优势和重要作用

充分发挥中医药独特优势和作用
为人民群众健康作出新贡献 *

余艳红　于文明

2020 年 6 月 2 日，习近平总书记主持召开专家学者座谈会并发表重要讲话，强调"中西医结合、中西药并用，是这次疫情防控的一大特点，也是中医药传承精华、守正创新的生动实践"，从人民生命安全和身体健康的战略高度，充分肯定中医药在疫情防控中作出的贡献，对充分发挥中医药独特优势和作用作出重要部署。我们必须认真学习、深刻领会，准确把握、指导实践，切实增强责任感、使命感和紧迫感，推动新时代中医药传承创新发展。

一、学习领会习近平总书记关于中医药工作的重要论述，坚定中医药传承创新发展的信心与决心

党的十八大以来，习近平总书记对中医药工作作出了一系列重要论述，聚焦促进中医药传承创新发展这个时代课题，充分肯定中医药独特优势和作用，深刻回答了新时代如何认识中医药、如何发展中医药、发展什么样的中医药等根本性、长远性问题，为新时代中医药传承创新发展指明方向、描绘蓝图、明确任务，为做好中医药工作提供根本遵循和行动指南。

深刻认识中医药的历史地位和时代价值。习近平总书记指出，中医药学凝聚着深邃的哲学智慧和中华民族几千年的健康养生理念及其实践经验，是中国古代科学的瑰宝，也是打开中华文明宝库的钥匙。传统医药是优秀传统文化的重要载体，在促进文明互鉴、维护人民健康等方面发挥着重要作用，中医药是其中的杰出代表。这些重要论述深刻阐述了中医药的历史价值、文化价值、现实作用，是坚定民族自信、文化自信的重要支撑，增强了我们传承创新发展中医药的底气和信心。

＊　来源：《求是》2020 年第 16 期。

深刻认识传承创新发展中医药的目标任务。习近平总书记指出，中医药振兴发展迎来天时、地利、人和的大好时机，希望广大中医药工作者增强民族自信，勇攀医学高峰，深入发掘中医药宝库中的精华，充分发挥中医药的独特优势，推进中医药现代化，推动中医药走向世界，切实把中医药这一祖先留给我们的宝贵财富继承好、发展好、利用好。这些重要论述深刻指明了传承创新发展中医药必须把握的重要机遇、重点任务，是我们做好新时代中医药工作的强大动力，是推动中医药发展的着力点和落脚点。

深刻认识中医药在防病治病中的独特优势。习近平总书记指出，坚持中西医并重，推动中医药和西医药相互补充、协调发展；发挥中医药在治未病、重大疾病治疗、疾病康复中的重要作用；努力实现中医药健康养生文化的创造性转化、创新性发展，使之与现代健康理念相融相通，服务于人民健康；中医药副作用小，疗效好，中草药价格相对便宜。这些重要论述充分肯定了中医药的独特优势，深刻阐明了中医药与西医药的关系，彰显了中医药在维护人民健康、促进中国特色卫生健康事业发展中的重要作用。

深刻认识新时代中医药高质量发展道路。习近平总书记指出，要遵循中医药发展规律，传承精华，守正创新；建立健全中医药法规，建立健全中医药发展的政策举措，建立健全中医药管理体系，建立健全适合中医药发展的评价体系、标准体系；用开放包容的心态促进传统医学和现代医学更好融合，为促进人类健康、改善全球卫生治理作出更大贡献。这些重要论述着眼人类健康的广阔视野，始终坚持强烈的问题导向、鲜明的目标导向，为我们在新时代传承创新发展中医药开出了一剂标本兼治、综合施策的良方。

二、总结中医药在抗疫中的经验，发挥中医药在抗疫防病治病中的独特优势和作用

从历史上看，中华民族屡经天灾、战乱和瘟疫，却能一次次转危为安，人口不断增加，文明得以传承，中医药作出了重大贡献。中医药学是我国各族人民在长期生产生活实践和与疾病作斗争中，逐步形成并不断丰富发展的医学科学。特别是在与疫病斗争中产生《伤寒杂病论》《温病条辨》《温疫论》等经典著作，形成了系统的、独特的防病治病的理、法、方、药。屠呦呦研究员从葛洪《肘后备急方》中汲取灵感，发现了青蒿素，挽救了全球数百万人的生命，

并因此获得诺贝尔生理学或医学奖。近年来，病毒性呼吸道传染病频发流行，中医药在治疗严重急性呼吸综合征（SARS）、甲型 H1N1 流感等方面也取得明显成效，为应对新发突发传染病积累了丰富经验、独特理论、技术体系和经典方药。

发挥国家制度组织优势，动员全国中医药力量驰援湖北武汉。新冠肺炎疫情发生以来，我们坚决贯彻落实习近平总书记重要讲话和一系列重要指示批示精神，坚决服从中央应对疫情工作领导小组及国务院联防联控机制的指挥，按照中央指导组部署，贯彻"坚定信心、同舟共济、科学防治、精准施策"总要求，组织全国中医药系统全力投入防控救治。我们与湖北省、武汉市政府及相关部门协同联动，调动全行业力量，全程深度介入。第一时间选派国家中医药专家组赴武汉考察疫情、诊疗病人，通过四诊合参、辨证施治、三因制宜，从中医理、法、方、药角度认识和把握疾病，研究确定病因病机、治则治法。与国家卫生健康委共同发布具有中西医结合特色的第三至第七版国家诊疗方案，指导临床一线开展有针对性的中医诊疗。第一时间组建国家中医医疗队赴武汉整建制接管医院病区，开展救治和临床科学研究，探索以中医药为特色、中西医结合的诊疗模式。先后组建 5 批国家中医医疗队共计 773 人，整建制接管武汉市金银潭医院、雷神山医院、湖北省中西医结合医院 8 个病区和江夏方舱医院。

发挥中医药临床科研一体化支撑作用，不断优化诊疗方案和有效方药。在国务院联防联控机制科研攻关组部署下，聚焦中医药临床救治、有效方药筛选和疗效评价，全力推进中医药科研攻关，设立了"中医药防治 2019-nCoV 的研究"、"中西医结合防治新冠肺炎的临床研究"等重点专项，有力支撑了临床救治。同时，启动了应急研究专项，以临床"急用、实用、效用"为导向，本着边救治、边观察、边优化的原则，深入发掘历代疫病防治经验，对现有治疗瘟疫的中成药、经典方剂进行筛选，纳入国家诊疗方案。对已经纳入诊疗方案的中成药和方剂，同步进行临床疗效观察和科学研究，及时发布"三药三方"科研成果，优选出一批有效方药。

发挥中医药独特优势和作用，提高防控救治水平。对医学观察期人群，中医药防控工作前移，探索并推广武昌中医药防控模式经验，服用中药提高免疫力。对轻症患者，以方舱医院为主阵地，做到中药早服应服尽服，有效减少轻症向重症发展。对重症、危重症患者，建立中西医会诊和联合巡诊制度，实行中西医结合、中西药并用，减缓重症向危重症发展，最大程度提高救治效果。对出院恢复期人群，制定中医康复"套餐"，加快机体恢复。各地党委政府坚持中西医并重，统筹中西医资源，强化中医中药协同，中西医结合救治工作机制的作用得到有效发挥，开创了我国中西医结合防治传染病的新局面。全国中医药参与救治确诊病例的比重达到92%，湖北省确诊病例中医药使用率和总有效率超过90%，为全国疫情防控取得重大战略成果贡献了中医药力量。

武汉江夏方舱医院是武汉市首个以中医院运转模式来进行临床治疗、管理的方舱医院。除了施用中药汤剂，江夏方舱医院的医护人员还教患者习练太极拳、八段锦疏通经络、调理气血，并采取了温灸、耳穴压豆、经络拍打等中医综合治疗手段。

2020年2月25日，湖南中医药大学第一附属医院医护人员在江夏方舱医院带领新冠肺炎患者习练八段锦。

新华社记者沈伯韩　摄

发挥"中国方案"特点，开展中医药国际交流合作。通过新闻发布会、中央主流媒体宣传，举办了 30 余场抗疫专家视频交流和直播活动，交流中国中医药抗疫诊疗方案、方药和经验，展示中医药全程深度参与疫情防控的进展，展示中医药救治新冠肺炎患者的成效，展示中医药人抗击疫情的感人事迹，讲好中医药抗疫故事。根据对方需要，向有关国家捐助中药，向意大利、德国、日本、韩国、巴基斯坦等国家提供中医药救治经验，增强国际社会对中医药的认可、对中华文化的认同。

这次疫情防控，是贯彻落实《中共中央国务院关于促进中医药传承创新发展的意见》和全国中医药大会精神的生动实践，是传承精华、守正创新的生动实践，是中医药人践行初心使命、体现责任担当的生动实践。中医药参与面之广、参与度之深、受关注度之高，都是前所未有的，不仅有效缓解了早期疫情集中暴发、医疗资源不足的压力，而且在提高治愈率、降低病亡率方面发挥了重要作用。中医药成为"中国方案"的一大亮点和特色优势。实践充分证明，中西医并重的中国特色卫生健康发展模式具有显著优势，中医药与西医药相互配合、优势互补，成为疫情防控阻击战取得胜利的重要原因。实践也再次证明，祖先留下的宝贵财富，屡经考验、历久弥新，依然好使管用、经济易行，中医药简便验廉的独特优势和作用值得进一步坚持和发扬。

三、推动中医药与西医药相互补充、协调发展，为增进人民健康福祉作贡献

2016 年，习近平总书记在全国卫生与健康大会上强调，坚持中西医并重，推动中医药和西医药相互补充、协调发展，是我国卫生健康事业的显著优势。《中共中央国务院关于促进中医药传承创新发展的意见》提出"坚持中西医并重、打造中医药和西医药相互补充协调发展的中国特色卫生健康发展模式"。我们要深入学习贯彻习近平总书记关于中医药工作的重要论述，落实党中央国务院决策部署，进一步坚持问题导向、目标导向、效果导向，内外兼修，推动中医药振兴发展，推动中医药与西医药相互补充、协调发展。

坚持传承精华、守正创新，突出中医药独特优势和作用。传承是中医药发展的根基，创新是中医药发展的时代活力。没有传承，中医药发展就没有根和魂；没有创新，中医药发展就没有时代活力和应用价值。创新的根本目的就是

　　2020 年 3 月 29 日，第四批国家中医医疗队（上海）在武汉雷神山医院结束了最后一班岗，3 月 31 日全队返回上海。该医疗队由上海中医药大学附属龙华医院、上海中医药大学附属市中医医院的 122 名医护人员组成，负责雷神山医院感染三科五病区。图为 3 月 29 日，该医疗队一名队员准备进入隔离病房污染区。

新华社记者才扬　摄

　　为了促进中医药学术发展，提高临床疗效，提高中医临床诊疗能力和水平。

　　面对常见病、多发病、重大疑难疾病和新发传染病防治需求，中医药必须尊重规律，做到"传承师古不泥古、创新发展不离宗"，通过传承精华来发展中医药学，突出中医药特色优势，同时吸收科学技术和文明成果，创新中医药理论与实践，服务当代临床防病治病需求，发挥中医药独特优势和作用。

　　坚持安全有效根本要求，促进中医药事业和产业高质量融合发展。2015年 2 月，习近平总书记调研西安市雁塔区二〇五所社区中医馆时指出："现在发展中医药，很多患者喜欢看中医，因为副作用小，疗效好，中草药价格相对便宜。"2018 年 10 月，总书记考察珠海横琴新区粤澳合作中医药科技产业园时强调，要深入发掘中医药宝库中的精华，推进产学研一体化，推进中医药产业化、现代化，让中医药走向世界。2019 年 10 月，总书记对中医药工作作出重要指示，强调要遵循中医药发展规律，传承精华，守正创新，加快推进中医药现代化、产业化。总书记的一系列指示要求，为中医药事业和产业高质量发展指明了方向。

"药为医用，医因药存。"要坚持中药质量安全有效根本要求，突出质量优先，不断提高中药质量。中药材质量好，中药饮片、中成药质量才会好，中医临床防治才会有疗效，中药产业才会高质量发展，中医药事业才会高质量发展。要围绕以较低费用取得较大健康收益目标，规划建设一批国家中医药综合改革示范区，鼓励在服务模式、产业发展、质量监管等方面先行先试，推动中药饮片、中成药及中药产业高质量发展。推动深化医改中医药工作，提高中医药疗效和防病治病能力，促进中医药事业和产业融合高质量发展，为健康中国建设和经济社会发展探索政策举措和经验模式。

坚持中西医药相互补充、协调发展，彰显我国卫生健康发展显著优势。"促进中医药振兴发展，加强中西医结合"是2020年政府工作报告部署的重点工作任务，是中国特色卫生健康发展模式的必然要求。当前中医药学科、人才队伍、服务体系、中医药传承创新科技支撑以及中医药事业和产业高质量融合发展的能力和水平，与西医药学科服务体系相比还有很多地方需要加强、健全、完善，还需要"补短板、强弱项、激活力"。这就要求我们必须坚定中医药发展自信，彰显我国卫生健康事业显著优势。

一要加强古典医籍精华的梳理和挖掘，建设一批科研支撑平台。加强中医古籍文献系统挖掘、整理和利用，重视活态传承，建立与知识产权制度相互衔接、相互补充的中医药传统知识保护制度。建立多学科融合的科研平台，力争在疾病防治、重大新药创制、重大关键技术装备研发等方面取得重大突破。二要加强中医药服务体系建设，提高中医医院应急和救治能力。建设一批国家中医医学中心、区域中医医疗中心和国家中医应急救援与疫病防治基地。全面加强中医医院建设，提升中医药特色服务、应急救治能力。三要推动中药审评审批机制改革，促进中药新药研发和产业发展。坚持安全有效根本要求，通过完善标准、加强监管、全过程追溯、诚信体系建设等措施，提升中药质量安全。建立符合中医药特点的评价标准和方法，简化古代经典名方中药复方制剂注册审批程序。四要强化中医药特色人才建设，打造一支高水平的国家中医疫病防治队伍。深化中医药院校教育改革，强化中医思维培养和临床技能培训。加强对名老中医药专家学术经验的传承。建立完善促进中医药优秀人才脱颖而出的评价和激励机制。五要建立中西医协同高效的重大疫情防控救治机制，建设具有中国特色、中西医并重的国家公共卫生应急管理体系。推动各级疾病预防控制机构建立中医药工作平台岗位，将中医医院纳入重大疫情救治基地建设范围。

　　传承创新发展中医药是新时代中国特色社会主义事业的重要内容。中医药作为我国独特的卫生健康资源、潜力巨大的经济资源、具有原创优势的科技资源、优秀的文化资源和重要的生态资源，是中国特色卫生健康道路的重要组成部分。我们要以习近平新时代中国特色社会主义思想为指导，深入学习贯彻习近平总书记关于中医药工作的重要论述，建立健全中医药法规，建立健全中医药发展的政策举措，建立健全中医药管理体系，建立健全适合中医药发展的评价体系、标准体系，推动中医药特色发展、内涵发展、转型发展、融合发展，充分发挥中医药防病治病的独特优势和作用，为推进健康中国建设和增进人民健康福祉作出贡献。

发挥中医药独特优势和作用
构建强大的公共卫生体系 *

余艳红

中华人民共和国成立以来，党和政府高度重视中医药工作。特别是党的十八大以来，以习近平同志为核心的党中央把中医药工作摆在更加突出的位置。6月2日，习近平总书记主持召开专家学者座谈会并发表重要讲话，站在国家整体战略高度，对构建起我国强大的公共卫生体系作出总体部署，对在公共卫生体系建设中发挥中医药的优势和作用作出明确安排，为我们的工作指明了方向、提供了遵循。习近平总书记的重要讲话，高屋建瓴、思想深邃，充分体现了对中医药发展规律的深刻把握，充分体现了我们党振兴发展中医药的决心和信心，把我们党对中医药工作重大意义和重要作用的认识提升到一个新高度。

一、中医药在新冠肺炎疫情防控中发挥了重要作用

习近平总书记对中医药在抗击新冠肺炎疫情中发挥的作用给予充分肯定。新冠肺炎疫情发生以来，全国中医药系统坚决贯彻落实习近平总书记坚持中西医结合、中西药并用的重要指示精神，全力以赴参与疫情防控，为打赢疫情防控阻击战贡献了力量。

中医药深度介入诊疗全过程，使用率达到90%以上。发挥中医"治未病"优势，综合应用药物和非药物疗法进行干预，增强人民群众自身抵抗力。武汉为集中隔离点的疑似病例、发热病人、密切接触者广泛配发中药汤剂和中成药，快速打造社区防控的第一道防线，并总结推广了中医药早期参与传染病防控和临床救治的"武昌模式"。对轻症患者，中医药早期介入、及早治疗，有效阻断轻症转为重症、危重症，成效显著。对重症患者，坚持中西医结合、

* 来源:《学习时报》2020 年 8 月 7 日。

"一人一策"，中西医联合巡诊和查房，显著提高了重症救治效果。对康复患者综合施治，提升患者整体功能状态，促进早日康复。坚持以疗效为导向，边救治边研究，及时总结和优化临床经验，形成覆盖医学观察期以及轻型、普通型、重型、危重型、恢复期全过程的中医药治疗方案，快速筛选出临床疗效显著的"三药三方"，有效发挥中医药辨证施治、多靶点干预的优势，为提高治愈率、降低病亡率作出了重要贡献。

中医药系统在这次疫情防控阻击战中积累了丰富的经验，实现了五个"首次"，即首次大范围有组织实施早期干预，首次全面管理一个医院，首次整建制接管病区，首次中西医全程联合巡诊和查房，首次在重型、危重型患者救治中深度介入，探索形成了以中医药为特色、中西医结合救治患者的系统方案。

二、中医药是公共卫生体系建设不可或缺的重要组成部分

只有构建起强大的公共卫生体系，健全预警响应机制，全面提升防控和救治能力，织密防护网、筑牢筑实隔离墙，才能切实为维护人民健康提供有力保障。中医药独具的特色和优势、防治传染病的历史和新冠肺炎疫情防控的实践充分表明，中医药在公共卫生应急中发挥着不可替代的作用，是公共卫生体系建设不可或缺的重要力量。

中医药学是中华民族的伟大创造，是中国古代科学的瑰宝，在无数次与疫病进行抗争的过程中，逐步形成了防治疫病的独特理论和实践。从《黄帝内经》"五运六气"的致病观、"正气存内，邪不可干"、"不治已病治未病"的防治观，到《伤寒杂病论》《神农本草经》防治疾病的辨证处方与药物知识，再到明代著名医家吴又可总结出的传染病"戾气"学说等，中医药积累了丰富的疫病防治经验，是一笔需要深入挖掘的宝贵财富。

党的十八大以来，中医药事业取得长足发展。截至 2019 年底，中医医疗卫生机构总数达到 65809 个，中医类医院数 5232 个，中医类别执业（助理）医师数 62.5 万人，分别占全国医疗卫生机构总数、全国医院数和全国执业（助理）医师数的 6.53%、15.23% 和 16.16%。中医药已成为应对重大疫情、建设健康中国、维护人民健康的重要力量。与此同时，中医药系统坚持传承创新，从古典医籍中汲取精华的同时充分利用现代科学技术，在 SARS、甲型 H1N1流感和此次新冠肺炎疫情等新发突发传染病防控中积极作为，取得良好防治效

果。尤其是在此次疫情病原不明确、没有疫苗和特殊药时，中医药发挥其注重增强人体自身抵抗力和修复能力，注重维护整体平衡的优势，通过症状收集和临床分析确定治疗方案，迅速用于临床救治，能够及时应对；在预防、治疗、康复全过程中，中医药发挥治疗方法灵活多样的优势，综合应用药物和非药物疗法，能够提升临床疗效；在应对严重复杂病情时，中医药与西医药相互补充，中西医结合，能够充分发挥两种医学的叠加优势。

在新形势下，中医药公共卫生防控能力也存在一些短板和不足。中医药快速参与国家公共卫生应急响应的机制亟待健全，应对突发公共卫生事件和传染病防控的中医药服务体系和科研体系亟待完善，高水平的中医疫病防治人才队伍建设亟待加强，中医药管理体系在一定程度上还较薄弱等。

三、全面提升中医药系统公共卫生服务能力和水平

国家中医药管理局把贯彻落实习近平总书记的重要讲话精神作为当前和今后一个时期的首要政治任务，坚持以人民为中心的发展思想，坚持问题和目标导向，补短板、强弱项、扬优势，落细落实各项政策措施。

加强中医药古籍的抢救性、再生性保护和系统规范整理，建设国家中医药古籍数字化图书馆等古籍研究支撑平台，推进《中华医藏》编纂出版，组织实施中医药古籍文献和特色技术传承专项。加快建设国家重点实验室、中医药传承创新中心、中医药防治传染性疾病临床研究基地、国家中医临床医学研究中心和国家工程研究中心，深化中医药循证医学中心建设。加快构建完善中医药理论、人用经验和临床试验相结合的中药特色审评审批体系，优化来源于古代经典名方的中药、证候类中药、院内制剂的审批程序，完善中药退出机制，深化清肺排毒汤等有效中药方剂治病机理的分析研究。加强协调，建立完善中药材种植、中药饮片和中成药生产、仓储流通、中医药知识产权保护等方面的政策措施。

规划建设一批中医药特色优势鲜明、综合救治和保障能力强的国家中医应急救援和传染病防治基地，统筹建设一批中医传染病医疗中心。加强中医医院感染性疾病科、急诊科、呼吸科、重症医学科等科室建设，优化科室设置和功能布局，强化三级中医医院检测能力。持续实施基层中医药服务能力提升工程，加强社区卫生服务中心、乡镇卫生院中医馆建设。加强综合医院、传染病

医院等医疗机构中医临床科室建设。

推进中医药特色人才建设。改革课程体系，提高中医学类专业经典课程比重；支持建设一批中医基础类、经典类、应急类重点学科；加强师资队伍和临床教学基地建设，推动建立早跟师、早临床学习制度。逐步建立高年资中医医师带徒制度，推动设立师承教育专项，探索设立中医药师承教育专项津贴。把传染病防治特别是院感知识培训纳入中医药院校教育、毕业后教育、继续教育。下大力气培养既有扎实中医理论功底和实践经验、又掌握传染病防控知识技能的复合型人才。推动中医药院校在中医学、中西医结合类本科专业课系中增设中医疫病相关课程。设立中医疫病防治人才培养专项和中医药疫病防治人才库。

四、加强组织领导，为维护人民健康作出更大贡献

国家中医药管理局将加强沟通协调，推动健全完善体制机制，促进中医药全面参与公共卫生体系建设，确保各项任务落地见效。

推动完善中医药参与公共卫生应急体系的体制机制。在健全国家公共卫生应急管理体系、修订《传染病防治法》《突发公共卫生事件应急条例》中，建立健全中医药参与公共卫生应急响应的制度保障。健全重大疫情应急响应机制，从组织管理、专家组成、技术方案等方面有中医药相关人员和内容，确保中医药第一时间参与进来、发挥作用，实现中西医结合、中西药并用。推动建立新发突发传染病和癌症、心脑血管病、糖尿病等重大疑难疾病防治的中西医结合医疗模式，将中医药纳入多学科诊疗体系，实现"有机制、有团队、有措施、有成效"。中西医协同攻关，形成一批共识度高的中西医结合诊疗方案。充分发挥国务院中医药工作部际联席会议办公室统筹协调的作用，推动各地党委政府切实加强对中医药工作的组织领导，推动各地依据《中医药法》健全中医药管理体系，形成发展中医药的合力。

国家中医药管理局将强化底线思维，增强忧患意识，加强自身队伍建设，凝聚全行业力量，以更加坚定的信心、更加务实的作风、更加有力的举措，做好疫情防控常态化工作，发挥好中医药在公共卫生体系建设中的优势和作用。

传承精华是中医药发展的根基 *

于文明

习近平总书记不久前在主持召开专家学者座谈会时指出，中西医结合、中西药并用，是这次疫情防控的一大特点，也是中医药传承精华、守正创新的生动实践。实践证明，尊重中医药发展规律，提升中药质量，提高临床疗效，推动中医药事业和产业高质量发展，方能促进中医药振兴。

传承是中医药发展的根基，创新是中医药发展的生命活力。没有传承，中医药发展就没有根和魂；没有创新，中医药发展就没有活力和未来。创新的根本目的是为了促进中医药学术发展，提高临床疗效，提高中医临床诊疗能力和水平。

面对常见病、多发病、重大疑难疾病和新发传染病防治需求，中医药必须尊重规律，传承精华，守正创新，做到"传承师古不泥古、创新发展不离宗"。通过传承精华来发展中医药学科内涵，重在突出中医药特色优势，同时又要吸收现代科学技术和文明成果，创新中医药理论与实践，从而更好服务当代临床防病治病需求，发挥中医药独特优势和价值作用。

在推动中医药事业和产业融合高质量发展的过程中，要坚持中药安全有效的根本要求，突出质量优先，不断提高中药质量，推动中药产业高质量发展。中药材质量好，中药饮片、中成药质量才会好，中医临床防治才会有疗效，中药产业才会高质量发展。我们要进一步发挥中医药在健康中国建设和深化医改中的作用，促进中医药振兴发展。

中西医相互补充、协调发展是我国卫生健康事业的显著优势。当前中医药学科服务体系、人才队伍、中医药传承创新科技支撑布局，以及中医药事业和产业高质量协调发展的能力和水平还比较"弱小"，与西医药学科体系相比还有很多地方需要加强、健全、完善，还需要"补短板、强弱项、激活力"，还

---

* 来源：《人民日报》2020 年 6 月 24 日。

需要"内外兼修"。

要解决中医药发展"弱小"的问题，就要建立健全中医药服务体系，加强中医药特色人才队伍建设，提升中医药传承创新布局支撑能力，同时，还需提升中医药服务能力和水平。中医药和西医药相互补充、协调发展，彰显了我国卫生与健康事业的显著优势，有助于解决中国人口多，医保支付能力、保障能力不足的现实问题，以及老百姓看病难看病贵的问题，更好地服务人民群众的健康福祉。

当前，中医药传承创新发展的美好蓝图已经绘就，中医药全面振兴发展的号角已经吹响。我们要遵循中医药发展规律，传承精华、守正创新，充分发挥中医药防病治病的独特优势和价值作用，为建设健康中国、实现中华民族伟大复兴的中国梦贡献力量。

加快方剂筛选和疗效观察
为中医药作用发挥提供科技支持 *

　　1 月 27 日下午，国家中医药管理局副局长王志勇在中国中医科学院主持召开中医药治疗新型冠状病毒肺炎方剂临床疗效观察专家讨论视频会议。会议要求相关临床和科研人员面对当前严峻复杂的疫情防治形势，必须坚决贯彻落实习近平总书记重要指示和党中央、国务院的决策部署，争分夺秒，与死神和时间赛跑，进一步加快临床有效方剂的筛选和临床疗效观察，力争尽快拿出更加成熟有效的方药和技术，为中医药发挥作用提供强有力的科技支持。

---

* 　来源：国家中医药管理局官网，2020 年 1 月 27 日。

早见成效早出经验　完善中医治疗方案*

日前，带队在武汉前方工作组的国家中医药管理局副局长闫树江主持召开专题会议，传达国务院联防联控工作机制部署和局党组要求，听取湖北省、武汉市中医药管理部门关于中医药系统参与疫情防控和医疗救治工作情况报告，研究防控和救治工作举措。

会议强调，要找准中医药发挥作用的着力点，主动协调、靠前工作，积极参与属地联防联控工作机制相关工作，及时发现、反映问题并推动解决，确保中医药发挥应有作用。

会议对近日中医药防控和救治重点工作作出部署，要求加快推进金银潭医院收治重症和危重症等患者的中医药救治，推进中西医结合，力求好的临床效果，争取早见成效、早出经验，尽快完善优化中医诊疗方案。要加快协调将适宜的中医医院纳入联防联控工作机制定点医院管理，进一步完善工作方案和各类防治技术方案。要重视各级各类中医医院院感防控工作，加强人员培训，做好防护保障，开展自查督查，有效防范医护人员感染的发生。

＊　来源：国家中医药管理局官网，2020 年 1 月 27 日。

为构建人类卫生健康共同体注入中医药力量 *

孙　达

新冠肺炎疫情防控中，中国全力救治患者、拯救生命，充分发挥中医药特色优势，中医药参与救治确诊病例的占比达到 92%。6 月 2 日，习近平总书记主持召开专家学者座谈会指出，中西医结合、中西药并用，是这次疫情防控的一大特点，也是中医药传承精华、守正创新的生动实践。总书记的重要讲话为中医药在疫情防控中更好发挥作用指明了前进方向、提供了根本遵循。

国家中医药管理局全力推动中医药深度介入疫情防控全过程，第一时间选派国家中医药专家组赴武汉考察疫情、诊疗病人。第一时间组建国家中医医疗队赴武汉成建制接管医院病区，开展救治和临床科学研究，探索以中医药为特色、中西医结合的诊疗模式。全系统约 700 个中医药机构的 4900 余人奋战在湖北抗疫一线，边救治边总结，边临床边科研，加大有效中药筛选攻关力度，及时推广以"清肺排毒汤"为代表的有效方药。在社区大范围开展中医药早期干预，形成具有中医药特点的"武昌模式"。在临床救治过程中，不断优化完善诊疗方案，与国家卫生健康委共同发布了具有中西医结合特色的第三至第七版国家诊疗方案，覆盖新冠肺炎医学观察期、轻型、普通型、重型、危重型、恢复期诊疗全过程，有效降低了发病率、转重率、病亡率，促进了核酸转阴，提高了治愈率，加快了恢复期康复。中医药在抗击疫情中的有效性得到了有力证明。

与此同时，中国积极推动开展中医药抗疫国际交流合作，为全球疫情防控贡献"中国智慧"和"中国力量"：加强与世界卫生组织协作，将中医药参与疫情防控情况纳入联合考察内容，推动宣介中医药疗效和有效药物筛选情况；发布英文版新冠肺炎中医药诊疗方案，在博鳌亚洲论坛全球健康论坛上作有关中医药参与疫情防控情况的介绍，举办近 40 场抗疫专家视频交流和直播活动；

---

*　来源：《人民日报》2020 年 7 月 21 日。

与意大利、德国、日本、韩国、巴基斯坦等 82 个国家和地区交流中国中医药诊疗方案、有效方药和临床经验，展示中医药全程深度参与疫情防控、救治新冠肺炎患者的成效；根据需求向 10 余个国家捐赠中医药产品，配合国家卫生健康委选派中医师赴 27 个国家和地区，帮助当地抗击疫情，充分展示了中国负责任的大国担当。

目前，中医药已经传播到全球 183 个国家和地区。中国与 40 多个外国政府、地区主管机构和国际组织签订了专门的中医药合作协议。中国支持在共建"一带一路"国家和地区建设了 30 个高质量中医药海外中心，为满足海外民众多元化健康需求发挥了积极作用，增强了国际社会对中医药的认可和对中华文化的认同，促进了与"一带一路"沿线国家和地区民心相通。"一带一路"中医药针灸风采行活动，目前已走入沿线 35 个国家和地区。

截至 2019 年 12 月，中医药海外中心和国内基地与近 90 个国家开展了合作，累计建立跨国合作项目 388 项。培训外籍专业人员超过 1.3 万人次。全球建有 15 所中医孔子学院和孔子课堂，78 个国家 240 多所孔子学院开设了中医、太极拳等课程，注册学员 3.5 万人，18.5 万人参加相关体验活动。全国高等中医药院校积极开展多途径、多形式、多层次的中医药国际教育合作，每年招收逾万名中医药专业留学生。部分国家开设了全日制中医药课程，目前海外有中医药业余教学机构约 1500 所，每年向全球输送约 3 万名中医药技术人员。

作为传统医学大国，中国一直致力于引领和推动传统医学在全球的发展。世界卫生组织分别于第六十二届和第六十七届世界卫生大会通过《传统医学决议》，发布《世卫组织 2014—2023 年传统医学战略》并敦促各国实施。2019年 5 月第七十二届世界卫生大会审议通过《国际疾病分类第十一次修订本(ICD-11)》，首次纳入以中医药为主体的传统医学章节，中医药历史性地进入主流医学分类标准体系。在中国积极推动下，国际标准化组织成立中医药技术委员会（ISO／TC249），并陆续制定颁布 53 项中医药国际标准。联合国教科文组织分别于 2010 年、2018 年将"中医针灸"和"藏医药浴法"列入人类非物质文化遗产代表作名录，2011 年将《黄帝内经》《本草纲目》列入《世界记忆名录》。

当前，新冠肺炎疫情仍在全球蔓延，给世界人民生命安全和身体健康带来巨大威胁，给全球公共卫生安全带来巨大挑战。中国愿根据需要与国际社会积极分享中医药参与疫情防控的经验与做法，支持中医药走向世界，将中医药打造成为全球卫生治理的国际公共产品，为增进世界民众健康福祉、推动构建人类卫生健康共同体作出应有贡献。

国家中医药管理局：建立中西医协同优势互补的防控机制 *

田晓航　屈　婷

记者 24 日从国家中医药管理局了解到，国家中医药局日前在京召开新型冠状病毒感染的肺炎疫情中医药防控工作视频会议，围绕联防联控形势任务部署新型冠状病毒感染的肺炎中医药防控工作，提出建立中西医协同优势互补的防控机制。

根据会议部署，各地要以《新型冠状病毒感染的肺炎诊疗方案（试行第三版）》中的中医治疗方法为指导，充分结合本地区气候环境等实际情况，因时因地因人进行中医药辨证施治；加强预检分诊，做好院感防控，各中医医院严格落实《医疗机构传染病预检分诊管理办法》；加强培训演练，提升医务人员早期识别和诊疗能力，各中医医院要对医务人员开展全员培训；针对重症病人，落实"四集中"措施，尽最大努力挽救人民群众生命。

另据了解，国家中医药管理局应对新型冠状病毒感染的肺炎疫情防控工作领导小组于近日成立。这一领导小组负责指导各级各类中医医院按照"依法依规、属地管理"的原则开展防控工作，组织中医药专家积极参与医疗救治特别是重症、危重症病例的医疗救治工作，组织开展科研攻关，协助做好防控应急物资储备等工作。

领导小组下设综合组、疫情防控与医疗救治组、科研攻关组、宣传和外事组、物资保障组等五个工作组，同时成立专家组，开展分析评估疫情进展、制定中医药治疗方案、参与临床救治、收集救治病例、研究提出中医药科研需求及优先领域等工作。

---

* 来源：新华社，2020 年 1 月 24 日。

中医药有效方剂筛选研究取得阶段进展 试点省份临床观察显示：清肺排毒汤 治疗总有效率可达 90%以上 *

国家中医药局坚决贯彻落实习近平总书记重要指示精神，把人民群众生命安全和身体健康放在第一位，加速推进中医药防治新型冠状病毒感染的肺炎科研攻关工作。日前，由该局组织实施的应急科研专项已取得阶段性进展，据 4 省试点临床观察显示，清肺排毒汤治疗新型冠状病毒感染的肺炎患者总有效率可达 90%以上。

据悉，1 月 27 日，国家中医药局以临床急用实用效用为导向，紧急启动"防治新型冠状病毒感染的肺炎中医药有效方剂筛选研究"专项，在山西、河北、黑龙江、陕西四省试点开展清肺排毒汤救治新型冠状病毒感染的肺炎患者临床疗效观察，重点观察确诊患者乏力、发烧、咳嗽、咽痛、纳差等症状及影像学表现变化情况，旨在迅速找到针对本次疫病有良好疗效乃至特效的核心方药。

据统计，截至 2 月 5 日 0 时，4 个试点省份运用清肺排毒汤救治确诊病例 214 例，3 天为一个疗程，总有效率达 90%以上，其中 60%以上患者症状和影像学表现改善明显，30%患者症状平稳且无加重。

据专家介绍，清肺排毒汤由汉代张仲景所著《伤寒杂病论》中的多个治疗由寒邪引起的外感热病的经典方剂优化组合而成，组方合理，性味平和，可用于治疗新型冠状病毒感染的肺炎轻型、普通型、重型患者，在危重症患者救治中也可结合患者实际情况合理使用。该方也可用于普通感冒和流感患者。但该方为疾病治疗方剂，不建议作为预防方使用。

---

* 来源：国家中医药管理局官网，2020 年 2 月 6 日。

附: 清肺排毒汤处方

麻黄 9g	炙甘草 6g	杏仁 9g	生石膏 15 ~ 30g（先煎）	
桂枝 9g	泽泻 9g	猪苓 9g	白术 9g	茯苓 15g
柴胡 16g	黄芩 6g	姜半夏 9g	生姜 9g	紫菀 9g
冬花 9g	射干 9g	细辛 6g	山药 12g	枳实 6g
陈皮 6g	藿香 9g			

务必使用传统中药饮片，水煎服，一天一付，早晚两次（饭后40分钟），温服。

如有条件，每付药服用后服大米汤半碗，舌干津液亏虚者可多服至一碗。

3付一个疗程。（注意：如果患者不发烧则生石膏的用量要小，发烧或壮热加大生石膏的用量。）

中国传统中医药在抗疫中贡献力量 *

席 敏　张玉洁　刘芳洲

武汉首个中医方舱医院——江夏方舱医院日前正式启用。这是首个以中医治疗为主的方舱医院。在这里，由中央指导组专家组成员、中国工程院院士、天津中医药大学校长张伯礼率领的医疗团队，将运用传统中医药对抗新冠肺炎病毒。

该医疗团队由来自五个省份 20 家中医院的 209 名医护人员组成，并得到武汉市江夏区中医院的配合和支持。目前，这座方舱医院可收治 400 位病人，二期工程完工后还可再收治 400 位病人。

中医在 2003 年抗击"非典"中发挥了重要作用，此次疫情中医亦未缺席。目前，全国中医药系统已向湖北派出 2220 人参与疫情救治，确诊病例中医药参与率高，湖北地区确诊病例中医药参与率达 75% 以上，其他地区超过 90%。湖北省已累计发放 11 万余份中药用于新冠肺炎的防治工作。

经中西医结合治疗，部分患者已痊愈出院。2 月 6 日，湖北省 23 名确诊患者出院，这是湖北首批大规模通过中西医结合治疗痊愈的患者。

"这批患者接受了以中医为主的中西医结合治疗，已初步取得成效。现在还要继续跟进，总结更好的经验。"张伯礼说，通过中西医结合的治疗方法，对轻症者明显改善主要症状，促进其尽快痊愈，不向重症发展；而对于重症者，减轻肺渗出，稳定血氧饱和度，减少呼吸支持力度和抗生素应用强度，控制病人不向危重症发展。

国家卫生健康委近日发布的《新型冠状病毒感染的肺炎诊疗方案（试行第五版）》专门设置了中医治疗内容，针对医学观察期、临床治疗期和恢复期列出了中医诊疗方案。

湖北邻省湖南，早在 1 月 21 日就成立了中医药防治新冠肺炎的专家组。"截

---

* 来源：新华社，2020 年 2 月 15 日。

在湖南湘潭市中医医院治未病中心，工作人员在制作有杀菌功效的中药熏包和香囊。

新华社记者陈思汗　摄

至 2 月 13 日，湖南治愈出院率在全国确诊病例较多的省份中排第一。"湖南省中医药管理局副局长肖文明说，从前线专家反馈的效果来看，中医参与治疗的效果十分显著。

数据显示，截至 2 月 13 日 24 时，湖南总计确诊 988 例，中医药参与救治占 94.87%；出院 352 例，其中 322 例采用中西医结合治疗，中西医结合治疗率 91.48%；在院 636 例，中医药参与治疗 615 例。

中医药在早期预防方面有优势。2 月 12 日起，湖南省全省 109 家定点中医医疗机构向所有开工复工企业免费发放预防用中药。

"药方是根据以我院国医大师刘祖贻为首的 11 位医学、药学专家经过反复分析论证形成的预防新冠肺炎的 1 号和 2 号药方。"湖南省中医药研究院附属医院党委书记何永恒说，中医讲究治未病，"正气内存、邪不可干"。药方已在全省开工复工企业员工、医护人员和病患中广泛使用，反馈情况非常好。

其他地区也普遍在诊疗中引入中医治疗方案。湖北省黄冈市大别山区域医疗中心是黄冈版"小汤山医院"。湖南第二期援鄂医疗队副队长、湖南省中医药研究院附属医院副院长曾普华正在这里夜以继日地参与救治。

曾普华说，现在在重症监护室，都是采用中西医多学科协作的方式治疗。"临床显示，中药起到了改善症状，并在一定程度上抑制病毒的作用，对于患者后期康复也起到了积极意义。"

目前，曾普华的团队已将中医药运用在治疗的各个环节，包括早期医学观察期的预防治疗、中期治疗和重症患者的干预治疗。

正在湖南怀化指导治疗的湖南中医药大学中医学院院长、教授郭志华说，到13日，怀化湖南医药学院第一附属医院收治的8位确诊病例已全部出院，其中病重型6例，普通型2例，均有应用中药汤剂治疗，"中西医结合治疗疗效显著。"

在湖北黄冈大别山区域医疗中心，由湖南省中医药研究院附属医院副院长曾普华指导中医治疗的一位患者出院。由于曾院长并非主管医生，无法进入隔离区，在病人的请求下，在病房负责这位病人的医生与医患在曾院长照片前合影。

受访人供图，新华社记者张玉洁通联

13 日召开的中央应对新冠肺炎疫情工作领导小组会议要求，强化中西医结合，促进中医药深度介入诊疗全过程，及时推广有效方药和中成药。

武汉同日发布通知，要求全市所有收治新患肺炎的医院和方舱医院，对新冠肺炎轻中症患者全部使用中药，中药为一、二、三号协定方和 5 种中成药。

在张伯礼看来，中医和西医各有优势，可以互补，不能互相取代，在这次疫情中也显示出了这一特点。"如西医的呼吸支持、循环支持治疗等是重要的支撑措施，中医则注重改善症状，调节体质状态，共同治愈新冠肺炎。"

"在几千年与疫病的对抗中，中医先辈用精湛的医术扑灭了一次又一次的瘟疫。如今有了现代技术的支撑，有了现代西医的支持，依靠中西医配合，一定会取得更快、更好的疗效。"北京中医医院院长、江夏方舱医院院长刘清泉说。

中西医结合阻击新冠肺炎 *

田雅婷

2月10日，武汉一对感染了新冠肺炎的夫妻患者同时出院，其中妻子为重症患者。记者了解到，在他们治疗的过程中，一直坚持中西医结合治疗，效果显著。事实上，中西医结合治疗新冠肺炎的好消息正不断传来。

一、中西医结合抗疫，阶段性答卷令人振奋

记者从湖北省中医院获悉，1月26日，张先生和杨女士这对夫妻因发热、气喘、咳嗽，双双住进了湖北省中医院光谷院区肺病五科的隔离病房，随后确诊为新冠肺炎。

该院肺病五科负责人冯毅介绍说，入院时，妻子的状况比丈夫要严重，病灶面积大，有呼吸衰竭的表现，属于重症肺炎。医院迅速给这对夫妻进行抗病毒、抗炎的治疗和中医药治疗。

冯毅指出，重症患者就怕两件事，一个是死亡，另一个就是留下肺组织损伤、肺纤维化等并发症和后遗症，而中医药参与治疗，能很好地促进渗出的吸收，减少甚至解决肺功能损伤等后遗症。经过15天的中西医结合治疗，夫妻二人的病情逐渐好转，后经检测，均达到治愈出院的标准。冯毅说，这是我院首例重症新冠肺炎患者出院，不仅证明了中西医结合治疗新冠肺炎的效果，也给了我们莫大的信心。据了解，该院一直给患者采用中西医结合治疗。该院党委书记巴元明介绍说，截至目前，共有32名新冠肺炎患者在该院治愈出院，中医药参与的总有效率达到90%左右。

可以看到，中西医结合治疗交出的阶段性答卷让人倍感振奋。记者从国家中医药管理局了解到，已有越来越多患者应用中西医结合治疗。据悉，目前武汉市内10家中医医院已经全部用上了中医药，同时，武汉所有社区隔离点也

---

* 来源：《光明日报》2020年2月12日。

已实现中药汤剂、中成药的全覆盖。

二、我国历代疫病防治，中医药均发挥作用

"其实，在突发性、流行性疾病的防治中，中医药有着其独特的优势。"中国中医科学院原院长、首席研究员曹洪欣强调，经过几千年的发展，在我国历代疫病的防治过程中，中医已经形成了一整套系统且独特的理论和实践体系。比如在汉代疫病流行时，有《伤寒杂病论》指导临床；明末清初大疫流行时，则有《温病条辨》卫气营血、三焦辨证等疫病防治理论与方法。总结我国历史上555次瘟疫流行状况，也正是因为有中医药的防治作用，才得以从未发生过西班牙大流感、欧洲黑死病等几千万人死亡的重大瘟疫。

不仅如此，新中国成立以来，在乙脑、流脑、出血热、SARS、甲流等流行性传染性疾病的防治中，中医药均发挥了应有作用。2003年SARS前期，我国内地患者死亡率高达15%，中医药介入后，死亡率降至6.53%。世界卫生组织专家通过实地考察，也充分肯定了中医药的重要作用。

记者了解到，此次新冠肺炎发生后，国家卫生健康委和国家中医药管理局就马上委派中医专家，前往武汉诊察病情。"在看诊中，我们发现患者的舌体偏胖大，有齿痕、厚腻苔甚至腐苔，反映湿浊之气很重。"国家中医医疗救治专家组组长、中国科学院院士仝小林指出，此次新冠肺炎是由寒湿之疫邪引起，病性上属于阴病，是以伤阳为主线。从病位即邪气攻击的脏腑来看，主要是肺和脾，因而在治法上，一定要针对寒和湿。

专家组在诊察时还发现，多数患者出现食欲不佳，甚至恶心、呕吐，腹泻、便秘等典型脾胃症状，因此提出在治疗时要注意调理脾胃。后经中医专家组与国内知名中医专家反复研讨，最终推出了现行的《新型冠状病毒感染的肺炎诊疗方案（试行第五版）》中的中药诊疗方案。

仝小林强调，"一人一汤药，一人一辨证"是中医最理想的用药模式。但新冠肺炎传染性强，武汉疫情又如此严重，发病人数之多，抗疫时间之长，防护要求之高，医护人员已经疲惫不堪，靠中医一个一个把脉开方是不现实的。尽管用"通用方"加减这种方式不尽如人意，疗效也会低于一人一方的辨证论治，但在特殊时期，只能特事特办。

国家中医医疗队广安门医院组组长、广安门医院急诊科主任齐文升说，患

者对中西医结合治疗的接受度还是很高的，多数人愿意服用医疗队开的中药。在服用了中药后，多数患者乏力、憋气、无食欲等症状有较为明显的改善。中央指导组专家组成员、北京中医医院院长刘清泉说，我们运用中医治疗疫病，综合西医的治疗方案和方法，在临床实践中证明了其的有效性。

中国工程院院士、中国中医科学院院长黄璐琦表示，中西医结合治疗对疫情防控很有利，随着治疗方案的优化和防控措施的加强，我们一定会战胜疫情。

三、对于新冠肺炎治疗，中医药要提早介入

随着中医专家组多方论证，中医诊疗方案不断优化，我们可以欣喜地看到，越来越多患者受益于中西医结合治疗。

中国工程院院士、国家呼吸系统疾病临床医学研究中心主任、高级别专家组组长钟南山强调，对于新冠肺炎的治疗，中医药要提早介入，别到最后不行了才看。安徽中医药大学教授、龙砂医学流派代表性传承人顾植山也提出，新型冠状病毒虽为这次疫情的直接致病源，但《黄帝内经》对疫病的发生，有天、人、邪"三虚致疫"的理论，没有相应的运气条件，光有病毒是产生不了大疫情的。新冠肺炎疫情发生于岁气交接之际，又有三年化疫的伏邪因素，病机错综复杂又随时变化，故治疗亦需要察运因变，灵活机动。他认为，若能在早期进行正确的中医药治疗效果更好。

当下，国家中医医疗队也在继续奔赴武汉，为其提供中医医疗援助。据了解，国家中医药管理局依托中国中医科学院组建的首支国家中医医疗队，早在大年初一，就在黄璐琦的带领下驰援武汉。此后，由国家中医药管理局调集的100 名中医医务工作者组成的第二支国家中医医疗队奔赴武汉，支援一线救治工作。2 月 10 日，国家中医药管理局又组织了第三支国家中医医疗队，由来自天津、江苏、河南、湖南、陕西的中医专家及护理人员，共计 209 人组成。队员中，有中医师 54 人、护士 152 人、管理人员 3 人，主要来自呼吸科、感染科、急诊科、影像科、ICU 等科室。10 日上午，他们已分别从天津、南京、郑州、长沙、西安五地出发，乘火车前往武汉。抵达后，将重点参与方舱医院救治等工作。

方式不同目标一样 *

——走进武汉首家中医方舱医院

《光明日报》武汉一线报道组

2月14日，记者来到武汉江夏大花山户外运动中心，这里是江夏方舱医院，也是武汉首家中医方舱医院。

走进一层病区，病床整齐地排列，为了保护患者的隐私，每个病床旁边都有蓝色的帘子。令人印象深刻的是，这里的设施非常人性化，病区里摆放着微波炉、电视机、空气净化器、共享充电宝、缝纫机等，还设置了书刊阅读点。

下午5：30，这里开舱收治第一例病人。中国工程院院士、天津医科大学校长张伯礼率领209名医生进驻江夏方舱医院。据悉，目前这里有5个病区400张床位，之后将扩大到800张床位。

一、特色：中医药全覆盖

"根据以往经验，轻症患者吃中药就可以治好。"张伯礼说。

目前，中医治疗方面，主要包括中药汤剂、中成药等。这座中医方舱医院有什么特色？

张伯礼介绍："江夏方舱医院的特点是中医药全覆盖，用药全部是中医药，其他如按摩、针灸、太极拳、八段锦等，我们都会用上，让病人在这里能够有事做，这有利于提高病人的健康素养，也有利于病人身体恢复。贯彻中医理念，是这里的特色。"

据了解，江夏方舱医院收治的都是轻症病人。张伯礼说："江夏方舱医院按照国家'应收尽收、应治尽治'的重要指示，分类进行收治，有效利用资源。同时，对病人进行集中收治，集中标准化治疗，把大医院的床位留给重症患者，这种做法是落实中央决策的一个重要抓手。"

---

* 来源：《光明日报》2020年2月15日。

记者在江夏方舱医院二层见到专家王醒，他正在给江苏的队员们讲注意事项。作为南京中医药大学博士生导师、国家中医药管理局重点专科学科带头人，他坦言："过去有人对中医存在一些误解，我们这一次重装上阵，就是要让中医在治疗新冠肺炎中发挥一些作用，也要证明中医在传染病治疗中有重要价值。"

在这里，医护团队士气很高。王醒告诉记者："我从事重症领域30多年了，2003年抗击"非典"就在第一线，武汉现在有需要，我又来一线了。"

现场的一位医生也告诉记者："中医方舱的目的，就是降低从轻症转为重症的比例，之后我们要拿数据来说话。"

二、团队：209名专家覆盖多个领域

"医疗团队都是精兵强将。"陆敏是江苏省国家中医医疗队领队。这次，江苏省一些中医医院的呼吸、重症领域专家都云集于此。

与大众了解有所不同，这里很多医生都是复合型人才。"我们有西医和中医两类医生。不过，我们中医院的西医大夫，都是学过中医的，经过系统培训，对患者进行中西医结合治疗。"陆敏说。

王醒介绍，为了保证患者安全，不少医生来自中医院的重症治疗领域，考虑到病人多是呼吸道问题和发热，因此也安排了中医院呼吸科和传染病科医生参与其中。

第三支国家中医医疗队江苏队队长史锁芳介绍，团队还将借助中医理论康复方法，帮助医护人员和患者调畅情志，改善免疫，扶正强体。

记者注意到，不少医生的诊疗经验非常丰富。仅江苏团队，放射科医生就由一位正高职称者担任，还带了一位学生来到武汉。而这，并非个例。河南省中医院副院长郑福增介绍，他们团队有33人，老、中、青，医、护相结合，具备中西医专家，是一支综合急诊、重症、呼吸的专业医护团队。这批医疗队同时也是河南省第六批援助湖北医疗队、河南省首批援助湖北中医医疗队。

入驻江夏方舱医院的中医团队，很多人都是中西医结合领域的专家。他们是由来自天津、江苏、河南、湖南、陕西5省市三甲医院的209名专家组成，涵盖中医、呼吸重症医学、影像、检验、护理等专业，与江夏区中医院现有医生进行混编成立医疗团队。

这个中医方舱阵容颇为强大,有人称之为"中医国家队"。张伯礼担任江夏区大花山方舱医院名誉院长,中央指导组中医药专家、首都医科大学附属北京中医医院院长刘清泉是这里的业务总负责人。同时,当地的中医院正在配合他们开展工作,江夏区中医院院长熊侃任这里的业务院长。

三、治疗:统方之外还有个性化治疗

上午 10:30,记者在江夏方舱医院二层见到 80 后中医甘廷俊,他是湖南省浏阳市中医院重症医学科主治医师。他说:"我们下午就要接收病人了,再过来看看场地。"

江夏方舱医院将采用什么药方?张伯礼已经研究出了两个中医药方,"新冠肺 I 号方"和"新冠肺 II 号方",煎好的汤药,患者可以直接服用。

在这里,除了有统方之外,针对一些特殊病人,医生可以一人开一方,进行个性化治疗。比如,根据不同症状,可以随时增添药物。在方舱之外,停着一辆车,这是一个移动中药房。医生只要一开方,这里就可以直接给患者配药,无须煎药,患者可以直接冲泡饮片。

面对传染病,中医究竟能起到什么作用?甘廷俊进一步解释,按照中医理论,在这个季节两湖地区容易湿瘟,因此新冠肺炎属于湿疫范畴。《黄帝内经》中早就有预防传染病的记载;张仲景的《伤寒杂病论》已经明确,对类似疾病治疗需要辨证论治。

在迎战"非典"、甲流时,中医药也曾发挥举足轻重的作用,中医中药在面对社会公共卫生突发疫情上可以大有作为。"不过,我们中医主张对新冠肺炎的轻症患者要及时医治,尽早让中医介入,这样中医的优势才能更好地发挥出来,及早发挥治愈效果。"甘廷俊强调。

据记者了解,在这座中医方舱医院中,医疗团队进行了周密的准备,如果一旦有患者转为重症,按照相关流程,可以将病患转到定点医院进行治疗。

四、效果:有严格的评估流程

很多人非常关心,如何处理中西医之间的关系?张伯礼介绍,在湖北省中西医结合医院治疗的一批病人,用中药加上西医的支持疗法,与单纯用西药相比,病人的康复期更短一些,同时转为重症的比例也低一些,总体效果不错。

他认为，轻症患者完全可以用中药治好，当然个别患者需要配合西药。在重症里面，以西医为主，它的支持疗法很关键，同时再配合一些中药。

记者了解到，目前湖北地区的病例，中医药参与率为75%以上，而其他地区则超过90%，中医药在湖北还可以发挥更大作用。

在张伯礼看来，轻症患者用中药可以治愈，让西医的救治力量更多地放到定点医院去抢救危重病人，这样可以更好调配资源，分轻重来治疗，各得所需，抢救更多病人。以前有些病人在家里或者隔离点，得不到正确救治，方舱医院收治这些轻症病人，可以让他们更快痊愈，以避免向重症转化。

如何判定中医的治疗疗效？据介绍，这里的轻症患者出院有一套严格流程：患者身体恢复之后，专家组会进行评估，对患者进行两次核酸检测，还会根据CT结果来进行判断。如果都符合标准，患者才能出院。

一直以来，如何大规模地观察中医治疗效果是一个难题。这一次，在江夏方舱医院，医生会使用大数据系统，可以随时上传病人的舌苔图片和体温信息等数据，同时还会发放调查问卷，他们将中医治疗的"望闻问切"通过大数据方式整合起来，及时搜集治疗的效果。

"后台有专人处理这些数据。"甘廷俊介绍，此前他们专门就此进行了培训。

"我们的治疗方式不同，但是最后治疗结果的评估都一样，就是治好患者。"甘廷俊对中医的效果充满信心。

中医药在新冠肺炎疫情防治中
发挥了哪些作用 *

张伯礼

自新冠肺炎疫情暴发以来，在党中央、国务院统筹指挥下，各部委协作行动，全国人民积极参与，进行了一场雄浑壮观史诗般的现代大国抗疫战争。经过艰苦努力，当前已初步呈现疫情防控形势持续向好发展态势。值得大书一笔的是中医药此次在新冠肺炎疫情防治中发挥了特殊的重要作用，中医药深度介入，全程救治，在不同阶段都取得了成效，赢得了患者赞誉和群众好评。

一、中医药抗疫可全程发挥作用

根据中国中医科学院编辑出版的《中国疫病史鉴》，从西汉到清末，中国至少发生过 321 次大型瘟疫。每次疫情，都能让当时的社会为之战栗。但是，中国的历史上从来没有出现过西班牙大流感、欧洲黑死病、全球鼠疫那样一次瘟疫就造成数千万人死亡的悲剧。中国历史也是一部战"疫"史，每一次瘟疫到来，中医都不曾缺席。

17 年前，在国务院领导支持下我参与了抗击"非典"的后半程工作。当时我是天津抗 SARS 中医总指挥，在取得初步成效后，在市委支持下，请缨组建了两个独立的中医"红区"。采用中西结合方法救治，取得了良好效果。

这次中医较早就参加了新冠肺炎的防治工作。中医药诊疗的参与力度和广度前所未有，4000 余名中医医务人员奔赴一线参与救治，组建了中医病区，确定了湖北省中西医结合医院、武汉市中医医院等定点医院，紧急调集中医医疗队支援武汉，筹建了江夏方舱医院，使病患得到了系统规范的中医治疗，取得了很好的效果。

隔离"四类人"，漫灌中药汤。1 月 27 日我刚到武汉的时候，形势非常严峻、

---

* 来源：《学习时报》2020 年 3 月 18 日，收入本书时有修改。

复杂：发热的、留观的、密接的、疑似的，这"四类人"很多都没有被隔离。当时我们就向中央指导组提出，分类管理，集中隔离，中药治疗。同时，对于确诊患者也要分类管理，轻症、重症分开治疗，可以占用学校、酒店，这样可以有效地利用有限的卫生资源。但是，当时很多患者没有确诊，我们就根据以往经验建议，对"四类人"全部给中药，因为无论是对于普通感冒、流感，还是新冠肺炎，中药都是有一定疗效的。先吃上药稳住情绪，一两天退热了，就有信心了。武汉市 13 个区县，严格隔离第一天就发出了 3000 份中药，第二天 1 万份……至今已经 40 万份了。

承包方舱医院，中医成主力军。随着确诊患者越来越多，专家建议建立方舱医院收治轻症患者，中央指导组采纳了这个建议。我和刘清泉教授当即写了请战书，提出中医药进方舱，中医承包方舱医院。中央指导组同意后，我们就组建了第一支中医医疗队，由天津、江苏、河南、湖南、陕西的 209 位中医专家组成，进驻江夏方舱医院，对里面轻症普通型患者主要采用中医药综合治疗。病人退热时间、痊愈时间明显缩短，轻症转重症比率明显降低，同时患者的中性粒细胞、淋巴细胞计数也显著提高。取得经验后，最后十几所方舱医院近万名患者几乎都在使用中药了，覆盖率达到 95%。自 2 月 14 日开舱以来，江夏方舱医院共收治轻症和普通型新冠肺炎患者 564 人，治愈出院 392 人，部分病人转出。在收治的病人中，没有一个转成重症患者，医护人员也是零感染。随着最后一批患者走出方舱，运行了 26 天的江夏方舱医院于 3 月 10 日下午贴上封条，宣布休舱。

重症辅助治疗，也能力挽狂澜。对于重症、危重症患者，呼吸支持、循环支持、生命支持至关重要，中医也能发挥辅助作用，虽是辅助有时也不可或缺。如有的病人氧合水平比较低，血氧饱和度波动。这种情况下，尽早使用生脉注射液、参麦注射液，服独参汤，往往一两天后病人的血氧饱和度就稳定了，再过一两天氧合水平就上去了。有的病人上了呼吸机，但人机对抗，患者腹部胀满，大便秘结，影响氧疗效果，此时采用通腹泄热的承气汤类方药，一两剂药大便泄通，胀满消除，氧疗效果明显提高。炎性因子风暴，加重炎症反应，使用清热凉血的血必净注射液对控制炎性反应综合征有明显作用。有些患者肺部感染控制不佳或吸收慢，加注热毒宁、痰热清注射液，就可以和抗生素起到协同效应，很多病人这样被治愈了。现在武汉包括金银潭医院，武汉市肺科医院、武汉协和医院重症病人也开始中西医联合会诊，较多患者使用了中西结合治疗。

恢复期促康复，减少后遗症。对于恢复期患者，可促进康复进程，一些处于恢复期的患者，病毒的核酸检测虽然已经转为阴性，但乏力、咳嗽、精神状态差等症状仍然存在，特别是患者肺片的变化和临床症状并不对称，不同步。病人出院了，但肺部还存在未吸收的炎症。在这种情况下，虽然没有传染性，但不代表病情完全好转，中药可清除余邪，扶助正气，改善康复期患者症状，同时可促进肺部炎症的吸收，减少粘连，促进损伤脏器组织的彻底修复，提高免疫功能。我们已在武汉建立两家康复门诊，采用一些中药和理疗方法，如艾灸、太极拳、八段锦等，这有助于增强抵抗力，促进患者彻底康复，减少后遗症。我们还将为被感染的医务人员建立一个健康管理平台，在未来一到两年，追踪他们的健康状态，以中西医结合的干预方式，帮助他们更好康复。我们希望能为被感染的医务人员提供必要的帮助，以回报他们的付出和牺牲。

二、科技支撑中医药抗击新冠肺炎疫情

在发挥中医治疗优势的同时，我们也组织 5 省市 8 个单位的科研骨干开展科技部应急攻关项目——中西医结合防治新型冠状病毒感染的肺炎的临床研究，这也是第一个在疫区启动的重点项目，采用现代信息手段，病区内用手机 APP 采集信息，传输到外面平台进行数据处理，目前研究已经启动，正在紧张有序进行中。

新冠肺炎属于瘟疫范畴，主要病性为湿毒，可称之为湿毒疫。湿毒疫是以湿毒为典型特点的疫病，起病隐匿，起始症状温和，传变迅速，多生变证，缠绵难愈。这也是新冠肺炎与"非典"的差别，更狡猾，更多变，更让人猜不透。证候是中医处方用药的基础，于是我们对湖北省中西医结合医院、武汉市中医医院以及天津、河南等地确诊患者进行了证候学调查分析，取得了阶段性成果。纳入 800 例有病情分级的患者信息，其中普通型占 67.9%，重症 20.3%，危重症 1.7%，轻型 10.1%。通过对不同病情分级患者中医证候信息的分析。根据证候学分析的结果，为中医辨证论治和临床合理用药提供了科学指导，为一线防控治疗工作提供了科技支撑。

我们在救治中使用中成药也不是仅仅凭经验，而是以科技为支撑，具有临

床针对性的。在临床救治的同时我们也开展了中医药的基础研究，多个单位积极筛选评价一些具有抗病毒作用的中成药，科技部第一批 8 个应急攻关项目中就包括了对已上市中成药的筛选与评价。目前我们收集已上市抗流感、抗肺炎中成药 65 种，完成了中成药组分制备、虚拟筛选结合体外评价、细胞因子风暴细胞模型和抗肺纤维化细胞模型建立等工作。通过研究发现：连翘败毒片、芎菊上清丸、清瘟解毒片等对于抑制冠状病毒具有较好的效果；清金止嗽化痰丸、痰热清胶囊、清热感冒颗粒、抗病毒口服液等抗细胞因子风暴作用较好；清瘟解毒片、清喉利咽颗粒、六神丸、八宝丹、清金止咳化痰丸等具有较好的抗肺纤维化作用。通过这些研究成果再结合临床辨证论治的经验作为参考，中医药辨证与辨病相结合，更有针对性地治疗新冠肺炎。

同时我们也在利用国家科研平台开展新药研发。我们利用组分中药国家重点实验室开展抗新型冠状病毒中药活性筛选研究，目前从中药组分库数据库中采集 2691 条化学成分信息，围绕 3CLpro，PLpro，RdRp，Spike 靶点进行虚拟筛选。联合广州呼吸疾病国家重点实验室、中科院上海药物所开展体外活性验证，通过研究发现黄芩、桑叶、诃子、菊花、头花蓼、紫苏叶、金银花、木通、白茅根、车前草等具有较好抗新型冠状病毒活性。其中还发现了具有强活性的组分化合物。另外我们也对在临床上具有明确疗效的宣肺败毒颗粒进行了基础研究。网络药理学研究发现该方主要化学成分调控的 286 个关键靶标和 21 条通路，包括调控 28 个呼吸道病毒感染相关基因、68 个白细胞介素等细胞因子活化相关基因以及 17 个肺部损伤相关基因，具有避免或缓解细胞因子风暴，多靶点保护肺脏等器官的作用。按照新药研究要求，完成了该方颗粒剂的制备工艺及质量标准研究。采用高载药量颗粒剂制剂技术，实现载药量高达 80%，充分保留处方有效成分，并完成了三批中试和中试产品稳定性考察。以上这些充分体现了中医药科研攻关能为打赢疫情防控阻击战提供有力的科技支撑。

总之，在这次新冠肺炎疫情防治中，中医药一如它这数千年面对大疫时的表现一样，不曾缺席，逆行而上，为抗击疫情发挥了重要作用。

太极拳、八段锦……中医传统"花样"在战"疫"一线遍地开花 *

崔元苑

在平常，练习太极拳、八段锦可以强身健体，在疫情时期，这些中医传统保健方法更成了受推崇的"香饽饽"，在各个病区，医护和患者共练八段锦、太极拳、易筋经的场景越来越多，增强体质、舒缓压力、加快疾病康复，可以说益处多多，深受患者喜爱。

国家中医药管理局医疗救治专家组副组长、广东省中医院副院长、第二支国家中医医疗队队长张忠德说，在中医药参与治疗的"组合拳"中，除了中药汤剂、中成药、中药注射剂，中医传统疗法针灸、耳穴贴敷、耳穴压豆、八段锦、易筋经、太极拳等综合治疗，为抢救危重病人患者打好了平台，赢得了时间。

一、方舱医院患者纷纷加入"太极拳大军"

由河南省第五批支援湖北医疗队接管的武汉市青山区方舱医院，自医疗队2月13日正式入驻以来，短短几天内，收治了300多名患者。在短短三四天时间内收治这么大批量的患者，如何安抚好患者情绪、使他们保持平和的心态、规律的生活，来共同尽早康复，是摆在医疗队面前的一个挑战。

河南省人民医院呼吸重症科医生刘豹在巡视病区时，一位当地的患者拦住他说："大夫，我真想活动活动啊！"

"可以啊，你到门口走廊上来回走走吧。"刘豹说。

患者叹了口气，似乎很失望。

细心的刘豹捕捉到了他的低落，赶忙说："你还会什么运动？可以在这儿锻炼锻炼嘛！"

---

* 来源：人民网—人民健康网，2020 年 2 月 20 日。

患者又燃起希望一般："我什么也不会，但是我可以学！"

见患者的锻炼需求如此强烈，刘豹就说："那好吧，我带你练练太极拳。"

等刘豹带这这名患者练拳时，意想不到的一幕发生了：周围的患者纷纷加入"太极拳大军"，方舱医院顿时一派热闹景象。

刘豹发现，练完拳后，患者对他的态度热情了许多，感觉彼此的距离一下了拉近了。而个别情绪烦躁的患者，明显地舒缓下来了。

二、医患共练八段锦　战"疫"一线强身又减压

在武汉黄陂方舱医院，2月16日上午，伴随着古典名曲《春江花月夜》悠扬的音乐，浙江省桐乡市中医医院护士周琴带领130位新冠患者练起了八段锦。虽然周琴身穿厚重的防护服，动作看起来不协调，但是她说："尽己所能，让患者身心愉悦，早日康复。"

八段锦疏通经络，调理气血，强身健体；中药汤剂按时送到患者床头；耳穴压豆调理患者咳嗽、头痛、失眠；穴位敷贴驱寒祛湿，缓解颈肩腰腿

痛……湖南中医药大学第一附属医院的医疗队队员抵达武汉市江夏区方舱医院后，马上为患者们提供了全面的中医药服务。

队员涂丽笑着说："现在在方舱医院，中医中药备受信任，很多病友都抢着做中医治疗。"尽管很疲倦，浑身汗水湿透，但是看到方舱医院里患者热切的眼神，再辛苦也要坚持。

没有开阔的场地，也没有优美的环境，但是，配合着舒缓的音乐，大家都在热情高涨地练习着中医八段锦。这是身在抗疫一线的首都医科大学附属北京康复医院第二医疗救援队队员们进行锻练的一幕场景。

"我从 2 月 7 日开始投入收治新型冠状病毒肺炎病人的工作中，这些天里，我见证了所有医护人员的辛苦忙碌，也见证了患者与病魔搏斗的顽强。"队员牛向鹏说。

"抗疫一线的医护人员大都工作强度大、精神情绪压抑、身体疲劳过度，通过这样做来调节身心、保持良好的工作状态是一个良方。"牛向鹏介绍，相对于其他健身方法，八段锦柔和连绵、动静相宜、简单易学、强度适中，比较适合现在医护人员高强度工作后的身体自我修复。

"虽然很多同事之前并没有接触过八段锦，但是经过简单的讲解和示范，也可以做得有模有样。做到微微汗出、就能达到放松身心、增强免疫力、缓解压力的效果。"牛向鹏认为。医护人员和患者一起练，身心状态都得到很好的改善。

同样，第二支国家中医医疗队队员、广东省中医院的陈海振在 2 月 5 日记录支援一线的一些感悟中也写到："我们在病区内推广的中医八段锦越来越受到患者的欢迎，中医特色疗法的疗效也被更多的患者接受认可。看着患者们脸上的笑容一天天多起来，我们内心感到无比开心。"

三、百余患者集体练习易筋经　大家鼓掌叫好

继病区八段锦健身"走红"后，方舱医院多位患者又练起了易筋经。"自然呼吸，两掌从胸前向体侧平开，手心朝上，成双臂一字状。两足后跟翘起，脚尖着地，两目瞪睛平视……"2月13日，武汉洪山体育馆，在欧阳萍的示范带领下，100多个病人集体学习练习易筋经。一套动作完成下来，大家纷纷鼓掌叫好。

一周前，这个沉寂许久的体育馆再次启用，经过紧张改造后，成了容纳800张病床的方舱医院。那时，刚被带到这里的患者们，各种紧张、焦虑、悲伤等的情绪交织在一起，与此时的热情融洽气氛形成了鲜明的对比。经过一周多时间的相处，这里的人们变得平和、乐观、自信，彼此之间，互相尊重，甚至成为朋友。

这一巨大变化的背后，是医生护士们超出常人想象的付出。来自江西省中医院的欧阳萍，就是这里的一位白衣天使，她用自己的真心真诚换取了患者真情理解和配合，用自己的爱心和耐心，换得了患者的尊重和敬意。(本文素材由国家中医药管理局提供)

中医药抗疫：作用不可替代 *

周洪双　李晓东　陆　健　严红枫　吴春燕　胡晓军　董　城

北京市 20 家定点医院中医药参与救治率为 90%，服用中药患者中出院和症状改善的总有效率为 81%；广东中医药参与率 93.54%，有效率达 89%；四川中医药参与率为 90%，有效率约 70%；江西中医药参与率 95%，有效率达 82%；浙江中医药参与率 95.83%，有效率约 82%……在新冠肺炎疫情防控阻击战中，中医药疗效显著，发挥了不可替代的作用。

疫情发生以来，党中央、国务院多次强调坚持中西医结合治疗。各地积极发挥中医药的优势，强化中西医协同，有力有序推动中医药全面参与，促进了医疗救治取得成效。

一、关口前移全程参与

"让中医药从预防到重症救治全程参与，中西医结合共同抗击疫情。"四川攀枝花市中西医结合医院副院长卿丽华说。每天，卿丽华都要和该院中医科主任张天鹰等专家对确诊患者逐一会诊，辨证施治。

关口前移，全程参与，已经成为多地诊疗新冠肺炎患者的标准流程。数据显示，中医药在新冠肺炎治疗中的参与率普遍超过八成。

江西省卫健委、江西省中医药管理局坚持中西医并重，统筹中西医资源，在新冠肺炎防治工作中建立健全中西医协同机制，明确要求各级定点医院必须建立完善中西医会诊制度，确保医疗救治定点医院至少有一名中医医师全程参与新冠肺炎医疗救治，确保所有疑似、确诊病例第一时间用上中药，并全程使用中医中药。

广东省惠州市在新冠肺炎医疗救治工作中，每个确诊病例除常规配备专科管床医生外，还同时配备 1 名中医师来分管病床，病例所有临床资料实现同步

＊　来源：《光明日报》2020 年 2 月 21 日。

共享，中西医无缝对接、协同配合，取得较好效果。

浙江第一时间让患者用上中药后，发热、咳嗽、乏力等症状改善比较明显。杭州西溪医院、宁波鄞州人民医院等定点医院反映，第一时间服用中药的病人无一转为重症。

二、一人一策对症施治

四川攀枝花要求每天更新患者舌苔照片提供给中医专家组，专家们根据情况变化，及时调整用药，为每一位患者量身定制治疗方案。

中医诊疗着眼于病的人而不仅是人的病，一人一策、对症施治是必然要求。各地在治疗新冠肺炎时，也因地制宜、因人施策，确保发挥中医药的最大疗效。

1月底，杭州市一位高龄患者由于本身伴有糖尿病、高血压等并发症，病情加重，两肺出现广泛病变，发烧至38.9度。"糖尿病患者不能使用激素药物，病情变得复杂，我们根据老人实际情况，将'中医三号方'进行微调，加入了地龙、黄芩等药物。"杭州市中医院副院长林胜友说，施药两天后，老人退烧，肺部药物吸收良好，由重型转为普通型。2月11日，老人治愈出院。

浙江省中医院副院长杨珺超说，目前浙江省新冠肺炎中医药防治推荐方案已更新到第四版，针对高风险人群预防用方和肺炎轻症、普通型、重型、危重型、恢复期6种证型开出推荐处方，对症治疗更加精准。

"广东新冠肺炎中医治疗方案体现了因时、因地、因人'三因'制宜。"广东省中医院肺病科主任林琳说，广东的新冠肺炎病例的病理特点为"热、湿、瘀、毒、虚"，广东的方案因此与全国的方案不同，主要围绕病人的湿热疫毒来开展治疗。

三、疗效确切信心大增

"中西医协同起效，有效地缩短了病程，提高了救治率，减少了死亡率，发挥了'1+1>2'的效果，极大地增强了医患双方的信心。"广东省第二中医院肺病科主任陈宁说。

中医药对新冠肺炎的确切疗效，已经得到广泛认可。各地不仅将中医药广泛运用于治疗新冠肺炎，还充分发挥中医药扶正固本的作用，将其广泛应用于疾病预防。

北京针对普通人群、密切接触者、有慢性基础病以及儿童等重点人群提出了不同的预防方，引导广大群众合理选用中医药预防。

四川在前期临床研究基础上，推出了疗效确切的"新冠1号、2号、3号"中医药医院制剂，并经四川省药品监督管理局、四川省中医药管理局联合批准，在全省205家医疗救治定点医院调剂使用，同时指导全省中医医院结合此处方，煎制中药预防"大锅汤"。

江西省中医药管理局成立了省级中医药防治专家组，先后研究发布了两版《江西省新型冠状病毒感染的肺炎中医药防治方案》。全省各级中医医疗机构根据中医药防治方案开展中医药早期干预，积极发挥中医药未病先防的独特优势。目前，江西各级中医医疗机构向医学观察人员、疫情防控一线的医务人员等易感人群免费发放预防中药（汤剂、中成药）累计28.7万人次，并为该省赴湖北随州医疗队员配备预防汤剂。

中西医结合治疗新冠肺炎效果好*

文俊 龙华

中西医结合治疗新冠肺炎优势在哪？中医和西医各发挥了什么作用？近日，记者采访了省科研攻关项目《中西医结合治疗对普通型新冠肺炎的临床随机对照研究》负责人、湖北省中西医结合医院主任医师夏文广。

记者：中西医结合治疗新冠肺炎优势在哪？

夏文广：目前，新冠肺炎治疗仍没有疫苗和特效药。西医主要以对症支持治疗为主，而中医治疗疫病已有几千年历史，对其病因、病机、辨证论治等均有深入研究。2003 年对 SARS 的治疗中，中医药曾发挥巨大作用。国家卫生健康委员会和国家中医药管理局多次联合发文，提倡中西医结合治疗。

1 月 15 日至 2 月 8 日从湖北省中西医结合医院出院的 52 例新冠肺炎患者中，34 名采用中西医结合诊疗方式，与 18 名采用西医治疗方案进行比较，发现中西医组的临床症状消失时间、体温复常时间、平均住院天数及中医证候量表评分，均较西医组明显缩短；中西医组出院时其他伴随症状消失率 87.9%、CT 影像好转率 88.2%、临床治愈率 94.1%，均明显高于西医组；中西医组普通型转重型及危重型发生率 5.9%，均低于西医组；且中西医组无死亡病例。

记者：新冠肺炎主要有哪些症状？从目前收治的病例情况看，患者预后情况如何？

夏文广：患者以发热、乏力、干咳为主要表现。少数患者伴有鼻塞、流涕、咽痛和腹泻等症状。重症患者多在发病一周后出现呼吸困难、低氧血症，严重者快速进展为急性呼吸窘迫综合征、脓毒症休克、难以纠正的代谢性酸中毒和出凝血功能障碍。值得注意的是，重症、危重症患者病程中可为中低热，甚至无明显发热。轻型患者仅表现为低热、轻微乏力等，无肺炎表现。

从目前收治的病例情况看，多数患者预后良好，少数患者病情危重。老年

---

* 来源：《湖北日报》2020 年 2 月 23 日。

人和有慢性基础疾病者预后较差。

记者：中西医结合治疗中，中医和西医各自发挥了怎样的作用？

夏文广：西医治疗仍以抗病毒、抗感染及对症支持治疗为主，所有针对新冠肺炎的抗病毒临床用药尝试均来自于以前治疗 SARS、MERS、HIV 或其他流感病毒的经验，主要参考国家卫生健康委员会及国家中医药管理局共同发布的《新型冠状病毒感染的肺炎诊疗方案（试行第三、四、五版）》，并根据临床经验和患者情况不断修正。

中医药治疗采用传统中医辨证论治的方法，根据每位患者不同的病情，给予个体化治疗方案，包括口服中药煎剂及中成药，同时部分患者还给予中药注射剂，其中中药煎剂的使用率达到 88.2%。入院早期即采用中药煎剂与注射剂联合应用，能显著缩短病程，减轻患者临床症状，减少普通型向重型及危重型转化，降低病死率。此外，中药针剂应在出现肺损伤前使用，更有助于患者全面恢复。观察发现，中西医结合治疗组的免疫功能（淋巴细胞百分数）、炎性指标，心、肝、肾功能相关指标均优于西医治疗组，因此认为中西医结合可能有助于保护心肝肾等脏器功能，减轻炎性反应，改善机体免疫系统功能。

实践结果表明，在疫苗缺席又没有精准特效靶向药物可用的情况下，灵活利用中药组方和中成药加减组合，辨证施治，在防治新冠肺炎方面具有明确效果。

抗击疫情打好中西医结合救治"组合拳"*

新冠肺炎疫情发生以来，全国中医药战线全力投入抗疫一线，深度介入诊疗全过程，打出中西医结合救治的"组合拳"。

面对新冠肺炎疫情，国家中医药管理局和全国 29 个省（区、市）共抽调近 4400 名中医医务人员奔赴湖北，并组建了多支国家中医医疗队分别进驻武汉市金银潭医院、雷神山医院、湖北省中西医结合医院，接管江夏方舱医院。

在武汉，由多名院士组成的专家组第一时间深入临床救治，边观察边总结，形成中医治疗方案，并被纳入国家新冠肺炎诊疗方案中，指导全国中医药救治工作。

由于新冠肺炎目前还没有有效药物，中医在改善症状上发挥自己的优势，中西医结合的诊疗方式应用于临床。

在湖北省中西医结合医院，自 1 月 29 日国家中医医疗队进驻以来，超过 97% 的轻症患者没有转化为重症。目前在武汉市的所有方舱医院，都配备 2 到 3 名中医专家，并同步配送中药汤剂和中成药。除湖北外，北京、广东、浙江、四川、江西等地也积极运用中医药救治、防控，推动中西医协同作战。

---

* 来源：央视网，2020 年 2 月 27 日。

清肺排毒汤成方舱医院"压舱石"*

李　娜

半个月来，武汉市 4 家方舱医院推广使用清肺排毒汤，临床疗效明显，患者轻症转重症情况得到有效遏制。4 家方舱医院有更多患者出院——

"我院 2 月 25 日出院 83 人，预计此后两天会有更多人陆续出院。"武汉经开（体育中心）方舱医院内，武汉大学人民医院中医科副主任胡家才说。

面对来势汹汹的疫情，武汉市第一批组建的 11 家方舱医院筑牢了疫情防控的堤坝，其中武汉市江夏、江汉、硚口、经开（体育中心）4 家方舱医院使用清肺排毒汤，压实了方舱之船在疫情大潮中的安全吃水线，将大批轻症患者带往平安地带。清肺排毒汤这块"压舱石"，正发挥中医药特色优势，与西医药一道保障方舱之船行稳致远，驶向抗疫胜利的彼岸。

一、捷报频传：清肺排毒汤参与方舱救治，有效阻断轻症转重症

从 1 月 27 日，国家中医药管理局以临床"急用、实用、效用"为导向，紧急启动"防治新型冠状病毒感染的肺炎中医药有效方剂筛选研究"专项，在山西、河北、黑龙江、陕西四省试点开展清肺排毒汤救治新型冠状病毒感染的肺炎患者临床疗效观察，截至 2 月 5 日，4 个试点省份运用清肺排毒汤救治确诊病例 214 例，3 天为一疗程，总有效率达 90% 以上，其中 60% 以上患者症状和影像学表现改善明显，30% 患者症状平稳且无加重。

2 月 14 日以来，清肺排毒汤陆续在武汉市内四家方舱医院全面推广使用。2 月 25 日，记者在武汉前线，已经陆续接到清肺排毒汤参与方舱救治的成绩单：

江夏方舱医院，天津医疗队病区和河南医疗队病区共收治病人 182 人，服用清肺排毒汤。其中，天津医疗队病区总人数 96 人，三日无发热 96 人，发

＊　来源：《中国中医药报》2020 年 2 月 28 日。

热缓解率 100%。河南医疗队病区总人数 86 人，三日无发热 85 人，发热缓解率 99%。

江汉方舱医院共收治 1874 名患者，实现清肺排毒汤全覆盖，中西医结合治疗总体有效率达到 89.28% 以上。

硚口方舱医院累计收治患者 312 人，除 18 岁以下未成年人 5 人外，其他 307 名患者均服清肺排毒汤。截至 2 月 25 日，已累计治愈出院 117 人。

经开（体育中心）方舱医院共收治 1040 人，全部服用清肺排毒汤，配合一定西医治疗，病人发热、乏力、咳嗽症状明显改善，目前在院患者状况良好。

"清肺排毒汤可有效阻断患者轻症转为重症。"胡家才表示，经开（体育中心）方舱医院内，除一部分患者收治时已为中重症或伴有其他并发症需转院治疗外，其他轻症患者在服用清肺排毒汤后的有效率达 90% 以上。其他三家方舱医院轻症患者在服用后，病情逐步稳定，恢复情况良好。江夏方舱医院无一例轻症转重症。

二、临床亲测：各主要症状改善明显，患者接受程度普遍较高

清肺排毒汤是由四个经方组合而成的全新复方，辛温又辛凉，甘淡又芳香，多法齐下，共同针对寒、热、湿、毒、虚诸邪，共奏宣肺止咳、清热化湿、解毒祛邪之功效。2 月 24 日，中国工程院院士张伯礼在接受央视记者访谈时指出，中医药的疗效在排毒不在杀毒。国医大师孙光荣认为，清肺排毒汤的重点是在疏不在堵，凸显给邪气以出路，而不是旨在围堵、对抗、棒杀毒邪，能够使得毒热之邪从肺卫宣泄而去，湿毒之邪从小便化解而去。

为适应武汉抗疫"战时状态"，清肺排毒汤在 4 家方舱医院内普遍推广，覆盖大面积人群。那么清肺排毒汤的临床效果如何？

记者联系到经开（体育中心）方舱医院的 57 岁患者张梅（化名），她表示，刚开始入驻方舱医院后，有头晕、胸闷、咳嗽症状，喝完一个疗程的清肺排毒汤后，各种症状明显缓解，人也感到轻松不少。

今年 62 岁的李明刚（化名）近期才进入经开（体育中心）方舱医院，之前患病的他在隔离点自己服用奥司他韦等抗病毒药物，出现肠胃不适等症状，进入方舱医院后，一听要喝中药，起初有些不愿接受，但喝完两天后症状便有

好转，他开始相信中药，积极配合治疗，目前情况良好。

2月15日，江汉方舱医院巡诊专家、武汉协和医院朱锐收到患者的一条短信，"朱医生您好，我喝了两袋清肺排毒汤，感觉效果不错，咽部也湿润了，人感觉轻松了，谢谢。"朱锐指出，这个患者只是一个缩影，方舱患者对清肺排毒汤的接受度普遍较高。

对此，胡家才也感同身受，他所在的经开（体育中心）方舱医院，经常有患者问，"我们的中药怎么还没送来？""医生，我为什么昨天只喝了一袋？"

为进一步发挥中医药辨证论治特色，江夏方舱医院还在患者前期服用清肺排毒汤基础上，针对患者后期症状进一步指导调整用药，患者对此接受度也很高。

三、中西协同：清肺排毒汤战绩亮眼，与西医药协同成为救治利器

目前，在中西医协同作战的关键时刻，清肺排毒汤发挥优势，与西医药配合使用，打出的组合拳，成为方舱医院内制胜新冠肺炎的法宝。

2月17日，在国务院联防联控机制新闻发布会上，国家中医药管理局科技司司长李昱指出，清肺排毒汤效果已在10个省临床救治观察进一步证实。对有详细病例信息的351例病例分析统计，112例体温超过37.3℃的患者服用清肺排毒汤1天后，有51.8%的患者体温恢复正常，3天（一疗程）后68.8%的患者恢复正常。6天（两个疗程）94.6%的患者恢复正常。有214例患者伴有咳嗽症状，服药1天以后，46.7%的患者咳嗽症状消失，服药6天后，80.4%的患者咳嗽症状消失。同时清肺排毒汤对乏力、纳差、咽痛等症状也有明显的疗效。"以上数据显示清肺排毒汤对新冠肺炎具有良好的临床疗效和救治前景，这也增添了我们战胜疫情的信心和决心。"

2月19日，清肺排毒汤作为临床治疗期通用方写入第六版国家诊疗方案，予以推广。

江夏方舱医院药剂负责人郑福增表示，方舱医院主要以收治轻症患者为主，因此实行以中医药为主的治疗方式，但对于冠心病、糖尿病、高血压等患者也要给予基础用药。方舱医生会时刻关注病人的变化，对个别出现胸闷等症状患者及时安排吸氧，服用相关用药。"截至2月25日，江夏方舱医院河南病区86人中，有75名患者服用清肺排毒汤后，效果明显改善。2月26日，已

有 6 人安排出院。"

硚口方舱医院内，医生也根据患者口述病史，在服用清肺排毒汤同时，按需给予抗病毒或其他西药治疗，服药后患者反映咳嗽较前好转，呼吸道症状好转，CT 提示较之前好转，未出现明显不适。

目前，中西医协同作战，正帮助越来越多患者从方舱医院出院，清肺排毒汤以其良好疗效，也让中医药在此次抗疫中发挥出独特优势和更大作用。

抗疫战场有作为！
中医药"慢"的标签正被撕去 *

胡 蔓 龙 华

急症看西医，慢病看中医。中医药曾被贴上"慢"的标签。但在汹汹疫情面前，它正从幕后走向前台，从预备队员到临危受命，从"慢郎中"到担当急先锋。连日来，记者奔走于一个个生死战场，目睹了一幕幕中医药大胆尝试、深度参与新冠肺炎重症患者救治的场景。

一、举偏补弊：让细节变得完整

如果说西医直奔病症，中医则更加精雕细琢，让细节变得完整。对此，一直秉持着中西医结合治疗的湖北省中医院肺病三科副主任医师黄大伟有着深切的体会。

1月28日，到省中医院住院的68岁霍先生情况并不乐观，双肺叶严重感染、高烧39摄氏度不退，被列入重症患者。接诊的黄大伟决定先采用抗感染的西药，控制炎症反应，再用中药进行对症调理。

这是一个步步惊心的过程，每一个症状和表象都要仔细捕捉，每一味中药的剂量也需精准拿捏。针对霍先生高热、咳嗽等症状和病位，医生给予银翘散，疏风解表，利咽止咳。病程中，霍先生出现腹泻、胸闷的症状，医生又给予藿朴夏苓汤，芳香化湿，情况迅速好转。到了治疗后期，霍先生出现乏力、多汗等症状，医生则给予参麦饮，益气生津，症状逐步消失。

中医的补位让细节变得完美。

虽经历着基础疾病多、两次被宣告病危的生死考验，61岁的新冠肺炎患者钱先生最终挺过来了。"中医药治疗贯穿了钱先生的整个病程。"参与救治的省中医院急诊科主任李刚副教授感慨："根据不同病程的不同病症，我们开具

---

* 来源：《湖北日报》2020年3月3日。

了医院的肺炎 2 号、3 号、4 号方，合力将患者拉回生死线。"2 月 17 日出院后，钱先生还继续服用"肺炎 5 号"方汤剂进行巩固。

省中医院新冠肺炎防治专家杨毅介绍，新冠肺炎一系列表现，是正邪相争产生的症状。中医经验方在减轻发热咳嗽症状、控制病情进展及提升人体免疫力方面有优势。此外，能促进肺部病灶吸收，减少甚至解决肺组织损伤、肺纤维化等问题。

二、临危受命：放开手脚大胆尝试

"感染三病区 41 床患者，已行气管插管，目前情况危险，西医治疗都已上，中医专家们赶快集思广益想办法！"2 月 18 日 19 时 48 分，武汉市第一医院中医防治组副组长、武汉中医名师谢沛霖焦急地把这一信息发在中医工作群里。群里立刻沸腾："氧饱和度不够，要补气，人参要加大用量。""要上安宫牛黄丸。""患者气道黏稠性液体分泌物多，可以用大剂量的细辛"……

当晚 9 时 05 分，国家中医医疗救治专家组副组长、北京中医医院院长刘清泉等紧急赶至医院会诊，商议的急救治疗方案是：安宫牛黄丸豁痰开窍、中药汤剂急煎通腑泻肺、参麦注射液和独参汤大补元气，三管齐下。

药物很快就到了，中药处方药学部连夜组织急煎。该院的针灸科主任周利主动提出，家里正好有大补元气的高丽参，离医院也近，马上煎好送过来。当晚 11 时 20 分，独参汤送至病房。

2 月 19 日早 8 时，医院中医防治组专家进行中医查房时提出，"中医方案再微调，增加血必净注射液"。不久，好消息传来，41 床患者的病情终于平稳。

中医药"临危受命"发挥出独特功效。"在新冠肺炎没有西医特效药的情况下，中医就应该放开手脚、大胆尝试，有一线希望，尽百倍努力。"这成为中医界的共识。

三、独立作战："慢郎中"成急先锋

有时，中医表现出的战斗力，让业内都吃惊不小。

一位 43 岁的女性重症患者，高烧、头痛，病情反复持续一周。到湖北省中西医结合医院时，身体虚弱得连起身都困难。国家医疗救援队专家组成员、广东省中医院副院长张忠德查诊后做出了一个艺高胆大的决定——纯中医治疗。

第一天，服用两次中药，高烧开始消退；第二天，配合八段锦、穴位贴敷等，症状有所改善；第三天，完全退烧且无反复，全身症状明显好转……第八天，患者达到出院标准。

这一手，让病人们第一次领略到中医的实力，也见证到"慢郎中"发挥出急先锋的作用。

对此，张忠德有底气。他本人患过"非典"，当年正是中医令他起死回生。

在武汉接诊 100 多个病例后，他的思路开阔而清晰。

截至 2 月 29 日，省中西医结合医院共收治 972 名病人，其中 40% 是重症、危重症病人，累计 555 人出院。

充分发挥中医药的独特优势 *

卫 庶

新冠肺炎病患在美国、欧洲、西亚、东亚等多国多地陆续出现。疫情一度凶猛来袭的中国却越来越从容有序。"中国为世界防控疫情赢得了时间"，世卫组织总干事谭德塞在德国慕尼黑安全会议上说。

截至 3 月 2 日 21 时 16 分，累计治愈出院病例数 44531 例。在习近平总书记亲自指导、亲自部署下，各级党委和政府积极作为，同时间赛跑，与病魔较量，形成抗击病魔的强大合力。进入防治关键时期的中国，已经信心坚定地等待着最后胜利的曙光。

"得了新冠肺炎，应该第一时间吃中药。"在武汉社区一线，中国工程院院士、国家中医药管理局应对新冠肺炎疫情专家组共同组长仝小林关切而自信地对病人说。

17 年前，中医药就在抗击"非典"中发挥了重要作用，让世界认识到了中医药的作用与力量。在此次抗击新冠肺炎疫情中，中医防治疫情则"从参与者变成了主力军"，中国工程院院士、国家卫生部疾控组顾问、新冠肺炎疫情联防联控工作机制科研攻关专家组专家张伯礼说。

中医药全程参与此次疫情的防治工作，全程发挥作用，彰显了中医药的特色和优势。春节前夕，国家中医药管理局应对新型冠状病毒感染的肺炎疫情防控工作领导小组成立，负责指导各级各类中医医院按照"依法依规、属地管理"的原则开展防控工作，组织中医药专家积极参与医疗救治工作。目前，全国中医药系统已向湖北派出近 3000 人参与疫情救治，湖北地区确诊病例中医药参与率达 75% 以上，其他地区超过 90%，疗效显著。

中医药的特色和优势正在于辨证施治，根据疾病的不同发展阶段，因人、因时、因地，三因制宜确定相应的治疗方法，仝小林院士说。武汉归来的首都

---

* 来源：《人民日报（海外版）》2020 年 3 月 3 日。

医科大学附属北京中医医院院长刘清泉则认为，急症治疗是中医真正的优势。国家卫生健康委办公厅、国家中医药管理局办公室共同发布的《新型冠状病毒肺炎诊疗方案（试行第六版）》的中医治疗部分，明确强调"辨证论治"，要求根据患者病情轻重列出症状不同表现，开出相应方剂。在临床治疗中，据此方案筛选出的中药复方"清肺排毒汤"，就显示了良好的疗效。

"中国的方法是我们目前唯一知道被事实证明成功的方法。""面对一种未为人知的新型病毒，中国采取了恢宏、灵活和积极的防控措施，古老的方法加以现代化的科技，产生了更大的效果和产出。"世卫组织总干事高级顾问布鲁斯·艾尔沃德在中国—世界卫生组织新冠肺炎联合专家考察组记者会上发言说。

中医药是中华民族的瑰宝，是 5000 多年文明的结晶，是中华优秀传统文化的重要载体。2500 多年前编成的诗歌总集《诗经》中就记载了 130 多种植物。2000 多年前丝绸之路开通以后，中医和造纸、冶铁等经中亚传播至世界。历史上，中国人民依靠中医药治疗了很多疫病。仅新中国成立后就有多次：上世纪五六十年代治疗乙型脑炎，上世纪 90 年代治疗出血热，2003 年抗击"非典"……中医药都功不可没。

副作用小，疗效好，价格便宜，中医药以其在疾病预防、治疗、康复等方面的独特优势受到许多国家民众广泛认可，在促进文明互鉴、维护人民健康等方面发挥着重要作用。中医，还有藏医、蒙医、苗医、瑶医……都是中华民族对世界文明的贡献。中华民族伟大复兴，必然内涵中医药的振兴。对祖国中医药的自信也是坚定的文化自信的一部分。

要坚持中西医结合，中西医并重。当前，中医药振兴发展迎来天时、地利、人和的大好时机。3 月 2 日，习近平总书记在北京考察新冠肺炎防控科研攻关工作时，明确要求"坚持中西医结合、中西药并用"。坚决打赢这场疫情防控人民战争、总体战、阻击战，广大中医药工作者要增强民族自信，勇攀医学高峰，深入发掘中医药宝库中的精华，充分发挥中医药的独特优势，推进中医药现代化，推动中医药走向世界，切实把中医药这一祖先留给我们的宝贵财富继承好、发展好、利用好，在建设健康中国、实现中国梦的伟大征程中谱写新的篇章。

超九成患者使用中医药治疗 *

韩 鑫

"中医药全面介入、深度参与新冠肺炎救治工作是这次抗击疫情中的一大亮点。"3 月 23 日，国务院新闻办在武汉举行的第九场发布会上，中央指导组成员、国家中医药局党组书记余艳红等介绍了中医药在防治新冠肺炎中发挥的作用，并答记者问。

余艳红介绍，从医护人员来看，从全国调来 4900 余名中医药人员驰援湖北，约占援鄂医护人员总数的 13%，援助队伍规模之大、力量之强前所未有；从救治情况看，轻症治疗和恢复期治疗中医药早期介入，重症、危重症实行中西医结合，有效缓解病情发展；从方药来看，目前已筛选出金花清感颗粒、连花清瘟胶囊、血必净注射液和清肺排毒汤、化湿败毒方、宣肺败毒方等有明显疗效的"三药三方"。

数据显示，截至目前，新冠肺炎确诊病例中，有 74187 人使用了中医药，占 91.5%，其中湖北省有 61449 人使用了中医药，占 90.6%。临床疗效观察显示，中医药总有效率达到了 90% 以上。"这表明中医药能够有效缓解症状，能够减少轻型、普通型向重型发展，能够提高治愈率、降低病亡率，能够促进恢复期人群机体康复。"余艳红说。

"新冠的病程就像一条抛物线，中医药在早期介入和康复阶段两端作用较好。"中国工程院院士、天津中医药大学校长张伯礼以江夏方舱医院为例，在采取中医药为主的中西医综合治疗后，564 个患者无一例转为重症，推广至其他方舱后，转重率显著降低至 2%—5%，成为防治疫情的关键。

事实上，一批被筛选出的中药疗效已经过国际上公认的随机对照法进行评价。东南大学附属中大医院副院长邱海波介绍，经过采用严格的随机对照研究，显示中成药金花清感颗粒能够明显缩短流感病人发热时间，而芪苈强心胶

---

* 来源：《人民日报》2020 年 3 月 24 日。

囊能够明显改善慢性心衰的心脏功能。

中国工程院院士、中国中医科学院院长黄璐琦介绍，根据临床研究数据，清肺排毒汤在阻止轻型、普通型转为重型、危重型方面发挥了积极作用。宣肺败毒方在控制炎症、提高淋巴细胞计数方面具有显著疗效。化湿败毒方是在国家诊疗方案推荐方剂的基础上，由中国中医科学院医疗队在金银潭医院结合临床实践优化而成。

目前湖北和武汉在院新冠肺炎的病人明显减少，危重病的救治是进一步降低病亡率的重要环节，以中西医结合的救治办法来降低病亡率的经验逐渐形成。北京中医院院长刘清泉介绍，在中西医结合巡诊过程中，西医重点在完成救治的规范化治疗上下功夫，如机械通气和血滤的使用以及判断气管插管的最佳时机，而中医则在运用参麦注射液、生脉注射液等方药来稳定血氧饱和度等方面推进救治，两者有机结合、扬长补短，从而降低病亡率。

余艳红表示，目前中国已开展分享救治经验、捐赠中药产品、派遣中医师等相关工作参与疫情防控的国际合作。

中医药战"疫"见成效 *

祝君壁

在武汉火神山医院,医生根据患者病情提供了 4 种中药汤剂,让住院患者做到了应服尽服。目前,配合流动智能应急中药房投入使用,火神山医院超过97%的患者服用中药汤剂。

北京地坛医院中西医结合科主任医师王融冰表示,截至 2 月 27 日,中药汤剂——清肺排毒汤已经在全国 10 个省份 66 个定点医疗机构开始使用。清肺排毒汤可以用于治疗轻型、重型甚至危重型新冠肺炎患者,没有用过中药的患者也可以使用。参与观察的病人是 1183 例,现在已经有 640 例出院,457 例症状改善,疗效非常好。

来自山东省的数据显示,截至 2 月 29 日 12 时,山东省累计报告新冠肺炎确诊病例 756 例,治愈出院 417 例,治愈率达 55.16%,中医药参与治疗率超98%。目前,山东已经构建起中西医结合会诊机制,坚持中医药及早参与、全程参与新冠肺炎治疗。

广州市第八人民医院自 1 月 22 日开始,采用由国药集团旗下广东一方制药有限公司生产的中药配方颗粒调剂"肺炎 1 号方"救治患者。研究结果显示,患者总体临床症状明显改善,总有效率达到 94%。目前,"肺炎 1 号方"已全面用于广东省新冠肺炎定点救治医院临床使用。

一、中医医疗队前线建功

自疫情发生以来,全国中医药系统抽调人员组建多批国家中医医疗队,进驻武汉金银潭医院、雷神山医院、湖北省中西结合医院、江夏方舱医院。据国家中医药管理局党组书记余艳红介绍,全国中医药系统还选派高级别专家团队赴武汉,一边临床救治、一边观察总结,从中医角度认识疾病、诊治疾病。中

* 来源:《经济日报》2020 年 3 月 5 日。

医药界院士、国医大师纷纷建言献策，论证研究，形成中医治疗方案，并纳入第三、第四、第五、第六版国家诊疗方案，指导全国中医药救治工作。

中医医疗队针对隔离点，强化中医药治疗，组建了 10 个中医药巡诊专家组，按照省区市中医院分片包干方式，对轻症恢复期患者巡诊；针对方舱医院，每家方舱医院配备 2 名至 3 名中医专家，推进中医药规范化治疗；针对定点医院，建立中西医会诊制度，围绕救治重症患者，组建 12 个国家级中西医结合的重症专家组巡回指导，制定有针对性的中西医结合诊疗方案。

二、落实细化中西医结合机制

研究显示，中西医结合治疗轻症患者，临床症状消失时间约可缩短 2 天，体温恢复正常时间缩短 1.7 天，平均住院天数缩短 2.2 天，CT 影像好转率提高了 22%，临床治愈率提高 33%，普通转重症比率降低 27.4%，淋巴细胞提高 70%。

黄璐琦院士团队在武汉的临床研究显示，中西医结合治疗重症患者，住院天数、核酸转阴时间平均缩短 2 天以上，血氧饱和度明显提升，脱离吸氧时间缩短，淋巴细胞百分数，乳酸脱氢酶等理化指标明显改善。

由于中医药在阻断轻型患者向重型患者发展方面取得了积极成效，中西医结合治疗方案被纳入第三版新冠肺炎诊疗方案。

据了解，在接下来的患者治疗过程中，将进一步加强中西医结合，推进中西医会诊制度，发挥中医辨证论治优势和西医抗病毒、呼吸支持等治疗优势，发挥两种医学的叠加效应，减少并发症，降低病亡率。

预防与康复，中医有作为*

胡　蔓

"此次疫情中，中医药的运用范围之广，始料未及。"湖北省中医院党委书记巴元明坦言，除了在治疗过程中积极参与，也希望中医在预防中有所作为。与中医"治未病"的精髓一脉相承，推此及彼，专家们还寻思着如何用中医的力量，对恢复期患者体内病毒的残渣余孽一网打尽。这是西医不太涉及的范畴，却是中医需要考量的。

一、疫情倒逼"中医速度"：药方研制14天完成

隐隐感到"邪气"袭来，是在一个多月前。一直在临床接诊病人的湖北省中医院肝病研究所肖明中副主任医师敏感地察觉到异样，因为发热、咳嗽等症状的病人明显增多。"这是风温病，邪侵肺卫证。"当时，肖明中有些不安。

肖明中是首批参与新冠肺炎防治的医护人员之一，1月17日，刚开辟隔离病房时，他就感到中医药应该积极应对。"历史上不乏中医治疗瘟疫的成功案例，理论上看，应该大有可为。"

疫情的暴发来势汹汹。省中医院迅速组织9名专家，率先启动中医药防治新冠肺炎的尝试，在国医大师梅国强教授的指导下，开展临床研究。

"急"是专家们最深的感受。必须在很短时间里，拿出对大多数人都适用的相关组方，考验前所未有。

1月19日，省中医院防治专家组着手分析疫情症状，结合临床症候，启动了新冠肺炎预防方剂的研制。22日，"预防肺炎方"出炉，并第一时间向社会公布。

除夕夜，省中医院专家组迅速攻关。一天后，涵盖预防、肺炎、恢复期治疗等8个协定方诞生。正月初五，专家组制定了《湖北省中医院新型冠状病毒

---

*　来源：《湖北日报》2020年3月5日。

* 来源：《湖北日报》2020年3月5日。

感染肺炎中医药防治协定方》（第二版讨论稿），参考临床反馈情况，梅国强、巴元明、肖明中等总结形成了"肺炎1号"方。2月11日，由湖北防控指挥部科研攻关组推荐，"肺炎1号"方正式公布，应用于全省新冠肺炎疑似病例、临床诊断病例及确诊病例治疗中。2月23日，省药品监督管理局下发制剂备案批件，"肺炎1号"和"强力肺炎1号"获备案通过，在新冠肺炎疫情期间适用。

"从研发到走上生产线的预防、治疗方，只花了短短14天。"从事中医药研究35年的巴元明感慨，"从未有过如此神速，疫情倒逼了'中医速度'。"

二、推进社区预防：人手一方成为现实

当社区隔离点成为切断疫情源头的第一道关口时，中医药研究者们非常清楚，仅仅让隔离者"隔离于空房"是一个略显苍白的努力，医疗干预迫在眉睫。

"'辨证论治、一人一方'是中医理想的用药模式，但面对社区大量患者，靠中医医生一个个把脉开方无法实现。特殊时期，应先让每一个病人都吃上中药，阻断疾病继续发展。"国家中医药管理局医疗救治专家组组长、中国科学院院士仝小林提出大胆设想。2月1日，仝小林领衔的社区防控项目工作正式启动，以通治方治病，让隔离者等都能喝上中药，使疫情防治关口前移。

这个颇具创新性的社区中医药防控模式，有了积极的响应。作为中医防治主力军的湖北省中医院医疗队深入武昌区、洪山区等隔离点，让中医药全面参与预防、治疗。

在徐家棚、青鱼嘴等10余个社区，省中医院的医护团队发放仝小林院士研制的一号协定方，让密切接触者进行中医药预防；在东亭社区，对600余名患者进行面对面问诊，并进行用药规范指导；在马应龙医院、瑞华医院等社区隔离医院，一药一灸，防止轻症患者转重症。

三、跟进康复指导：依然贯穿辨证施治

与日俱增的康复出院数字，固然令人欣喜，但也存在隐忧。

"部分患者出院后，仍有轻微咳嗽、乏力等症状。"肖明中介绍，这是必须正视的问题。目前，他和团队正着手对恢复期患者进行中医药干预，帮助他们加快肺功能损伤后的修复，并在出院隔离点率先探索。

2月中旬以来，武汉软件工程职业学院隔离点、湖北大学隔离点陆续收治了治愈出院的患者。在仝小林的带领下，省中医院新冠肺炎康复团队深入隔离点"望闻问切"，提供专业恢复治疗方案。

辨证施治，依然贯穿于此。"除了中医药，还进行中医康复理疗。"肖明中介绍，"盗汗的患者用西洋参泡茶饮用，失眠患者开具失眠足浴方。此外，还每天带领患者练习八段锦等，增强肺活量，提升抵抗力，干预率达98%。"

许多关乎康复层面的医疗配套开始布局。目前，省中医院拟定《新冠肺炎患者康复隔离和医学观察管理办法》《新冠肺炎恢复期中医康复指引（试行第一版）》等，提出"一药一灸"治疗思路，同时开设新冠肺炎出院患者康复门诊，提供复诊、康复指导，还建立随诊平台、互联网医疗平台，为患者提供线上的诊疗与随访服务。

"密切跟进，不断完善，这是中医应该有的态度。"巴元明说。

抗击疫情护佑生命，中医药大有可为 *

吴　勇

前两天新闻发布会 CNN 记者对中医治疗新冠肺炎提出了各种质疑。

实际上，在他提问之前，我也和一个外国朋友吵了一小架，因为他认为使用了 CT 之后，就不能叫中医。

按照这种逻辑，英语里头借用了很多中国词汇，如，toufu，chow-mein，kongfu，那英语应该改名叫中文呗。

此外，中药材里面还有胡萝卜、沉香、没药，更加应该改名叫中医医学。

中国文化的一个特点就是包容性，但是仍然保留其自身的特质，比如以和为贵、崇中尚和等。这也是中医治病的基本思路——一切以病人健康为考虑，而不是去杀灭病毒。

也因此，在没有特效药的情况下，中医用另外一种思路，在本次抗击新冠肺炎疫情中，做出了突出贡献。因为消灭敌人，不是只有正面进攻一条路，也可以迂回包抄。

中医认为人体是一个整体，各个系统相互影响，这次新冠肺炎病人大多伴有消化道症状。中医认为肺与大肠相表里，关系密切。所以中医通过健脾、通大便等方式进行治疗，使有害物质排出体内，保护消化系统，让消化系统及时恢复，病人吃饭多了，疾病就恢复的快。

从张伯礼、仝小林、黄璐琦等三位院士坐镇武汉，到全国 4000 余中医医护人员支援湖北，可以看出中医在尽锐出战。

金银潭医院、湖北省中西医结合医院还有江夏方舱医院，是我去的最多的医院，也是大量中医人战斗的地方。

就在今天下午，纯中医管理的江夏方舱医院休舱。2 月 14 日开舱，3 月 10 日休舱，共收治病人 564 人，治愈 392 人。

---

* 　来源:《中国日报》2020 年 3 月 10 日。

中医做出了这么多贡献。为啥还会被这么多人质疑呢？

不谈外界因素，从中医自身角度看，的确存在失语的问题。我们自己没有把中医诊疗逻辑用老百姓听得懂的话说清楚，讲明白。

为什么讲不明白呢？

因为中医到中国大众，再到世界各国人民，中间至少隔了三座大山：从古代汉语到现代普通话，从医学术语到生活科普，从中国到世界。

这三座大山，每一座都不好跨越，何况三座大山还都要跨越。

首先，古汉语到现代普通话。

中医典籍都是古文，即使对中医专业人员，医古文读起来非常上头和催眠。如果不能把阴阳、寒热、经络等用普通话翻译出来，那么老百姓始终都是云里雾里。

其次，医学术语到生活科普。

这一点，中医有天然靠近老百姓的优势，因为中医源于中国传统文化，我们可能日用而不知。

比如本次中医治疗新冠，仝小林院士给病毒命名为寒湿疫，就非常得通俗易懂。老百姓一看就明白，要注意保暖，保持干燥，注意防传染。

最后，从中国到世界。

这个问题至少涉及中国文化的国际传播，还有中医逻辑的国际传播，是非常非常具有挑战性的工作。

好在以中医为代表的传统医学，在 2019 年初已经被 WHO 纳入《国际疾病分类》目录，中国中医科学院的图呦呦先生此前也获得了诺贝尔奖。

更早之前，WHO 已经组织人力把针灸等科目翻译成了英文，方便海外大众使用。听说，美国针灸师联合会领导是清一色的犹太人。

刚刚在欧美执业的中医师朋友反馈，以板蓝根为代表的中药，从 3 月初已经卖断货了。

看来，在中医能否治疗新冠上，存在两个舆论场。一个是以 CNN 为代表各种质疑，另一个是大众在用脚投票。

路不好走，但是不能不走。

因为失语就要挨骂。这一点在这次中医治疗新冠的过程中，体现得淋漓尽致。

客观的说，健康传播（health communication）一直到 2000 年之后才传入中国，目前也只有北京大学新闻学院开了健康传播专业的研究生。

中医健康传播（TCM health communication）虽然一直都在进行，但是绝大部分都是中医专业人士在做，更多是从学术视角，而非大众视角开展。

这么做的后果是，大众始终处于懵懂状态。我在采访痊愈出院的新冠病人中，基本都吃了中药。但是能说清楚中药疗效的寥寥无几。

更有甚者，治疗之前百般排斥，治好之后，强调是自愈。

印度一位学者写了一本书《医疗与帝国》，讲英国殖民毁掉了印度的传统医学阿育吠陀。虽然国家的殖民已经结束，但是西方医学对亚洲思想的殖民仍然没有解除。而且这种头脑中的斗争更加凶险，因为时间太久以至于很多本族人忘记了自身文化的根源。

中医命名这种疾病为寒湿疫，就是在重新建立中国自身的健康话语体系的开始，也是建立中医自信、中国文化自信的过程。

武汉的战役已接近尾声，而这场头脑中的战"疫"，刚刚开始。

我听说，学习外语有助于大脑健康，防止老年痴呆。

但是如果学会了外语，就要全部丢掉自己的母语，是不是会提前进入了老年痴呆呢？

《新型冠状病毒肺炎诊疗方案（试行第七版）》公布清肺排毒汤列入中医临床治疗期首选 *

王君平

《新型冠状病毒肺炎诊疗方案（试行第七版）》日前公布，清肺排毒汤列入中医临床治疗期首选，适用于轻型、普通型、重型患者，在危重型患者救治中可结合患者情况合理使用。清肺排毒汤在抗疫战场中发挥作用，临床证明总有效率达90%以上。

一、以方剂为单位，方与方协同配合

1月20日，中国中医科学院特聘研究员葛又文接到一个急促的电话。国家中医药管理局副局长王志勇说，新冠肺炎疫情蔓延，正在多方搜集相关病情信息和有关中医方剂应对疫情，请你尽快研究并提出相应方案。

葛又文一下子就进入战斗状态。他初步判定新冠肺炎主要是因寒湿而起的寒湿疫，疫情的病因病机病理复杂，病毒对人体损伤严重。要在最短的时间、以最快的速度来阻击疫情，关键是抓住核心病机，迅速扭转病情，阻截病气传变渠道，尽快将病邪排出体外。葛又文想到了三个关键词：普适、速效、决胜。

葛又文依据前期有关资料，综合分析本次疫情特点，统筹考虑汉代张仲景《伤寒杂病论》经典医籍里的处方，最终决定将麻杏石甘汤、射干麻黄汤、小柴胡汤、五苓散四个方剂21味药有机组合在一起，化裁为一个新的方剂。这个方剂不以药为单位，而以方剂为单位，方与方协同配合，使其在同等药量的情况下产生几倍量的效果，寒湿热毒排出的速度就更快。

1月26日中午，葛又文来到国家中医药管理局，把拟好的处方递交给王志勇，坚定地说："我来请战！希望能到武汉阻击疫情。"

---

* 来源：《人民日报》2020年3月12日。

国家中医药管理局已经进入战时状态，全力投入筛选有效方剂。北京中医药大学副校长王伟教授加入战斗，一直在对新冠病毒感染的临床病例情况进行收集和分析。看到葛又文拟好的方剂和方解，王伟说，这个处方包含了源自张仲景《伤寒杂病论》的几个名方，融会贯通、古方新用、创新组合。

当天下午，在中国中医科学院会议室，中国工程院院士、中央文史馆馆员王永炎指出：传染病一直是以温病为主，而新冠肺炎是"寒湿疫"，是对中医药的大考。在武汉抗疫一线，中国科学院院士、中国中医科学院首席研究员仝小林通过接诊患者，同样认为新冠肺炎为"寒湿疫"。国医大师、中国中医科学院广安门医院主任医师薛伯寿一直关注新冠肺炎的防控和救治，再次建议将"湿疫"改为"寒湿疫"。葛又文的处方与多位专家对疫病的判断和思路不谋而合。科技攻关组和专家判定：此方可用。

二、山西等 4 省率先开展临床观察

1 月 27 日 13 时，以临床"急用、实用、效用"为导向，中医药防治新冠肺炎有效方剂临床筛选研究紧急启动，在山西、河北、黑龙江进行临床疗效观察，一个疗程 3 天。随后协调增加了陕西省。

"中医药治疗流感等疫病，如果病因病机分析透彻，遣方用药合理严谨，1天见效，3 天扭转病情，一周左右基本痊愈。"葛又文说，否则就说明方不对症。只要临床症状得到控制和改善，患者就没有生命危险了；只要寒湿疫毒顺利排出，核酸转阴是必然的，这样病亡率就会大大下降。

临床项目启动了，方剂还没公布名称。山西中医药大学附属医院院长李廷荃发来信息，建议方剂命名为"清肺解毒方"。项目组回复说，实际相差不多，此方名为清肺排毒汤。

名称上的差别，却蕴含着葛又文对病机的把握。在处方中细辛的用量是 6克，超出药典的标准。在葛又文看来，想要破除湿毒郁肺，就要温肺化饮。应对疫情，3 克达不到效果，前三服建议用到 6 克，这是医生在临床中常用剂量，也得到专家的认可。

1 月 29 日 18 时，好消息传来，清肺排毒汤在重症患者身上起效。1 月 27 日，河北省中医院呼吸一科主任耿立梅诊治一位确诊高烧重症患者，发烧到 39.5摄氏度。28 日晚加服清肺排毒汤治疗，服用 1 服药后，29 日下午体温、白细

胞恢复正常。随着时间的推移，患者和临床医生都观察到疗效，使用的人迅速多了起来。

山西省副省长吴伟亲自指挥，省卫生健康委副主任冯立忠亲自督导，将清肺排毒汤统一煎好药，专门派车送到地市的各个定点医院，确保原方使用。山西纳入观察的 133 个确诊患者，102 人使用，目前确诊患者零病亡。

截至 2 月 4 日，该方在 4 个省 36 个城市 37 所医院的 214 名确诊患者使用，通过综合观察，治疗新冠肺炎总有效率在 90% 以上。尽管本次临床有效性观察不是严格意义上的科研项目，只为迅速救治确诊患者，但临床验证结果与先期处方设计预判完全一致。更为难得的是，一半以上的患者服用一剂药症状就得到改善。清肺排毒汤用于多例重症和危重症病人的抢救，展示出良好的疗效。

三、国家卫健委推荐抗疫使用

2 月 6 日晚 6 点 50 分，国家中医药管理局科技攻关组公布清肺排毒汤前期临床观察结果，并同时向全社会公布了处方和用法。国家卫生健康委办公厅和国家中医药管理局办公室联合发文，推荐治疗新冠肺炎中使用清肺排毒汤。

在薛伯寿看来，大疫之时，病患众多，筛选中药有效经方非常必要，及时选用针对疫病的有效特效通用方，就能使更多的患者第一时间用上中药早预防早治疗，从而大大提高治愈率、降低病亡率。

疫情就是命令，时间不等人。随着时间的推移，寒湿毒会走得更深，病情会发展得更快，湿毒郁而化热，情况会更复杂。因此，专家建议迅速在全国推荐使用清肺排毒汤治疗疑似和确诊患者。

在湖北、武汉主战场，清肺排毒汤得到推广使用。截至 3 月 9 日，九州通公司为武汉配送清肺排毒汤 380512 袋。湖北省外 5 家企业为武汉免费供应了清肺排毒汤复方颗粒剂共 10 万剂，湖北省要求加紧制备清肺排毒汤复方颗粒剂供全省使用。四川、宁夏、广西等省区已经将清肺排毒汤批准为院内制剂并在全省全区使用。

国家中医药管理局有关负责人表示，坚持中西医结合，中西药并用，我们一定能够打赢疫情防控阻击战，在抗疫大考中交出合格答卷。

努力打好中西医组合拳 *

中医药学是中华文明的瑰宝，凝聚着中国人民和中华民族的博大智慧。在这次对新冠肺炎患者的治疗当中，各支医疗队更是打出了中西医结合救治的"组合拳"。除了在轻症患者的治疗中发挥作用，2月20日，围绕救治重症患者，12个国家级中西医结合重症专家组开始巡回指导，针对重症患者制定针对性的中西医结合诊疗方案。一场中西医联手的"抗疫战"正在进行。

武昌医院 ICU 病房里，一位接受插管治疗的新冠肺炎重症患者病情一直没有好转，来自北京协和医院的重症医学专家杜斌和首都医科大学附属北京中医医院院长刘清泉进行了联合会诊。

患者使用呼吸机已经两三周时间，但血氧饱和度却始终不稳定，人机对抗的情况比较严重。专家们尝试用中医的手段帮助病人缓解症状，以便能更好地适应呼吸机的支持治疗。

人机对抗的情况是很多重症患者病情反复的原因之一，是新冠肺炎重症患者救治中的一个难点。中医的理念和手段与西医的治疗方法相结合时，解决这样的难题有了新的机会和出路。

快速判断，现场开药方。这是从2月20日开始，中西医结合重症专家组在武汉市40多家新冠肺炎定点医院里的工作状态。

会诊已经进行了五轮，包括刘清泉院长、杜斌教授在内的数百位专家们集合中西医各自所长，为重症患者给出最有针对性、辨证施治的方法。

病人情况的逐渐好转，是一线医生们能够体会到的变化。

记者了解到，片中刚开始出现的那位重症患者，经过一段时间的中西医结合治疗，病情已经稳定。

在疫情暴发之初，奔赴武汉一线的医护人员中有340多位国家级中医专家，他们组成三支中医医疗队驰援武汉，全国中医药系统3200多人进驻湖北

---

* 来源：央视网，2020年3月16日。

抗疫第一线。

在还没有针对性的药物和有效治疗方法的情况下，72 岁的中央指导组专家组成员、中国工程院院士、天津中医药大学校长张伯礼提出采用中西医结合的治疗方案。

专家们通过反复采集不同病患的流行病学史和主要症状的演变过程，根据前期的治疗经验和各省专家的临床实践，总结出相应规律和中医诊疗办法。

1 月 22 日，在国家卫生健康委发布的第三版新冠肺炎诊疗方案中，就已经纳入了详细的中西医结合治疗方案。经过一段时间实践，中西医结合的治疗方法首先在轻症患者中取得比较好的效果，中医医疗队开始成建制参与新冠肺炎患者的救治工作。

从 2 月 14 日到 3 月 10 日，武汉江夏方舱医院运行期间，来自天津、江苏、河南等五个省份三甲医院的 209 名中医医护人员组成国家医疗队驻扎在江夏方舱。

在运行的 26 天中，收治在江夏方舱医院的患者们每天接受的治疗中除了必要的西药和西医检测手段之外，每天还要服用两次汤药，医生们还因症状不同增加了不同的协作处方和中医治疗手段。

体力稍微好一些的病人还可以跟着医生打一套八段锦或者太极拳，调节气息、帮助肺功能慢慢恢复。截至 3 月 10 日，江夏方舱医院结束运营，江夏方舱累计收治的 560 多名轻症患者中没有一位转成重症。

在湖北省中西医结合医院，国家中医药管理局救治专家组副组长张忠德带领广东省中医院的 100 多名医护人员，接管了三个病区。最初收治的近 200 名患者，情况都不是很乐观。

国家中医药管理局医疗救治专家组副组长、广东省中医院副院长张忠德说："中医是一套组合拳，不是单纯、简单的一副中药就行了。我们临床的病人个性化症状不同，选用不同的方案，很重的病人该需要生命支持的，我们还是把现代医学西医的生命支持给他上去，为患者提供最佳的诊疗方案。"

17 年前，同样奋战在"非典"一线的张忠德，曾因感染与死神擦肩而过。那一次的经历，让他对中西医融合并用，抗击突发疫情的效果有了直接的理解和体会。这一次，他带着经验来到了武汉抗疫一线。

截至目前，湖北省中西医结合医院累计收治的 240 多名患者中，有近 190

名患者达到出院标准。在湖北新冠肺炎确诊病人的治疗中，中医药的参与率已经超过 90%。

截至目前，6 万多名治愈出院的确诊患者中，大多数患者使用了中医药。

在接受采访时，中国工程院张伯礼院士用最新发表的一组对比数据向记者解释了中西医结合治疗新冠肺炎的优势。

其实对于每一位医者而言，面对威胁生命的疫情，在"抗疫战"中并肩作战的他们没有中西之分，没有此长彼短，只有仁心仁术，也只有把患者一个一个从死亡线上拉回来才是他们最大的成就感。截至目前，湖北全省新冠肺炎确诊病例中药使用率达到 91.91%。

疫情发生以来，中医药一直在抗疫主战场上积极作为，再次让人们见证了中西医联手的力量。一个是在几千年传承中不断总结和发展的中国传统医学，另一个是结合了现代科学技术的西医科学，中医和西医，各有各的优势，各有各的擅长，都是我们可以利用的医学手段，厚此薄彼是不对的。治病救人既需要发挥好现代医学的作用，同时也要继承发扬中华传统医学精华，守正创新。正如采访中一位专家所说，我们要把两种医学融合发展，呈现出我们中国人自己的东西，这才是根本。

中医攻坚重症：悬崖边的生死较量 *

李　娜

当前，重症患者的救治已经成为打赢疫情阻击战的重中之重。面对救治重症患者这项重要任务，中医药在前期已积累丰富经验的基础上，正发挥优势，攻坚克难，在生命悬崖上与疫魔进行生死较量。

据国家卫健委网站消息，截至3月14日24时，据31个省(自治区、直辖市)和新疆生产建设兵团报告，现有确诊病例10734例，其中武汉重症病例3058例。

重症、危重症患者如同站在悬崖边缘，稍有不慎就将坠入深渊。

啃下治疗重症、危重症患者这块硬骨头，成为接下来武汉一线医务人员工作的重中之重。在这关键之际，中医药发挥自身优势，多管齐下，多策并用，把众多患者拉回生命的安全线。

一、施药稳准狠：一人一方精准辨证

1月29日，是广东省中医院援鄂医疗队队长、广东省中医院珠海医院呼吸科主任黄东晖进入湖北省中西医结合医院查房的第一天。此时医院的隔离病区已收治了多名重症、危重症患者，他们身体虚弱，有些患者在问诊时，气喘、干咳情况严重，甚至难以发出声音。

47岁的戴先生就是其中一名重症患者，刚入院时，他咳嗽、气喘症状严重，CT检查双肺炎症明显，要通过无创呼吸机辅助通气。面对这些患者，黄东晖的压力很大，"这里的情况比想象中严重"。

黄东晖想把他们从悬崖边缘拉回来。

面对来势汹汹的新冠肺炎，中医对症用药有"四两拨千斤"的效果。"重症病情发展相对迅速，必须坚持一人一方，及时调整对策。"黄东晖表示，他所在病区的重症患者都要经过严格的辨证论治，并连线广东省中医院后方专家

---

* 来源：《中国中医药报》2020年3月16日。

团队远程会诊进行调方，一般一个重症患者会经历3到5次调方，病情稳定后，方药才不会有太大的更改。

针对戴先生的病情，黄东晖以攻为辅，以守为主，根据病因病机，辨证加减。经过精心调方，16天后，戴先生痊愈出院，这让黄东晖在内的所有医护人员充满信心去救治更多患者。

奋战在湖北省中西医结合医院ICU病房的北京中医药大学总领队叶永安也对中医药治疗危重症患者感受颇深。"要针对患者整体情况，抓住要害进行处方。"叶永安说，救治重症、危重症患者需要对所学中医知识的高度浓缩，辨证要稳准狠。

2月28日，叶永安带领中医团队首次进入重症ICU病房，对部分机械通气危重患者给予精准辨证施治。截至3月6日，湖北省中西医结合医院国家中医医疗队（北京中医药大学团队）接管的病区收治的新冠肺炎重症病例中医药治疗症状改善率72.37%，符合出院标准的出院率达到57.6%。

二、融合攻坚：古法新用"抢"回生命

"氧合指数85，四末不温，循环功能不佳，患者的情况岌岌可危。"2月28日，湖北省中西医结合医院ICU中，76岁的危重症患者周某情况不容乐观。叶永安带领医疗组，紧急为周某辨证施治，进行中药干预。

精准辨证是在准确了解病情的基础上，以望闻问切作为临床收集数据的主要手段。在危重症ICU病房，患者上着呼吸机，无法问诊和观察舌象，胳膊上捆着监测袖带，手背扎着输液针，医生带着双层手套，切脉也很困难。在这种情况下，要实现精准辨证，叶永安及团队有行之有效的方法。

"在传统的脏腑辨证、卫气营血辨证不足以获得更多信息的情况下，我们综合五运六气理论、三部九候诊法以及临床客观检查指标，精准评估患者的病情。"叶永安表示。

不能在腕部准确切脉，叶永安就在颈动脉、踝关节拿脉，判断患者气血不足，需要大量补气；触摸到患者四肢厥冷，是阴阳离决的表现，急需用药回阳救逆；融合五运六气理论，现在气候属少阴君火司天，阳明燥金在泉，应处正阳汤。最终，叶永安以附子、黄芪、麦冬等为君药，配正阳汤，起补气温阳、回阳救逆之效。

二剂药后复查，周某各项指标均有所回升，具备拔管的条件，成功拔管脱机。目前，该患者已转入普通病房，病情平稳。

截至 3 月 6 日，7 天时间，ICU 中 5 名接受叶永安团队中医药治疗的危重症患者，均有不同程度的改善。

"中医治疗当尊重四诊，但不能局限于四诊。"叶永安说，面对 ICU 危重症患者诊疗的困难，中医人应注重天人合一，将多种经典理论相结合，融会贯通于患者的治疗，方可取得临床疗效。此外，救治危重症患者，有时超常规之法能取得超常规之效。如上述患者，为达到温阳之效，常规使用 10~12 克的附子，有时在处方中用到 20~30 克，甚至更多，方能将病人救回。

三、银针救命：改善血氧饱和阻止病情发展

"医生，快来看看！"2 月 15 日，广东省中医院重症医学专家邹旭一行在汉口医院呼吸 1 区查房时，遇到一名重症新冠肺炎患者出现气促、烦躁，呼吸困难的情况。广东医疗队医生立即进行无创机械通气，当时患者大汗淋漓、烦躁，气促，难以配合呼吸机，血氧饱和度 59%，病情岌岌可危。

邹旭立即取出针灸针，在患者双下肢的两个穴位施针，一边安抚患者，一边捻转着细针，患者的烦躁情绪慢慢缓解，邹旭又在患者双上肢的两个穴位施针，10 多分钟后患者逐渐安静下来，生命体征渐趋稳定，外周血氧上升到 80% 以上。又过了 30 分钟，血氧升至 90% 以上。几根细针，在西医呼吸循环支持下，对危重症患者的抢救起到至关重要的作用，中医的确有独特疗效。

邹旭介绍："新冠肺炎患者的肺部炎症导致其氧合功能变差，除了通过外界力量提高供氧量，还可以通过针灸降低患者的耗氧量。运用回阳针、腹针、平衡针等手法，可以缓解患者气促气短、呼吸困难、失眠焦虑、心悸心慌、胃肠功能紊乱等各种症状，使他们的供氧与耗氧达到动态平衡。血氧饱和度改善，病情就不会朝着危重症发展。"

雷神山医院，上海中医药大学附属岳阳中西医结合医院心血管内科主任樊民正在为呼吸困难、胸口疼痛难忍的重症患者刘女士做针灸。针刺、捻转，20 分钟后，刘女士症状逐渐舒缓，半个小时后，逐渐恢复正常。

"针灸可用于减少或替代重症患者呼吸机治疗。"樊民介绍，病区中一名重症患者针灸后当晚呼吸趋于正常，避免了使用呼吸机；另一名重症患者用无创

呼吸机的同时采用中成药、针灸等方法，现在带机时间减少。

樊民使用的是经过改造的针灸针。隔离病房大家都穿着防护服，护目镜容易起雾，带着几层手套手感会比较差。于是，他与同事在传统针灸针的外面加了一个塑料的套管，这样既能准确施针，也能避免医护人员感染。

四、力挽狂澜：中药注射剂抑制"炎症风暴"

在救治新冠肺炎患者的过程中，许多重症患者会出现"炎症风暴"类似反应。这种自身细胞因子的过度反应"杀敌八百，自损一千"，对患者机体的损伤很大。血必清是应对"炎症风暴"的有力屏障。

"血必清能活血化瘀，清热凉血，有效抑制炎症风暴。"湖北省中医院肺二科主任吴霞说，其他中药注射剂也是抢救治疗重症患者的有力武器，例如参麦注射剂，对于升高血压、强心都有明显的作用。中央指导组专家组成员、中国工程院院士张伯礼表示，对重危症患者善用中药注射剂可力挽狂澜。

大年三十，79 岁的危重症患者史某转入吴霞所在病区治疗，史某有 20 余年的高血压病史，伴有脑血管狭窄、心律失常，此次又发中风、脑梗死和冠心病，情况不容乐观。使用中药注射剂配合其他中西医结合手段治疗 14 天后，史某康复出院。

目前，武汉市多家医院，如武汉市金银潭医院、武汉第一医院、武汉协和医院重症患者都已开始使用中药注射剂。

武汉市第一医院中医防治组副组长谢沛霖介绍，该院对危重症患者使用生脉注射液、参附注射液、血必净、醒脑静等中药注射剂，分别对应气阴两虚、内闭外脱、炎症风暴、意识不清等危重症患者，有益气生津、回阳救逆、活血化瘀、开窍醒脑之效。在中西医结合治疗下，患者症状均有所好转。

中药注射剂取得的良好疗效从全国各地传来，血必净中药注射剂也在河北省广泛使用。初步临床研究显示，在危重症患者救治中，血必净注射剂在稳定患者血压，促进四肢末梢血液循环恢复上表现出显著优势，也可缩短病程，促进核酸转阴。

五、中医呵护：仁心仁术治病又医心

"感谢你们，不仅治疗精心，还鼓励我们。"2 月 10 日，在湖北省中医院

光谷院区，该院首例治愈出院的新冠肺炎重症患者杨女士红着眼圈，不停地向自己的主治医生冯毅道谢。

1月26日，杨女士和丈夫同时被确诊，收治入院后，杨女士寝食难安，"天塌了一样，家里的孩子怎么办，老人怎么办。"几天后，杨女士发热、气喘症状加剧，CT显示病灶面积扩大，有呼吸衰竭的表现，情况不容乐观。她的丈夫张先生也十分焦虑。

看着这对夫妇，冯毅坐不住了，每天除了查房开处方，心理疏导也成了他的一项重要工作。在冯毅和护理人员的开导下，夫妇俩心理状态逐渐稳定，杨女士重症病情得以控制。

"对新冠肺炎重症、危重症患者来说，让患者心态稳定很重要。"冯毅表示，护理人员的作用尤为重要。"三分治疗，七分护理"。对患者出现的不安、焦虑、恐慌等情绪，可通过八段锦、耳穴压豆、刮痧、火龙罐等中医护理疗法减轻患者压力，增强其战胜疾病的信心，并对患者进行情志调养，帮助患者更好康复。

雷神山医院吉林队病区，67岁的张大爷正在护理人员的指导下，跟着病房里的电视视频练习"肺炎康复操"。"患者进行操练，对调节呼吸功能，调整焦虑、抑郁的情绪都有一定的作用，出院后也能自我保健。"长春中医药大学附属医院护士刘晓瑞表示，在保障患者得到有效救治的同时，加强患者的功能训练，增强抗病能力，体现了中医对生命全周期的维护。

张大爷练习的康复操由长春中医药大学附属医院呼吸科主任王檀主编，患者通过练操达到恢复肺功能的目的。中药汤剂也对患者肺部恢复有益，冯毅在工作中，总结出的"三焦同治"方，运用中医整体观思维，通过对患者心肺、脾胃等系统的调节，在治疗后期以补气、健脾、滋阴活血通络为主，促进肺部阴影吸收。

中医药精心治疗和医护人员的用心呵护将把更多重症、危重症患者从悬崖边缘拉回安全线。

现场直击探访新冠肺炎康复门诊 *

徐秉楠

新冠肺炎出院人员越来越多，但出院后复诊和康复成为新问题。3月5日，湖北省中医院经过调研，在该院光谷院区开设新冠肺炎患者多学科模式康复门诊，为离开隔离点需要康复治疗的患者提供后续的服务。3月12日，记者来到康复门诊进行实地探访。

一、巡诊时发现了问题

"虽然出院了，但我觉得还没有完全好，经常胸闷咳嗽，还是很担心。"3月12日一早，冯先生就拿着装着很多CT片的资料袋，来到湖北省中医院光谷院区的新冠肺炎多学科模式康复门诊等待叫号，"我从网上得知这里设立了康复门诊，电话预约了号"。

像冯先生这样的康复患者不在少数。截至3月14日，康复门诊已接诊康复患者183人。

"之前，我们承担了两个恢复期隔离点的巡诊工作。我们巡视时发现，有一半以上的康复患者觉得不舒服。"湖北省中医院感染科副主任医师肖明中介绍，这些康复患者普遍存在精神上的焦虑、失眠，对疾病恐惧，担心病情复发；身体上也会出现咳嗽、乏力、胸闷、气短、睡觉出汗等症状。

"即使患者核酸检测为阴性，肺部阴影吸收得差不多了，但是这些症状也会影响到患者，如果这些症状不能缓解，甚至越来越重，会给患者的心理带来很多恐惧。"肖明中说。

为了解决这些问题，湖北省中医院的巡诊团队在隔离点尝试用中医药手段对康复患者从药物、饮食、功能锻炼等方面，进行康复指导。"这些患者的身体机能恢复，可能还没有完全达到正常人的标准。特别是一些重症、危重症患

＊　来源：《健康报》2020年3月16日。

者，除了肺部损伤外，可能还有其他身体机能的损伤，这个损伤想在住院期间完全康复是很困难的。因此，我们萌生了开一个康复门诊的想法，为康复患者提供后续跟进服务。"该院院长何绍斌说。

二、冯先生松了一口气

说干就干。腾出房间、组织人员、配齐设备、制定相关管理流程和制度……仅仅 4 天时间的筹备，湖北省中医院新冠肺炎 MDT 康复门诊就开诊了。依托康复门诊，医院有针对性地为这些康复患者提供"一药"（中药）、"一灸"（艾灸）、"一浴"（中药足浴方）、"一动"（八段锦）等中医药特色服务。

登记个人就诊信息，进行肺功能、CT、血常规等相关检查，前往心理咨询干预室进行心理健康状态评估，获得专家开具的个性化诊疗方案……冯先生一上午便完成了整个门诊流程，拿着配置好的中药颗粒制剂回家了。看着检查结果都正常，冯先生感觉"松了一口气"。

何绍斌说，目前，康复门诊有 37 名医护人员，其中医生 30 人、护士 7 人，由医院呼吸科、心理科、针灸科、康复科等科室的医护人员组成多学科团队，为患者提供一站式服务。

"来这里康复的患者多数是心理焦虑的。"该院精神心理科主任李莉介绍，在康复门诊，医生首先会对患者做一个身体状态的评估，在确认身体状况的情况下，会对患者进行心理评估。精神心理科专家根据患者填写的量表和患者自述的症状，来评估患者是否有抑郁、焦虑、失眠等心理疾病和严重程度，再根据患者情况进行心理干预和专业治疗。

除了心理干预，医院还提供艾灸、穴位帖灸、穴位推拿、耳穴压豆、刮痧、拔罐、针刺疗法等中医适宜技术理疗，以及中医药、中医康复指导建议等。随后，康复门诊会定期对患者进行电话回访，了解患者恢复进度，指导患者居家康复。

湖北省中医院光谷院区针灸科专科主任丁德光教授介绍，中医适宜技术能提升患者免疫力，促进肺部的康复。艾灸、经络按摩、八段锦等传统功法、呼吸六字诀等锻炼法，也能帮助患者恢复身体机能，医院通过相关平台将这些锻炼方法教给患者，患者可以自己居家施行。

三、"我们想把应急做成常态"

据介绍，目前该院已着手建立新冠肺炎康复门诊建设规范，以加强机制建设，进一步整合肺病、感染性疾病等团队力量，保障该门诊持久运行。

该院医务处副处长张清介绍，目前，康复门诊已明确工作重点，建立起基本服务规范。

在服务对象方面，主要针对隔离点患者、居家隔离患者提供恢复期治疗与康复指导；后期康复门诊将重点转向患者门诊复诊、随访、面对面诊疗与康复指导工作。同时，还将结合网络医院开展线上诊疗与咨询服务。

在治疗手段方面，主要通过开展中医适宜技术服务，促进新冠肺炎患者康复，参照国家《新型冠状病毒肺炎恢复期中医康复指导建议（试行）》，拟定《湖北省中医院新冠肺炎恢复期中医康复指引（试行第一版）》技术规范。

在服务平台建设方面，新冠肺炎康复团队建立了随诊平台、互联网医疗平台，为患者提供线上方便、快捷、安全的诊疗与随访服务，减少交叉感染，方便患者就医。

"我们想把这种康复门诊应急机制做成常态。"何绍斌说，目前康复门诊的门诊量设定在每天 30 人以内，且都为预约患者，未来将根据新冠肺炎出院患者的康复需要，扩大门诊量，配置更多的医疗资源。

中医药抗击疫情收获了什么？
听听张伯礼怎么说*

张伯礼

2020 年，在一场惊心动魄史无前例的全民抗疫战争中，中医药早期介入、全程参与的有力贡献，被誉为此次抗击疫情中国方案的一大特色和亮点。对此，本报记者专访全国人大代表、"人民英雄"奖章获得者张伯礼院士——

"此次抗击疫情，中医药发挥了很大作用，也推动了中医药事业的传承创新发展。"电话的一头，正在参加两会的张伯礼院士激动地谈起孙春兰副总理对中医药事业发展的期待。

站在"两个一百年"的历史交汇点，中医药事业发展的新号角已然吹响，艰难方显勇毅，磨砺始得玉成，一场疫情，中医药究竟收获了什么经验，经历

张伯礼院士

* 来源：《中国中医药报》2021 年 3 月 10 日。

疫情，如何指导中医药走好传承创新发展之路，如何有效应对未来疫情防控？张伯礼在专访中谈到了自己的思考。

收获一：中医药抗疫基本经验是什么

张伯礼表示，此次抗击疫情中，中医药全程深度介入治疗，形成覆盖预防、治疗和康复全过程诊疗方案，在新冠肺炎疫情防控中发挥了重要作用。

一是隔离"四类人"，漫灌中药汤

疫情暴发之初，张伯礼提出对疑似患者、发热人群、确诊患者及密切接触者等人群在严格隔离基础上普遍服用中药，抢得治疗时机，安抚恐慌情绪。根据数据统计显示，通过严格隔离，普遍服中药后取得了较好效果，上述"四类人"中确诊者所占比例从2月初的80%降到2月中旬的30%，3月初降到10%以下，这是阻断病情蔓延之势的有效举措。

二是承包方舱医院，中医成主力军

武汉江夏方舱医院，根据张伯礼、刘清泉提出的中药进方舱，中医承包方舱医院，主要采用中医药综合治疗。舱内564例轻型和普通型新冠肺炎患者，无一例转为重症，出院无一人复阳，单独使用中医药完全可以治疗轻型和普通型患者。将经验在武汉十几所方舱医院推广后，方舱医院转重率下降至2%～5%，明显低于通常10%～20%的转重率。

三是重症辅助治疗，也能力挽狂澜

对重症患者，张伯礼提出，西医为主，同时配合中医药治疗。"中医药虽是配合，但在某些临床病理环节也起到关键作用。"张伯礼说。在武汉，在中央指导组安排下，组织中西医重症专家组联合巡诊，较多重症患者接受了中西结合治疗后，有效提高了治愈率，降低了病死率。"一项系统评价研究共纳入11个随机对照试验、包含1259例新冠肺炎患者，Meta分析结果显示，中医药能够降低危重症的发生率，缩短住院时间；同时在缩短发热持续时间及提高咳嗽、乏力、气短的消失率方面也具有较好疗效。"张伯礼说。

四是恢复期促康复，减少后遗症

面对一些新冠肺炎患者出院后仍出现呼吸功能、躯体功能等障碍，疲乏、心悸、肌肉酸痛等表现，张伯礼提出需进行及时中西医康复干预，并早在去年3月，组织国内中西医专家联合编制《新型冠状病毒肺炎恢复期中西医结合康复指南》，有效指导恢复期患者的中西医结合康复治疗。

2021年初在河北疫情救治期间，张伯礼团队在总结武汉近一年的康复经验基础上制定康复介入方式和诊疗方案，并研制了方药，形成"河北康复模式"。探索出了从定点收治医院直接对接康复定点医院的早期全流程干预模式，达到及早康复、综合康复、规范康复的治疗目标。

收获二：此次抗疫对中医药传承创新促进在哪里

一场武汉抗疫，让中医药站在世界舞台的聚光灯下，如何走好中医药未来传承创新之路，张伯礼重点谈了以下几个方面。

一是促进中医药理论发展，创新提出湿毒疫理论

张伯礼指出，传染病在中医体系中属于"疫"的范畴，明确疾病证候特征和演变规律是科学制定中医诊治方案的前提。武汉抗疫期间，天津中医药大学紧急开发了COVID-19中医证候学临床调查APP，组织湖北、天津、河南等省市10多家医院进行多中心大样本证候学调查研究，纳入病例1000余例，通过数据分析得到新冠肺炎中医证候特征和临床规律。明确湿、热、毒、瘀、虚是证候要素，湿毒郁肺为其核心病机。新冠肺炎的中医病名应为"湿毒疫"，呈现兼挟发病的区域特点，据此明确了治疗方向，取得较好治疗效果。且之后临床表现出的起病缓和、可突然转重，病情复杂多变，病程粘腻胶着等也符合湿邪病证特点和演变规律，丰富了中医疫病理论。

二是阐释清楚中医药作用机制

张伯礼指出，我们组织多个团队采用动物模型、细胞实验及网络药理学方法，从调控机体生物分子网络的角度阐释了宣肺败毒颗粒多成分多靶标治疗COVID-19的作用机制。初步阐释了中医药治疗新冠肺炎主要是通过调节免疫功能的紊乱，抑制炎症因子风暴，保护主要脏器功能，同时也有一定的抑杀病毒作用。

三是科技助力中药老药新用以及新药研发

在疫情早期，化学药和疫苗都没有可及性，张伯礼团队利用组分中药国家重点实验室等国家级科研平台开展已上市中成药快速筛选和抗新冠病毒中药活性筛选及新药研发。对已上市中成药做了筛选和评价工作，最终筛选出65种广谱抗病毒、抗细胞因子风暴、抗肺纤维化的中成药。

同时创建了应急状态下中药新药发现模式和关键技术，建立"经典文献—组分筛选—药理评价—临床验证"技术流程和关键技术，成功研制了中药制剂并在一线应用。针对新冠肺炎核心病机，梳理治疗"疫""瘟"及呼吸道传染病的经典方剂，结合临床经验形成基本处方，进而进行成药性综合评价，研制出中药新药宣肺败毒颗粒。并在抗疫一线承担了科技部紧急启动项目的临床研究，开展了五个临床观察和评价的研究。并组织了对连花清瘟胶囊、金花清感颗粒、清肺排毒汤等药物的临床评价研究。

四是创新中医药疫情救治组织模式

张伯礼边战"疫"、边总结、边实践，总结了"社区整群干预、方舱医院集中干预、定点医院集中救治和康复驿站恢复期支持"各环节紧密衔接、功能明晰的序贯式、全过程的中医药介入新发传染性疾病防治模式。

同时，开拓了中医方舱医院模式，成建制承包一个定点医院，采用以中医综合疗法为主的救治模式，有利于尽早总结中医药治疗的疗效和规律。为中医药应对大规模突发公共卫生事件探索了新的介入路径。

收获三：未来中医药事业启迪有哪些

值"十四五"开局之年，中医药事业发展时不我待。结合武汉抗疫经验，对未来中医药事业发展，张伯礼重点提出重视可及性，建立中医药公共卫生事件应急体制等建议。

一是高度重视中医药的可及性，具有重大战略意义

"必须高度重视中医药在公共卫生应急事件可及性问题，保证第一时间就起到阻遏疫情蔓延作用，这具有重大战略意义和重要临床价值。"张伯礼表示，新发传染病突然发生，不大可能有特效药，化学药和疫苗以及诊疗方案具有滞后性，而中医药可第一时间辨证论治使用中药汤剂，并同步推进已上市中成药快速筛选工作，为治疗提供有效药物。

"这次抗击疫情就是一次生动的实践，中医药早期介入赢得了先机，为争取全面胜利奠定了基础。这对我国今后抗击新发传染病具有重大战略意义。"张伯礼说。

二是建立中医药公共卫生事件应急体制

张伯礼提出，完善中医药应对突发公共安全事件法制、机制、体制，是提升应对能力的基础。将中医药真正融入公共卫生应急管理体系中来，实现中西医并重参与传染病防控；完善中西医协作的机制，确保中医第一时间了解疫情、全程参与，整建制承包定点医院，按照中医理论诊治，有利于快速总结出中医药诊治方案。

三是传承创新，支持中医疫病学科发展

建立中医药传染病学科教育及人才培养体系，分层次、系统性地开展中医药防治传染病临床、研究、管理、教育等专业人才培养工作。"急需建设一批中医预防医学、中医传染病学、中医急诊学、中医肺病学等重点学科，强化中医医院呼吸科、感染科、重症医学科，以及综合医院、传染病医院中医科等科室建设，培养一批高层次中医药应急领军人才和骨干人才。"张伯礼指出，特别是对急重症临床人才培养。

在中医药类高等院校教育中，应建立起中医疫病的学科体系，加大中医临床类专业温病学等经典理论课程比重。建设国家中医药传染病临床研究中心、重点实验室，构建并完善中医药防治传染病科研体系，有力推动中医药参与传染病防治。

四是健全新药审批机制，加强基层医疗卫生机构能力建设

张伯礼表示，抗击新冠肺炎疫情再次证明了中医药在防治新发传染病方面的独特优势和价值。国家药品监督管理局开辟绿色通道审批的"三药三方"，增加了适应症，批准了经典名方类新药上市许可，为落实加快构建以中医药理论、人用经验和临床试验相结合的中药注册审评证据体系进行了生动实践，有利于促进中药新药研发和产业发展，也为建立国家中医药重大公共卫生事件重点中成药品种目录和储备库奠定了基础。

此外，针对河北疫情暴露出农村地区是防疫短板，基层中医药是薄弱环节等问题。张伯礼提出，必须加强基层卫生人员培训、对口帮扶、物资设备援助等方式补齐短板，加快基层农村地区医疗卫生机构能力建设，特别是基层中医药服务队伍能力建设。探索中医类别医师县、乡、村纵向流动机制，逐步建立县级中医医院从人才、技术等多方面帮扶乡镇卫生院建设中医科的机制。真正扎牢网底，垒实农村医药卫生工作的基础。

首个治疗新冠肺炎中药临床批件通过 *

吴勇　苏峰

　　3月18日，国家中医药管理局组建第一批中医医疗队接到国家药品监督管理局通知，团队研发的化湿败毒颗粒获得临床试验批件。

　　这是国家药品监督局批复的首个治疗新冠肺炎的中药临床批件。

　　"与化药和生物药研发流程不同，化湿败毒颗粒直接来自于临床实践。是国家首批中医医疗队在金银潭医院以及东西湖方舱医院的实际救治过程中，'边救治，边总结，边优化'逐步形成。化湿败毒颗粒能够抗击病毒，消除炎症，提高免疫力，在武汉新冠病人救治中发挥了积极作用。"首批国家中医医疗队领队、国家中医药管理局中医药防治新冠肺炎专家组组长、中国工程院院士、中国中医科学院院长黄璐琦介绍说。

　　化湿败毒颗粒临床试验批件，一方面是对国家中医医疗队集体智慧、团队协同的认可，另一方面是在全国和全世界应对新冠肺炎这一重大突发事件的特殊时期，传承与发扬中医药防治疫病经验理论，用中国经验和中国智慧助力人类命运共同体建设。

　　专家认为，化湿败毒颗粒的获批具有三重特殊意义。

　　首先是实现了科研数据和高级别临床证据的有效转化。武汉前线积累的重型、普通型及轻型患者的临床数据，形成了化湿败毒颗粒的临床应用数据链，确证了化湿败毒颗粒的临床应用特点。后方科研专家仔细的数据分析与实验，实现了临床实践到科研数据再到新药的转化。

　　其次是得到了学术界和国家中医药管理局、科技部的支持和认可。化湿败毒颗粒源于《新型冠状病毒感染肺炎诊疗方案》。该方案中的中医药诊疗方案是由国家中医医疗救治专家组张伯礼院士、仝小林院士、刘清泉、张忠德等专家组成员，王永炎院士、晁恩祥国医大师、薛伯寿国医大师、刘景源、张洪春

---

　　*　来源:《中国日报》2020 年 3 月 19 日。

黄璐琦院士在武汉第一批国家中医医疗队驻地会议室指导临床数据分析。

等专家共同制定的。王永炎院士还为化湿败毒颗粒做出方解。中国医学科学院实验动物研究所秦川研究员、中国科学院遗传与发育生物学研究所王秀杰研究员也提供了动物模型及生物信息学等的基础研究支持。

国家中医药管理局余艳红书记多次作出重要指示，闫树江副局长亲自指导，科技部给予专项支持，药监局快速响应、无缝衔接，共同促进了成果产生。

最后是凝聚了中医药人的智慧。化湿败毒颗粒是在中医药几千年疫病防治理论和经验的指导下，结合本次新冠肺炎的病因病机特点及临床治疗实践而制成的，是中医药对此次疫病的理论和临床疗效的物化载体。

中西医结合：最优化的抗疫中国方案 *

黄　蓓

《中共中央国务院关于促进中医药传承创新发展的意见》明确提出，"彰显中医药在疾病治疗中的优势""建立有效机制，更好发挥中医药在流感等新发突发传染病防治和公共卫生事件应急处置中的作用"。从"非典"、甲型 H1N1 流感，到此次新冠肺炎疫情，中西医结合在屡次战"疫"中取得的辉煌战绩不断说明，中西医学的力量汇聚和深层互通已经成为 21 世纪推进世界医学境界提升和生命科学发展的必然趋势。

3 月 25 日，被按下暂停键的湖北开始重启。

从 2019 年 12 月 8 日武汉首例新冠肺炎患者发病，到 3 月 23 日宣告"以武汉为主战场的全国本土疫情传播基本阻断"，中国只用了不到 4 个月的时间。

中国经验是什么？答案可以列出一条长长的单子。强有力的统筹部署、"早发现、早隔离、早治疗"思路的确定、方舱医院的建设……在这一长串的答案中，中西医结合救治无疑是值得关注的一条。

面对新冠肺炎疫情这场危机和大考，中西医结合的应急医疗体系为提高治愈率、降低病亡率、维护人民群众的生命安全和身体健康发挥了独特作用。中西医结合救治成为我国抗击新冠肺炎治疗方案中的亮点，这一充满东方智慧的中国方案也越来越受到世界的关注。

一、弥足珍贵的经验　必须坚持中西医结合

当遇到棘手的难题时，人们经常会从过去的经验中寻找答案。这次新冠疫情也不例外。

同样是冠状病毒感染、同样在冬季流行暴发，新冠肺炎与 17 年前的"非典"有诸多相似，"非典"时期防控经验就显得弥足珍贵，在诸多经验中，

---

*　来源：《中国中医药报》2020 年 3 月 27 日。

中西医结合救治就是重要的内容之一。

2003年2月开始，广东进入"非典"发病高峰期，随后向全国蔓延。同年4月，中国疾病预防控制中心发布的《非典型肺炎防治技术方案》，中医内容只有短短一句："可选用中药辅助治疗，治疗原则为：温病，卫、气、营血和三焦辨证论治。"随后，国家中医药管理局组织专家制定《非典型肺炎中医药防治技术方案（试行）》，指导群众预防和医生有效治疗"非典"。

但在那时，中医药尚未充分参与到对"非典"的治疗。直到广东省中医院中西医结合治疗"非典"的尝试和经验，开始引起人们的关注。

2003年5月8日，时任国务院副总理兼卫生部部长的吴仪与在京与知名中医药专家进行座谈，肯定了中医药在"非典"疫情防控中的作用。以此为转折点，同年5月11日，国家中医药管理局新修订的《传染性非典型肺炎推荐中医药治疗方案》发布，各地中医药救治"非典"有了更明确的指导。

据不完全统计，内地"非典"确诊病例中中医药参与治疗的占58.3%，取得了明显疗效。世界卫生组织专家认为"中医药治疗'非典'是安全的，具有潜在的效益"。

与17年前相比，应对这次疫情，中医药介入的时机更早，范围更广，程度更深。中医药与西医药协同互补，在抗击疫情中发挥出的重要作用，是目前疫情防控救治取得阶段性成果的重要保证。

二、建立中西医协同机制　和新冠肺炎病毒抢时间

新冠肺炎疫情发生以来，习近平总书记在会议部署和调研中多次提及中西医结合，这一指示精神，也在疫情防控阻击战中得到充分的贯彻和展现。

1月25日，习近平总书记在主持召开中共中央政治局常务委员会会议时就强调，"要不断完善诊疗方案，坚持中西医结合"；2月10日，习近平总书记在北京调研指导新型冠状病毒肺炎疫情防控工作时要求，"不断优化诊疗方案，坚持中西医结合"；2月23日，习近平总书记在统筹推进新冠肺炎疫情防控和经济社会发展工作部署会议上提出，要"加快推广行之有效的诊疗方案，加强中西医结合"；3月2日，习近平总书记在北京考察新冠肺炎防控科研攻关工作时指出，要"坚持中西医结合、中西药并用"。

中西医结合，正成为防控新冠肺炎总体战的主旋律。

1月21日，国家中医医疗救治专家组抵达武汉，为确诊患者分类会诊，紧急讨论病因、病情发展和中医治疗方案。1月22日，国家卫生健康委办公厅、国家中医药管理局办公室印发《新型冠状病毒感染的肺炎诊疗方案（试行第三版）》，细化了中医治疗方案相关内容。1月24日，国家中医药管理局派出的第二批高级别中医专家组抵达武汉，进一步开展中西医结合救治。与此同时，两支国家中医医疗队迅速完成集结，分别于1月25日和1月27日出发奔赴武汉，支援一线救治工作。

与此同时，全国各地的援鄂医疗队也相继开拔，陆续抵达武汉，中西医两支力量在荆楚大地汇聚，打响了新冠肺炎疫情阻击战。

人员到位后，如何参与救治，如何最大限度发挥作用？这需要一套科学完善的机制来发动这台中西医结合引擎。

1月27日，国家卫生健康委办公厅、国家中医药管理局办公室联合印发《关于进一步做好新型冠状病毒感染的肺炎中西医结合救治工作的通知》，明确提出建立中西医结合救治工作机制，提升医务人员中西医结合救治能力，规范开展中西医结合医疗救治。

2月12日，两部门再次联合印发《关于在新型冠状病毒肺炎等传染病防治工作中建立健全中西医协作机制的通知》，细化工作部署，特别强调要"推动收治患者的医疗机构建立健全中西医共同参与、全程协作的中西医联合会诊制度，使中医药深度介入传染病防控和临床救治""各传染病救治机构要按要求，把中医药参与诊疗方案制定、联合查房、多学科会诊、病例讨论纳入医院管理制度"，为各地中西医结合救治工作的开展提供了详细的行动指南，为中医药全程、高效、深度参与救治打下了坚实的基础。

一分部署、九分落实。湖北、河南、贵州等地纷纷印发通知，要求建立中西医协同机制、加强中西医结合救治工作，并提出针对性举措。

在疫情风暴中心，武汉新冠肺炎指挥部医疗救助组下发通知：2月3日24时前，武汉各定点救治医疗机构确保所有患者服用中药。由政府签发文件大面积发放中药救治病人，这在新中国成立以来还是第一次。与此同时，各地在实践中形成的经验和成果，也被吸纳用于细化实化中西医结合救治工作措施，不断丰富完善这一中西医协同的救治体系。

三、汇聚中西医力量　只为一个共同的目标

"从全国调来4900余名中医药人员驰援湖北，约占援鄂医护人员总数的13%，其中有院士3人，数百名专家。这次中医药援助队伍规模之大、力量之强，前所未有。"在3月23日国新办新闻发布会上，中央指导组成员、国家卫生健康委党组成员、国家中医药管理局党组书记余艳红介绍了中医药援鄂队伍的数据。

进驻武汉后，一支支中医小分队不可避免地要与西医团队混编，合作开展治疗工作。但中西医治疗理念上的差异、中药药品的不足，是很多中医医护人员刚到湖北时面临的难题。战"疫"初期，中医与西医互相不理解，甚至中医药遭排斥的事情也时有发生。

成都中医药大学附属医院主任医师扈晓宇分享了他在武汉协和医院肿瘤中心参与新冠肺炎救治的一段经历。

"在早期的时候，我们和西医还是有一些隔阂。"扈晓宇说，刚开始合作的时候，一些西医比较排斥中医，甚至和患者说中药伤肝，让患者不要服用中药。

但中医药用确切的疗效改变了西医的看法。当时，扈晓宇所在的病区有两层楼，有中医参与救治的那层楼患者大多恢复比较理想，而没有的那层患者精神状态普遍不是很好，甚至有些患者的呼吸困难在一天天加重。

"赶紧给他开中药！"亲眼见证疗效后，这些曾经固执的西医也开始对中医药"路转粉"。西医每天把需要开中药的病人诊断治疗情况发到微信群里，中医迅速对接，进入病房后通过四诊合参能够很快开出中药处方。

中西医的顺畅合作也让这个病区的治疗效果显著提升。"中西医结合治疗一个疗程后，我们评估患者胸部CT的改善，改善率达到79.6%，危重症转为轻症的转换率达到80%，对发热、咳嗽、消化道症状的缓解率分别高达96%、93.8%和95.6%。"扈晓宇说。

同样的故事，也在北京援鄂医疗队队员、首都医科大学附属北京中医医院呼吸科副主任医师陈明身上上演。

"武汉协和医院西院区没有中医科，更没有中药房，作为北京援鄂医疗队中仅有的两名中医师，我和陈腾飞刚来的时候有些不适应。"陈明刚到武汉时，也面临着这样的尴尬。但他坚持为每位患者记录舌诊、脉诊信息，观察病情变

化，他深知，中医药一定会派上用场。

一次重症患者的抢救经历，印证了他的想法。

"当时抢救的患者是一名 65 岁女性，血氧饱和度只有 75%，呼吸衰竭，意识淡漠。我们先给她吸氧、解痉、补液、退热等一系列对症治疗，但患者血氧饱和度还是上不去。"陈明查看患者最新肺部 CT，发现多发胸膜下磨玻璃影改变，立即改为经鼻高流量给氧，尝试小剂量激素治疗。同时，陈明反复辨证，发现患者脉细数、舌红苔黄，是气阴两虚、脏腑有热的证候，结合患者症状，立刻给予静点益气养阴、复脉固脱和清热凉血、开窍醒脑的中药注射剂治疗。经过中西医结合抢救治疗，2 个小时后，患者的血氧饱和度逐步恢复到了95%，意识逐渐清醒了，病情趋于平稳。

中医药的疗效，也让各地医疗队和当地的西医更加信任中医药。"对于危重症或重症患者，西医诊治效果不好时，病区主任会主动找我们看看，调整治疗方案。武汉协和医院本部中医科主任陈瑞团队，也会进入隔离病区看病人的舌苔和脉象，辨证施治应用中药汤剂。遇到特别棘手的病例，我们还会联系我们医院刘清泉院长前来会诊。"陈明告诉记者。

短短 2 个月的时间，武汉协和医院西院区的中医药参与率提升到了 95%，其中北京援鄂医疗队管理的病人中医药治疗率达到 100%。这里的变化正是武汉很多定点救治医院的缩影。数据显示，在湖北地区，中医药的参与率已经达到 91.05%。

"中医和西医治疗模式上有明显不同，从西医来看，多数化学药物是单靶点的，而中医和中药更多是多靶点的，像团队作战。"作为西医，东南大学附属中大医院副院长邱海波对中医药疗效给予高度评价，"中医药作为新冠肺炎治疗的多靶点治疗手段，与目前的传统治疗相结合，一定能够挽救更多的重型和危重型病人的生命。"

"中医在治疗重症患者时，也同样充分利用可用的一切现代医学技术和西医治疗方法。"刘清泉表示，"西医的生命支持技术比如说呼吸机的使用、血滤、ECMO 和水电解质紊乱等的支持技术，是危重症支持治疗的一个非常重要的手段。"

经过一段时间磨合，中医西医在武汉战场上各尽其能、各显优势，秉持着治病救人的初心，通力合作救治患者，创造了一个又一个生命奇迹。

药物治疗方面，在瑞德西韦、法匹拉韦、磷酸氯喹频频登上媒体头条的同时，来自中药的好消息也频频传来。目前已筛选出有明显疗效的"三药三方"。临床疗效观察显示，中医药总有效率达到了90%以上。

四、全过程参与　从预防到康复不落下一个环节

"中医一开始就要介入，别到最后不行了才看。"1月28日，国家卫生健康委高级别专家组组长钟南山院士在接受新华社采访时，就发出了呼吁中医药早介入的强烈信号。

两个多月的实践证明，钟南山的判断是非常正确的。中西医结合在疫情防控的整个过程中都有不俗的表现，贯穿预防、治疗和康复全过程。

在预防关口，中医药早期干预能显著降低新冠肺炎疑似病人转为确诊病例的概率。在湖北武汉，通过给发热、留观、疑似、密接人群发放中药汤剂和中成药，打下了阻止疫情蔓延的基础。数据显示，在武汉疫情最严重的武昌区，1月28日疑似病例确诊为新冠肺炎的比例高达90%以上。2月2日，当地开始实行隔离点集中中医药干预，到2月6日，这个确诊率就下降到30%多，到3月5日，这一数据降到了3%。中医药早期干预的效果一目了然。

在治疗阶段，无论是轻型、普通型还是重症病例，中医药都显示出良好的疗效。

"中西医结合治疗可以使患者尽快退热，改善咳嗽、气短胸闷、喘憋症状，阻止轻症转向重症或危重症的转变，提高治愈率，降低死亡率。"陈明告诉记者。

在湖北、在武汉重点地区，已经建立起一套成熟的方舱医院中医师驻点巡诊制度和隔离点巡诊制度，方舱医院、隔离点建到哪里，中药就配送到哪里，中医药治疗就跟进到哪里。以收治轻型、普通型患者的江夏方舱医院为例，通过采取汤剂、口服中成药、按摩、刮痧、贴敷等中医药治疗手段为主的中西医综合治疗，564名患者没有一例转为重症。这一治疗经验向别的方舱医院推广后，各个方舱的转重率基本上都维持在2%—5%左右。

"重症患者救治是重中之重，中西医结合是降低病死率的核心。"据张伯礼介绍，对于重症和危重症患者，中医药在减少肺的渗出、抑制炎性因子释放、稳定血氧饱和度、减少抗生素使用等方面都具有作用。重症和危重症患者出现

呼吸困难以及血氧饱和度明显下降，需要借助呼吸支持甚至是有创机械通气。此时在西医治疗的基础上，配合中药干预，可以在稳定血氧饱和度、改善患者呼吸、抑制炎性因子释放等方面起到一定作用。

而在患者的康复期，中西医结合治疗同样不可或缺。武汉多家康复驿站和湖北省中医院康复门诊的实践证明，中医药除了能有效调理恢复期患者乏力、纳差、心慌、气短、失眠、抑郁等等症状外，对一些存在器质性病变的患者恢复也有效果。首都医科大学附属北京地坛医院中西医结合科主任医师王融冰表示，对于少数的危重病人、重病人出现肺功能受损或者肺纤维化，应该让这些患者尽早的得到中医的辨证施治，同时配合康复方法的训练，尽量减少损伤。

如今，各地援鄂医疗队已经分批撤离湖北，武汉战"疫"取得了阶段性胜利。回顾这次疫情救治，北京中医药大学校长徐安龙认为，应加快构建中西医结合的应急医疗体系，提高中西医结合在国家突发公共卫生应急体系中的作用和地位。

"各级卫生行政部门在组成公共卫生应急工作制度中，应建立中西医统一领导、互学互鉴、协助配合、协调一致的运行机制，明确有一定比例的中医药专家全程参与救治方案研究。在部署应急治疗救援任务时，要将有条件的中医医疗机构及时纳入，为中医药实施科学救治提供硬件保障。"徐安龙说。

在这里，中西医没有隔阂只有协和 *

李　娜

在武汉抗疫主战场，当地的同济医院和协和医院是西医院的标杆，却走出了中西医紧密协同互补的医学救治之路，并取得耀眼战绩——

疫情暴发后，华中科技大学同济医学院附属同济医院、协和医院同时经历了至暗时刻。蜂拥而来的患者，让这两家医疗资源相对雄厚的机构也倍感压力，后期入院的大量重症、危重症患者救治工作，成了摆在两家医院面前的共同难题。

两个月后，莺啼燕舞，樱花烂漫，两家医院已关闭了隔离病区逐渐恢复正常的医疗秩序，他们是如何顶住压力，迎来逆转？答案是中西医结合，共同抗疫。

一、热搜："协和红茶"和"同济咖啡"

在以西医为主的综合性医院中，中医科经常有成为边缘科室的风险。但在协和、同济两家医院中，中医科却是重要科室。在疫情暴发的第一时间，两家中医科拟定的中药预防方，迅速得到一致认可。

1 月 23 日，随着武汉封城登上热搜，武汉市协和医院官微推出的中医药防治新型冠状病毒肺炎方案也一并登上了榜单，当天点击量就突破 10 万 +，阅读量更是接近 100 万。谁也没想到，全国第一版中医药防治方案是从一所综合性医院推出的。

带头制定方案的是协和医院中医科主任范恒，方案中，他的团队根据此次疫情制定了 3 个方剂，"1 号方"用于预防，"2 号方"用于病毒感染初期的发热、咽痛，"3 号方"用于并发肺炎患者。这一被大家称之为"协和红茶"的方剂，一经推出使用量就超过了 1 万余人次，尤其是"1 号方"，第一批使用就超过

*　来源：《中国中医药报》2020 年 3 月 30 日。

了 5100 人。

无独有偶，距离协和医院仅 1.2 公里的同济医院内，一款名叫"同济咖啡"的方剂也在院内被一抢而空。这是同济医院早在上世纪 70 年代就研制出的一款院内制剂，名叫"金叶败毒颗粒"，是由金银花、大叶青等君药组成药方，具有抗病毒、解热抗炎等作用。面对来势汹汹的疫情，"同济咖啡"给同济一线医护人员撑起了保护伞。事后临床数据证实，金叶败毒颗粒能改善提高呼吸道病原学核酸检测转阴率，降低新冠肺炎普通型患者的炎症水平。

作为两家医疗资源雄厚的综合性医院，疫情暴发后，两家医院还迅速拟定了西医预防方案和处方，中西医的配合，给两家医院医护人员上了双重保险，让他们能集中精力救治更多患者。

二、化险：中医治疗有效率高达 89.1%

除了反应迅速开出预防方，两家医院中医科开出的中药处方，也为即将面临"失控"风险的医院，狠狠地踩下了刹车。

作为武汉抗疫战场的主力军，协和医院和同济医院可以说是"前线中的前线"。疫情暴发后，协和医院最早拿出 2 个院区作为重症患者收治的定点医院。在协和医院西院，截至 2 月 24 日，累计收治 2454 人，其中重症和危重症比例达 98.2%，截至 2 月 29 日，协和医院肿瘤中心也已经累计收治患者 927 人。同济医院收治新冠肺炎患者最高峰值也曾达到 2000 余人。

如此超负荷量的住院患者，对两家医疗资源相对雄厚的机构来说，都已经是压在骆驼身上沉重的稻草，如果此时，大量患者病情出现进一步恶化，后果将不可想象。

在协和医院，中医科在范恒的带领下，彻夜工作，在 1 月 23 日院内推出的第一版新冠肺炎诊治方案基础上，结合国家方案 1~7 版，陆续修订升级形成了协和医院第二版、第三版新冠肺炎诊治方案，将第一版中的 3 个处方增加到第三版的 7 个处方，涵盖预防、普通型、重型、危重型、恢复期各期患者的诊治，同时对中药注射剂也制定了明确的方案，中药使用率迅速提高到 90%以上。

在同济医院，中医科主任涂胜豪也带领团队加班加点，在院内全面铺开中医药，让 90%以上患者服用了中成药或中药汤剂。又针对临床部分患者病情快速进展，治疗效果不好，和后期患者肺功能恢复缓慢的情况，拟定出 3 个中药协定处方。其中，以柴胡、青蒿为君药的"新冠肺炎 1 号方""新冠肺炎 2 号方"主要适用于重症危症患者，以健脾补肺，活血补气为主的"新冠肺炎 3 号方"（恢复期方），可帮助患者后期恢复。

为了方便可行，两家医院将各自的处方作为模板在全院推广，得到西医同行的广泛认可。协和医院肿瘤病区数据显示，经过中西医结合治疗，绝大多数患者病情得到缓解或治愈，中医治疗有效率高达 89.1%。同济医院数据也显示，中医药有效减轻了患者症状，改善了炎症指标，降低了轻症转重症比率，让两家医院成功"化险为夷"。

三、协作：用确切疗效让中医获认同

疫情发生后，两家医院的中医科都表现亮眼，有力挽狂澜之势，他们究竟是怎样做到的？中西医又如何在两家医院合作抗疫？

九尺高台，起于垒土。在涂胜豪看来，同济医院中医科正是通过平常工作中点点滴滴的积累，才会在疫情暴发后，被全院快速认可。

涂胜豪说的积累包括三个方面：过硬的人才梯队，过硬的科研水平和过硬的临床疗效。

以同济医院中医科为例，科室不仅有 4 名全国老中医药专家学术经验继承工作指导老师，2 名省级中医大师，2 名国家中医临床优秀人才，同济医院历史上第一项国家级的大奖"人工牛黄"也是中西医结合的成果。仅 2019 年的门诊工作量就达到了 17.76 万次。

人才与科研可以用指标衡量，而疗效只能把功夫下在平时。涂胜豪这样形容："有时呼吁引起注意，经常沟通获得理解，总是努力得到支持。"在平常的工作中，他经常带领中医科对院内一些疑难病症提出中医方面的专业建议、经常参与医院疑难杂症的会诊，不断显示中医治疗的疗效与优势。

可以说，同济医院中医科在同济医院占有举足轻重的地位。也正是这样，当涂胜豪与中医科开出预防方和诊疗方案，就在全院顺理成章地推开了。

但即使这样，在抗疫战场上，驰援而来的医院多为综合性医院，在患者病情的讨论会上，中西医也时常有分歧发生。如何面对分歧？"用疗效说话！"涂胜豪坚定地指出。

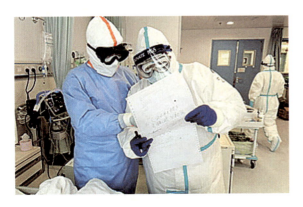

同济医院涂胜豪（右）与同事在 ICU 查房。

"患者使用的体液已经很多了，使用参麦注射剂会加重心脏的负担。"2 月底，在一名新冠肺炎重症患者的病情讨论会上，涂胜豪就与一名驰援医疗队西医专家的观点发生了分歧。

面对患者出现呼衰的紧急状态，涂胜豪提出了为患者使用 100ml 参麦注射液的想法，遭到了对方的反对。涂胜豪说，那就使用 50ml 先看看效果。果然，患者病情有好转迹象，涂胜豪的意见被采纳，随后，为患者又加了 50ml 的参脉注射液，很快患者便转危为安。"中医药的作用还是很明显的。"事后，曾有质疑的西医专家向涂胜豪说，中西医协同作战，很快让重症患者转危为安。

当中医的疗效获得西医的认可，就打下了中西医协作的基础，抗疫战场上，协和、同济两家医院正是凭借着高效的中西医协同作战，迎来了疫情至暗时刻后的柳暗花明。

四、和合：中西医军团高效作战

和合就是和谐、合作。在两家医院，中西医军团配合默契、和合共生，为一个又一个患者开启了生命的春天。

在同济医院，中医药专家通过"全过程介入""全天候介入""准确介入"等方式与西医一起介入新冠肺炎患者的临床救治中。

同济医院中医药专家"全过程"参与了病人的治疗，面对疫情高峰时期2000 多名同时在院患者，中医药专家指导轻症患者 90% 以上服用了中成药或中草药，对重症的住院病人，中医药专家则辨证论治，根据不同的病情、体质，个性化使用中药。

他们成立了两个层面的"中医特色治疗小分队"，一是由教授和高年资副教授组成资深专家组，全程参与每天下午医院举行的危重、疑难和死亡病例大讨论，参加优化危重病人的救治策略；二是由年轻副教授和高年资主治医师组成的中医会诊组，参加病房中医普通会诊。两组轮流排班，保证每天有人，随叫随到，这样就可以保证中医药专家全天候参与诊疗。

与同济医院中医药专家"全过程""全天候"介入不同，在协和医院，为了让中医药专家更好了解患者病情的发展，便于辨证施治，协和医院收治新冠肺炎的肿瘤病区，每个病人的床头都曾贴着一张《中医诊治信息征集表》，通过扫描二维码，病人便可将服用中药症状体征改善后的情况发给医生，便于让医生掌握一手资料，让病情救治管理形成闭环。

此外，两家医院参加新冠肺炎诊治的医生中大部分是西医，很多西医专家对运用中医治疗新冠肺炎比较感兴趣，愿意尝试中成药治疗，但却不是十分清楚使用的原则和方法。例如连花清瘟胶囊，很多西医并不清楚里面有大黄等寒凉成分，常常一些体质偏弱患者服用后，出现更为严重的腹泻现象。

为此，同济医院以西医专家为对象，专门制定了《同济医院中成药治疗新冠肺炎推荐意见》，并在不同场合进行宣讲，用简明扼要、通俗易懂的语言介绍使用原则和方法，让西医同行能准确、规范、有效运用中成药，中药使用率达到94%—97%。

在清晰的制度与高效的配合下，两家医院也在抗击疫情的狂风海浪下逐渐回归正常工作状态。峰回路转后，这场中西医协同作战的经验将为他们未来工作提供新的思考与方向。

中医药战"疫" 书写使命担当[*]

崔元苑

解封、重启、复苏、再出发……经过 76 天的艰苦战"疫",挨过了至暗时刻,扛住了血泪坚守,以武汉为主战场的我国本土疫情传播被基本阻断,疫情防控总体格局迎来标志性节点。在这两个多月的疫情防控战,中西医并肩作战、优势互补无疑是重大亮点,也是中国方案的宝贵经验。连日来,多国科学家、临床医生与中国中医药专家在线交流取经中医药防疫经验,我国的中成药、饮片、针灸等中医药物资也正加速"出海"驰援。

在我国疫情防控中,中医药治未病、辩证论治、多靶点干预等独特优势发挥了积极作用,并创造了多个"首次"——首次大范围有组织实施早期干预、首次全面管理一个医院、首次整建制接管病区、首次以中西医联合巡诊查房、首次在重型危重型患者救治中深度介入。"参与较早、全病程参与、介入度最深",最终探索形成了以中医药为特色、中西医结合救治患者的新方案。这既是坚持中西医并重的中国卫生健康工作方针,也由中医药具有的独特功效所决定。

当前,世界各国对于新冠病毒的认识仍处于探索阶段,在没有特效药和疫苗的情况下,中药以不变应万变,通过症候演变的规律确定治疗方案,在疫情一线的救治实战中被证明了卓有成效。

在疫情汹汹、病例急遽爆发、医疗资源紧张的现实下,让发热、留观、密接、疑似四类人普服中药,施以标准通治方"中药漫灌",缩短了症状持续时间,及时截断了疫情的蔓延和扩展势头,创新了中医药参与社区防护的模式,使防控关口前移至社区。

在全中医的方舱医院,对轻症普通型患者主要采用中医药综合治疗,实现了"所有病人零转重、零复阳,医护人员零感染"的治疗奇迹。

---

* 来源:人民网—人民健康网,2020 年 4 月 11 日。

在重症、康复阶段，中医药辩证论治、一人一方，在血氧饱和度不稳定、炎症控制不及不佳、控制病情恶化发展等病理环节上发挥了作用。同时，也可以帮助患者更好的康复，减少后遗症。

大疫出良药。此次疫情中，中医药推动科技攻关，对已经纳入第五、第六、第七版诊疗方案的中成药和方剂，进行临床疗效观察，筛选出有明显疗效的"三药三方"。在临床救治的同时开展了中医药的基础研究，积极筛选评价一些具有抗病毒作用的已上市中成药。同时利用国家科研平台开展新药研发，中医药科研攻关为打赢疫情防控阻击战，提供了有力的科技支撑。

中国的历史也是一部战"疫"史，历代中医治疗疫病积累了丰富的经验，在有记载的 500 多次大小瘟疫中，中医药没有一次缺席。而近年来，中医药在重大疫情防治和突发公共事件医疗救治中体现出的责任与担当，也举世共睹。中医、中西医结合治疗传染性非典型肺炎，疗效得到世卫组织的肯定；中医治疗甲型 H1N1 流感取得良好效果，引起国际社会关注；中医药在防治艾滋病、手足口病、流脑、乙脑、人感染 H7N9 禽流感等传染病以及突发公共事件医疗救治中，也发挥出了独特的作用。

病毒无国界，人间有大爱。揆诸当下，全球疫情形势严峻，蔓延与传播速度仍未遏止。

疫情当前，同此凉热。抗击疫情，需要世界各国人民共同携手，开展国际合作，也需要中西医协力应对。

中国的中医，世界的中医。中医药为传染病防治提供了"未病先防""既病防变"的策略，中医药以前是、现在是、未来仍然是人类战"疫"的重要武器。在人类命运共同体的理念与共识下，中国医药将继续为实现人人享有健康的美好愿景、促进人类健康书写使命担当。

中医药为抗疫作出突出贡献 *

申少铁

国务院联防联控机制 17 日举办新闻发布会，介绍新冠肺炎疫情中医药防控工作进展和成效并答记者问。

"从中医的角度看，新冠肺炎主要侵害患者的肺和脾，表现为类似于咳嗽、咳痰、喘憋、气促等肺的症状，以及乏力、食欲不振、恶心呕吐、腹泻等脾的症状。"中国科学院院士、中国中医科学院首席研究员仝小林认为，从新冠肺炎病情的发展过程看，早期比较偏重于"瘀"，中期偏重于"闭"，晚期偏重于"脱"，主要是"喘脱"，然后就是恢复期。

仝小林介绍，专家在不断汲取各地经验的基础上制定和修订了从三版到七版的诊疗方案，包括患者恢复期的诊疗方案；推动了武汉一些大的医院进行中西医结合治疗，取得了很好的效果，特别是降低了死亡风险。

清肺排毒汤被纳入了第六版、第七版诊疗方案当中，也是目前唯一的通治方剂。北京中医药大学副校长、教授王伟介绍，清肺排毒汤在山西、河北等地进行了临床紧急观察，发现有效率超过 90%。2 月 6 日，国家卫生健康委和国家中医药管理局印发通知，在全国推广使用清肺排毒汤救治新冠肺炎患者。

"2 月 5 日以来，武汉的定点医院、隔离点等总共使用了 39 万袋清肺排毒汤。"王伟说，一些专家对该方剂的物质基础做了研究，完成了 300 多种化学成分和 200 多种入血成分的鉴定。"清肺排毒汤能有效抑制内毒素的产生，可以避免或者延缓炎症风暴的发生，适用于轻型、普通型、重型新冠肺炎。"

在治疗新冠肺炎过程中，除了药物，中医还有不少非药物的疗法。仝小林介绍，针刺、艾灸、八段锦、穴位贴敷、隔物灸、热敏灸、拔罐等方法，主要帮助患者改善症状。"我们统计了 600 多例患者的情况，发现对咳嗽、胸闷气短、乏力、失眠、心慌等症状，中医的非药物疗法取得了较好效果。"

---

* 来源：《人民日报》2020 年 4 月 18 日。

"中医参与救治危重症患者，大有可为。"北京中医药大学东直门医院党委书记叶永安介绍，中医药专家制定了三版重症、危重症的诊疗方案，并且推荐了4个方剂和8个中药注射剂。中医药治疗方法能减缓、阻止重症向危重症的转化，促使危重症转为普通症，从而提高了治愈率，降低了病亡率。"我们治疗的80例重型患者，综合治疗的有效率为92.5%。"

"这次抗击疫情，中医药科研参与的广度和深度都是空前的。"王伟介绍，中国工程院专门成立了中医药专班，调动各方面的力量和资源，多方进行支持。"我们将临床救治放在第一位，同步推进临床救治和科研，形成了清肺排毒汤、'三药三方'等成果。"

为了推进中医药科研工作，国务院联防联控攻关组专门成立了中医药专班，分为临床救治、机理研究、方药筛选、体系建设4个组。专班组成员、中国工程院院士王琦介绍，下一步，将做好中医药治疗新冠肺炎临床总结，为应对突发传染病作出规律性探索。要对临床救治有效的方案、有效的方剂开展机理研究，并加快成药性研究和临床适应症的研究。此外，还要探索中医药如何融入国家传染病防控体系，做好一线支撑的信息化平台的建设。

截至4月16日24时，31个省区市和新疆生产建设兵团现有确诊病例1081例，其中重症病例89例；累计治愈出院病例76979例，累计死亡病例4632例，累计报告确诊病例82692例，现有疑似病例62例（武汉市新冠肺炎疫情防控指挥部于17日就新冠肺炎确诊病例数、确诊病例死亡数进行了订正）。当日新增确诊病例26例，其中15例为境外输入病例；新增疑似病例3例，均为本土疑似病例；新增无症状感染者66例，其中境外输入3例；当日新增治愈出院病例52例，重症病例减少6例。

中医药优势在社区、隔离点疫情防控中得以彰显[*]

——防疫关口前移　有效精准施治

王君平

4月11日，77岁的杜大爷出院整2个月。他亲自下厨做了武汉风味十足的四道菜：粉丝鸡汤、鱼头千页豆腐、清炒小白菜、五花肉炒辣椒。谁能想象，这位家住武汉市武昌区水果湖街社区的居民，曾是一位生活不能自理，呼吸靠喘、吃饭靠喂、上洗手间靠搀的重症患者。杜大爷治愈出院，得益于中医药抗疫的"武昌模式"。

新冠肺炎疫情期间，武昌区率先在社区发放中药，探索并形成了以"中药通治方＋社区＋互联网"为重点的"武昌模式"，即中医药从预防、治疗到康复全链条干预，筑起阻断疫情蔓延的"防火墙"。数据显示：1月28日，武昌区隔离点疑似病例确诊比例高达90％以上。2月2日实行隔离点中医药干预，2月6日确诊率下降到30％左右，3月5日下降到3％左右。

一、通治方——"大水漫灌"加"精准滴灌"，同病同治加辨证施治

1月24日晚6时，仝小林从北京到达武汉，一下火车就感觉到明显的湿冷；入住宾馆后，他没开空调，而是打开窗户，出门在小雨中走了一个多小时……出于职业习惯，他要体验当地的气温环境；同时他特意查看了武汉的天气，1月份过去的20多天里，有16天下雨。

仝小林是中国科学院院士、中国中医科学院首席研究员，担任新冠肺炎国家中医医疗救治专家组组长。

1月25日，到达武汉的第二天，仝小林和团队一同去金银潭医院查看住

---

* 来源：《人民日报》2020年4月21日。

院病人。第三天，仝小林去武汉第一医院发热门诊，病人排着长队。有人从早上5时一直等到中午还没看上病。病人看到仝小林，就拿着片子让他看，拽着他的衣袖不让走……

这一幕幕场景让仝小林非常心疼：但面对大量患者，靠医生一个个诊脉开方，是不现实的。特殊时期，怎样才能让每一个患者都吃上中药，阻断疾病向重症发展呢？仝小林陷入了沉思……

中医治病，首先要抓住重点病机，否则药不对症，事倍功半。通过一线诊疗，仝小林发现患者多有咳嗽发热、食欲不振、乏力、腹泻、恶心呕吐等症状，故而他对新冠肺炎有了两个明确的病位定位：一个病位在肺；一个病位在脾。肺和脾都属"阴藏"，内外双重的寒湿状态破坏了人体内环境的平衡。从中医角度讲，仝小林给新冠肺炎命名为"寒湿疫"。

重点病机一旦确定，仝小林与当地专家团队联合研究了一个通治方——寒湿疫方（武汉抗疫1号方）。通治方由槟榔、煨草果、厚朴、苍术、生麻黄、杏仁、羌活等20余味中药组成，大的原则就是宣肺化湿，解毒通络。

考虑到疾病的演变和病程变化，仝小林在通治方的基础上做了一个"九加减"，就是根据9种不同的症状，对通治方进行加减。社区大范围发药，"九加减"增加了制成颗粒剂的难度。仝小林经过深思熟虑后又改成了"四加减"，即根据主症的不同，拟定出分别针对发热、咳喘、纳差、气短乏力等症状的4个加减方，与主方合并使用。以发热病人为例，如果患者吃了3天通治方后，发热症状改善不够明显，医生可在通治方上加用甲方，整体加重麻黄和石膏用量，还增加柴胡和芦根，以达到退热效果。

通治方在抗疫中的应用，并没有违背辨证施治、一人一方的传统，而正是辨证施治灵活性的具体体现。关键是能否根据患者的具体症状，抓住抓准重点病机和传变规律，形成有效的通治方。有效的通治方是"武昌模式"的重点。

"这是在当时的情况下，最贴近于辨证施治、一人一方的做法，尽可能做到精准用药。"仝小林说。"大水漫灌"加"精准滴灌"，同病同治加辨证施治，应对新发传染病，中医药的特色和优势得以彰显。

二、社区发药——发挥桥头堡作用，及时救治病人

武昌区拥有125万常住人口、144个社区，疫情一度非常严峻，对社区医

疗资源提出巨大考验。

武昌区水果湖街社区卫生服务中心主任吴之平介绍：中心服务人口 8.6 万人，只有 4 名中医师，人均服务居民 2 万人以上。其他社区中心配备的中医师一般在 9 人以下。

"病床、医生、防护物资等曾经一度稀缺。"武昌区副区长向悦说，"当时大家认为，也许一时变不出病床、变不出医护、变不出防护物资来，但是可以让患者吃上中药。"

"轻症和疑似病人能不能在社区治疗，从而减轻医院的压力？社区如果能把那些轻症甚至疑似患者控制住，医院和发热门诊的压力会大大缓解。切断疫情源头，社区是第一关。"仝小林说。

1 月 29 日，仝小林向武昌区政府和湖北省中医院提出共同开展社区中药防控的提议时，三方一拍即合，马上行动，从源头做起，从小火苗扑起，控制疫情蔓延。

2 月 2 日，国家中医药管理局前线总指挥部和湖北省卫健委、武汉市卫健委决定：尽快在社区发药，让每一个社区的居家病人吃上中药。

向悦马上协调九州通药业，按武汉抗疫 1 号方连夜熬制了 2.7 万袋汤药，配送到武昌区所有隔离点和社区卫生服务中心，率先在社区大范围免费发药；同时武昌区紧急向江苏连云港市求援，连云港康缘药业 3 天内生产了武汉抗疫 1 号方及 4 个加减方约 4.2 万人份 14 天用量的中药颗粒剂，全部赠送武昌区。

社区卫生服务中心将大量通治方颗粒剂运往辖区隔离点，通过家庭医生团队为签约居民、封控小区内的健康居民免费提供通治方。

社区发挥桥头堡作用，形成了联防联控、群防群控的强大力量。仝小林说，"武昌模式"是在面对突发重大公共卫生事件、常态化医疗体系供应不足时的关键举措；发挥社区作用，用中医药进行防控，使疫情防治关口前移，病人得到及时救治，从而降低转重率、死亡率。

三、数字中医药——探索中医药参与社区防护新思路，推动中医药防控传染病现代化

仝小林对流行病的中医诊疗有一定经验：上世纪 80 年代读博期间，他就跟随国医大师周仲瑛治疗流行性出血热；2003 年在中日友好医院参与 SARS 救

治，担任中医、中西医结合组组长。但这次社区大范围发药，一旦整个病性判断错了，病方用错了，可是人命关天的事儿，仝小林一时心理压力颇大！在决定大范围发药后，迫切需要解决两个问题：一是患者服药后反馈，二是中医师用药指导。

2月2日23时许，仝小林拨通了中国中医科学院首席研究员、中医药数据中心主任刘保延的电话。

"仝院士跟我讲了他的想法，希望搭建咨询平台对接全国的中医医师，让武昌区用药的隔离人员，发热、疑似和确诊患者能够通过网络，实时反馈用药信息，得到专业的用药指导和建议。"刘保延当晚就开始行动，从APP开发，到医生招募，再到随访流程设计，数据接入、数据分析，确保万无一失。

2月3日，武汉抗疫1号方开始发放使用。用药者通过扫描印在通治方包装上的二维码，填写病情和用药情况，生成病例日志。志愿者通过电话或微信询问并记录他们病情；依据志愿者反馈的情况，一线医生对用药者情况做出判断并及时进行用药调整。

"我们采取临床科研一体化策略，在互联网、移动终端等技术支撑下，将国际上通行的患者结局注册登记与志愿者主动随访相结合，以患者救治为先，同时收集用药者服药后身体状况变化，及时反馈给前线专家进行处理。严格审核每一位志愿者的执业资格，并制定了志愿者工作服务手册，要求他们严格参照执行，以保障良好的服务。"刘保延透露，为了确保远程用药指导贴近一线救治实际，他们和前方专家保持密切联系，在手册中尽可能列举了用药者可能提到的问题，并附上经前线专家认可的解答，为志愿者提供参考。

"居家隔离用药的病人由于无法及时联系到一线医生，容易焦虑恐慌。通过电话与APP远程交流，他们不仅可以得到专业指导，还能在沟通中缓解焦虑、消除恐慌。"刘保延说，及时的信息反馈能起到很好的预警作用，一旦发现用药者有病情加重倾向，志愿者会第一时间对接前线医生介入治疗。

截至3月5日，武汉抗疫1号方的应用已见成效，3698名发热、疑似和确诊患者服用后，其中90%以上的发热、咳嗽、咳痰、乏力、气短、情绪紧张、纳差、腹泻症状消失。发热患者的平均退热天数是1.74天。刚开始发药时，社区当中观望或拒绝领药的人不在少数。但随着药效显现，领药的人越来越多。

截至 3 月 25 日，扫描二维码进入 APP 注册登记管理的隔离人员 12051 人，其中服用武汉抗疫 1 号方的 4579 人，完成病情日志 27884 份。其中由于服药后不舒服停服药的只占记录的 7.85%。参与随访的医生志愿者达 690 人，累计协助患者 4571 人，与患者电话沟通 3 万多次。

武昌区卫生健康局副局长王辉说，从开始发放药品，经过 14 天，确诊人数出现断崖式下降，并维持在低位水平。对确诊轻症和疑似患者中药干预治疗作用明显。重症患者的死亡病例逐步下降，并保持低位水平。

一项回顾性分析显示：武昌区确诊轻型、普通型 721 例，其中武汉抗疫 1 号方组 430 例，对照组 291 例。从新冠肺炎病情加重率来看，武汉抗疫 1 号方组为 0 例，对照组为 19 例（6.5%）。

"'武昌模式'是武汉抗疫前线出现的一个奇迹，并在武汉市乃至湖北省范围内得到认可和推广。"向悦说。

刘保延认为，"武昌模式"是一种数字中医药模式，是通过大数据、互联网让中医药服务变成数字化医学，是中医药防控传染病现代化的一次探索。

"中医药第一时间的介入，对整个疫情的控制至关重要。"仝小林说，中医药抗疫的"武昌模式"，是面对新发、突发重大公共卫生事件，中医药参与社区防护的一种全新思路。

开辟中医抗疫示范田 *

——首批国家中医医疗队接管金银潭医院病区纪实

王君平

4月22日，首批国家中医医疗队领队、中国工程院院士黄璐琦在京结束隔离观察。1月25日，大年初一，他带领首批国家中医医疗队进驻武汉金银潭医院，几天后正式接管南一病区。这是中医首次整建制接管一个独立重症病区，开辟中医治疗新冠肺炎重症的"示范田"。

当医疗队撤离时，金银潭医院院长张定宇做出决定：南一病区作为中医药传染病区，由全院15名中医师集中管理。以后，艾滋病、肝炎等传染病也要积极用中医药治疗。

一、搭建中药保障平台新增处方信息系统

首批国家中医医疗队由中国中医科学院组建，主要由西苑医院和广安门医院共35名医护人员组成。他们抵达金银潭医院后，发现这家传染病三级专科医院没有中药房。于是，他们迅速搭建中药保障平台，新增中药处方信息系统，中医药救治新冠肺炎患者的阵地由此开辟。

作为中医国家队，大家心里都憋着一股劲儿：付出最大努力，为坚决打赢疫情防控阻击战贡献中医力量！

一位83岁的老婆婆，一直戴着面罩，处于高流量给氧状态，一脱氧血氧饱和就往下掉……"经过评估，患者没有需要使用抗生素和激素的指标，可以采取中医汤剂辨证施治，用中药注射剂代替抗生素治疗。"西苑医院副院长李浩说。

在医护人员的精心治疗和护理下，老人病情日渐好转，康复出院。

2月3日，金银潭医院首批以中医药或中西医结合治疗的8名确诊患者出

---

* 来源：《人民日报》2020年4月24日。

院。"没想到中医药疗效这么好！"这是中医人面对疫情交出的答卷。"说明中西医结合和中医治疗方案是成功的。"李浩说。

"临床疗效才是评价中医药优势的标准。"黄璐琦介绍：随着医院及患者对中医药的逐渐认可，南一病区床位由 32 张增加到 42 张，收治的均为重症患者。其他病区也陆续开始使用中药，中医参与会诊成为金银潭医院会诊制度的规定。不少患者从"不了解中医药"到逐步接受、喜爱用中医药，甚至有患者要求转科接受全程中医药治疗。

黄璐琦提供了一组数据：对金银潭医院具有可比性的 8 个病区进行分析表明，2 月 1 日到 2 月 29 日共收治 862 例患者，南一区死亡和恶化率都是一位数。截至 3 月 30 日医疗队返回北京时，病区累计收治 158 例，出院 140 人，其中纯中医治疗 88 例，治愈出院率 88.61%。"这再次证明了中医药是中华民族的瑰宝。"黄璐琦说。

二、依据古代经典名方针对病情研发新药

"白肺、呼吸窘迫、心脏骤停，快来帮忙……"在南一区新冠肺炎隔离病房，广安门医院急诊科主任齐文升的对讲机里突然收到呼叫……他迅速换好防护服，冲进病房，对病人持续进行半小时胸外按压，直至抢救成功。

在查房中，根据不同患者的病情，齐文升分别开具了 4 张中药号方。这 4 张处方源自新冠肺炎诊疗方案（试行第四版）中的协定方，分别对应的是寒湿郁肺、疫毒闭肺、内闭外脱、肺脾气虚等症型。国家中医药管理局高级专家、西苑医院肺病科主任苗青介绍，不同的病人使用不同的处方。

有患者的临床表现为呼吸困难、气喘、胸闷胸痛、高热或持续低热。原来的 4 张处方不能覆盖现有患者的病情，医疗队立刻沟通，西苑医院急诊科主任杨志旭在原来的方案上又加上了 5 号方。

应对疫情，全世界都在寻找有效的方药。随着临床救治病例的增加，中药"利器"的作用初显端倪。在综合其他方药优点的基础上，2 号方被优化为"新型肺炎方"，成为团队治疗的核心方。苗青说，以中医的观点来看，新冠肺炎最大的特点是湿，湿毒是贯穿整个疾病始终的核心病机。湿邪弥漫三焦，因此要按照三焦的不同部位，因势利导，祛除邪气。

边救治、边总结、边优化，"新型肺炎方"被一个更贴近的名称——"化

湿败毒方"所代替。黄璐琦解释，治疗新冠肺炎就像一场足球赛，人体是球场。"化湿败毒方"就像一个由 14 味药构成的足球队(11 名队员加上 3 名替补队员)，在球场上从前场、中场和后场入手，相互配合，击败病毒。

"化湿败毒方"依据古代经典名方，是否有用需要临床疗效来评判。"每天从医院回到驻地，团队马上着手整理一天的病案。这是珍贵的第一手中医临床资料，对新冠肺炎诊疗方案的完善有重大参考价值。"齐文升说。

前方将病人症状、体征、舌脉、体温等诊治要素和实时治疗情况上传，后方归纳统计。为更好获得第一手病例相关信息，中国中医科学院科研攻关组紧急设计开发了舌诊图像采集 APP 和问诊系统；同时紧急开发出社区信息采集系统，及时获取医学观察期人群中医诊疗信息。

"寻找中医药疗效的高级别循证证据，有利于优化临床方案，提高中医药临床救治效率。"黄璐琦说。

经过对金银潭医院 75 例重症患者治疗效果的观察，方舱医院 452 例轻症患者随机对照，将军路街卫生院 200 多例普通型患者临床观察，"化湿败毒方"在核酸转阴和症状改善方面有显著差异。中国医学科学院实验动物研究所秦川研究员开展的小鼠实验发现，"化湿败毒方"能够将小鼠肺部的病毒载量降低 30%。

3 月 18 日，黄璐琦主持了一场专家座谈会。会上，他向专家们展示了刚刚拿到的一份通知：依据"化湿败毒方"研制的化湿败毒颗粒，获得国家药品监督管理局批复的 3 期临床试验批件。黄璐琦介绍，化湿败毒颗粒是我国具有自主知识产权、专门针对新冠肺炎开发的新药。

三、救治方案延伸社区集中消除周边病例

武汉卓尔万豪酒店是首批国家中医医疗队的驻地。医疗队入住当天，东西湖区将军路街卫生院成为收治新冠肺炎病人的定点医院。金银潭医院与驻地相距 300 米，与武汉客厅方舱医院相距 150 米左右。高峰时期，医疗队周围聚集病人高达 3000 多人。

医疗队以金银潭医院为中心，让中医救治方案向社区延伸、向卫生院延伸，集中消除医院周边的病例。广安门医院副院长吕文良与心理科主任王健，最早为社区新冠肺炎患者提供中医药治疗服务。

2月1日，吕文良和王健来到将军路街卫生院，毫不犹豫地换上防护服，进入住院部……

吕文良和王健给病人把脉、观舌象，望闻问切四诊合参，辨证施治。不少病人看到吕文良防护服上的名字，上网搜索确信是知名专家，争着找他把脉。一位女病人哽咽着说："您这么一解答，我心里舒服多了，一定按时服用中药。"

看完病人后，吕文良建议：病人在保暖的前提下，病房要开窗透气，大家随即照做。打开窗户，当初春的阳光照进来，病人脸上露出了久违的笑容……

服用中药之后，病人自觉症状明显好转。发热减轻、胸闷减轻、咳嗽减轻、核酸检测阴性，喜讯不断传来。中药在病区"火"了，专家决定，每个病人3天发放一次药物。

为了方便患者与中医医生交流，吕文良让后台设计一个二维码，患者只需扫码，录入基本信息，上传舌苔照片，就可以得到后方医生一对一的用药指导和咨询。新入院患者不需要医生费力宣传，就拿着手机扫描墙柜上的二维码，申请药物。

一位15岁的少年和父亲相继感染，同住一间病房。王健每次去住院部查房必定要探望他们，有时间还通过电话指导少年肺部康复和心理康复。

别时风霜雨雪，归来春意盎然。广安门医院日前收到一份来自东西湖区将军路街道办的感谢信。信中说："在你们的努力下，中医药物介入治疗患者无一例从轻症转为重症，无一例重症患者死亡。将军路街卫生院成为全区第一个患者清零的医院。"

据统计，医疗队在东西湖区张家墩和马池墩社区治疗80例居家隔离确诊及疑似患者；为将军路街卫生院210例新冠肺炎住院患者提供中医诊疗服务，并为124例患者免费提供中药救治；精心救治武汉客厅方舱医院452名患者和雷神山医院168名患者。多位医疗队专家参与湖北省中西医结合医院、湖北省中医院等多所医院的中医药会诊。

"应对新发突发传染病，中医与西医同台合作，有利于共同防控疫情。"黄璐琦说。

中医药治疗新冠肺炎总有效率达百分之九十以上 *

——中医治重症，为啥疗效好？

王君平

4月24日，最后一例新冠肺炎重症患者治愈，武汉新冠肺炎重症病例实现清零。

中医药在重型、危重型新冠肺炎患者救治中深度介入，组织专家制定三版新冠肺炎重症、危重症中医诊疗方案，推荐4个方剂和8个中药注射剂，精准施策，多管齐下，减缓、阻止了重症向危重症的转化，促使危重症转为普通症，从而提高了治愈率，降低了病亡率。

中央指导组成员、国家中医药管理局党组书记余艳红说，全国4900余名中医药人员驰援湖北。从救治情况看，中医药治疗新冠肺炎总有效率达90%以上。轻症治疗和恢复期治疗中医药早期介入，重症、危重症实行中西医结合，有效缓解病情发展。

一、一人一策精准施治

在武汉市第一人民医院重症病房，62床的新冠肺炎病人李某一度病情危重，高烧不退，咳喘不止。中国科学院院士、中国中医科学院首席研究员仝小林查看病情后，当即开出一个中药方。患者服用3服中药后，病情开始好转，生命体征稳定，转入普通病房。

仝小林曾经3天跑了4家医院，看了80多位危重症病人。他一进医院，就穿上防护服，直奔ICU病房查看病人，了解病情，应用中医方法治疗危重症患者。在他的推动下，这些医院救治重症病人的中医参与率明显提高。

重症病情发展相对迅速，根据病情变化，一人一策，随证化裁，注重体质、疾病、症状"三结合"，同病不同治，同病不同方，精准施治，临床效果显著。

---

* 来源：《人民日报》 2020年4月26日。

73岁的河北省患者郑某住院15天,中药处方开15次。入院后,突然出现间断意识模糊、烦躁,病情危急。中医专家辨证为"浊毒热结,腑气不通",开具小承气汤合麻杏石甘汤。患者服药后,第二天上午排大便两次,意识逐渐恢复。几天后,患者又突然胸闷憋喘加重,当即再次调整处方,给予葶苈大枣泻肺汤合瓜蒌薤白半夏汤紧急服下。次日,患者症状缓解,舌象复原。

1月25日,武汉市金银潭医院迎来首批国家中医医疗队。这支队伍由中国中医科学院广安门医院和西苑医院的医护人员组成。随着医院及患者对中医药的逐渐认可,医疗队接管的南一病区床位由32张增加到目前的42张,收治的均为重症患者。截至3月30日医疗队返回北京,病区累计收治158例,出院140人,其中纯中医治疗88例,治愈出院率88.61%。

中国工程院院士、中国中医科学院院长黄璐琦提供了一组数据:对金银潭医院具有可比性的8个病区分析,2月1日到2月29日共收治862例患者,南一区死亡和恶化率是一位数,其他7个病区平均是两位数。

成都中医药大学附属医院感染科主任扈晓宇带队的医疗队,接管华中科技大学同济医学院附属协和医院肿瘤中心Z9和Z10两个病区,共收治新冠肺炎患者176例,累计治愈出院141例,其中重症、危重症患者51例。这其中,气管插管患者0例,使用有创呼吸机0例,使用ECMO(体外膜肺氧合)0例。扈晓宇说:"中医参与度越高的,中西医磨合得好的医疗队,重症、危重症患者的救治情况就好,治愈率很高,病亡率也低。"

在救治重症和危重症病人中,中医为何疗效好?仝小林说:"重症病人痰湿还阻塞在肺部,呼吸就越来越困难,氧饱和度逐渐降低,中医救治重症、危重症时,要宣肺化痰,从肺、脾、肾几个角度去治,能够改善体内环境,疗效明显。"

"中医用药如用兵。中医治疗新冠肺炎,不是单靶点发挥作用。"中国中医科学院广安门医院急诊科主任齐文升介绍,以治疗新冠肺炎为例,宣肺清泄、疏散上焦,化湿和胃、斡旋中焦,活血解毒、畅通下焦。治疗过程中,早期祛邪为主,中期清热化湿为主,后期扶正为主。根据病人病情的演变辨证施治,这就是中医起效的原因。

二、古法新用融会贯通

"提升危重症患者救治成功率,是我们努力的方向。"北京中医药大学支援湖北医疗队总领队、北京中医药大学东直门医院党委书记叶永安说。

2月28日，叶永安带领中医团队首次进入湖北省中西医结合医院重症ICU病房。望闻问切作为中医临床收集数据的主要手段，在危重症ICU病房，却很难达到理想的效果。病人上着呼吸机，无法实现问诊，无法观察舌象，胳膊上捆着监测袖带，手背扎着输液针，再加上医生戴着两层手套，切脉也很困难。在很难掌握更多信息的情况下，中医如何实现精准辨证？

"在传统的脏腑辨证、卫气营血辨证不足以获得更多信息的情况下，我们综合五运六气理论、三部九候诊法以及临床客观检查指标，精准评估患者的病情。"叶永安古法新用，在颈动脉、踝关节拿脉，灵活采用脏腑辨证及卫气营血等理论，为患者遣方用药。

"是你们救了我的命啊！"一位79岁高龄的危重症患者因病情平稳即将转入专科医院时，紧紧地拉住叶永安的手说。老人姓付，发病10余天，入院时肺部影像学呈持续性恶化，时清时寐，偶有躁狂，情绪恐惧，整夜不能入眠。结合对症的中药治疗后，患者症状改善明显。治疗一周后从病危转为平稳状态。

在雷神山医院，上海中医药大学附属岳阳中西医结合医院心血管内科主任樊民，为呼吸困难、胸口疼痛难忍的重症患者刘女士做针灸。针刺、捻转，运针，20分钟后，刘女士症状逐渐舒缓，半个小时逐渐恢复正常。

"针刺治疗方法可用于减少或替代重症患者呼吸机治疗。"樊民拿出一根经过改造的毫针，在外面加了一个塑料的套管。这是因为隔离病房里穿着防护服，护目镜很容易起雾，戴着几层手套的话手感比较差。他与同事在毫针外面加了一个塑料的套管，这样既避免了感染，又能扎准穴位。

叶永安提出，对于ICU危重症患者诊疗的困难，中医人应注重采用多种经典理论相结合，融会贯通于患者的治疗，方可取得临床疗效，让更多的患者受益于博大精深的中医药学。

三、因人制宜治法多样

53岁的河北张家口患者张某入院后，很快上了呼吸机，熬好的中药清肺排毒汤只能通过"鼻饲"给药，病房医生每天给予指尖穴位按摩。经过中西医结合精心治疗，病情日渐好转，撤下呼吸机。但患者意识恢复后，时而神情淡漠，时而焦虑烦躁，医务人员采用中医五行音乐疗法治疗。患者精神好转，最终治愈出院。

新冠肺炎重型、危重型患者病情复杂而多变。中医专家因人制宜，广泛使用鼻饲、灌肠、肚脐贴、穴位贴、中药注射液等多种疗法。

在救治新冠肺炎患者的过程中，重症患者会出现"炎症风暴"。这种自身细胞因子的过度反应，对患者机体的损伤很大。中药注射液成为对付"炎症风暴"的有力武器。

"赶紧上中药注射液！"62岁的郭某入院后出现意识模糊，烦躁，眼窝凹陷，手足冰冷，病情极为危重。河北省中医药巡诊专家现场会诊，汤药浓煎频频鼻饲并灌肠给药，静脉使用中药注射液血必净。两天后，患者意识恢复，手足变得温暖。患者终于撤下呼吸机，病愈出院。

"血必净能活血化瘀，清热凉血，有效抑制'炎症风暴'。中药注射液是抢救治疗重症患者的有力武器。"中央指导组专家组成员、中国工程院院士、天津中医药大学校长张伯礼表示，初步临床研究显示，在危重症患者救治中，使用中药注射液减轻症状，缩短病程，促进核酸转阴。对危重症患者果断、及早使用中药注射剂，可以收到疗效。

基于临床急用、实用和效用为导向，本着第一时间救治病人的指导思想，我国紧急启动了中医药防治新冠肺炎的防治项目，科研助力临床救治。黄璐琦说："重症患者有80%愿意接受中西医结合治疗。寻找中医药疗效的高级别循证证据，有利于优化临床方案并加以推广，提高临床救治率。"

防治新冠肺炎 见证中医实力[*]

王君平

探索防控传染病的现代化之路，中医药不仅要作出应有贡献，而且应该以此为重要契机推动传承创新发展。

继承好、发展好、利用好传统医学，让中华文明瑰宝惠及世界，就能为人类健康贡献更多中国智慧和中国力量。

抗击新冠肺炎疫情，中医建取新功，成为我们打赢疫情防控阻击战的"利器"。

中医药防治新冠肺炎，成为中国经验的一大亮点。在日前召开的国务院联防联控新闻发布会上，中国科学院院士、中国中医科学院首席研究员仝小林介绍，武汉市武昌区在社区率先发放中药，探索形成以"中药通治方＋社区＋互联网"为重点的防疫方法，筑起阻断疫情蔓延的防线。探索防控传染病的现代化之路，中医药不仅要作出应有贡献，而且应该以此为重要契机推动传承创新发展。

疫病动态演变因素复杂，中医治疗新发传染病绝非易事。面对新发突发传染病，如何准确抓住病机，对中医人是一次大考。如果病机抓不准，病因就看不清，方药自然难见效。新冠肺炎患者确诊病例中，超九成的患者使用了中医药。临床疗效观察，中医药总有效率90％以上。可以说，中医药在抗击新冠肺炎疫情中发挥了重要作用。

中医药的运用还体现出两个新特点。一个新特点是进入社区，助力守护社区防控阵地、加固群防群控防线；另一个新特点则是运用大数据、人工智能等新一代信息技术更好发挥中医作用。救疫如救火，关键是控制源头、切断传播。在新冠肺炎疫情救治中，发挥好中医药在治病救人中的作用，使疫情防治关口前移，病人得到及时救治，从而降低转重率、病亡率。加强社区医疗力

＊　来源：《人民日报》2020 年 4 月 26 日。

量，不只是疫情防控的需要，也是实现健康中国战略的需要，这其中一个重要内容就是促进优质中医药资源下沉，让老百姓在家门口看上中医。

中医药传承创新发展，也要注重运用最新科技为其服务。面对如此复杂的疫情，在社区、在隔离点大范围发放中药，医生迫切需要患者服药反馈，患者亟待中医师用药指导。借助大数据，服药的人扫描中药袋上的二维码，生成病例日志，成为中医药获得的第一手数据，从而提供更精确的治疗支撑，使中医药疗效得到客观真实评价。无形助有形，前后方结合，通过大数据、互联网让中医药服务变成数字化医学，通过人工智能、数据挖掘让中医药诊疗规律得到总结、优化。古老的中医药历久而弥新，借助新一代信息技术将焕发出更大生机活力。

习近平总书记强调，"要遵循中医药发展规律，传承精华，守正创新，加快推进中医药现代化、产业化"。继承好、发展好、利用好传统医学，让中华文明瑰宝惠及世界，携手应对全球公共卫生挑战，就能为人类健康贡献更多中国智慧和中国力量。

助力"四早"、减少"转重"、帮助康复 *

——中医药为新冠肺炎防治作出重要贡献

田晓航

在这场新冠肺炎疫情防控阻击战中,中医药作出了不可磨灭的贡献。疫情暴发初期,中医药如何阻止了疫情蔓延?在重症、危重症患者救治中,中医药起到什么作用?在恢复期,中医药有哪些帮助患者康复的干预方法?在近日的国务院联防联控机制新闻发布会和国新办新闻发布会上,曾在武汉一线指导和参与救治的专家回顾总结救治经验,给出了答案。

一、早期介入、大面积发放中药有效阻止疫情蔓延

早发现、早报告、早隔离、早治疗是传染病防控的重要手段。国家中医药管理局医疗救治专家组组长、中国中医科学院首席研究员全小林院士说,武汉疫情出现社区传播之后,中央指导组果断决策,将中医药治疗和干预纳入"四早"内容。结合社区拉网排查,第一时间为集中隔离点的发热、疑似、已确诊轻型和普通型患者以及一些密切接触者发放药物。

"我们跟(武汉市)武昌区政府、湖北省中医院和后方的刘保延团队一块儿,创建了一个'武昌模式'。"全小林说,通过社区短期内大面积发放药物,用通治方治疗,产生了比较好的效果。同时,患者通过在药袋表面扫码进入一个 APP 平台,中国中医科学院刘保延教授组织了数百人的医师队伍,通过该平台在后方为患者——解答用药相关问题并进行心理疏导。

据全小林介绍,自 2 月 3 日开始大面积发药,在武汉及其周边地区,通治方"寒湿疫方"的药发放了 72.3 万服,覆盖 5 万多人,使很多病人在早期就得到控制,不向重症发展。

在中国工程院院士、天津中医药大学校长张伯礼带队接管的江夏方舱医

＊ 来源:新华社,2020 年 4 月 19 日。

院，通过中医药为主的中西医综合治疗，564名患者均没有转为重症。

"集中隔离，普遍服中药，阻止了疫情的蔓延，是我们取胜的基础。"张伯礼说，在向其他方舱医院推广经验后，1万多名患者普遍使用中药，各个方舱医院的转重率基本在2%至5%左右。

二、中西医结合治疗减缓、阻止重症转危，降低病亡率

不少专家表示，中西医结合治疗能够减缓、阻止重症向危重症转化，提高治愈率、降低病亡率。

"就我们在武汉湖北省中西医结合医院的救治经验来说，一般的病人都有发热、咳嗽、气喘、乏力的症状，还有氧饱和度降低的表现。"北京中医药大学东直门医院党委书记叶永安介绍，采取中医及中西医结合的综合治疗后，这些病人症状都有明显好转，发热、乏力、咳喘缓解率都在90%以上，体现了综合救治能够有效阻止重症向危重症转化。

"我们经治的7例危重症患者都在ICU，其中有两例经过中医药治疗以后，很快顺利拔管脱机。"叶永安说，这两例患者分别在第3天和第7天拔管脱机，此后给普通吸氧，呼吸就很顺畅。

在张伯礼看来，重症救治的经验是"中药注射剂要大胆使用、早点使用。"他举例说，生脉注射液、参麦注射液，对稳定病人的血氧饱和度、提高氧合水平具有作用；痰热清注射液、热毒宁注射液，和抗生素具有协同作用；血必净注射液对抑制炎症风暴控制病情进展有一定的效果。

"对于重症患者，我们还是强调西医为主，中医配合，中西医结合。但是中医配合有的时候是四两拨千斤。"张伯礼说。

三、恢复期中医药康复干预经验和手段丰富

治愈出院的患者中，有一部分虽然核酸检测已呈阴性，但身体还未完全康复，需要持续的医学干预和心理康复。在这方面，中医药有着丰富的经验积累和干预的技术手段。

有时乏力、咳嗽或精神不太好，肺部炎症没有完全吸收，免疫功能没有完全修复……"这种情况下，我们采用中西医结合办法，做一些呼吸锻炼，同时配合中医药针灸、按摩等综合疗法，可以改善症状，促进肺部炎症吸收，对脏

器损伤的保护、对免疫功能的修复都有积极作用。"张伯礼说。

针刺、艾灸、八段锦、穴位贴敷、拔罐……中医药有许多非药物疗法，已在这次新冠肺炎防治过程中得到应用。

"我们统计了 600 多例的病人情况，恢复期的病人主要存在着 14 个主要症状，比如说咳嗽、胸闷气短、乏力、失眠、纳差、出汗、心慌等，这些症状，中医药用非药物疗法往往会取得比较好的效果。"仝小林说。

"临床研究显示，运用中医药的综合干预，较没有运用中医药综合干预的临床疗效有显著的差异。"国家中医药管理局科技司司长李昱介绍，仝小林院士团队正在针对恢复期康复的中医药干预开展研究，部分研究成果已经在临床中得到推广和使用。

中医药在新冠肺炎防治中发挥重要作用 *

——全国科技工作者日专家热议中医药抗疫经验

田晓航

2020 年 5 月 30 日是第四个"全国科技工作者日"。当天，在中国科学技术协会组织的全球科技发展与治理系列国际交流研讨会活动之一"中西医并重，全球抗疫"主题直播访谈中，多位医疗专家分享了中医药一线抗疫经验，用大量事实和数据，再次向人们揭示了中医药在新冠肺炎防治中的重要作用。

"与 17 年前抗击"非典"疫情相比，中医药的参与度、介入程度都是史无前例的。"国家中医医疗救治专家组组长全小林院士介绍，截至 4 月中旬，中国中医药相关部门共派出中医专家组和五批国家中医医疗队共 773 人奔赴武汉抗疫一线；各地中医机构派出 4900 人支援湖北；超过 90％的确诊患者接受了中医药治疗。

通过社区短期内大面积发放药物，用通治方治疗，在早期阻断疫情蔓延，产生了比较好的效果。

全小林团队以"寒湿疫"的诊疗思路开出通治方，自 2 月 3 日至 3 月 2 日共发放 72.3 万服中药，覆盖 5 万多发热、疑似、轻型和普通型患者，使很多患者的症状在早期就得到控制。

据他介绍，对于 721 例新冠肺炎轻型和普通型患者进行的回顾性分析表明，采用"寒湿疫方"干预的 430 例病情均没有加重，而对照组的加重率是6.5％。"这说明，中医药在早期应用，可以阻断新冠肺炎由轻型向重型发展。"

作为中医药治疗方法的重要组成部分，针灸也在抗疫过程中"大显身手"。世界针灸学会联合会主席刘保延表示，针灸通过穴位的刺激，能够很好地调节人体脏腑功能，缓解症状，在新冠肺炎治疗中起到了很好的作用。

在湖北省蕲春县，30 多名患者使用热敏灸治疗后，很快感到症状缓解、

---

* 来源：新华社，2020 年 5 月 30 日。

全身舒畅；在武汉，经过广东省中医院医疗队用针刺治疗，一些重症患者的呼吸困难很快得到改善……除了用于治疗，刘保延介绍，目前，通过"艾灸＋拔罐"的方法，针灸也被用于帮助新冠肺炎恢复期患者康复。

不仅如此，中医药抗疫经验还被传播到许多国家，在更大范围持续发挥作用。

刘保延说，世界针联先后5次组织国内权威中医专家和伊朗等20多个国家的团体会员进行网上交流，了解各国抗疫情况并提供帮助；3月以来共组织了9次线上会诊，中外专家共同讨论病例、交流经验体会。

中华中医药学会还为海内外中医药专家搭建了5个国际交流合作平台，邀请国内抗疫一线的权威专家介绍新冠肺炎疫情防治的中国办法和临床经验。据中华中医药学会副会长兼秘书长王国辰介绍，累计全球受众人数达到近200万人次。

"中医药是我国优秀传统文化的重要载体。"仝小林认为，应通过新冠肺炎防治找到中医药防治重大疾病的薄弱环节，加强应急防治体系建设，提高中医药服务能力。

"相信在今后的传染病防治之中，中医药依然能够发挥很重要的作用。"仝小林说。

白皮书：中医药参与救治新冠肺炎确诊病例占比达 92% *

田晓航

国务院新闻办公室 7 日发布的《抗击新冠肺炎疫情的中国行动》白皮书指出，中国全力救治患者、拯救生命，充分发挥中医药特色优势，中医药参与救治确诊病例的占比达到 92%，湖北省确诊病例中医药使用率和总有效率超过 90%。

白皮书说，坚持中西医结合、中西药并用，发挥中医药治未病、辨证施治、多靶点干预的独特优势，全程参与深度介入疫情防控，从中医角度研究确定病因病基、治则治法，形成了覆盖医学观察期、轻型、普通型、重型、危重型、恢复期发病全过程的中医诊疗规范和技术方案，在全国范围内全面推广使用。

白皮书说，中医医院、中医团队参与救治，中医医疗队整建制接管定点医院若干重症病区和方舱医院，其他方舱医院派驻中医专家。中医药早期介入、全程参与、分类救治，对轻症患者实施中医药早介入早使用；对重症和危重症患者实行中西医结合；对医学观察发热病人和密切接触者服用中药提高免疫力；对出院患者实施中医康复方案，建立全国新冠肺炎康复协作网络，提供康复指导。

白皮书说，筛选金花清感颗粒、连花清瘟胶囊—颗粒、血必净注射液和清肺排毒汤、化湿败毒方、宣肺败毒方等"三药三方"为代表的针对不同类型新冠肺炎的治疗中成药和方药，临床疗效确切，有效降低了发病率、转重率、病亡率，促进了核酸转阴，提高了治愈率，加快了恢复期康复。

---

* 来源：新华社，2020 年 6 月 7 日。

"抗疫良方"守护你我 *

祝君壁

突如其来的新冠肺炎疫情如今仍在全球肆虐，牵动着千家万户的心。在这场没有硝烟的疫情防控阻击战中，中医与西医协同攻关、优势互补，取得显著成效。中国创造的中西医结合、中西药并用的抗疫良方，彰显了"中国智慧"，为世界贡献了独特的"中国经验"。

一、患者认可源于疗效显著

6月11日，北京新增一例新冠肺炎确诊病例，打破了此前已50多天没有新增病例的平静。随后几天，确诊病例连续出现，全市新增确诊病例已超百例。

面对硬仗，6月16日，首都医科大学附属北京中医医院第二批医疗队出征北京抗疫主战场——地坛医院。据北京中医医院院长刘清泉介绍，这支年轻的医疗队队员平均年龄不足30岁，由2名医生、6名护士组成。队长李宇栋是中医学专业，队员温博是中西医结合专业。

"刚来的时候我体力很差，呼吸困难。通过中西医结合治疗，我每天都在好转。"北京地坛医院的患者王先生说。自新冠肺炎疫情发生以来，中医与西医联手出击、战果辉煌。随着新冠肺炎诊疗方案不断更新，中医药的参与力度不断加大，全国范围内有越来越多的患者经中西医结合治疗痊愈出院。

让我们来看看中西医结合抗击新冠肺炎的一组硬核数据：中西医结合治疗转重率低于西医治疗转重率11.4%，死亡风险降低超80%；中医药使用覆盖率达到91.5%，总体有效率在90%以上。而清肺排毒汤作为唯一一个通用方剂，成为此次疫情防控救治的有力武器。在湖北武汉，该方也是使用最多的方剂。自2020年2月5日以来，各定点医院、方舱医院、隔离点共收到配送汤

＊ 来源：《经济日报》2020年6月28日。

剂 39 万袋，复方颗粒近 50 万剂。

张俊杰是第二批支援武汉的国家中医医疗队队员，回忆起数月前奋战在抗疫一线的经历，令他印象最深的是一位患者追着找他要中药的事情。"当时我正在方舱医院值班，217 床的患者担心当天喝不上中药，所以不停地来询问。"对奋战在抗疫一线的医护人员来说，这个场景很常见，患者的认可源于中西医结合的疗效显著。

"新冠病毒具有传播性强、隐秘性强、传染速度快等特点，发病时大多出现发热、咳嗽、乏力等症状。目前，采取西医中核酸或抗体检测的方式进行确诊是最有效的诊断方式。"中医药管理局相关负责人说，"中医治疗则是通过总结中医药治疗疾病的规律和经验，深入发掘古代经典名方，结合临床实践，筛选出疗效明显的'三药三方'。除药物治疗以外，还采用针灸、耳穴压豆等非药物疗法。"

二、独特的"中国式"抗疫方案

疫情当前，医生或许是带给人们安全感最强的职业之一。最近，中国科学技术馆展出的"大医精诚无问西东——中西医结合抗击新冠肺炎疫情纪实展"就特别受民众喜爱。展览以实物、图文、音像等生动详实的资料，展示了新冠肺炎疫情发生以来，中医与西医白衣执甲、联手出击、战果辉煌、振奋人心的事迹。

"面对来势汹汹的新冠肺炎，没想到通过中西医结合形成了独特的抗疫方法，在疫情救治中发挥了重要作用。"刘伟涛是一名金融从业人员，对中医并不十分熟悉的他，参观完该展览后感触颇深，"中医是中华民族的瑰宝，历史上中医药一直伴随着与疫情的抗争而发展。这次面对来势汹汹的新冠肺炎，没想到通过中西医结合形成了独特的抗疫方法，在疫情救治中发挥了重要作用。民族的智慧和现代医务工作者的奉献精神都让我很感动。"

自西医传入中国以来，中医、西医一直共存、互补。新中国成立后，中西医结合在多次疫情的救治中发挥了重要作用，并涌现出一批现代科学知识方法与古代用药经验相结合的科研成果。

"虽然中西医两种医学体系存在着明显差异，但两者有机结合将会起到意想不到的效果。"中国工程院院士、天津中医药大学校长张伯礼在谈到中西医结合在疫情防控中的情况时表示，在此次疫情防控阻击战中，我国用了大约一个半月的时间，迅速控制住了疫情，并降低了新冠肺炎致死率，"这与中医药的早期介入和全程参与是分不开的，成为这次我国疫情防控的一大亮点。"

"中西医是两套不同的医学体系，各有优势，可相互补充，取长补短。"国家中医药管理局相关负责人告诉记者，此次疫情救治，中医药全程参与、深度介入新冠肺炎防治，"从疾病排查、隔离、防控、救治、预后等各个方面，中西医协作攻关、协同作战，打出了中西医结合救治的'组合拳'。"

国医大师晁恩祥在为《新型冠状病毒肺炎中医医案精选》所作的序言中也写道：新冠肺炎属于中医"疫病"范畴。其治疗方面，要注重三因制宜，联系临床实际中西医并重，中医全程均可参与，尤其在恢复期中医药对改善肺功能、促进肺部炎症吸收、防止肺纤维化、改善感染后咳嗽及倦怠乏力等方面也具有一定的独特作用。

大疫当前，无问西东。中西医结合的中国式抗疫方案，充分发挥出西医"对症治疗""生命支持"和中医"未病先防""既病防变""辨证论治""三因制宜"等优势，为世界贡献了独特而宝贵的"中国经验"。

三、中医需补短板、强弱项、激活力

6月11日，国务院发布《关于落实〈政府工作报告〉重点工作部门分工的意见》指出，要促进中医药振兴发展，加强中西医结合。该项工作由各部委按职责分工负责，7月底前出台相关政策，年内持续推进。

"《政府工作报告》部署'促进中医药振兴发展，加强中西医结合'，就是要坚定中医药发展自信，突出特色优势，解决中医药发展'弱小'的问题，让中医药与西医药相互补充、协调发展，彰显我国卫生健康事业显著优势。"国家中医药管理局局长于文明日前在接受记者采访时说。

于文明表示，当前中医药学科、人才队伍、服务体系、中医药传承创新科技支撑布局以及中医药事业和产业高质量融合发展的能力及水平还比较"弱小"，与西医药学科服务体系相比还有很多地方需要加强、健全、完善的地方，还需要"补短板、强弱项、激活力"。

"要加强'中医药'这个体系，使之与西医药相互补充、协调发展。只有这样才有助于解决中国人口多，经济发展水平、医保支付能力及保障能力低的

中国国情问题，才有助于解决老百姓看病难看病贵的问题，更好地服务人民群众健康福祉。"于文明说。

对此张伯礼认为，中医药在充分发挥疫病防治独特作用的同时，确实存在一些短板。"比如，中医药在我国疾控体系中基本缺位，参与公共卫生应急响应机制还不畅通；中医院的基本建设、条件设施、人才储备等还不适应传染病防控需要；中医药疫病理论研究和科研基础薄弱，缺少临床专科和医学中心；全行业没有 P3 实验室等。"

中医药学既传统、又现代，并且在实践中不断丰富发展。"创造性转化、创新性发展"是新时代中医药发展的必由之路。"我们将推动中西医药相互补充、协调发展。进一步加强健全完善中医药服务体系，加强中医药特色人才队伍建设，提升中医药传承创新布局支撑能力，推动中医药事业和产业高质量融合发展，提升中医药服务能力和水平。"于文明说。

传统医学在抗疫和文明互鉴中发挥重要作用 *

田晓航

由上海合作组织睦邻友好合作委员会、国家中医药管理局和江西省人民政府主办的 2020 上海合作组织传统医学论坛视频会议 30 日举行。与会各国政要和专家学者认为，在抗击新冠肺炎疫情过程中，以中医药为代表的传统医学发挥了独特的重要作用。

上合组织为何在此时围绕传统医学的议题举办论坛？中国与上合组织国家开展传统医学领域的交流与合作为何重要？合作取得了哪些成果，又有哪些新的计划？新华社记者近日就此专访了国家中医药管理局局长于文明。

一、传统医学对防控疫情具有独特优势

问：世界卫生组织公布的最新数据显示，全球新冠肺炎累计确诊病例超过 1600 万例。在人类与病毒鏖战的当下，上合组织为何围绕传统医学这一议题举办论坛？

答：2019 年 6 月 14 日，习近平主席在出席上合组织成员国元首理事会第十九次会议时提出"适时举办上海合作组织传统医学论坛"的倡议。同年 11 月 2 日，李克强总理出席上合组织成员国政府首脑（总理）理事会第十八次会议，明确"中方将于明年 5 月在华举办上合组织传统医学论坛"。后因疫情影响，经国务院批准，论坛改用视频形式进行。

此次论坛视频会议的主题非常明确，即"发挥传统医学独特优势，团结合作抗击新冠疫情"。传统医学是各国医疗卫生和民族文化的宝库，应当得到充分合理的应用。被事实证明了对防控疫情、救治新冠肺炎患者确有成效的"中国方案"，是以"中医方案"为其主要特点的。

在当前中国疫情渐缓、其他国家特别是中亚国家疫情出现反复的情况下，

---

* 来源：新华网，2020 年 7 月 31 日。

召开论坛推介中医药防控疫情的独特优势，推动各国重视并积极发挥传统医学的作用，有着重要的现实意义。

二、传统医学合作促进文明互鉴和民心相通

问：如何看待中国与上合组织国家开展传统医学领域的交流与合作？这对于中医药"走出去"有何重要意义？

答：习近平总书记和党中央、国务院都高度重视我国与上合组织国家之间的传统医学交流与合作。习近平总书记曾在多个场合就传统医学作出重要论述，为包括中医药在内的传统医学传承创新发展和国际交流合作指明了方向，提供了根本遵循。就在 2020 年 5 月 18 日，习近平主席在第 73 届世界卫生大会视频会议开幕式致辞中呼吁各国携起手来，共同构建人类卫生健康共同体。

上海合作组织是全球最大的区域性合作组织，也是对接"一带一路"倡议的重要合作平台，资源禀赋得天独厚，区位优势显著，传统医学文化底蕴浓厚。在上合组织框架内加强传统医药领域的交流合作，对促进各国文明互鉴和民心相通具有十分重要的意义。

中国同上合组织国家传统医学交流有着悠久的历史。这些国家普遍有重视针灸、中草药的传统，发展中医药有良好的民众基础。近年来，随着我国"一带一路"倡议深入实施，以及上合组织国家政府加大对医疗卫生事业的关注和投入，我国同上合组织各国开展传统医学交流与合作的前景将更为广阔。

三、共建传统医学中心，打造传统医药合作典范

问：国家中医药管理局在与上合组织国家的传统医学交流与合作中开展了哪些具体工作，下一步有什么工作计划？

答：国家中医药管理局坚决贯彻执行中央精神和战略部署，积极开展了一系列对上合组织国家的中医药交流与合作工作，相继与吉尔吉斯共和国卫生部签署了《关于中医药领域合作谅解备忘录》；与印度签署了《中国国家中医药管理局与印度传统医学部传统医药领域合作谅解备忘录》；合作建立了"中国—俄罗斯中医药中心（莫斯科）""中国—俄罗斯中医药中心（圣彼得堡）""中国—吉尔吉斯斯坦中医药中心"和"中国—哈萨克斯坦中医药中心"；由江西中医药大学参与在乌兹别克斯坦建设的"中乌传统医学中心"也已试营业，这些都

将为传统医学在上合组织国家深入发展奠定良好基础。

今年疫情发生以来，我国已向哈萨克斯坦、乌兹别克斯坦、吉尔吉斯斯坦、塔吉克斯坦、巴基斯坦等国派出抗疫专家组或联合工作组，其中均包括中医药专家。上述国家政府与民众对专家组和工作组的专业素质和敬业精神表示高度认可。

下一步，国家中医药管理局将与上合组织国家一道，重点做好三方面工作。

一是坚持传承精华、守正创新，推动各国传统医学学术发展和防治能力提升。面对常见病、多发病、重大疑难疾病和新发传染病防治需求，传统医学必须要通过传承精华来发展其学科内涵，突出其特色优势，同时又要吸收当代科学技术和文明成果，创新传统医学理论与实践，服务临床防病治病需求。

二是坚持交流合作、互学互鉴，促进各国传统医学发挥独特优势和作用。上合组织国家之间应该珍视传统医学价值，重视传统医学作用，共同建立一整套有利于传统医学应用与发展的政策法规体系，使之发挥应有的作用。为此，我们应当不断加强在此领域的国际交流与合作，把上合组织国家传统医药合作打造成为全球传统医药合作的典范。

三是坚持共建共享、互惠互利，为构建人类卫生健康共同体作出贡献。我们希望继续在上合组织秘书处的有力统筹和协调下，在世界卫生组织政策框架下，共同努力建立一批传统医学中心、友好医院和产业园，为构建人类卫生健康共同体作出更大的贡献。

守正创新的生动实践 *

——全国中医界参与抗击疫情纪实

白剑峰　王君平

今年以来，新冠肺炎疫情肆虐全球。这是近百年来人类遭遇的影响范围最广的全球性大流行病，对全世界是一次严重危机和严峻考验。

面对大考，中医交出了一份出色的抗疫答卷，彰显了独特的中国智慧。《抗击新冠肺炎疫情的中国行动》白皮书指出："中医药参与救治确诊病例的占比达到92%。湖北省确诊病例中医药使用率和总有效率超过90%。"

6月2日，习近平总书记主持召开专家学者座谈会时强调："中西医结合、中西药并用，是这次疫情防控的一大特点，也是中医药传承精华、守正创新的生动实践。"

一、只要有阵地，就能有作为

抗疫期间，全国中医界同舟共济、尽锐出击。5批国家中医医疗队合计773人驰援武汉，近5000名中医人的身影遍布湖北各定点医院。72岁的张伯礼，64岁的仝小林，52岁的黄璐琦……他们是院士也是战士，始终奋战在抗疫第一线。

大年初一，武汉市金银潭医院迎来首批国家中医医疗队，队员由中国中医科学院广安门医院和西苑医院的医务人员组成。进驻金银潭医院后，中医医疗队面临着较大困难：没有中药房，没有中药饮片和中药颗粒剂，没有中药处方信息系统。在这里，他们克服重重困难，全面接管了金银潭医院南楼一病区。国家中医药管理局医疗救治专家组组长、中国中医科学院院长黄璐琦院士说："中医首次整建制接管一个独立的病区，成功开辟了中医药防控新冠肺炎的战场，使中医与西医协力合作，共同防控疫情。"

---

* 来源：《人民日报》2020年8月7日。

习近平总书记强调："坚持中西医并重""坚持中西医结合、中西药并用"。中央应对新冠肺炎疫情工作领导小组要求，强化中西医结合，促进中医药深度介入诊疗全过程，及时推广有效方药和中成药。

随着新冠肺炎诊疗方案的多次更新，中医药方案日臻完善。在实践中，中医打开一片新天地：首次大范围有组织实施早期干预，首次全面管理一个医院，首次整建制接管病区，首次中西医全程联合巡视和查房……

应对武汉疫情，中央指导组果断决策建设方舱医院。中央指导组专家张伯礼和刘清泉主动请缨，要求中医药进方舱。随后，江夏方舱医院交由中医接管，张伯礼任总顾问，刘清泉任院长。具有中医药特色的"江夏方舱模式"由此形成。

从2月14日开舱到3月10日休舱，江夏方舱医院共运行26天，收治患者564名，从中药、针灸到太极拳、八段锦，整个方舱弥漫着浓浓的"中医味"，实现了"零病亡、零转重、零感染"的目标。武汉16个方舱医院，大多数患者服用了中药。事实证明，只要有阵地，中医就能有作为。

成都中医药大学附属医院感染科主任扈晓宇带领的医疗队，共收治新冠肺炎患者176例，包括重症、危重症患者51例。其中，气管插管患者0例，使用有创呼吸机0例，使用ECMO（体外膜肺氧合）0例。扈晓宇说："中医参与度越高，中西医结合得越好，重症和危重症患者的救治情况就越好。"

国家中医药管理局局长于文明说，中医药之所以能发挥独特优势和作用，得益于党中央将疫情防控作为头等大事来抓，得益于中西医并重的卫生与健康工作方针，得益于中医专家与西医专家精诚合作，得益于中医和西医优势互补协同作战。

二、良方见实效，抗疫有重器

面对来势汹汹的新冠肺炎疫情，中医能否拿出有效的通治方？这是一道难度极大的考题。

中国中医科学院特聘研究员葛又文分析从武汉发回的患者病情资料，在统筹考虑《伤寒杂病论》经典名方基础上，将麻杏石甘汤、五苓散等多个方剂精心优化组合，创新运用，并亲身试药，反复推敲，在一周内确定了包含21味药的"清肺排毒汤"处方。他说，这个方剂不以药为单位，而以方剂为单位去作战，方与方协同配合，使其在同等药量的情况下发挥更大作用，寒湿热毒排出的速度更快。

1月27日，国家中医药管理局以临床"急用、实用、效用"为导向，紧急启动中医药防治新冠肺炎有效方剂临床筛选研究。在多省多地不同年龄层次的214例确诊病人中，"清肺排毒汤"临床有效率达90%以上。

中国科学院院士、中国中医科学院首席研究员仝小林提出，要尽快让每一名患者都吃上中药，阻断疫情蔓延之势。他与当地专家充分讨论后，拟定出通治方——"武汉抗疫方"，适用范围是新冠肺炎轻症、普通型、疑似患者和居家隔离的发热患者。

用药如用兵，抗疫如救火。武汉新冠肺炎疫情防控指挥部医疗救助组下发通知：武汉各定点救治医疗机构确保所有患者服用中药。在武汉，"武汉抗疫方""清肺排毒汤""化湿败毒方"实现了社区全覆盖。

仝小林介绍，服用中医通治方，高危人群可以预防，轻症不至于转重症，重症不至于病亡，从而为患者救治留出一条"缓冲带"。

良方见实效。以"三药三方"为代表的中医药临床疗效确切，有效降低了发病率、转重率、病亡率，促进了核酸转阴，提高了治愈率，加快了恢复期康复。

在新冠肺炎治疗中，中医药全过程全方位发挥作用。中医药介入早、参与度高，患者病亡率就相对较低。实践证明，中医药成为疫情防控阻击战的"重器"。

三、辨证施妙手，疗效很给力

在汉口医院隔离病区，广东省中医院中医经典科主任颜芳第一次查看病人，就遭遇了尴尬："我们穿着防护服到病房诊疗，刚开始病人以为是西医查房，当我们说是给大家开中药时，有名男患者当场拒绝，说他不吃中药。"

疗效就是生命力，疗效最有说服力。为了让患者相信中医，颜芳拍了一段短视频：一名老年患者吃药后感觉浑身"很舒服"，认为中药很有效。短视频在网上"走红"后，很多患者对中医的态度发生了转变。

"中医药治疗新冠肺炎，不是单靶点发挥作用。"中国中医科学院广安门医院急诊科主任齐文升介绍，以治疗新冠肺炎为例，中医药既能宣肺清泄、疏散上焦，又能化湿和胃、斡旋中焦，还能活血解毒、畅通下焦。在治疗过程中，早期以祛邪为主，中期以清热化湿为主，后期以扶正为主。根据患者病情的演变辨证施治，这就是中医起效的原因。

戴着手套切脉，透过护目镜看舌象，隔着手套扎针灸，传说中的"慢郎中"变成了"急先锋"。在武汉雷神山医院感染科六病区，一名重症患者难以配合呼吸机，血氧饱和度仅为59%，病情危急。广东省中医院重症医学科主任邹旭用银针施治，患者生命体征渐趋稳定，血氧升至90%以上。一起参与抢救的西医医生说："如果不是亲眼看见，真是难以相信。"

在湖北省中西医结合医院重症监护病房，一名79岁高龄的危重症患者转危为安，病情平稳。他紧紧地拉住北京中医药大学总领队叶永安的手说："中医救了我的命！"

"在我们重症病区，以中医治疗为主，中医药治疗率100%！"奋战在雷神山医院的上海龙华医院急诊科主任方邦江自豪地说。针对呼吸衰竭，他们使用针灸等技术减少或替代呼吸机治疗，多名患者呼吸功能改善。

精准施策，多管齐下治疗重症、危重症患者。黄璐琦院士团队临床研究显示，中西医结合治疗重症患者，住院天数、核酸转阴时间平均缩短两天以上，血氧饱和度明显提升，脱离吸氧时间缩短，淋巴细胞百分数等理化指标明显改善。

3月18日，我国首个获批进入临床试验治疗新冠肺炎的中药新药——化湿败毒颗粒临床研究启动会召开。国家中医药管理局副局长闫树江说，化湿败毒颗粒是我国第一个具有完全自主知识产权、用于治疗新冠肺炎获批进入临床试验的中药创新药物，彰显了中医药在应对新发突发重大公共卫生事件中的独特优势和作用。

大疫如大考，考出了全国中医界的责任与担当，让全国人民看到了中医药疗效。传承精华、守正创新，全国中医界将不辱使命，继续为促进中医药振兴发展和建设健康中国贡献力量。

| 第二部分 |

中医药人抗疫故事和精神风貌

中医药"国家队"驰援武汉 *

田晓航　王秉阳

记者从国家中医药管理局获悉，25 日，国家中医药局组织中国中医科学院广安门医院、中国中医科学院西苑医院中医专家组成 25 人的医疗队，赶赴湖北省武汉市新型冠状病毒感染的肺炎防疫一线参与防治工作。

据了解，医疗队由国家中医药局副局长闫树江带队，中国中医科学院院长黄璐琦院士领队，广安门医院和西苑医院各派出呼吸科、急诊科、ICU 等科室的 6 名医师和 4 名护士，携 N95 口罩、手术衣以及部分中药等物资，乘火车前往武汉，提供中医医疗援助。

此前，由中国科学院院士、中国中医科学院首席研究员仝小林，广东省中医院副院长张忠德，中国中医科学院西苑医院呼吸科主任苗青，首都医科大学附属北京中医医院呼吸科主任兼肺病研究室主任王玉光组成的高级别中医专家组已经抵达武汉。

---

* 来源：新华网，2020 年 1 月 25 日。

筑起守护生命的另一道防线[*]

——广大医人奋战在抗疫一线

田晓航　林苗苗　俞　菀　梁晓飞　马晓媛
肖思思　荆　淮　侨帅才　刘良恒　魏婧宇

"白肺、呼吸窘迫、心跳停止，快来增援！"听到对讲机传来的求助声，国家中医医疗队广安门医院组组长齐文升以最快速度穿上防护服冲进病房。

没有插管设备，他不顾被感染的风险，为患者做了持续半小时的胸外按压，终于从死神手里抢回一条命。

自 1 月 25 日接管武汉市金银潭医院南一区病房至今，齐文升和队员们始终全身心投入高强度的救治工作。条件有限，就自己动手清洁病房；人手不足，就 24 小时轮班、三班倒；回到驻地顾不上休息，马上着手整理当天的病案……

穿上一副"白色盔甲"，就穿上了责任与担当。一线抗疫的中医人，把治愈患者当成头等大事，更把患者的需要时时放在心上。

从 1 月 21 日进入负压病房开始，杭州市西溪医院感染病科主任喻剑华运用中西医结合方案，治愈了 50 余名患者。

一位 89 岁的老太太高烧气急胸闷，患有多种基础疾病，在使用抗病毒和激素治疗 3 天后还出现了恶心呕吐等症状，几乎不能进食。

喻剑华一面改用干扰素雾化加中药口服方式进行治疗，一面不断安慰老人，亲自把关药方调整等各种细节，就连老人的吃喝拉撒，他都亲力帮助。最终，老人顺利治愈出院。

"很多人不知道，喻剑华是武汉人，他的父母和兄长都还在武汉。"杭州市新冠肺炎中医药防治专家组副组长林胜友说，西溪医院收治了很多老年患者，喻剑华把他们都当作自己的父母一样照料。

＊　来源：新华社，2020 年 2 月 26 日。

弘扬"大医精诚"优良传统，一线中医医务人员用仁心仁术为患者送去健康和温暖，从细节入手给予患者更多人文关怀。

发挥中医优势："好医"配"好药"，打赢阻击战

武汉市金银潭医院接收的基本都是危重症患者。从治疗疾病到安抚情绪，国家中医医疗队采用了一系列中医特色疗法。

医生们每天都要给患者们号脉、问诊，辨证施治，还要为他们看舌象，并用手机拍照会诊，为分析病情变化积累资料。

"我们用药以中药治疗为主，谨慎使用抗生素和激素。"齐文升说，一些患者有严重的恐惧情绪，护士就给他们贴耳豆，帮助患者缓解失眠。

通过集中远程会诊，中医专家组成强大"后援团"，加入"一线战斗"。

"后方包括全国名中医、省中医药防治新冠肺炎专家组以及各大三甲中医医院的呼吸、重症等方面专家。"广东省第二中医院肺病科主任陈宁说，在武汉的广东中医医疗队通过视频把患者的四诊资料、症状和体征等告诉后方，大家共同讨论完善诊疗方案，效果很不错。

光有好医生还不够，有好药才能有疗效。山西省提出，对所有确诊患者和疑似患者，要做到统一饮片、统一配方、统一剂量、统一煎制、统一质量、统一配送。

在山西省中医院，84 位中医药专家仅用 8 天就完成了原本需要 3 到 6 个月的方剂研发；制剂中心生产线上 24 小时分组轮班，每天生产 3000 至 4500 人份的优质制剂；制药房里 60 台煎药设备满负荷运转，1800 多名中医加班熬制出数万剂中药汤剂，免费送往多家定点医院……

截至 2 月 23 日 24 时，中医药在山西省确诊患者中使用率达到 98.5%，总体有效率达到 91.5%；目前湖南省中医药参与救治率达到 95.9%，患者整体治愈率超过 73%……在此次战"疫"中，中医疗法起到了重要作用。

"中医药参与疫情防控取得阶段性进展，参与救治的广度和深度不断提高。中西医密切协作、联合攻关，发现了一批有效方药和中成药，在治疗新冠肺炎中取得了较好疗效。"国家中医药管理局党组书记、副局长余艳红说，我们将进一步落实细化中西医结合机制、发挥中医药作用，维护人民群众生命安全和身体健康。

"国家队就是要去啃硬骨头！"*

——北中医援鄂医疗队治疗新冠肺炎危重症纪实

近日，第二批国家中医医疗队队员、我校附属东直门医院（第一临床医学院）党委书记叶永安，带领医疗队队员梁腾霄进入新冠肺炎 ICU 病房，组织中医医疗查房，对部分机械通气危重症患者给予了中药干预。经过 7 天治疗后，5 位接受中医药治疗的危重症患者，均有不同程度的改善。

一、直面脱机难题，中医药治疗危重症见成效

患者周某，76 岁，诊断以重型新冠肺炎入院，同时有心脏病和重度前列腺增生。入院后经规范治疗，病情未得到改善，很快因难以纠正的呼吸衰竭，转为新冠肺炎危重型，需要气管插管和呼吸机辅助通气，进而转入 ICU。其间，患者因感染性休克、Ⅰ型呼吸衰竭，病情曾一度危重。我校医疗队查房后，对该患者给予中药汤剂治疗。服药后，患者循环及呼吸明显趋于稳定，肺脏氧合能力快速改善，呼吸机支持压力水平减低，给氧浓度由 60% 稳定降至 40%。

当医疗队再次进入 ICU 查房，站在他的病床前时，患者激动地想用语言表达自己的感谢，但是由于气管插管的影响，说话还不太清晰，他执意用带着输液针头的双手合十，感谢医生！两天后，患者竟奇迹般具备了拔管指征，随即顺利拔管脱机。

"这是一场高水平的综合救治。"湖北省中西医结合医院新冠肺炎重症监护室主任王夜明感慨地说。

二、中医古法新用，另辟蹊径解难题

叶永安介绍说："在本次抗击新冠肺炎中，中医药始终参与其中，前期主要是在轻型、普通型及部分重型患者干预中取得了较好治疗效果，如何在重

---

* 来源：北京中医药大学微信公众号　2020 年 3 月 10 日。

叶永安和程伟丽

症、特别是危重症患者中体现出中医药的疗效，创造性地将中西医结合起来，提升危重症患者救治成功率，是我们中医国家队应该去努力的方向。国家队就是要去啃硬骨头！"

作为东直门医院第二批医疗队员抵达武汉后，叶永安就开始了危重症患者中医药治疗的探索与研究。在重症、危重症患者治疗初见成效后，医疗队积累了一定的临床经验。

由于重症监护室的病人上着呼吸机，无法实现问诊，无法观察舌象，胳膊上捆着监测袖带，手背扎着输液针，再加上医生带着两层手套，切脉也很困难。这给中医诊断带来巨大的困难。面对这样的挑战，他另辟蹊径，利用自己多年积累的中西医结合临床经验，综合五运六气理论、三部九候诊法以及临床客观检查指标，精准评估患者的病情，同时灵活采用脏腑辨证及卫气营血等理论，为患者遣方用药。

他总结出一套疫情前线特有的中医临床诊治方法，在中医药治疗危重症新冠肺炎患者中取得了令人满意的疗效。经他诊治的另外一名同在 ICU 危重型新冠患者古某，男性，76 岁，2 月 28 日查房时气管插管，行机械通气治疗，吸氧浓度 100%，氧合指数 85，四末不温，循环功能欠佳，经中医药治疗 3 天后复查，氧合指数达到 170；3 月 6 日查房时，循环稳定，肢体末端皮温回暖，查房当日氧合指数 220。

面对危重型新冠肺炎这块硬骨头，叶永安提出，中医治疗当尊重四诊，但不能局限于四诊，对于 ICU 危重症患者诊疗的困难，中医人应注重天人合一，采用多种经典理论相结合，融会贯通于患者的治疗，方可取得临床疗效。

叶永安带领我校医疗队在武汉前线的抗疫实况，近日被国家中医药管理局官方公众号"中国中医"，以《国家队就是要去啃硬骨头!》为题进行了报道。

三、辨证施治，展现祖国医学的独特魅力

"孟捷大夫，您好，作为受您救治病人的家属，我非常感恩您对我丈人细致的问诊、开药，耐心地解答宽慰。非常感恩您为患者的付出。这一次您作为白衣卫士冲上疫情第一线，老将对新毒，殊为不易。孟大夫，您是最棒的"。

"孟医生好，我是 4 号床，感谢你们团队努力，能回家很开心! 欢迎 5 月

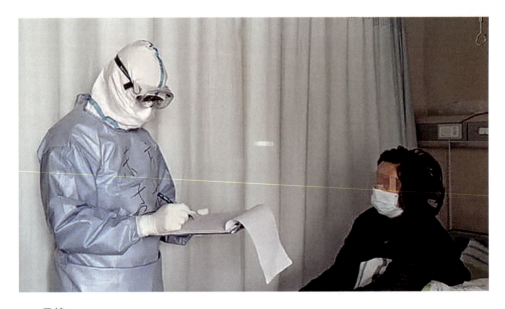

孟捷

初来看樱花！来了一定请告知一声！再次致谢！"

随着一位位患者治愈出院，第二批国家中医医疗队队员、第二临床医学院（东方医院）脾胃肝胆科主任医师孟捷收到了太多这样的微信。他说，患者早日康复是我最大的心愿，医护人员和患者以及全国人民齐心合力，我们一定能战胜疫情！

孟捷介绍说，"中医药历史上在治疗疫病方面有着丰富的经验，我们开始收治的患者除了普通型，还有一部分重症。一些老年患者还有合并肿瘤、糖尿病、高血压病等基础病，中药能更快退热，通过辨证论治解决患者呼吸道症状，如干咳、呼吸困难，还有一部分以腹泻、恶心呕吐等消化症状为主要表现的。有的恢复期患者表现为气虚、阴虚等，用中药调理身体机能恢复很快。还有一些患者因为亲属患病，对疫情恐惧出现焦虑失眠，使用耳穴压豆能帮助患者改善睡眠。有些患者出现腹胀、胃肠痉挛，使用针灸能很快缓解症状。对于部分符合出院标准的患者出现不同程度的肺纤维化表现的情况，中医辨证加用活血通络、软坚散结的药物，促进其肺部病灶吸收等都有非常好的效果"。

四、缓解患者紧张压力，精心创办手抄报

"大家每天都要做三件事：第一件是微笑；第二件是欢笑；第三件是大笑"。这是医疗队队员、第二临床医学院（东方医院）护士陈默岩和李秀丽联合创作的手抄报，用这种方式缓解患者紧张焦虑的情绪。

回想起刚接管病区时，大多数患者都存在恐惧焦虑的心理，而且浓重的口音和方言又成为医患沟通的主要障碍。护士李秀丽和陈默岩通力合作，根据中医"心身并调"理论，精心设计，一个写一个画，联合完成了一张张绘声绘色的健康宣教手抄报，帮助患者稳定情绪、增强信心，同时科普中医知识。

细心的她们通过"移情易性法""情志相胜法"等方法，结合不同年龄患者心理、行为护理的特点，设计了各具特色的个性化健康宣教手抄报。面对老年患者，她们写下"您的康复就是我们的幸福""您今天气色不错，看起来比前几天好很多"等充满鼓励的话语，使老年患者充分感受到医护人员的关爱。面对中青年患者，手抄报内容多为中医健康养生内容，例如养生八字诀、保健穴位讲解等，指导患者按照手抄报的内容正确找穴位按摩，不少患者录下了她们"教课"的视频，分享给家人和朋友一起学习。

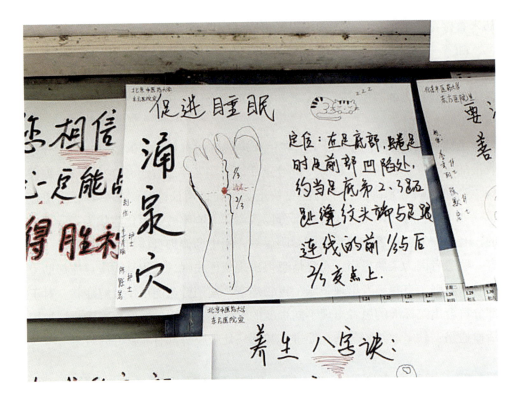

　　"穿着厚重严密的防护服，每天完成护理工作，我们也累，也想踏踏实实地好好休息，但一想到他们，累点真的不算什么"。李秀丽说，作为一名中医专科护士，在特殊时期更要充分发挥中医护理优势，开展"心身并调"的优质护理服务，她坚信，在医患共同努力下一定能够早日战胜疫情！

　　实行中医药治疗方案一人一策，有针对性地进行治疗，最大限度提高治愈率、降低病亡率。坚决打赢这场疫情防控人民战争总体战阻击战，我们中医人充满信心！

采用中医"组合拳"救助患者 *

——记广东省中医院驰援湖北中医医疗队

郑 杨 庞彩霞

"感谢德叔,是他和他的医疗团队,挽救了我的生命。"2月18日下午,57岁的任女士走出湖北省中西医结合医院住院部大楼,回忆过去20多天从患病到恢复健康,她坦言自己经历了一场"生死战"。

任女士口中的"德叔",是国家中医药管理局应对新冠肺炎疫情防控工作专家组副组长、国家援助湖北第2支中医医疗队队长、广东省中医院副院长张忠德。而任女士,是张忠德带领的中医团队在该医院病区通过中西医结合治疗达到出院标准的第50名患者。

在湖北省中西医结合医院、武汉雷神山医院、武汉市汉口医院,在荆州监利县中医院……新冠肺炎疫情发生以来,广东省中医院医护人员奔赴战"疫"最前线,集萃医学技法,探索中西医结合治疗方案,以看得见的疗效,为患者筑起了一道"生命防线",更彰显了大医精诚。

56岁的张忠德,在武汉抗疫一线奋战了近1个月,瘦了9斤。17年前,在抗击"非典"一线上,他因救治重症"非典"患者不幸感染,一度呼吸衰竭,写下遗书。所幸,通过及时的中西医结合治疗,他"捡"回了一条命。这九死一生的经历,让他进一步认识到中西医协同治疗在抵抗此类疫情中的特殊价值。

农历除夕下午,张忠德乘坐高铁前往武汉。第二天一早,他来到武汉最早、最集中收治新冠肺炎患者的金银潭医院,把重症患者都看了一遍,随后同来自全国的专家一起讨论治疗方案。"我的工作主要分两部分,采集临床患者的第一手资料,制定和修订国家推出的中医治疗方案;援助湖北省中西医结合医院组建病区,其中广东省中医医疗队管理4个病区140张床。"张忠德说。

---

* 来源:《经济日报》2020年2月27日。

一个个临床病例，让张忠德与团队对中医治疗该症的认识越来越深入。

1月下旬，任女士在照顾确诊新冠肺炎的父亲时不幸被感染，发高烧、脊背发凉、意识模糊。她入院当晚，张忠德即带领医疗团队为她会诊，针对她体寒、湿邪等症状开出中药处方。24小时后，任女士体温逐渐恢复，呼吸困难等症状得到改善。

救治过程中，张忠德会根据每个病人的不同情况，采用中医"组合拳"对症下药。"中医讲究辨证论治，不可能'千人一方'。在中西医结合治疗新冠肺炎过程中，中医通过中药汤剂、中成药、中药注射剂以及针灸、八段锦等进行综合治疗，病人的相应症状得到明显缓解。"张忠德介绍，"中医药在治疗轻症方面，主要体现在能快速改善患者症状。治疗重症方面，除改善重症病人剧烈咳嗽、呼吸气促、胸闷、发热外，减少了重症向危重症的转化。"

每次张忠德与团队成员查房时都会挨个给患者把脉，让医务人员教患者学习八段锦、太极拳。遇到焦虑、紧张的患者，张忠德常拿自己举例子："我得过'非典'，现在还不是好好的，你们要有信心挺过去！"

除了湖北省中西医结合医院，武汉雷神山医院也是广东省中医院医疗队的重要"战场"。2月18日上午，国家援助湖北第4支中医医疗队广东团队奔赴武汉雷神山医院，广东省中医院重症医学专家邹旭担任广东中医医疗队领队。18日下午，尽管病区封顶工作仍在持续，但邹旭仍争分夺秒地带领队友对病区进行验收。"大家均来自中医系统，具备中西医协同作战能力，要彰显中医药特色优势，为患者解除病痛。"邹旭给大家做动员时说。

入驻雷神山医院后，邹旭立刻投入紧张的救治工作中。"我们现在用的治疗方案是在最新第6版诊断方案的基础上，结合中医特色调整的。"他说。

中医医疗队的不懈努力，不仅让患者更加信任中医，也令队员们信心大增。"现在越来越多的患者通过中西医结合治疗后效果显著，大家对中医药的认可度也越来越高，还有患者主动来要中药。"第2批国家中医医疗队队员、奋战在武汉方舱医院的广东省中医院珠海医院护士张俊杰说："我值班时就有患者不断来护士站追问'今天我有没有中药啊'，担心自己不能喝上中药。"

"我们这个团队，得到了全国中医的支持，是集全国中医的智慧来制订诊疗方案的。自我们广东中医医疗队来到湖北支援，已先后8次通过远程会诊，就临床中危重复杂病例的治疗方案，与呼吸病专家晁恩祥国医大师团队、广东省中医院防控新冠肺炎疫情专家团队等探讨交流，并进一步优化方案，取得了很好效果。其中通过远程会诊的 19 例危重复杂病例症状都得到不同程度的改善。"张忠德表示，"战胜疫情，我的信心很足，胜利的曙光就在前方。"

江夏方舱医院：从凛冬到花开 *

罗乃莹

这是一座唯一由中医人接管的方舱医院，中医药全面参与救治，历经 26 个日夜，收治 564 位患者，实现无一例转为重症，探索出针对轻症患者的"江夏方舱模式"——

此时，都有着当年抗击"非典"丰富经验的中央指导组专家张伯礼和刘清泉写下请战书，建议中医药进方舱，并由中医承办方舱。建议得到了中央指导组的支持，江夏方舱医院交由中医人接管。张伯礼任总顾问，刘清泉任院长。

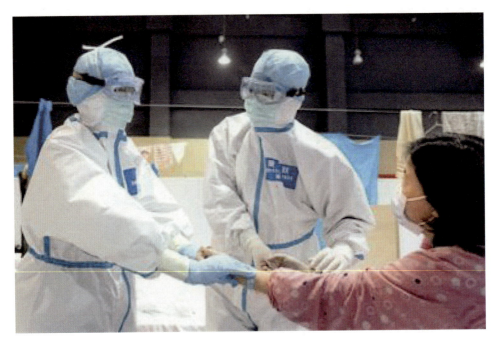

方舱医院医生为患者把脉。

沈伯韩　摄

＊　来源：《中国中医药报》2020 年 3 月 18 日。

于是，一项事后称为中医药特色"江夏方舱模式"的探索由此展开。

2月15日，湖北省武汉市江夏方舱医院开舱的第二天，武汉飘起了鹅毛大雪。舱外，准备接班的护士孙晗刚从班车上下来，不禁缩着脖子拉起自己的衣领。舱内，已经交班的护士朱海利却早已热得汗流浃背，脱下的防护服被汗水浸湿了大半。

十几天前，这个位于武汉南郊，占地787.5亩，总建筑面积7.9万余平方米的大花山户外运动中心还只是第七届世界军人运动会的主要赛事场馆之一。十几天后，它增加了一个新的"身份"——集中收治新冠肺炎轻症患者的中医特色方舱医院。

从2020年2月14日开舱到3月10日休舱，整整26天，这家由中医人整建制接管的方舱医院管理床位543张，共收治患者564名，治愈出院394名，采用中西医结合"全覆盖"和"全过程"的救治方法，实现了"零死亡，零转重，零感染"的目标。见证了武汉从凛冬走向春暖花开。

一、悬着的心

"你们医院来做江夏方舱医院的依托单位。"接到通知那天晚上，江夏区中医医院院长熊侃的心就开始悬着，整夜辗转难寐：只剩下不到三天时间，一个"能住人"的场馆就必须要变成规划床位800张的医院，怎么办？

彼时，武汉市新冠肺炎病人数还在高位攀升，看不到底数的病人和医院里早已挤不出的床位成为最尖锐矛盾。

千钧一发，中医人当然不能"袖手旁观"。"中医西医各有长处、优势互补，人命大于天，能救命是最重要的。"已经在武汉连续奋战多日的天津中医药大学校长张伯礼院士和北京中医医院院长刘清泉主动提出，由中医人整建制接管一家方舱医院，用中医特色帮助"应收尽收、应治尽治"的目标早日实现。

然而，要在超短的时间内改造出一家收治传染病患者的方舱医院，所有人都是在"摸着石头过河"。

"我们是家二级医院，没有感染科，我只能带着医院感控医生请教市里专家，力求两通道（病人通道和医务人员通道）改造万无一失。"好在熊侃接到任务时，大花山户外运动中心的改造过程已经由江夏区政府和施工方等多方努力下基本完成。很快，遗留的院感防控细节问题也理顺。

与此同时，距大花山 11 公里外的武汉东湖学院，江苏、陕西、天津、河南、湖南的五支医疗队正在抓紧时间做进舱前的"最后演练"。

2 月 10 日，国家中医药管理局从五个省市抽调的第三批 209 名医务人员抵达武汉，尽管这些人中不乏各中医院经验丰富的"精兵强将"，但此前几乎没有人在隔离区工作过。"做梦都是穿脱隔离服，经常焦虑地惊醒。虽然已经培训、练习了很多次，生怕哪个细节没注意，自己和团队就出问题。"陕西队护士长陈敏不仅操心着自己的安全，更揪心团队里小护士们的安危，"我必须得把他们一个不少的平安带回家。"

更让人心里没底的是防护物资。按照要求，5 支援鄂医疗队都从后方带了 8 天的防护物资。"都不能用，来了才知道这些防护服都不符合要求"，眼看就临近开舱，湖南队的"大家长"、湖南中医药大学第一附属医院副院长朱莹心里焦急。5 支医疗队的碰头会上，朱莹开门见山提出三个基本要求："第一，必须保障我们医护人员有合格、够用的防护用品。第二，开舱前带领我们所有医护人员进舱熟悉环境。第三，必要的医疗救治设备和药品必须有保障。这是战场，不能儿戏！"

列出需求清单、确保医药防护等保障不"断供"、明确当地和医疗队各自的管理责任，在全员紧张忙碌之中，三天倒计时结束。检查完三区两通道和舱内基础设施设备，配备好患者的生活所需，储备了两天用量的防护物资，2 月 14 日下午，江夏方舱医院开始收治病人。

二、"不听话"的病人

理解、信任，是医患合力克敌的关键。面对新冠肺炎，医护人员和患者已然成为一个战壕的战友。

患者刘阿姨刚被送到江夏时心里打鼓："好不容易盼到可以住进医院了。我脑子里一遍遍想着协和医院、中心医院、同济医院，可是这个叫'方舱'的医院我怎么从没听过。"到了地方，刘阿姨才发现这个医院原来是座体育中心，"我从没有见过这样的医院，听大家说还是用中医治疗，我就更不懂了。"

不少人与刘阿姨有相同的感受，他们起初并不信任这个由体育中心改造的临时医院："这也能叫医院？""万一我病重了，你们谁能负责？"社会不了解、病人不理解，方舱医院的起步并不"顺风顺水"。

"个别病人强烈要求住进定点医院，不配合我们治疗。"江夏方舱医院副院长、江苏队队长陆敏说，"我能理解，方舱医院的确特殊，而这些新冠病人又非常恐慌、焦虑，觉得进定点医院更保险。"在屡次劝说、反复安慰无果的情况下，方舱医院只能把这种病人送进定点医院。

也有少数病人在"百般无奈"之下住了进来，但却不肯接受中医药治疗。

陆敏还记得开舱没多久就收进来的患者李女士。"她病程挺长，进来之前已经连续输过3天液，起初症状有缓解，但没退烧，后来甚至出现喘气困难。我们给她用药，但是她说自己以前从来没喝过中药：这个病这么吓人，光喝中药不输液能好？"

然而三天后，看到身边有些患者有好转，李女士开始松动，决定试试中医药。医生给高烧不退的李女士贴上了温灸贴。听说可以疏风解表，对自己也无害，李女士半信半疑地接受了，第二天体温真的下降了。从那以后，李女士决定做个"听话的病人"。

在江夏方舱医院5支医疗队负责的5个病区里，几乎都曾有过这种"不听话"的病人。"遇到这种病人，我们心里也觉得挺无奈、挺心酸的。"陆敏说，"但我们也不会强求。"不过很快地，绝大多数人会在集体的带动下逐渐接受了中医药疗法，感受到真真切切的疗效后，又去带动其他人。

河南中医药大学第三附属医院的闫东升回忆，病区里一个50多岁的阿姨起初非常抗拒中医治疗，一直闹着转院。尝试服用中药3天后，她的身体开始改善。7天后就病愈出院了。"这个阿姨从'中医黑'变成了'中医粉'，还向家里人宣传中医药。"

"一个个好起来的活生生病例让大家真切感到中医不是慢郎中。"天津中医药大学第一附属医院医生刘学政说，"部分患者一开始觉得服用中药起效慢、延误病情，慢慢地这些人都改变了观念。"

3月10日，刘阿姨病愈出舱。她跟陪伴了自己二十多天的医护人员说自己现在唯一不太习惯的就是中药的苦味，但是良药苦口，确实管用。刘阿姨说住了这么久她也明白了方舱医院是干啥的，自己文化程度不高，说不上来，能说出口的只有道不尽的感谢。

三、通治还是辨证

每天上午8—9点和下午4—5点，江夏方舱医院进入查房时间。五个病区的医生会走到各自病区患者的病床前"望、闻、问、切"，舱内医务人员通过手机拍摄记录患者的四诊信息，发送到清洁区同事的手机里保存，整理病案。

"舱里500多个病人，即便分了五个病区，医生查房的工作量也是巨大的。"陕西中医药大学附属医院雷根平说，每走访完一圈至少需要一个小时，再加上还有一些准备工作和收尾工作，"闷在隔离衣里时间长了，水汽糊了护目镜，人也变得笨手笨脚。方舱医院的工作对我们医护人员不轻松。"

"新冠肺炎有点狡猾。"这似乎是许多一线医务人员的一种共识。咳嗽、发热、乏力、喘促、咽干、胸闷、气短、口苦、纳呆，这些都是新冠肺炎的症状。有人低热病情严重，有人高热却病情较轻。

要高效集中救治大批量的被感染人群，讲究辨证施治、"一人一方"的中医药似乎面临矛盾。即便对于以中医为特色的江夏方舱医院，要想完全实现对医药资源都有很高要求的"一人一方"也并不现实。

疫病先通治。年前就在武汉探访多家医院新冠肺炎患者的刘清泉会同张伯礼等几名中医专家组成员，综合患者的表现，找到了不同患者证候的"最大公约数"，完善了通治的方案。"3—5天一个疗程过后，症状就会有明显改善。"对方舱医院里轻症的多数患者来说，通治的协定方能够满足新冠肺炎的治疗需求。

凡事皆有例外，对于讲究辨证施治的中医更是如此。这时，张伯礼为江夏方舱医院量身定制的4个补充方就成为守护患者的"第二道防线"。合并发热患者采用"江夏方舱1号方"，兼有咳嗽者选用"江夏方舱2号方"，无症状者选用"江夏方舱3号方"，伴有失眠、焦虑患者使用"江夏方舱4号方"。

"'1+4'还不够，我们还有一个N，'1+4+N'才是我们江夏特色的中医综合治疗方案。"张伯礼所说的"N"是江夏方舱医院区别于其他方舱医院的核心因素，对一些有基础疾病等特殊情况的、有必要调方的患者，江夏方舱医院可以实现"一人一方"。

停在江夏方舱医院门前的一辆白色应急车就是实现"N"的关键。这座移动的"流动应急智能中药房"能在5分钟内自动按照药方将多种中药浓缩颗粒剂生成简易药盒，患者每次只需要打开药盒中的一小格，用温水冲服。"流动应急智能中药房"提供党参、茯苓、金银花、黄芩等305种常用中药。

"我们都盯得很紧，绝对不能有任何闪失。"雷根平说。要确保万无一失，各项制度的保障也极为重要。为此，5 支医疗队在中央指导组专家组成员及江夏区政府统一指导下成立了领导班子，明确协同管理的职责。武汉市江夏区委书记王清华任医院党委书记，副区长张湖林与刘清泉任党委副书记，刘清泉同时兼任院长。5 个医疗队领队及队长任副院长、院办主任、医务处处长、护理部主任，构成方舱医院主要领导班子成员，分别在院感工作流程制订与管理、药品与物资配备等方面各司其职。同时，5 支医疗队各选出两名主任医师加入江夏方舱医院会诊团队。

尽管建院时间短，江夏方舱医院还是制订出 18 个管理制度，如"武汉江夏方舱医院出入院管理制度""武汉江夏方舱医院值班交接班制度"等。队员防护隔离知识等培训累计 3800 余人次，同时加强院内感染控制培训，开展咽拭子采集等，形成完整的医护人员防护措施及应急方案。

在江夏方舱医院里，还有许多"宝藏区"，这是医院专门开辟的中医治疗区。很多都位于护士站旁边，配备了开展中医适宜技术的诊疗设备，如艾灸用具、穴位贴敷治疗盘、耳穴压豆物品、热疗仪等。八段锦、太极拳，再加上各种中医适宜技术，各显神通，缓解患者的紧张、焦虑和各种症状，让他们"终于睡了好觉"。

"大水漫灌"+"精确滴灌"。通治也是辨证、通治也可辨证。在江夏方舱医院，通治和辨证成为辩证统一、可灵活转化的"最优方案"。

四、微笑着生活

从开始的紧张无助倍感煎熬，到慢慢地融入这里的日子，江夏方舱医院这个特殊的医院对于很多医患来说更像是"大社区""大家庭"，这里不仅有疾病和救治，更有生活。

2 月 21 日，随着江夏方舱医院扩建 b 区，5 支医疗队的 151 名"援兵"再从五省出发，集结武汉，为江夏方舱医院注入了新的活力。

每到大家期待的发餐时间，由热心患者组成的志愿小队就会迅速行动起来，尽快把饭菜送给每个人。热气腾腾的饭菜给医院增加了生活的烟火气，让人暂时忘却疫情带来的伤痛，燃起对新生活的热望。

"湘军""包干"的病区里流传出过一段励志故事。病区里的一个患者今年念大四，正在考湖南中医药大学的硕士研究生，而来查房巡诊的湖南中医药大学第二附属医院毛以林医生刚好是湖南中医药大学的博士、硕士生导师。"努力钻研基础知识，做好吃苦耐劳的准备。我们欢迎你！"透过厚厚的口罩，毛以林热情地鼓励着。小姑娘听闻未来的导师就站在自己面前，连忙高兴地从病床上站起来，深深鞠躬，"老师我一定努力！"

越是痛苦难捱的日子，人们就越会渴望一切美好。随着时间的推移，方舱医院里一些患者开始恢复活力，不再"发蔫儿"。傍晚时分，江夏方舱医院里医护人员会带着大家做养生操，活动筋骨。身体逐渐好转的他们也开始对自己的生活品质和精神文化活动有了更多追求。愉悦的心情就像一剂特殊的"特效药"，疗愈疾病带给人们的创伤。

爱开玩笑的大妈、主动给人帮忙的小伙子、爱唱戏的大爷，这些原本并无交集的陌生人共同生活在一起，互相鼓励，团结互助，这是对这场无情疫情的最有力回击。

五、只要给我们阵地

冬去春来，樱花和桃花绽放枝头，武汉迎来了新的生机。

江夏方舱医院的好消息也接踵而至，越来越多的患者符合出院标准。2月26日，江夏方舱医院首批23名患者出院。有人离开时忍不住回头张望，舍不得这里的集体生活。

开舱时，江夏方舱医院和所有方舱医院的目标一样，都是早日"关门大吉"。真到了要告别的时候，总会有许多难忘的故事和情感涌上心头，因为这是一段互相治愈、互相温暖的时光。

陕西医疗队的护士卢亚玲忘不了病区里最小的患者。已为人母的卢亚玲会特别用心地关照这个只有7岁的小患者，她会趁着休息做手工，叠出各式各样的卡通动物，送到小患者床前，"我就是希望这些小玩具能增加他的生活乐趣。这种特殊的日子不要给孩子的童心留下阴影，希望他的童年依旧是美好的。"

江苏医疗队的护士孙晗忘不了在方舱里感受到的爱与善良。"患者总是特别关心我们，觉得我们大老远跑来，家里老人和孩子都不顾了很不容易。但其实我们真的只是把这里的患者当家人，家人有难我们当然要出把力。"武汉抗疫的日子让孙晗感受到了强大的凝聚力，孙晗说自己每次想到在方舱医院工作的一幕幕，都会被感动。

而休舱对于张伯礼并不是休息，他开始回顾总结江夏方舱医院的模式，为中医战"疫"留下规律性的经验，"我认为江夏中医方舱医院是一个非常成功的模式。无论是管理、治疗以及医患关系都值得好好总结。希望记住的经验就是：以后再有疫病发生，中医自己要成建制承包定点医院。只要给我们阵地，我们一定能用'硬实力'向世人证明中医药的疗效。"

在张伯礼看来，江夏方舱医院成为中医主导的一方临床根据地。中医队伍在这里从参谋、辅助人员升级为治疗新冠肺炎的主力部队。从中药、针灸到太极拳，整个治疗中医"灌满舱"，中医综合治疗"一条龙"，取得了非常好的战果。通过这方阵地，专家可以对中医药效果进行验证和经验总结。"当然，我们也有基础病治疗药物、氧疗仪器、心电监护设备、抢救设施及药物、移动CT机等，这些装备让我们更有底气，更放心使用中医药。所以我总是讲中西结合才是最好的治疗。"

休舱前一天，方舱医院里的患者想给医护人员送个礼物。他们自发组织起大合唱，穿着进舱时统一发放的迷彩羽绒服，站成三排。唱着唱着，不少人忍不住落了泪："这是心的呼唤，这是爱的奉献，这是人间的春风，这是生命的源泉。再没有心的沙漠，再没有爱的荒原，死神也望而却步，幸福之花处处开遍。"

大花山"花开了"。

连线国家医疗队雷神山攻坚，中医人在做什么[*]

崔芳　王宁

随着武汉雷神山医院交付使用，这家主要用于收治新冠肺炎重症和危重症患者的医院不断吸引公众的目光。为发挥中医作用，第四批国家中医医疗队在该院接管了中西医结合病区。重症危重症救治攻坚，中医药做了什么？

一、从医护比到专业结构：就是来啃硬骨头的

第四批国家中医医疗队由来自上海、广东、吉林的医护人员共同组成，接管雷神山医院感染三科的五、六、七、八病区，每个病区配置近 50 张床位。

其中，上海市派出 122 名队员接管两个病区，队员们主要来自上海中医药大学附属龙华医院、曙光医院、岳阳医院和上海市中医医院。广东、吉林各派出 61 名队员，分别接管一个病区。广东省的队员主要来自广东省中医院、深圳市中医院等。吉林省的队员来自长春中医药大学附属医院、吉林省中医药科学院、长春市中医院、吉林市中西医结合医院和辽源市中医院等。

"知道要来啃重症救治这块硬骨头，所以人员配置围绕重症救治的特点展开。"国家中医药领军人才"岐黄学者"、上海中医药大学附属龙华医院急诊医学科主任方邦江教授介绍，三省队员都是按照重症治疗的要求，以 1：3 医护比成建制组建的。学科组成方面，以重症、呼吸、急诊、心血管科等为主，还有消化、营养等科室人员。

对于重症危重症救治少不了的西医支持治疗技术，该批队员也都有所准备。"大部分有传染病防控工作经验，有医务人员熟练掌握紧急气管插管、呼吸机辅助呼吸、ECMO 等技术。"第四批国家中医医疗队广东队领队、广东省中医院重症医学科主任邹旭教授表示，该院在平时就强调中西医综合技能培训。

---

* 来源：《健康报》2020 年 2 月 24 日。

上述三省医疗队员在接到命令后第一时间集结出发，带上 16 台呼吸机及医疗防护物资到达武汉。"小到清理物资、整理床铺，大到电冰箱、文件柜等搬运，都是自己动手。"吉林队副领队、长春中医药大学附属医院副院长王健表示。雷神山医院的 4 个中西医结合病区 48 小时内准备完毕，不到 3 小时完成首批患者收治。

二、有方案有经验有高人：不打无准备之仗

中医将新冠肺炎归属于"疫病"范畴。中医学在同疫病作斗争的过程中，积累了丰富的理论和宝贵的经验。三省医疗队对于迎接重症挑战，从理论到实践做了准备。

吉林医疗队带来了《长春中医药大学附属医院新型冠状病毒肺炎防治方案（试行第三版）》。王健介绍，该《方案》将疾病分为外感期、肺炎期、恢复期，在每个分期下又细化了证型。"到达武汉后，国家中医药管理局医疗救治专家组组长仝小林院士对《方案》进行了指导，建议遵循三因制宜的原则，在武汉当地辨证应用。"通过服用中药，病区 18 位病情相对较轻的患者，咳嗽、乏力、腹胀、食欲差等症状得到明显改善。针对一些年龄大、基础病多、容易转重的患者，在用药时采用攻补兼施之法，预防疾病向重症、危重症发展。

广东医疗队除带来"广东方案"外，还有"援手"。邹旭介绍，自 1 月 29 日起，由广东省中医院副院长张忠德任队长的国家援助湖北第二支中医医疗队，已经接管湖北省中西医结合医院为新冠肺炎患者改造的隔离病区。这也是当时唯一由中医系统力量接管的定点救治医疗机构。"他们积累了大量的重症救治经验，我们已经建立起远程会诊机制。"

上海医疗队同样有备而来。方邦江长期从事中西医结合治疗重症感染等危急重症临床工作，牵头制定国家中医药管理局"风温肺热病（医院获得性肺炎）"等多个中医诊疗方案、临床路径和专家共识。这些经验对于新冠患者救治有较大指导意义。

"我在武汉读书、工作多年。疫情发生后，我一直通过电话、网络等方式与武汉的同道交流。"方邦江表示，根据这些前期经验，春节期间，他组织编写了《新型冠状病毒感染的肺炎中西医结合防控手册》，不久前已由人民卫生出版社出版。

三、西医有经验中医有特色：让中西医结合有增益

在上述病区，中医药治疗覆盖率已达到 100%。专家们一致表示，中药汤剂仍是中医的"看家本领"。目前，雷神山医院已经具备了中药汤剂供应能力。"上午开方，下午药就能送到病房。"邹旭说。

"戴着手套切脉，虽然没有平时那么敏感，但问题不大；带着护目镜看舌象，也没问题。"邹旭表示，根据一对一辨证情况，医疗队在最新版诊断方案的基础上"扶正救肺"。根据前期经验，方邦江提出了治疗新冠肺炎"表里双解—截断扭转"的防治策略，拟定"败毒截断方"并应用于临床。

中医药在很多方面发挥了作用。广东队带来了中医特色防护用品，包括清热解毒汤药、穴位贴敷等，可以帮助患者和队员们保持良好体力。上海医疗队探索通过针灸疗法减少或者替代机械通气，以减少气管插管带来的医务人员暴露风险，初步使用效果良好。

针对重症患者，三省医疗队推出了具有安神定志、提高免疫力功效的中医功法治疗，如八段锦等。方邦江说，队员们已经将相关功法指导做成网络版，并将二维码贴到每个患者病床边，扫码即可跟着练习。

除了临床救治，吉林队每天还会对患者体征进行评估，观察病情变化。王健介绍，长春中医药大学附属医院团队在 1 月 21 日就启动了吉林省科技攻关项目"结合地域特点辨证的中医药防治新型冠状病毒的效果评价"，该研究在武汉病区同步开展，通过统计分析、总结，指导下一步更为科学、循证地展开救治。

接下来，上述病区将积极推动建立病区间会诊机制、远程会诊机制和中西医会诊机制。

"人民英雄"国家荣誉称号获得者张伯礼 *

——国有疫情时，医生即战士

王君平

17年前，抗击"非典"，他挺身而出；庚子新春，迎战新冠，他逆向而行。"国有危难时，医生即战士。宁负自己，不负人民！"他的誓言依然未改。

他就是年过古稀的中国工程院院士、天津中医药大学校长张伯礼。9月8日，在全国抗击新冠肺炎疫情表彰大会上，张伯礼被授予"人民英雄"国家荣誉称号。

面对荣誉，张伯礼说得最多的一句话是"唯代中医人受誉"。这是党和国家对中医药抗疫贡献的高度肯定。

张伯礼在接受采访

新华社记者程敏　摄

"严格隔离，只是成功了一半。不吃药也不行"

"疫情不重，不会让我来，这份信任是无价的。"1月25日，大年初一，中央紧急成立赴湖北疫情防控指导组，张伯礼名列其中。

临危受命，闻令而动。在出征武汉的飞机上，张伯礼填词道："晓飞江城疾，疫茫伴心惕。隔离防胜治，中西互补施。"面对尚有很多未知的新冠肺炎，他心里却有一份底气，那是对中医药的信心。

那时的武汉，发热门诊外阴冷潮湿，门诊内人满为患。张伯礼意识到，如果不加以控制，感染人数会越来越多。

当晚，张伯礼就第一时间向中央指导组提出，必须严格隔离，他提议将确

---

* 来源：《人民日报》2020年9月19日。

诊、疑似、发热、留观 4 类人群进行集中隔离，分类管理。"但严格隔离，只是成功了一半。不吃药也不行。"张伯礼提出"中药漫灌"治疗方法，普遍服用中药，拟定"宣肺败毒方"等方药，让 4 类人使用中医药。他的建议被中央指导组采纳。

张伯礼开出方子后，试着给湖北九州通的企业负责人打电话，请他们帮助做袋装中药汤剂。对方回答："没问题，全力配合。"张伯礼说："现在没有钱，也不是做一天，也不是做千百袋。"对方说："为了武汉人民，什么都不要讲了。"这让张伯礼感动不已。

第一天 3000 袋，第三天就达 8000 袋，最多时一天 4 万袋。张伯礼难掩兴奋："通过普遍服用中药，集中隔离的很多发热、疑似患者病情得以好转，效果不错。"武汉开展了最全面最严格最彻底的大排查。严格隔离的同时普遍服用中药，取得了良好效果。

数据显示，2 月初到 2 月中旬，从 4 类人当中确诊新冠患者的比例为80%，吃药 10 天左右，2 月中旬降到了 30%，2 月底降到 10%以下。

"一定要有中医药阵地。只要有阵地，就能有作为"

武汉江夏区大花山有个户外运动中心，当地人称"江夏鸟巢"，抗击疫情期间被改建成江夏方舱医院。

"一定要有中医药阵地。只要有阵地，就能有作为。"张伯礼说。他与中央指导组专家、北京中医医院院长刘清泉写下请战书，提出筹建一家以中医药综合治疗为主的方舱医院。

经中央指导组批准，张伯礼率国家中医医疗队队员，进驻江夏方舱医院。这是一次传承精华、守正创新的生动实践，方舱医院从中药、针灸、贴敷到太极拳、八段锦一条龙综合治疗。

2 月 14 日，江夏方舱医院开舱。张伯礼穿着写有"老张加油"的防护服，熟悉环境，紧盯流程，问诊患者，对症拟方，指导临床，巡查病区……每天几个小时的行走，里面的衣服都湿透了。

截至 3 月 10 日休舱，江夏方舱医院共收治新冠肺炎轻症和普通型患者564 人。中医药团队交出了轻症病人零转重、痊愈病人零复阳、医护人员零感染"三个零"的亮眼成绩。中医治疗经验不胫而走，90%的方舱都使用了中药，一般转重率2%—5%，远低于公认的10%—20%转重率。中医药疗效得到了证明。

张伯礼提出"大疫出良药"。在中央指导组和国家中医药管理局领导下，筛选出金花清感颗粒、连花清瘟胶囊、血必清注射液、清肺排毒汤、化湿败毒方、宣肺败毒方"三药三方"，因证据充分、疗效确切，"三药三方"被编入国家版诊疗方案。

由于过度劳累，张伯礼胆囊炎发作，腹痛难忍，中央指导组强令他住院治疗。2月19日，张伯礼在武汉接受了微创胆囊摘除手术。

人民至上、生命至上，要把重症患者一个不落拉回生的安全线。张伯礼挺身而出，为多年饱受争议的中药注射剂正名："对重症患者早期足量使用中药注射剂可力挽狂澜。"血必净、参麦/生脉、参附、痰热清、热毒宁等中药注射剂在重症患者救治中大显身手。

"中西医结合救治是我们的亮点。"张伯礼提出，重症病房中西医联合查房，让中西医优势互补叠加。研究显示，在一项75例的重症患者临床对照试验中，中西药并用组和单纯西药组相比，核酸转阴时间、住院时间平均缩短3天。

"现在的武汉车水马龙，人声鼎沸，我喜欢这个武汉"

4月16日，张伯礼离开了他苦战82天的武汉。临别之际，张伯礼说："武汉是英雄的城市，武汉人民为抗击疫情做出了牺牲和贡献。"

5月22日，十三届全国人大三次会议开幕，全国人大代表张伯礼走进会场时，在场所有人为这位抗疫英雄鼓掌。在介绍医护人员英勇战"疫"的情况时，他洒下热泪。会议期间，他提出修订传染病防治法，建议将中医药纳入重大公共卫生事件应急体系建设。

鉴于新冠肺炎的特点，早在江夏方舱医院还没有休舱时，张伯礼已经在思考出院患者的康复问题，面对部分患者出现的咳嗽、胸闷、乏力、失眠等症状，以及肺纤维化及免疫功能损伤等问题，他孜孜不倦向中医药寻找答案。张伯礼联合武汉一线专家，组织编写了《新型冠状病毒肺炎恢复期中西医结合康复指南（第一版）》，有效指导了恢复期患者的中西医结合康复治疗。

在江夏方舱医院休舱前，张伯礼提出要留下一支不走的中医队伍。4月6日，张伯礼传承工作室正式落户武汉市中医医院，这也是他第一次在天津以外收徒。

花开迎凯旋。7月24日，张伯礼回到他称为"第二故乡"的武汉，举行了《中医药抗击疫情的优势与特点》主题演讲，参加武汉市中医医院挂牌天津中医药大学教学医院的签约授牌仪式，出了半天康复门诊，听了康复研究汇报。看到曾经的患者如今都能正常地生活，张伯礼高兴地说："现在的武汉车水马龙，人声鼎沸，我喜欢这个武汉。"

疫情无国界，大医有爱心。疫情防控期间，张伯礼参加了几十场海外连线。"分享中国经验，我们从不保守。"他希望中医药能帮助更多国家和地区战胜疫情，让中医药瑰宝惠及世界。

9月1日，开学第一课如约而至，张伯礼登上"云讲台"。他深情地说："再过10年、20年，你们就是我们共和国的脊梁，你们就是国家的建设者，这个历史的重任就交到你们身上了，相信你们一定能战胜包括传染病在内的各种疾病，保证全国人民的健康。"

"疫情来了，医务工作者义不容辞，必须要冲上前去。治疗、救人是职责所在，我只是干了我应该干的事。"张伯礼心里始终装着人民，深爱着中医药事业。

临床疗效是评价中医优势的金标准[*]

喻京英

从 1 月 25 日起，中国工程院院士、中国中医科学院院长黄璐琦，就率领第一支国家中医医疗队奔赴武汉市金银潭医院，至今，黄璐琦和他的团队仍在武汉抗疫一线。目前黄璐琦和他的团队在为已出院的患者配恢复期的中药，并给予指导，形成了一套完整改善肺功能的方法和技术，患者症状明显减轻，改善率达到 70%，患者回访效果满意。

黄璐琦说，关口前移，早期介入，全程干预，是中医药深度介入新冠肺炎诊疗的全过程。在这次武汉抗疫一线，中医药全面、全程参与防控救治，对改善患者症状、加快核酸阳转阴、促进患者早日康复出院，均有明显效果。

黄璐琦所带领的医疗队负责金银潭医院南一区病房医疗工作，这是疫情发生后第一个接管重病区的中医医疗队。"接管病区奠定了中医药防控新冠肺炎的基础。"黄璐琦认为，从中医角度看，新冠肺炎属于"疫"病范畴，治疗方法上应注重"正气存内，邪不可干，扶正气，辟邪毒"。他说，在新冠肺炎感染早期，中医药治疗对集中隔离、已有明显症状的患者，能够缩短病程，减少其重症发生率，真正把关口前移。

身为国家中医药管理局中医药防治新冠肺炎专家组组长，黄璐琦带领团队制定并多次优化中医诊疗方案。"根据临床患者症状特征，我们分析了此次疫情的发病病因、病机，并将患者分为医学观察期和临床治疗期两类。针对临床治疗期各期患者分别给予协定处方；对于观察期患者再进行分层，筛选中成药推荐患者使用，既体现了中医因人因地因时制宜的治病特点，有效指导了全国各地的诊疗，也避免了发热患者不分轻重盲目涌向医院诊治，导致发热门诊普通感冒、流感、新冠肺炎等多类型患者交叉感染状况。"黄璐琦介绍说，经过他们论证研究的中医药诊疗方案，也被纳入了不同版次的国家诊疗指南，用以

* 来源:《人民日报（海外版）》2020 年 3 月 19 日。

指导全国中医药参与疫情救治工作。

除了带队亲征，黄璐琦还牵头承担了科技部疫情防治紧急项目"中医药防治新型冠状病毒（2019-nCoV）研究"，并多次组织临床设计、临床统计学、呼吸病学等领域专家，以临床为基础全面布局科研方案，筛选有效中药方剂，优化中医临床诊疗方案，提高临床疗效。

随着医院和患者对中医药的逐渐认可，黄璐琦团队接管的武汉市金银潭医院南一病区床位由 32 张增加到 43 张，收治的均为重症患者，患者开始陆续服用中药。所收治的新冠肺炎重症患者的病情好转率（危重、重症转归）达到 83.61%。"这说明，中西医结合的方法在缓解患者发热、咳嗽、咽干、食欲减退、心慌等方面发挥了重要作用。"黄璐琦这样强调。

临床疗效才是评价中医药优势的金标准，中医不仅讲究"未病先防"，也注重"既病防复"，康复期患者的恢复也能体现中医药优势。中医对肺功能康复治疗早已有成熟方法，包括呼吸训练、调气、采气、养气、练气等，还有耐力、排痰、放松训练等。

来自国家中医药管理局的数据显示，截至 3 月初，在全国确诊病例中，中医药治疗病例达 92.58%。其中，武汉方舱医院累计服用中药人数达 99.9%。世卫组织近日发布消息，决定删除其官网上关于抗疫"常见问题"一栏中"不应使用传统草本药物来应对新冠肺炎疫情"的有关内容。此举被认为是中医药抗击新冠肺炎疫情的临床效果在世界范围内得到了认同。

将大部分症状"扼杀于初期"*

喻京英

新冠肺炎疫情发生以来，中医药诊疗在早期介入、全程参与、后期康复过程中发挥了独特优势。"'武昌模式'是我国在面对新发、突发重大公共卫生事件时社区中医药防控的一种创新模式。尤其是在疫苗及特效药未出现之前，先以中医定性，再以通治方治病，使疫情防治关口前移。"国家中医药管理局医疗救治专家组组长、中国科学院院士仝小林对记者表示。

仝小林说，阻断新冠肺炎疫情，社区是防控的桥头堡，通过这次在武昌区的实践，中医"治未病"，即未病先防、已病防变和瘥后防复的观念得到了充分体现，同时也为新发、突发重大公共卫生事件的医疗处置提供全新的解题思路。

这种社区中医药防控的诊疗思路源于仝小林抵达武汉后在发热门诊看到的一幕。"成百上千的病人在阴冷潮湿的环境下，排长队就诊。他们从哪儿来？"他说，答案是社区。切断疫情源头，社区是第一道关口。

仝小林发现，这些病人发病初期大多舌苔白厚腐腻、困乏无力，结合当地湿冷气候，他认为新冠肺炎应属"寒湿疫"。于是，在与当地专家充分讨论后拟定出可宣肺透邪、避秽化浊、健脾除湿、解毒通络的通治方——"武汉抗疫方"，并于2月3日率先在武昌区大范围免费发放。

这道通治方包含生麻黄、生石膏、杏仁、羌活等20味中药。根据主症的不同，专家组拟定分别针对发热、咳喘、纳差、气短乏力等症状的4个加减方，在主方的基础上合并使用。

根据仝小林拟定的通治方，江苏某药企免费为武昌区提供了主方及4个加减方约4.2万人份14天用量的中药颗粒剂。同时，仝小林团队与中国中医科学院首席研究员刘保延合作，紧急开发出一款手机APP，患者只需扫中药汤

---

*　来源:《人民日报（海外版）》2020年3月5日。

剂外包装上的二维码后录入基本信息，就可得到后方医生的一对一用药指导及咨询。

　　绝大部分新冠肺炎确诊患者的初期症状是相似的，多为发热、乏力、咳嗽、咳痰、气短、纳差、腹泻、情绪紧张等，中医治疗可将大部分症状"扼杀于初期"。来自"武昌模式"所得到的万余份反馈显示，绝大多数患者的症状得到了不同程度的改善。

王琦：有韧度的学者　有温度的医者 *

黄　蓓　陆　静　巨　锋　陈计智

他是中医药界的"老兵"，年轻的"75后"，治学从医五十余载，医教研成果无数，荣膺"国医大师"称号，跻身中国工程院院士行列，却不矜不伐，甚至自称"老笨"——

2月14日上午，一场特殊的远程会诊在北京中医药大学举行。会诊中，支援武汉的医疗队员汇报了一名38岁女性新冠肺炎患者的诊疗经过和辨证难点。

国医大师、中国工程院院士王琦给出了他的建议："温病的发展有其规律，要考虑到病情的发展提前截断，在治疗中做到步步

沈伯韩　摄

为营。建议除了应用杏仁、白前、紫菀、款冬花、甘草等止咳药物之外，还要加用化痰活血通络之品，以改善肺部的病理状态。"会诊结束4天后，患者症状基本消失，两次核酸检测均阴性，达到出院标准。

早在新冠肺炎疫情暴发初期，王琦就担任国家中医药管理局应对新冠肺炎专家组顾问、北京中医药大学新型冠状病毒感染的肺炎防控医学专家组组长，与驰援武汉医疗队协同配合，根据武汉一线提供的临床资料，共同商讨制定新冠肺炎的诊疗方案，通过多次网络远程会诊，指导临床一线新冠肺炎患者救治。

整个春节，王琦都没有休息。他每天到学校办公室，查阅资料，夜以继日，领衔编写完成面向一线临床医生的《新型冠状病毒肺炎中医诊疗手册》，

---

*　来源：《中国中医药报》2020年5月18日，收入本书时有删改。

目前该书已翻译为英文版，供全球多个国家免费下载使用。王琦积极建言献方，开出了 3 付抗击新冠肺炎的中医预防处方，并通过媒体刊登发布，在全国多地推广应用。

77 岁并不年轻，没有人苛求王琦去做这些。然而出于一个医者的仁心，一位中医药"老兵"的担当，王琦一天也闲不下来，义无反顾地投身于这场抗击新冠肺炎的战役中。

3 月，国务院应对新冠肺炎疫情联防联控机制科研攻关组成立中医药专班，王琦作为专家组成员，为国家提供政策咨询、撰写专题报告，包括复工复产后预防、新冠病毒无症状感染防控、新冠肺炎恢复期干预等多项方案建议。王琦团队承担国家科技部重点研发计划"公关安全风险防控与应急技术装备"重点专项"复工复课后聚集性传染隐患的新冠肺炎中医药调体防护研究"，开发了新冠肺炎预防 1 号方、2 号方、外用防疫香囊、外用中药防疫喷剂。在国务院联防联控机制新闻发布会上，王琦提出中医药预防新冠肺炎的 3 个作用，并提出"扶正气、避邪气"预防思想。其团队亦于 3 月 29 日抵达黄冈，目前正全身心投入到针对复工复课人群中医药预防和新冠肺炎恢复期患者中医药康复进行临床和科研工作中。

全球新冠疫情形势严峻，王琦在世界针灸学会联合会主办的国际抗疫专家大讲堂讲授"新冠肺炎的中医药预防"，向世界推荐了两个口服方、一个外用预防方、一套针灸按摩穴位和两种易感体质的调养方法，为全球抗疫提供中医方案。

"愈是在危急之机愈要沉下心来寻求经典，从中汲取智慧。"王琦以《中医抗疫历史成就和展望》为题，讲授了几千年来中医药在护佑中华民族健康方面的贡献、在抗击新冠肺炎过程中起到的作用及今后努力的方向，引导学生坚定"四个自信"和中医药自信。讲授了《从 6 个名方看中医名著在新冠肺炎中的应用价值》，鼓励学生们学习继承好中医温病学理论，受到学生的热烈欢迎。

王琦先后在《人民日报》《光明日报》发文，深刻阐述习近平总书记关于抗击疫情的思想，呼吁完善疾病防控体系，应充分重视中医药价值，利用好中医药这一独特资源，形成中国特色疾病防控体系。王琦自疫情以来参加多种重要活动，经常夜以继日地工作，是一名不折不扣的战"疫"勇士。

4 月 29 日，国家中医药管理局给王琦发来感谢信。信中写道：在这场没有硝烟的战"疫"中，您带领团队成员，践行大医精诚，诠释医者仁心。以精湛的医术与疫情作斗争，守护人民群众生命安全和身体健康，以严谨的科学精神奋力攻关，为疫情防控提供科技支撑，以对事业高度负责的拳拳之心献计献策、发言发声，为决胜战"疫"凝聚磅礴力量。在此，谨向您及团队全体成员致以崇高敬意和衷心感谢！

战"疫"中坚岐黄亮剑 *

喻京英

1月21日，中央指导组专家、国家中医医疗救治专家组副组长、北京中医医院院长刘清泉临危受命，紧急奔赴武汉，开展新冠肺炎救治工作。作为第一位奔赴抗疫一线的北京三甲中医医院院长，甫抵武汉，便奔赴多家定点医院。他说："首要任务就是要找到中医药救治规律，尽快制定出行之有效的中医诊疗原则和方案。"

短短数日，刘清泉先后会诊了百余例患者，对新冠肺炎的认识逐步清晰明了，他与专家组成员得出结论：新冠肺炎当属"湿疫"，感受湿毒邪气而发病。从而初步拟订了《新型冠状病毒感染的肺炎中医证治方案》（第一版），提交给国家中医药管理局，之后被纳入国家卫健委印发的《新型冠状病毒感染的肺炎诊疗方案（试行第三版)》。

在疫情救治专家座谈会上，刘清泉提出对感染新冠肺炎患者应按照病情轻重，分为轻度、中度和重度分别对待，并强调中医药要早期全程介入治疗。对此，刘清泉确定了"祛邪必先扶正"的治疗原则，通过胃肠同治、解毒活血的治则，使轻症患者趋向痊愈，中度患者控制住病情，避免向重症、危重症转化，从而截断了病情的进一步发展，体现出中医专长和优势，使得中医"治未病"理念提倡的"未病先防、既病防变、瘥后防复"得以贯彻。

关于西医治疗新冠肺炎至今尚无特效药物问题，刘清泉强调，在几千年与疫病的对抗中，中医先辈用精湛医术战胜了一次又一次瘟疫。面对当前疫情，应该中西医结合治疗，战胜病毒，才能取得最后胜利。临床显示，中西医结合治疗轻症患者有显著疗效，临床症状消失时间缩短两天。在武汉金银潭等多家医院相继开展中西医结合治疗后，更多患者服用了中药，"没想到中药疗效这么好！"这是医生和患者的共同赞誉。

＊ 来源：《人民日报（海外版）》2020年3月12日。

从新冠肺炎中医第一版证治方案提出，刘清泉和专家组一直监测疫情变化，不断优化方案，调整治疗思路，确定治疗法则。3月4日，《新型冠状病毒肺炎诊疗方案（试行第七版）》发布，进一步明确了中医诊疗方案的可行性实用疗效。全国各地全面规范化开展对新冠肺炎患者的中西医结合治疗，取得了令人满意的效果。

武汉江夏方舱医院是首个国家中医医疗队接管的方舱医院，医务人员由来自5省市360余人的5支医疗队组成。从2月14日开舱，刘清泉值守在此近一个月，采取以中医为主、中西医结合的方法救治轻症新冠肺炎患者。

从北京到武汉、从重症病房到方舱医院，一个多月来，刘清泉没有停歇，有时还要工作到凌晨一两点才能休息。在他的率领下，全舱近400名患者，无一例患者转成重症。

越是危急越要担当，越是艰险越要向前，能真正做到"匡时济世"，方是"医之大者"，刘清泉，就是这样的医者。

张忠德："苁蓉"战大疫，中医正"当归"*

黄 玫　陈凯昊

国家援助湖北第二支中医医疗队队长、广州中医药大学副校长、广东省中医院副院长张忠德。

新华网伍嘉炜　摄

新冠肺炎疫情发生以来，多地推动中医药及时全面深度介入诊疗全过程，有效降低了轻症转为重症、重症转为危重症的发生率，提高了治愈率。面对新发传染病，中医药如何阻止疫情蔓延？在重症、危重症患者救治中，中医药起到什么作用？国家援助湖北第二支中医医疗队队长、广州中医药大学副校长、广东省中医院副院长张忠德于除夕夜赶赴武汉，是在武汉坚守时间最长的国家级专家之一。他带领的国家援助湖北中医医疗队广东团队在武汉期间共收治患者348例，其中重症及危重症患者191例，经中医、中西医结合治疗，出院307例，其余新冠肺炎主要症状明显改善患者因基础疾病、慢性病转至缓冲病区继续接受治疗。

一、岐黄亮剑，"苁蓉"赶赴英雄城

5月初，张忠德在广东省中医院接受采访。虽因经月奔波，身形明显清减，他仍目光炯炯，精神健旺。其实，他的体重比前往武汉战"疫"前少了15斤。

2020年，新冠肺炎疫情突袭荆楚大地，蔓延波及全国。1月24日除夕夜，张忠德只身踏上开往武汉的列车。奋战73天后，4月5日，他返回广州。

---

* 来源：新华网，2020年5月13日。

大江流日夜，慷慨歌未央。谈起当时的情景，张忠德显得非常从容，他说："这确实是一个遭遇战。但是我的信心很足。这并不是一种盲目自信。这源于我们整体队伍能力的提升。经过这些年的锻炼，无论是技术还是能力，我们都有战胜病毒的信心。"

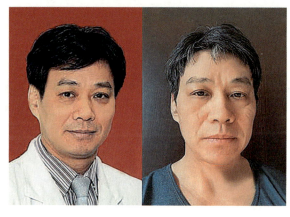

在武汉战"疫"期间，张忠德瘦了15斤。

新华网发

苁蓉入药，由来已久。它甘而性温，咸而质润，具有补阳不燥、补阴不腻的特点。正如奔赴武汉的张忠德，可谓"谦谦君子，温润如玉"。

"'非典'时，我是医院二沙岛分院的急诊科主任。坚持救治"非典"患者一个多月，我中招了。"经过一个多月艰难地救治，张忠德治愈出院。当时医院同事判断张忠德此后没法上班。因为他不能走路，走两三米就喘。张忠德以中医理论指导自己进行康复训练。一个月后，他回单位上班。当时很多人感到惊讶。

"见彼苦恼，若己有之。"张忠德说："武汉疫情发生后，我想到自己有抵抗"非典"的经验，而且一直研究呼吸系统及传染病相关专科知识，去那里最合适。电话一来，我没有任何犹豫就报名过去。"

中医讲究医病先医心。刚到武汉，张忠德发现不少病人有恐惧、焦虑、怀疑等情绪。他说："看病之前要先做好服务，抚慰、关心病人，建立信心和信任。我常对病人说，别怕。你现在喘得那么厉害，但是你血氧很好。"非典"时我比你现在重多了，你看我现在的身体素质和精神多好。"

有的病人开始不愿意吃中药。看到隔壁床病人吃完以后退了烧，他也赶紧吃中药。他发现中药可以明显改善症状，对医生的态度迅速发生变化。

一位女患者表示："吃中药前，我看到饭就发愁，要掉眼泪。吃了中药后，胃口改善了，吃了满满的一大碗还觉得不够，那一刻很幸福。"

中医药到底行不行，疗效才是"硬道理"。张忠德说："病人的自我感觉就是疗效的最好体现。中医强调改善患者症状。你睡不着觉了，吃了药下去，晚上就能睡。有的病人一开始跟我说话，说到第二个字就开始喘。吃了药以后，第二天病人发现自己说了五六句话，气息还很平顺。"

中药汤剂、中成药、针灸、穴位贴敷、八段锦……中医或中西医结合方法治疗新冠肺炎，在治疗轻症患者、阻止重症患者情况转危方面效果显著。在张忠德率领的国家援助湖北中医医疗队广东团队接管的病区中，中医这种独特的治疗方式逐渐受到患者喜爱。部分患者不仅配合治疗，还主动学习八段锦、耳穴压豆、穴位按摩等中医方面知识。

二、围魏救赵，辨证施治显妙手

中医药学是中国古代科学的瑰宝，是融预防、治疗、康复为一体的整体医学。孙思邈的《千金方》、张仲景的《伤寒杂病论》、吴又可的《温疫论》、吴鞠通的《温病条辨》等经典著作，系统总结了中医药防治传染病的基础理论、临床实践、方剂药物和技术方法。

大疫出良药，中医显身手。从应用"三药三方"等有效方剂，到采取集中隔离、普遍服中药等防疫做法，中医药为抗击疫情作出重要贡献。

张忠德表示："面对新发突发传染病，在没有疫苗的情况下，虽然中药目前还不能直接杀死这一病毒，但通过发挥中药的清热、化湿和解毒等独特功能，就能改变病毒生存环境，抑制病毒在体内生长，提高人体免疫力，从而达到'正气存内，邪不可干'的目的。"这是"围魏救赵"这一传统智慧的灵活运用。张忠德认为，中医人可以通过调整中药，改变病毒生存的人体环境，让人体从适宜病毒生存转为不适宜。

"这体现了中医的整体性思维和调和性思维。我们的立足点是'排毒'而不是'杀毒'。就像山上有敌人，我们一个炮弹炸过去，敌人没了，但是山头也烂了。如果我们采取断粮断水的思路，敌人在山上待不下去，就会离开山上。"张忠德说。

张忠德介绍，从中医角度看，新冠肺炎主要是一种湿毒疫，是疫病的一种，同时又具备湿邪重、发病较隐匿、易热化、寒化、躁化等特点。他表示，严格隔离加上患者普遍服用中药，中医在阻断疫情蔓延中效果良好，起到非常重要的作用。此次用药主要通过中医四诊合参和影像学资料，判断属寒还是属热，再根据诊疗方案进行用药。患者对中医的接受度很高，服用了中药的患者，在乏力、憋气、无食欲等症状方面都有较为明显的改善。

对于重症、危重症患者，张忠德表示："剧烈咳嗽，严重的胸闷气短，还有一些胃肠道症状，中医药有很好的治疗作用。症状改善以后，病人的生命体征得到稳定，阻断了病情向危重病发展的趋势。这相当于中医药介入后提供一个平台给病人恢复，留人治病。"

作为新中国成立以来发生的传播速度最快、感染范围最广、防控难度最大的一次重大突发公共卫生事件，此次抗击疫情中医的参与力度和广度是前所未有的，先后近 800 名中医专家，近 5000 名中医医务人员参与一线救治。

国家援助湖北中医医疗队广东团队成建制接管湖北省中西医结合医院、武汉雷神山医院共 5 个病区 187 张床位，累计收治患者 348 例，其中重症及危重症患者 191 例，经中医、中西医结合治疗，出院 307 例，其余病情好转患者因基础疾病或慢性病转至缓冲病区继续接受治疗。

三、"平战结合"，中医药正"当归"

岁月静好，只因有人负重前行；稳若泰山，源于根基坚实如铁。

张忠德说，从 2003 年"非典"，到 2005 年禽流感，到 2009 年甲流，到现在的新冠肺炎疫情，未来新的突发公共卫生事件会层出不穷。我们怎么应对？医疗体系怎么从遭遇战，到有序组织，到平稳应对？我们这次取得阶段性成果，凭的是举国之力，我这次全程经历，感觉到"平战结合"非常重要，就是平时训练战时启动，在面对新发突发传染病时，中医药可以发挥自己的独特优势和作用。此次疫情中医虽然与"非典"时相比参与得更早，但还是晚了一些，下一步希望中医在新发突发传染病防治工作中可以第一时间介入。

数十年来，随着科学技术的快速发展，现代医学诊治疾病的水平不断提高。张忠德说："目前对中医药产品缺乏科学的评价方法。中医药有它自己的一套理论体系。上千年的处方如果按照'现代医学'那套理论进行审批，总觉不相符合，这就制约了中医的发展。"

当归是一味常用中药，中医临床多用于补血。一如疫情之下的中医药事业，需要"补血养气"。

检验、胸透、验血等现代医学技术，西医可以用，中医也可以用。张忠德认为，中医药应该融入公共卫生应急管理体系，建立并完善中西医并重参与传染病防控体系。在广东，我们正在申请建立中西医结合的传染病医院，或者是突发新发传染病的应急中心。"平战结合"要落到实处，平时在哪几个科做好训练，临战的时候要怎么派人，这些都需要提前做好方案，用制度予以保障。

有了阵地和机制后，人才队伍要继续加强。张忠德说："我们应该致力于培养中医功底深厚、现代医学跟踪得上、急重症救治能力强的临床人才队伍，要推动中医药守正创新发展。中医并非只能生活在古代，但在制度、人才等多方面需要国家支持和统筹推进，从而更好地吸收现代科学技术，让中华瑰宝惠及全民健康。"

抗疫先锋张继先：最早发现了这不一样的肺炎 *

毛 旭　应述辉

　　54 岁的张继先是湖北省中西医结合医院呼吸与重症医学科主任。一个多月前，她最早发现这场疫情苗头，并和院方一起上报。

　　7 位相似病人 4 位来自华南海鲜市场，她判断"这肯定有问题"。2019 年 12 月 26 日上午，该院附近小区的一对老两口因发烧、咳嗽来看病。当时两人是自己走到医院的，拍出来的胸部 CT 片，却呈现出与其他病毒性肺炎完全不同的改变。张继先让老两口叫来他们的儿子做检查，儿子没有任何症状，但 CT 一照，肺上也有那种表现了。

　　这一天，还来了一位华南海鲜市场的商户，一样的发烧、咳嗽，一样的肺部表现。

　　"一般来说，一家来看病，只会有一位病人，不会 3 人同时得一样的病，除非是传染病。"张继先给这些病人做了甲流、乙流、合胞病毒、腺病毒、鼻病毒、衣原体、支原体等与流感相关的检查，病人全部呈阴性，从而排除了流感。

　　张继先头脑中的疑团越来越大。12 月 27 日，她把这 4 人的情况向业务副院长夏文广、院感办和医务部作了汇报，医院立即上报给江汉区疾控中心。

　　12 月 28 至 29 日，该院门诊又陆续收治了 3 位同样来自华南海鲜市场的病人，这一下就有 7 位相似的病人了。

　　"这是我们从来没见过的病，同样来自华南海鲜市场的有 4 位病人了，这肯定有问题。"张继先判断。7 位病人，症状和肺部表现一致，只是轻重有别。张继先敏锐地意识到情况不对，立即又向医院进行了报告，并建议进行多部门会诊。

　　12 月 29 日下午 1 时，夏文广召集了呼吸科、院感办、药学、临床检验、

---

* 来源：《健康报》2020 年 2 月 3 日。

感染等科室 10 名专家。大家对这 7 个病例进行了逐一讨论，影像学特殊，全身症状明显，实验室检查肌酶、肝酶都有变化。专家们一致认为，这种情况确实不正常，要引起高度重视。

追问到还有两例类似病史患者，到同济医院、协和医院去治疗，留下来的地址也是华南海鲜市场后，夏文广立即决定：直接向省、市卫生健康委疾控处报告。

12 月 29 日是星期日，湖北省、武汉市卫生健康委疾控处接到报告后，指示武汉市疾控中心、金银潭医院和江汉区疾控中心前来进行流行病学调查。

傍晚，武汉市传染病定点收治医院——金银潭医院副院长黄朝林和 ICU 主任吴文娟来到湖北省中西医结合医院，逐一查看了这 7 位病人，接走了 6 位病人，其中轻症 3 位、重症 3 位。其中一家三口中的儿子不愿去，留着继续治疗，今年 1 月 7 日病愈出院。

张继先接受采访时说，疫情越早发现越有利于控制。"现在感觉自己做对了！"

2 月 1 日，记者多方求证，各方信源均证实是湖北省中西医结合医院最早上报疫情，给早监测疫情争取了时间。

在收治一家三口住院时，张继先在呼吸科病房隔出一块与其他区域相对独立的地方，建立了有 9 张病床的隔离病房。湖北省中西医结合医院是离华南海鲜市场最近的两家三级医院之一。6 位病人被金银潭医院接走后，张继先的呼吸科门诊又陆陆续续收治了类似的病人。到元旦时，这 9 张隔离病床不够用了。

从发现那一家三口起，张继先就要求所有的呼吸科医护人员戴口罩。医院给他们科室批了 N95 专业防护口罩，"只有进入那个区域才戴 N95，其他区域还是戴一般医用口罩"。

同时，张继先嘱咐科室人员在网上订购了 30 套细帆布的白色工作服。去年 12 月 31 日，这批被她视为隔离服的工作服寄到了科室。自购的工作服被大家穿到了医生白大褂和护士服的里面。这一套厚帆布的"防护服"一直穿到 1 月 20 日，钟南山院士明确新型冠状病毒感染的肺炎能够人传人，才完成它的使命。这一天，医院给他们配备了三级防护服。

元旦期间，湖北省中西医结合医院呼吸科的门诊量开始激增，由原来一天

100 人左右，增加到 230 人左右。张继先去给其他呼吸道慢性病住院病人做工作，让他们尽快出院。

张继先说，对传染病的防护意识生根于"非典"。2003 年抗击"非典"时，时年 37 岁的她是武汉市江汉区专家组成员，每天的任务就是到各医院排查疑似者。

"我从那个时候就有感觉了，什么叫公共事件，什么叫群体事件。"张继先说，"医生看病，要问病人的住址、职业，这一下来了 4 名华南海鲜市场的，怎么会没有问题？这就是"非典"时期锻炼出来的思维。"

原定采访张继先的时间是 1 月 29 日中午，记者出发时，接到医院党委书记邱海芳的电话："您现在别来了，张主任在病房大哭！"

张继先说："之所以哭，是因为病人太多了，医护人员太累了！"

1 月 26 日，湖北省中西医结合医院成为第三批定点医院，收治病人由医院统一安排。病人太多了，必须按轻重缓急来统筹。有的病人病情发展太快，手段用尽，还是走了，张继先大哭；有时防护服快没有了，口罩快用完了，张继先大哭……张继先说，这个传染病，从来没有见过；这么多的病人涌向医院，从来没有见过。

一个月来，睡眠不足，体力透支，张继先竭尽了全力。痛哭一场，她又一头扎进病房，那里是容不得有一丝马虎的战场。

中医药辨证施治展身手 *

汪晓东　姜泓冰　姜晓丹　李家鼎　付　文

强化中西医结合、中医深度介入诊疗过程，是新冠肺炎疫情医疗救治的一个鲜明特点。截至 2 月 24 日，各地派出的 4900 余名中医医务人员战斗在湖北抗疫一线。

2 月 20 日，国家中医药局党组书记、副局长余艳红在新闻发布会上表示，目前中医药参与疫情防控取得阶段性进展，参与救治的广度和深度不断提高，中西医密切协作、联合攻关，发现了一批有效方药和中成药，在治疗新冠肺炎中取得了较好疗效。

雷神山医院自建成以来共收治 1000 多名患者。该院中西医结合病区，由第四批国家中医医疗队接管。医疗队分别由上海、广东、吉林医护人员组成。

一、上海中医医疗队多措并举缓解病痛

由 122 名医务人员组成的上海中医支援湖北医疗队，2 月 15 日到达武汉，接管雷神山医院 C5、C7 病区。医疗队副领队、上海中医药大学附属岳阳中西医结合医院副院长李斌告诉记者，两个病区从 2 月 19 日开始收治首批病人。

"我们采用的是中西医结合的临床治疗。依据第六版诊疗方案进行西医的常规诊治，同时加入中医外治疗法，包括中药汤剂、针灸、敷贴和功法等传统医学手段。"李斌说。

岳阳医院呼吸内科副主任王振伟发现，患者中有的因病程较长，实症转虚或虚实夹杂的情况较为普遍；还有一些病人，已经过一段时间治疗但收效不明显，症状虽消失，核酸检测却未转阴性。"对这类病人，除了口服中药汤剂，还采用针灸等非中药疗法，提升免疫力。"

据了解，在负压隔离病房里，由于穿着防护服、戴着手套，传统针灸不易

---

* 来源：《人民日报》2020 年 2 月 28 日。

定位且存在安全风险。医生们临时做出调整，将传统针灸改为采用管针、揿针等更为安全的针刺方式。

对于轻症和恢复期病人，医疗队还带来了一套"六字诀"中医功法。"它最早见于陶弘景的记载。以前我们用它来治疗慢阻肺效果不错。新冠肺炎患者易有肺功能损伤、纤维化，教会大家练功法，不光能缓解生病、住隔离病房带来的焦虑、抑郁情绪，还对后期康复大有好处。"王振伟说。

在王振伟看来，国家诊疗方案像"总舵"，已为新冠肺炎治疗定下总体方向，每位中医要做的是辨型施治的小调整。"以热为主、以湿为主、以堵为主、以淤为主、以虚为主等等，因人而异。"

二、广东中医医疗队扶正救肺分类施策

广东中医医疗队分管的雷神山医院传染三科六病区，2个小时收满48名患者，其中重症12例、危重症2例。

一名82岁的女性患者，此前已经治疗20多天，但症状并未好转——不仅发热咳嗽，还严重失眠。接到病人后，队员立即对其进行会诊，开具中医汤药，还进行了针灸。当晚，患者的睡眠及精神状态有了明显改善。

"患者多年龄偏大，且本身患有其他疾病，会有多种不适体征。为了避免病毒引发其他脏器受损，我们不仅关注肺部，还要综合考虑整体情况进行救治。"广东中医医疗队队长、省中医院重症医学科主任邹旭介绍，现在医疗队是按新版的诊疗方案治疗，大方向是"扶正救肺"。

目前，该医疗队的中医诊疗方案有两种：对病情较严重的患者，用中药颗粒剂、饮片、针灸等方式补充元气，从内部激发患者的身体潜能对抗病毒；对轻症患者，多采用中药饮片加八段锦的方案，会让其适量运动。比如教八段锦进行健身，既增强其身体素质，也缓解心理压力。

"虽然队员均来自中医系统，但都具备中西医协同作战能力。目前48名患者，都在进行中西医综合施治，二者各有优势，并不矛盾。"邹旭表示，将进一步发挥中医药特色优势，与医院共同协作优化推行诊疗方案。

自1月29日起，由广东省中医院副院长张忠德任队长的国家援助湖北第二支中医医疗队，已经接管湖北省中西医结合医院为新冠肺炎患者改造的隔离病区。这也是当时唯一由中医系统力量接管的定点救治医疗机构。"他们积累

了大量的重症救治经验，我们已经建立起远程会诊机制。"邹旭说。

三、吉林中医医疗队团队攻关效果初显

2月19日，吉林中医医疗队正式接管雷神山医院C8病区。"首批收治了18名病人，大家对中医诊疗普遍持接受态度。"长春中医药大学附属医院副院长王健说，医疗队赶往武汉之前，就已启动了针对新冠肺炎的攻关。

1月21日，由长春中医药大学附属医院肺病科主任王檀和王健领衔的团队就向吉林省科技厅申报了攻关课题。在吉林期间，中医团队通过远程会诊的方式对长春及周边市区的50个确诊病例进行诊疗，"效果显著。"

"我们把在吉林积累的病例情况，汇集成了信息系统，并带到了武汉。但南北方气候、水土有别，需要进一步研究。"王健表示，通过对既有信息的整理，并结合在雷神山的医学观察，吉林中医医疗队将新冠肺炎发病分为"外感期、肺炎期、恢复期"3个过程，进而又细分为8个阶段，每个阶段都配有详尽的"治则、治法和方药"。

"依照中医标准，绝大多数患者的临床症状都有渐轻趋缓。"王健表示，接管病房2天后，辨证施治，诊疗效果已初步显现。吉林中医医疗队设计了多达58个类目的调查问卷，对接管的每一名患者进行中医调查，并根据不同患者的不同临床表现，不断更新、改进治疗方案。

吉林中医医疗队还带来了一台特殊的装备车——流动智能应急中药房。"拿到处方后，3到5分钟就能配好6盒共18服药。"王健告诉记者，车辆内部的药盒内装有300多味中药萃取的颗粒，药师根据处方可快速找到所需中药，然后在操作台上完成配药。"剂量自动换算、药物自动封口，医护人员只需用开水给患者冲服，无需煎煮，从而提高了诊疗效率，能争取更多宝贵时间！"

疫情防控阻击战的中医力量*

——记中国中医科学院国家援鄂抗疫中医医疗队

王君平

最近，化湿败毒颗粒获得首个海外药品注册批文，正式以药品身份进入阿联酋市场，中医药力量在全球抗疫中扮演重要担当。

化湿败毒方是治疗新冠肺炎有效方药"三药三方"之一，是中国中医科学院国家援鄂抗疫中医医疗队为救治新冠肺炎患者研发的中药创新药物。这支医疗队是首批驰援武汉的国家中医医疗队，由中国中医科学院组建，主要由西苑医院和广安门医院共35名医护人员组成，接管武汉金银潭医院南楼一病区，开辟中医抗疫示范田。

戴着手套切脉，戴着护目镜看舌象，疫情挡不住中医人"望闻问切"。首批国家中医医疗队全面深度介入诊疗全过程，全力以赴救治患者，打出中西医结合救治"组合拳"，彰显了中医药行业国家队的担当。

一、"中医重新点燃了我生命的希望"

没有中药房，没有中药饮片和中药颗粒剂，没有中药处方信息系统，一切都要从零开始。

3天打了500多个电话，中国中医科学院医管处的史新华不断联络，确保迅速搭建中药保障供应平台，让医疗队有顺手的"武器弹药"。

广安门医院呼吸科副主任边永君查完房，就听到护士的呼叫："12床病危！"顾不得ICU的高感染风险，边永君冲进了污染区，和护士一道抢救转运患者李某。随后医疗队配合遣方用药，中西结合、力挽狂澜，患者病情好转。最终康复出院的李某感激地说："中医重新点燃了我生命的希望。"

一位83岁的老婆婆病情严重，"治病救人要紧！"西苑医院副院长李浩拍

---

* 来源：《人民日报》2020年9月20日。

板上中药。用上血必净中药注射剂，肺部炎症改善……医护人员从死神手中抢回老人的生命。一名中年患者感觉上不来气，总是反复按铃呼叫护士，测血氧饱和度最高达 96%。广安门医院主任医师王健判断，患者属于急性焦虑状态，应该加强心理治疗。王健使用系统脱敏的方法，明显改善了患者焦虑情绪，患者很快治愈出院。

伴着武汉明媚的春光，中医国粹闪耀荆楚大地。两个多月的抗疫奋战，首批国家中医医疗队用仁心仁术承载起百姓的生命之托，交出了一份满意的答卷：接管南一病区 42 张病床，累计收治重症危重症患者 158 名，新冠肺炎治愈出院 140 名患者，其中纯中药治疗 88 例。

国家中医药管理局防治新冠肺炎专家指导组组长、中国中医科学院院长黄璐琦院士说："中医首次整建制接管一个独立的病区，成功开辟了中医药防控新冠肺炎的战场。中医与西医协力合作，共同防控疫情。"

二、"寻找中医药疗效的高级别循证证据"

仝小林是中国科学院院士、中国中医科学院首席研究员。他认为，面对大量患者，不能仅靠医生一个个诊脉开方。仝小林与当地专家团队联合研究了一个通治方——寒湿疫方（武汉抗疫 1 号方）。武昌区率先在社区发放中药，中医药从预防、治疗到康复全链条干预，筑起了阻断疫情蔓延的"防火墙"。

随着临床救治病例的增加，中药作用初显端倪。西苑医院呼吸科主任苗青说，新冠肺炎最大的特点是湿，湿毒是贯穿整个疾病始终的核心病机。湿邪弥漫三焦，因此要按照三焦的不同部位，因势利导，祛除邪气。

西苑医院 ICU 主任杨志旭发现，由于药量不到位，导致一些重症患者疗效不是很理想。他建议，根据患者病情，增加用药频次和用药量。医疗队专家商议之后，将部分患者日均服药次数改为 3 次或 4 次。调整药量后，临床效果明显提升。

为更好获得第一手病例相关信息，中国中医科学院科研攻关组紧急设计开发了舌诊图像采集 APP 和问诊系统；同时紧急开发出社区信息采集系统，及时获取医学观察期人群中医诊疗信息。广安门医院急诊科主任齐文升说："每天从医院回到驻地，团队马上着手整理一天的病案。"前方将病人症状、体征、舌脉、体温等诊治要素和实时治疗情况上传，在武汉的中国中医科学院中医临床基础医学研究所研究员吕诚负责与后方开展科研工作的沟通与协调。

黄璐琦说："寻找中医药疗效的高级别循证证据，有利于优化临床方案，提高中医药临床救治效率。"

边救治、边总结、边优化，医疗队拟定优化形成了"化湿败毒方"，在核酸转阴和症状改善方面效果显著。3月初，化湿败毒方经北京市食品药品监督管理局批准为北京市第一个治疗新冠肺炎的医院制剂。由方到药，化湿败毒颗粒是我国具有自主知识产权、专门针对新冠肺炎开发的新药。3月18日，化湿败毒颗粒成为我国首个获国家药监局批准进入临床试验治疗新冠肺炎的中药新药。

三、"感谢中医，我是中医救的"

南一病区收治的新冠肺炎危重症患者，老年患者占比高，既往基础病复杂，并发症多，给护理工作带来巨大挑战。

辨证施护和中医非药物疗法成为破解难题的两大法宝。护士依据医生的辨证分型，从生活起居、饮食调护、情志护理等方面为患者制定个性化的护理方案。新冠患者常伴有胸闷、心悸、胃胀的症状，队员们手把手地教患者穴位按压技术。他们还制作视频发给患者学习，便于患者迅速掌握和准确定位。中医非药物疗法解除患者病痛，不少患者在亲身体验后，变成了中医粉丝，连连夸赞中医的博大精深。

在武汉东西湖方舱医院，广安门医院护理部副主任郭敬举着扩音器在400名患者面前宣讲中医药知识，王微、闫蓓、徐明等护士在每一名患者床头粘贴APP二维码。她们每日轮换进舱，耐心指导患者完成症状录入，一趟趟下来，她们的嘴唇干裂，汗水早已浸湿了防护服，共完成700余人的数据采集工作。

患者老周住院期间，医疗队员不仅用心为他治疗，还通过发短信、写纸条、画画不断鼓励他。老周出院前激动地说："感谢中医，我是中医救的，以后要好好保护中医人给我的命。"

大疫如大考，考出中医人的责任与担当。中国中医科学院国家援鄂抗疫中医医疗队弘扬仁心仁术，在疫情防控阻击战中贡献中医力量，成为传承精华、守正创新的生动实践。

四、传承精华守正创新

1月25日，大年初一，中国中医科学院国家援鄂抗疫中医医疗队逆行出征，挺进武汉金银潭医院。这是新中国成立以来重大公共卫生事件中，中医首次整建制接管一个独立的病区，成功地开辟了中医药防控新冠肺炎的战场。实践证明：只要有阵地，中医就能有作为。

面对疫情，全国中医界同舟共济，尽锐出击，交出一份漂亮的"中医答卷"。这让我们更加坚定信心，只要遵循中医药发展规律，传承精华、守正创新，历久弥新的中医药一定能更好地惠及世界。

武汉，中医人的庚子记"疫"*

李 娜　罗乃莹

武汉，这座有上千万人口的超大城市，在除夕前一天采取了前所未有的最严厉的管控措施——"封城"。也是在这个除夕夜，封闭的武汉成为战场，汇聚起全中国的力量。

"生命重于泰山。疫情就是命令，防控就是责任。"疫情暴发后，在以习近平同志为核心的党中央坚强领导下，举国上下同时间赛跑、与病魔较量。国家中医药管理局抽调的全国各地的支援力量源源不断地涌向湖北武汉。

1 月 25 日、1 月 27 日、2 月 10 日、2 月 15 日、2 月 21 日……来自北京、广东、陕西、天津、江苏、河南、湖南、上海、吉林各省（区、市），773 名队员的身影遍布武汉市金银潭医院、湖北省中西医结合医院、江夏大花山方舱医院、雷神山医院………他们术济苍生，力挽沉疴，谱写了一曲生命赞歌。

一、集结，奔赴一线战场

若干年后，当我们回首望去，2020 年的春节，注定是中国人最难忘的春节。

"1 月 23 日 10 时起，武汉市城市公交、地铁、轮渡、长途客运暂停运营，机场、火车站离汉通道暂时关闭。"这条广播将成为历史的永恒，它宣告着，一场力度空前的疫情防控阻击战将在武汉打响，敌人是人类历史上从未面对过的新型病毒。

疫情的阴霾笼罩着整座城市，武汉市各大医院的压力临近警戒值，每个医院收治患者的饱和度都达到最大峰值，如果再不能得到有效舒缓，医疗资源将承受最大负荷的挑战。

黑夜被白光点亮，一批批白衣天使紧急驰援武汉，五批 773 名国家中医医

* 来源:《中国中医药报》2020 年 4 月 23 日。

疗队员与专家同样义无反顾。

北京中医药大学东直门医院赫伟丽只用了 35 秒就做出了要去前线的决定，已经半年没有休息的她，放弃了春节与家人团聚的宝贵机会，即使她上有老下有小，但她却说，"还有更多人需要我"。

中国中医科学院西苑医院"90"后 ICU 护士周振琪主动请缨，要求奔赴武汉的战场，"2003 年'非典'疫情中白衣天使的身影，在我心中留下了深刻印象，我要到一线去。"为了防止感染，一直留着齐肩长发的周振琪直接剪短了头发，轻装上阵。

广东省中医院护士长陈二辉在接到去前线命令时，身边还有刚刚怀孕的妻子，妊娠反应强烈，正需要他的照顾。妻子在第一时间表达了对他援鄂工作的理解与支持，主动回老家解除他的后顾之忧。陈二辉安顿好家人后，便毅然前往前线。

就这样，一批批精兵强将的队伍集结而成奔赴战场，一封封按着红指印的请战书还在纷至沓来，"我深知这场战役艰巨，秉承治病救人的初心，经过慎重考虑，我自愿请求加入抗击新冠病毒的一线战斗。"请战书上留下的是一个个白衣天使保家卫国的决心与勇气，是源源不断的国之中医力量。

白衣披甲，逆行出征，他们在鲜红的党旗下庄严宣誓，"不打胜仗绝不收兵"，凛冬的中华大地，四面八方赶来的中医救援队伍汇聚江城武汉，筑起爱与安全的坚固堡垒。

二、定夺，中医智慧指引抗疫路

"新冠病毒是人类历史上从未遇见的病毒，针对病毒临床并无特效药。"疫情暴发初期，社交媒体上纷传的信息挑战着国人脆弱的神经：得了新冠就可能意味着死亡，黑暗、恐惧令人为之胆颤。

中医药专家组拨开了疫情的阴霾。

作为"侦查员"的北京中医医院院长刘清泉是最早被国家中医药管理局委派赶赴武汉的专家组成员。1 月 21 日清晨，刘清泉抵达武汉，仅用了两天的时间，就摸清了疾病的发病规律，将经验及时与后方进行沟通，明确了救治的方向。

1 月 26 日，在查看临床患者的基础上，中国科学院院士仝小林率先提出将此次疫情定位"寒湿疫"，为疫情救治定下基调，并开出武汉抗疫1号方进行治疗。仝小林在医院发热门诊发现疫情的源头在社区，提出"中医药进社区"。武汉相关部门采纳他的建议，在武昌区开展试点，初步总结出"武昌模式"，随后，中医药在社区隔离点全面铺开，抑制了疫情的火势蔓延。

广东省中医院副院长张忠德带领队员们深入临床一线，亲自为重症患者把脉诊断，凭借着多年丰富的临床经验，他迅速摸清了疾病发病全程的规律与进程，开出"驱邪扶正"的中药处方，效果明显。同时，他全程参与新冠肺炎国家诊疗方案的制定，不断升级中医诊疗方案，从第三版到第七版，每版都有张忠德的心血。2月14日，他在湖北省新冠肺炎疫情防控工作指挥部召开的第24场新闻发布会上，指导同行及早使用中西医结合治疗，降低危重症转化率。

奋战在疫情风暴眼武汉市金银潭医院的中国工程院院士黄璐琦，对数据一直格外关注，他们在挽救患者生命的同时，也在数据中找寻中医药疗效优势。随着对新冠肺炎了解的逐步深入，医疗队根据疾病临床特点，不断优化治疗方案，总结出新方药——化湿败毒方，3月18日，化湿败毒颗粒获首个治疗新冠肺炎中药临床试验批件。

国士无双，在专家组成员的齐心奋战下，中医药抗疫硕果累累，中医药全程深度介入治疗，总有效率达90%以上，临床筛选出的"三药三方"，成为中国方案的重要特色和优势。

三、救治，隔离病房中与死神赛跑

1月26日，第一批国家中医医疗队队员进驻金银潭医院。病区情况不容乐观，80%以上都是重病患者，他们命悬一线，迫切需要有效救治。

但是另一边，碍于武汉当时医疗资源严重短缺，第一批国家中医医疗队连基本物资都难以保障。"兵马未动粮草先行"，后勤服务是取得防疫战胜利的保障。为帮助队员尽快开展工作，避免因住房拥挤导致的交叉感染，国家中医药管理局闫树江副局长亲自与酒店协调，终于在1月28日解决住房紧张问题。

此外，由于时间紧、任务急，第一批国家中医医疗队从组建到出发仅十个小时，防护用具、生活用品均不足。医疗队后勤保障组组长、中国中医科学院广安门医院副院长吕文良总是彻夜不眠。他通过亲友同学等关系，克服交通不便障碍，筹集了护目镜、工作服、白大褂、保暖内衣、电暖器、常用药物等防护用品和生活必需品。中国中医科学院西苑医院、广安门医院也积极协调，为医疗队送来了部分医疗、生活用品。有了后勤保障，医疗队员们开始全身心地投入到战斗中。

战场上，是生与死的考验。

金银潭医院，83 岁的李婆婆，一直戴着面罩处于高流量给氧状态，只要一脱氧，血氧饱和度就直线下降。肺部影像也显示，老人正处于高危处境，怎么办？

"经过对患者的综合指标评估，我们认为不需要使用抗生素和激素的指征，采用中医辨证施治的汤剂，用血必净和喜炎平等中药注射剂代替抗生素治疗就可以。"吕文良指出，发挥中医药辨证施治和中药注射剂等中医药特色优势，对变幻莫测的新冠病毒有着"一招致命"的作用，用药后，经过一段时间精心护理，老人痊愈出院。

同样的故事也在湖北省中西医结合医院呼六病区上演。北京中医药大学医疗队严格坚持"一人一策，随证化裁"的思路，同病不同治、同病不同方，2月 6 日，湖北省中西医结合医院就迎来第一批 18 名确诊患者康复出院，鼓舞了全体医护人员的士气。

两个多月的时间，国家中医医疗队五批队员在他们各自驻扎的医院，秉仁爱之心，施岐黄之术，赢得了患者的认可。有的患者在亲身体验后，变成"中医粉"，连连夸赞中医的博大精深。

"你们是习近平主席派来的天使。"雷神山医院广州病区硬核致谢的老奶奶成了全国的网红，这位老奶奶刚住到雷神山医院后，肺部感染严重，在广东医疗队"扶正祛邪，宣肺化湿"思路的治疗下，几服药下去情况就有了好转。

"喝中药、打太极、扎针灸，中医药真神奇。"江夏方舱医院出院的患者对着记者竖起了大拇指，他们从来没有想过中医药会有这么好的疗效。"我胸闷气喘、医生扎了几针就好了。"35 岁的石女士笑着说，"医生还用针灸帮我治疗了多年的颈椎病，我现在觉得舒服多了"。

新冠肺炎患者多伴有乏力、胸闷、喘憋、咳嗽、失眠等症状。为此，医疗队护士们还将穴位按摩、耳穴贴压等中医非药物疗法引进隔离病房，效果明显。

在大量的轻症、普通型患者康复出院之际，还有一些重症、危重症患者挣扎在生死边缘。但是国家中医医疗队队员们不抛弃，不放弃，他们挺进"红区中的红区"ICU 病区，全力解决重症、危重症患者救治的难题。

雷神山医院 ICU 病区中，81 岁的重症患者吴阿婆情况直转急下，氧饱和度一度降至 69%，CT 显示两肺弥漫性改变，还合并糖尿病、高血压、肾功能不全、低蛋白血症、低钾血症等。国家中医医疗队队员们迅速对吴阿婆制定了个性化综合救治方案，在高流量吸氧、抗菌、平衡电解质、营养支持等西医综合治疗的基础上，联合中药注射剂、辨证化裁中药汤剂以及心包经针刺治疗，几天后，吴阿婆情况有了明显好转。"我真的很感谢你们，家里人都以为我挺不过去的，是你们让我重生。"吴阿婆说。

隔离病房中，援鄂的五批国家中医医疗队队员们日日与死神赛跑，抢回了一个又一个鲜活的生命，但他们中的很多人，却总是淡淡地说句，"我们是换了个地方工作，这是我们应该做的"。

四、文化，中医精神永传承

汉口医院呼吸六病区的田阿姨喝完广东医疗队医生颜芳开的中药第一天，便感觉神清气爽了起来，这段小视频被传到了媒体上，田阿姨很高兴，说没想到自己还有一天能成"网红"。

2 月下旬，记者见到田阿姨时，她的脸色还是有些苍白。见到记者，开朗乐观的田阿姨又精神起来，"我现在已经有力气自己下床，每天对着镜子看一次舌苔，每天看都不一样。"原本不相信中医药的田阿姨已经在医生的指导下学会给自己看舌苔了。

"挺过来了"，是痊愈患者说得最多的四个字。生命支持、营养支持、中医药，每一种治疗手段都是摆渡生命的轮渡，承载着生的希望。

短暂的建设时间里，医疗队的队员还专门在江夏区方舱医院开设了"博物馆"，讲述中医药抗疫故事。医院里更有许多"宝藏"中医治疗区，配备了艾灸用具、穴位贴敷治疗盘、耳穴压豆物品、热疗仪等。八段锦、太极拳等各种中医适宜技术也风靡起来。有中医人的地方，就有中医智慧护佑健康。

在雷神山医院医生通道两侧的墙体上，中医医疗队的医生以自己最熟悉的中医疗法、中药材、八段锦功法为题材，亲手涂鸦，一幅幅图画生动有趣，不仅凝聚起抗击疫情的中医力量，也是展示、传承中医药博大精深的"文化长廊"。

3月1日，雷神山医院感染三科六病区的刘阿姨要出院了，广东医疗队队长邹旭送给刘阿姨一句话"正气存内，邪不可干"。"早就记住了"，刘阿姨扭头指指床头墙上的贴纸。这句出自《黄帝内经》的话陪她渡过至暗时刻的每一次喘息，也将伴她今后的人生。

不只是患者被中医药文化浸润着、鼓舞着，医护人员也同样因为中医文化的滋养而更加勇敢、坚强。

广东医疗队把叶欣精神带到了武汉。这位牺牲在2003年"非典"战场上的中医烈士成为医护和患者共同的守护神。陈二辉说，以前科室的前辈参加过抗击"非典"，留下来一张照片挂在医院里，每次走过那里他都心生敬佩。

3月18日，第二批国家中医医疗队队员在湖北省中西医结合医院合种下一颗紫玉兰，菱角湖畔的生命之树成为中医人共同战斗的见证。"以此纪念广东、北京援鄂医疗队无私驰援的医者情怀和一道共同抗击疫情的战斗情谊，见证我们的友谊地久天长。"

像一颗颗傲立风中的蒲公英，疫情中的中医人把中医药的种子播撒开来。"这种经历对自己真是一种成长。"第一批国家中医医疗队的90后队员周振琪说，自己到武汉后看到媒体报道的医护人员故事都会激动得落泪，因为那也是她们每天经历的日常和走过的心路历程，"原来我也经常在长辈面前撒娇，也会对工作有很多抱怨，但现在完全没有了，再苦再难，我也觉得一切都好。"

吉林医疗队领队冷向阳知道团队里年轻队员的父亲患有股骨头坏死，便主动找到这名队员，表示希望回吉林后能帮他的父亲做手术。这位年轻队员感动极了。她对记者说，"我回去以后要好好学习技术，早日熟练操作血透机、ECMO还有中医适宜技术，帮助更多人"。

关病区时，广东医疗队给湖北省中西医结合医院留下一件特殊的隔离衣，上面签着每一个队员的名字。湖北省中西医结合医院院长安长青说，国家中医医疗队在他们最危难的时候从天而降，两个多月来，队员们特别能吃苦、特别能战斗的精神感染着医院的每一个人。他们会把这件隔离衣摆在医院院史馆最醒目的位置，让后人铭记这段刻骨铭心的历史，让中医人的精神永远传承下去。

五、齐心，在红色党旗下成长

2月11日晚，第一批国家中医医疗队4名同志火线入党，作为临时党支部书记，黄璐琦为四位同志佩戴党徽。

中国中医科学院广安门医院ICU护士王微有着18年重症护理工作经验，这位在2003年就参加过抗击"非典"的白衣战士，在党旗下坚定的表示："十七年后的今天，我依然初心不变！因为我相信有中国共产党的正确领导，任何艰难险阻我们都能克服"。

疫情的战场，一个个白衣天使展现了医者的风范与大爱无疆，他们不怕牺牲、连续奋战，哪怕脸颊被口罩勒到溃烂、双手被汗水浸到泛白，哪怕在手术室外席地而眠、没时间上厕所不敢吃饭……也要把危险留给自己，把希望留给患者。

经过艰苦的战"疫"历练，党旗下汇聚了一名又一名优秀的新党员，陕西中医药大学附属医院呼吸科护士长陈敏就在战"疫"一线提交了入党通知书，"我看到很多党员干部冲在前面，感受到强大的动力。"3月4日她正式成为一名党员。谁也不知道，在来武汉的第五天，陈敏的父亲就因为糖尿病并发症住进医院，但她却一直坚守在一线，用赤诚之心守护患者，经受住了党对她的考验。

在武汉市金银潭医院，来自广安门医院的党员杨金亮穿着最厚重、最不透气的黄色防护服和打滑的靴套，一遍一遍地穿行在武汉市金银潭医院病房和放射科的往返路上，他的衣服已经全部汗湿了，护目镜里的水雾遮挡了视线，但他还是坚持着每天查看和运送患者。"患者对我们说一声'谢谢你，白衣天使'，这不就是作为一名医生，作为一名党员最高光的时刻吗？"杨金亮说。

战场上，党旗下，还有一群年轻稚嫩的面庞闪烁着青春的光彩，他们穿着白色的防护服很难看清面容，但依旧将阳光朝气带给患者。

1999年出生，21岁的吉林医疗队队员王佳玉是五批医疗队中年纪最小的一名党员。穿上隔离战袍，王佳玉在雷神山医院的红区里就像个假小子，"愣头愣脑"，干起活来"最豁得出去"。

脱下隔离衣，干练的寸头也挡不住她的清秀，澄澈的大眼睛忽闪忽闪，她就是一个青涩的小丫头，也是家里的独女。

临行前，王佳玉没准备几样个人用品，却悄悄在网上给自己买了3份保险。"家里经济条件很一般，我又是独生女，万一出了什么事，我不想他俩以后过得太难。"

从小到大，王佳玉和父母无话不谈。

然而在武汉，每天4—5个小时闷在隔离衣里，汗渍从上到下浸透全身，王佳玉生了满背的湿疹，浑身难受，她没有告诉家人；频繁使用洗手消毒液，王佳玉的手斑斑驳驳都是蜕皮的痕迹，她没有告诉家人；刚到武汉时，王佳玉每天都被梦魇折磨，好几天不敢关灯睡觉。

这些，她都没有告诉父母。

每次恐惧的时候，王佳玉都有很多理由说服自己：爱打球、爱健身、年轻、身体好。这些平日里没有刻意培养的习惯成了她独立面对危险时重要的心理支撑。"我想着就算感染了也最多是上了呼吸机，肯定能熬过去。"壮着胆子，恐高的王佳玉第二次坐上飞机，第一次踏上武汉的土地，但却在武汉战场得到了成长，"这次经历我永生难忘，它让我比以前更加坚强"。

六、生活，真情暖意托举生的希望

在武汉的日子，人们会被病毒的阴霾笼罩，但这里不只有恐惧，更有对生活的热爱和希冀。

"左右野马分鬃、白鹤亮翅、左右搂膝拗步……"武汉市江夏方舱医院里有一支90后"男护太极团"。5个90后男护士穿着防护服每天带领患者练习太极拳。护士张亚涛说，打完前三式，他已经全身是汗，防护镜里起了层雾气，讲起话来有些气喘，但能引导大家学习中医功法，获得身心愉悦，他自己乐在其中。

"希望疫情结束，国家给分配一个男朋友。"湖南医疗队中90后护士田芳芳的心愿"火"了。这个心愿把方舱医院里的同事和患者逗得乐开了怀。她身穿隔离衣，手举心愿卡的照片被传到了网上，许多网友纷纷留言应征。被人问及这个可爱的心愿，田芳芳有些羞涩，她说这是自己对美好生活的愿景，也是为了在工作间隙活跃气氛，逗大家开心。

在病区里，田芳芳和患者说得最多的一句话就是"心态最重要，你们都会好的"。她说，除了日常的医务护理，更多的是心理安抚工作。为了更好地缓解患者的紧张心情，田芳芳努力在网上学习网红舞蹈，希望教给患者让他们边健身边娱乐。"可惜我的舞蹈天赋实在是太差了，自己都没学会。"舞蹈没教成，但患者们都感受到了这位湖南妹子的开朗和热情，也被她的乐观感染。

湖南医疗队的病区里，有一个今年读大四的患者正准备考湖南中医药大学的硕士研究生，而来查房巡诊的湖南中医药大学第二附属医院毛以林医生刚好是湖南中医药大学的博士、硕士导师。"努力钻研基础知识，做好吃苦耐劳的准备。我们欢迎你！"透过厚厚的口罩，毛以林热情鼓励。小姑娘高兴地站起来，"老师我一定努力！"

在国家中医医疗队驻守的医院内，给患者理发、表演节目、举办生日会、做小手工小玩具送给小患者、画漫画鼓励大家战胜病魔……经常在病区上演，紧张的环境中常常散发出暖人欢乐的笑声。国家中医医疗队的医护人员常常在隔离区里施展出十八般武艺，他们化身"暖心大白"，在隔离服上写上各式各样的祝福话语送给患者，为他们传递积极向上的正能量。

虽然患者无法看清这些"暖心大白"的模样，但他们乐观勇敢的身影成为每个人心中天使的模样。

暖春3月，武汉的樱花又开了，一朵朵都象征着生的希望。

情况越来越好了，方舱医院关了，火神山、雷神山医院陆续关闭，市内各家医院逐渐恢复正常医疗秩序，一批批中医医疗队陆续撤退。

撤离前一天晚上，邹旭还去看望了他牵挂的重症患者。第二天早上8点，他就要踏上返回广东的旅程。邹旭说，说放心不下他们，要再回去看看。

医生通道的走廊里，一间间更衣室入口已经贴上了封条，通往ICU的廊壁上有一句话：我不要英雄的雕像，我要你们平安回来。邹旭说，那些忐忑不安的日子总算要熬过去了。

ICU里患者情况各异，有人已经熬过了最艰难的阶段，有人还在苦苦挣扎，也有一些人对医生的呼唤基本没反应。病房的角落躺着一位老爹爹，双眼紧闭，嘴大张着，身旁三个护士盯着。邹旭走上前去摸了脉，停顿了几秒，他声音低沉地说，"这个，可能很难救了"。他望向患者，又停顿了片刻，才向下一个患者走去。这是离死亡最近的地方，也是最渴望生机的地方。

在武汉的这些天，让从医几十年的邹旭也感触颇深，"有时候患者看到医生真的像看到救世主一样。"他说，但他也知道，无论是现代医学还是传统医学，都有无能为力的地方。病来如山倒，病去如抽丝。邹旭说，有的患者血氧饱和度一直是93，挂上氧就正常，摘了氧数值就往下掉，这就非常需要中医帮一把。"像是在爬坡，快到顶峰的时候最吃劲儿，你帮他们一把，就过去了，人就安全了。"

同样，在武汉的这些天，国家中医医疗队队员们被英雄的武汉人民感动，也与武汉这座城市结下了深厚的感情。

3月29日，雷神山医院国家中医医疗队病区宣布闭舱，撤离仪式上，许多医护人员簇拥在一起，大家挥舞着红色的旗帜，大喊"武汉，我们赢了，热干面，再见!"不少医护人员激动地流下热泪。他们说不清这泪水究竟是因为胜利的喜悦，还是感慨一路走来的艰辛和难舍。阴沉的天气如泣如诉，大家唱着、跳着：命运就算颠沛流离，命运就算曲折离奇，别流泪心酸更不应舍弃，我愿能一生永远陪伴你。

同样的感慨在每个即将离开武汉人的心中翻腾。江夏区方舱医院关闭那天，患者们提前一天精心编排了小合唱，一首《爱的奉献》，歌词字字句句都是他们的心声。

"勒烈马扶鞍，长烟漫野战犹酣。纵使逢敌千百万，不改常颜。危难挽狂澜，斜风帘雨细绵绵。一路高歌行踏处，无限江山。"仝小林以诗言志，直抒离汉之感。

4月8日零时，江汉关的钟声再次响起。长江两岸流光溢彩，闪耀着灯光秀，"武汉加油"的字样变成了"武汉你好"。"封城"76天后，武汉解除了离汉通道管控措施。76天，武汉终于再次苏醒。

"来年疫情彻底结束了，你们一定要再回来啊!"这是武汉人民向国家中医医疗队表达他们的不舍，他们期待，再相会时，山河无恙，举酒话绵长。

| 第三部分 |

中医药助力全球抗疫

2020 上海合作组织传统医学论坛视频会议举办
为构建人类卫生健康共同体贡献中医药力量 *

张梦雪

7月30日，2020上海合作组织传统医学论坛视频会议举办。会议以"发挥传统医学独特优势，团结合作抗击新冠疫情"为主题，全国人大常委会副委员长、上海合作组织睦邻友好合作委员会主席沈跃跃，吉尔吉斯斯坦副总理伊斯梅洛娃，乌兹别克斯坦副总理穆萨耶夫，上合组织秘书长诺罗夫，世界卫生组织传统、补充与整合医学部主任张奇，江西省委书记刘奇，国家卫生健康委党组成员、国家中医药管理局党组书记余艳红出席开幕式并代表主办单位致

＊ 来源：国家中医药管理局官网，2020 年 7 月 31 日。

辞，中国政府欧亚事务特别代表李辉，国家中医药管理局局长于文明，国家卫生健康委原副主任、上合组织睦邻友好合作委员会副主席崔丽，江西省委常委、省委秘书长赵力平，副省长孙菊生、陈小平，省政协副主席刘晓庄出席会议。出席视频会议的还有上合组织成员国政要及卫生部门负责人，上合组织成员国、观察员国和对话伙伴传统医学专家、学者。江西省长易炼红主持开幕式。

沈跃跃表示，当前，新冠肺炎疫情仍在全球蔓延，上合组织国家应继续秉持人类命运共同体理念，高举"上海精神"旗帜，发挥传统医学优势，共建"健康丝绸之路"。中方愿同各方牢牢把握国际抗疫合作正确方向，携手打造上合组织卫生健康共同体，保护各国人民生命安全和身体健康。

余艳红指出，在上合组织框架内加强传统医药领域的交流合作，对促进各国文明互鉴和民心相通具有十分重要的意义，就此，她提出三点倡议：第一，坚持传承精华、守正创新，推动各国传统医学学术发展和防治能力提升；第二，坚持交流合作、互学互鉴，促进各国传统医学发挥独特优势和作用；第三，坚持共建共享、互惠互利，为构建人类卫生健康共同体作出贡献。

于文明在会上接受了中外记者专访，他强调，这次会议是各国响应落实习近平总书记 2019 年 6 月 14 日在出席上合组织成员国元首理事会第十九次会议时提出的"适时举办上海合作组织传统医学论坛"倡议而共同举办的。李克强总理、孙春兰副总理、王毅国务委员对开好这次会议，做了重要批示指示，中国积极支持各国抗疫国际交流合作，愿意与各成员国分享抗疫经验和成果。

国家中医药管理局主持召开了专题圆桌会，中国工程院院士张伯礼、黄璐琦等专家与上合组织国家的医学专家分别介绍了各自国家传统医学在此次新冠肺炎疫情防控中发挥的独特作用和作出的积极贡献，专家们就未来开展传统医学领域交流合作提出了意见和建议。

据悉，上海合作组织是全球最大的区域性合作组织，各方希望在世界卫生组织政策框架支持下，继续推动建立一批中医药中心，并在有需求国家建设友好中医院和中医药产业园，为上海合作组织国家民众乃至全人类的健康福祉，为构建人类卫生健康共同体作出新的贡献。

同舟共济　携手抗疫

——国家中医药管理局向港澳地区捐赠中药 *

2020年3月13日上午，国家卫生健康委党组成员、国家中医药管理局党组书记余艳红在武汉会议中心会见香港特区政府驻武汉经济贸易办事处主任冯浩贤，介绍内地中医药参与新冠肺炎疫情防控工作进展，了解需求，向港澳相关机构捐赠了一批用于防控新冠肺炎疫情的中成药，携手共同推进疫情防控工作。

余艳红表示，国家中医药管理局认真贯彻落实习近平总书记重要讲话精神，积极发挥中医药特色优势，分享中西医结合防控新冠肺炎疫情的诊疗经验与防治手段，通过向港澳特区政府捐赠中成药，传递祖国内地对港澳同胞的关心与关怀，与港澳同胞同舟共济，守望相助，共同应对全球公共卫生挑战。

此次捐赠的药品包括连花清瘟胶囊、藿香正气片/胶囊、金花清感颗粒、疏风解毒胶囊等纳入新冠肺炎诊疗方案的中成药。冯浩贤主任代表香港特区政府食物及卫生局接收捐赠物资清单。澳门特区政府卫生局对此次捐赠表达谢意。

中国红十字会监事会专职副监事长李立东、国家中医药管理局相关人员陪同出席上述活动。

---

* 来源：国家中医药管理局官网，2020年3月14日。

中医药治疗新冠经验是中国方案的亮点 [*]

吴 勇　苏 峰

伴随中医药在武汉新冠防治作用再次全方位得到验证，中药在海外也受到广泛欢迎。作为中国方案的亮点，中医药治疗新冠的经验，正在为国际社会防控疫情提供中国经验和中国智慧，助力人类命运共同体建设。

来自荷兰中华国际医药贸易公司林浩然介绍，上周进口的 750 盒中药预防药剂已经销售一空。他紧急追加的 15150 盒中药预防方，于当地时间 3 月 16 日凌晨 1 点抵达荷兰。

"现在没有特效药，而中医药在武汉已经证明了自己的作用。这就像是照进黑暗屋子的一束亮光，给了我们信心和勇气。相信中医在欧洲的防治新冠中将起到重要作用。也会有越来越多的人选择中医，这是一个大的发展趋势。"来自荷兰乌特勒支的林浩然，是中医世家出身。他从 2005 年入行，一直在欧洲推广中医药。

意大利岐黄中医学院院长何骏也证实，疫情暴发以来，意大利很多中药店根据中国中医药专家的药方调配了方剂销售，不仅是华人，不少意大利人也购买服用。

一、中医药全方位参与武汉新冠治疗

截至 3 月 15 日 0 时，湖北省中医药参与治疗比例 91.64%，武汉市中医药参与治疗比例 89.10%，全国中医药参与治疗比例 92.41%。

武汉四类人员（确诊患者、疑似患者、无法排除感染可能的发热患者和确诊患者的密切接触者），在集中隔离后，采用"中药漫灌"全面引入中医治疗，较好区分出非新冠患者，短时间取效果。

江夏方舱医院收治 564 例轻症和普通型患者，全程中医主导，实现了零转

---

* 来源：《中国日报》2020 年 3 月 17 日。

重、零死亡和零感染。另外一家几乎未予以中药治疗的方舱医院，有近 10% 的患者转成重症。这显示了中药干预确有防止轻症转重症的效果。

在湖北省中西医结合医院首批 52 例患者（普通型 40 例，重症 10 例，危重症 2 例）对比治疗结果显示：中西医结合组与西药组相比，临床症状消失时间减少了 2 天，体温复常时间缩短了 1.74 天，平均住院天数减少了 2.21 天。中西医结合组 2 例患者从普通型转为重症，单纯西药组 6 例转为重症。临床治愈率中西医结合组，较西药组高 30%。

在武汉大学人民医院、武汉金银潭医院、广州医科大学第一附属医院等 9 个省份 23 家医院共同参与的，中药连花清瘟治疗新型冠状病毒肺炎前瞻性、随机、对照、多中心临床研究，纳入符合要求的 284 名新冠肺炎患者。研究结果显示，主要临床症状消失率、临床症状持续时间、肺部影像学好转率、临床治愈率以及疾病持续时间等方面，连花清瘟联合治疗组均明显优于常规治疗组。

在武汉软件工程学院康复医学观察点患者服用中药康复专方，对照组在其他出院康复点用维生素 E 及维生素 C。出院后隔离 14 天查核酸复阳情况：中医药综合干预组复阳率为 2.77%（n=325）；无干预对照组复阳率为 15.79%（n=95）。

据武汉市中心城区的武昌区政府介绍，从 2 月 3 日起，该区大规模发放中药预防和治疗新冠。到 3 月中旬，合计派发中药数十万份，覆盖人口 2 万多人。经过 14 天的中医治疗，"感染人数和死亡人数都断崖式下降，并在之后维持在低位水平"。

二、各界高度认可

在江夏方舱医院，一位 50 多岁女士开始非常抗拒中医治疗，一直闹着要转院。结果吃了 3 天中药，身体情况开始改善，7 天后痊愈出院，从"中医黑"变成了"中医粉"。

"没想到中医疗效这么好。我开始受丈夫影响，一直抗拒中医治疗。现在想想都不好意思。结果他还在医院治疗，我先痊愈了。以后我要好好学习中医，把身体保持得好好的。"

在武汉软件工程学院康复医学观察点，即将出院的阮美丽表示已经对中医调理身体的方法非常喜欢，已经加了主治医生湖北省中医院刘芙蓉大夫的微信，表示出院后要继续学习打八段锦，学习中医身体保健知识。

武昌区卫健局副局长王辉说："中药早期干预，预防作用明显。中药结合临床，治疗效果明显。"

三、走向世界的中医药

在本次疫情防控中，中医药发挥了积极而重要的作用。中药连花清瘟胶囊（颗粒）先后被国家及 20 余个省市新冠肺炎诊疗方案进行推荐，成为推荐频次最多的中成药，在火神山、雷神山及方舱医院等医疗机构广泛使用。

此外，10 万盒价值 148 万元的连花清瘟胶囊也已随中国援外防疫专家组到达意大利，另外价值一百多万元的药物将支援伊拉克的疫情防控。

林浩然说，从本周开始，每周将进口 15000 盒中药预防方，还计划引入现代化中药发药机，与同仁堂荷兰分公司合作，以帮助更多人。

中央指导组专家、天津中医药大学校长、中国工程院院士张伯礼表示，韩国大田大学、日本神户的东洋医疗技术学院，以及意大利维拉佳达医学院都致函，希望学习中医治疗新冠肺炎的经验，并欢迎援助中成药。

"澳大利亚中医诊所迫切需要适应当地的中医处方，我已经提供了两张处方。"张伯礼说。

"我们已经把相关中成药的使用经验以及临床观察报告翻成英文，和他们分享。中医药是中国的，我们愿意分享我们的经验，帮他们一块来抗击疫情。中医药愿意为世界人民的健康福祉贡献自己的力量。"

与此同时，天津中医药大学也通过中医孔子学院、留学生和校友，把中国的抗疫情况通过讲座、短信、微信和校友网进行了广泛分享。

"目前还没有新冠特效药和疫苗，中国的经验，中药确实安全有效。这是最有说服力的。但我还是讲那句话，中药走出去，一是人家需要，二是要靠我们过硬的疗效，靠的是科技，基础是自己扎实的内功。"张伯礼说。

"中医药人愿意和世界人民共享抗击新冠经验，这是中国方案的亮点。我们已经做好准备，以中医做媒介，助力人类命运共同体建设。"

中国中医专家张伯礼等与美国专家分享新冠肺炎防治中医药经验 *

乐文婉　　徐泽宇

"注射剂在美国受限，有没有血必净注射液的替代品""颗粒剂与汤剂哪个效果更好""针灸与艾灸效果如何"，在一个多小时的交流中，双方讨论了中药药方、针灸、艾灸对新冠肺炎的防治效果等问题。

据张伯礼介绍，本次新冠肺炎疫情防治中，中医药的参与度与广度前所未有。"截至目前，在全国确诊的病例中，中医药参与治疗的病例达到了92.58%，其中湖北省和武汉市的参与比例分别为91.86%和89.4%。"

张伯礼说，中国抗击疫情取得了显著进步，关键在于三个经验：一是早发现、早隔离、早诊断、早治疗，隔离点人群普遍服用中药汤剂，有效地控制了疫情的蔓延；二是通过方舱医院，实现应收尽收、应治尽治，切断病毒的传播途径，有效地调节了医疗资源，为抢救重症患者提供了保障；三是采用中西医结合治疗，90%以上患者都使用了中药，缓解了症状，截断了病情的恶化。

"我们没有找到特效药，但是我们有有效方案，解决了很大的问题。"张伯礼说，我国推出的"三药三方"（金花清感颗粒、连花清瘟胶囊、血必净注射液，清肺排毒汤、化湿败毒方、宣肺败毒方）在新冠肺炎的治疗中起到了非常好的作用。

视频连线时，美国数位专家表示，美国疫情并未得到控制。美国科罗拉多州针灸与东方医学协会主席伊丽莎白·斯佩特纳格尔博士说，美国缺乏新冠肺炎检测能力，导致很多患者不得不居家隔离，直到病情非常严重才能进行检测。

"我来自非常干燥的高海拔地区，镇上已出现发热患者，我想知道用于治疗湿毒的新冠肺炎中草药方是否适用于我们干燥地区的人群呢？"斯佩特纳格

---

*　来源：新华社，2020 年 3 月 20 日。

尔问。

张伯礼回复说，在不同地域与气候条件下，新冠肺炎患者可能表现出不同病状。

"从中医角度看，武汉发病时，冬季反常近一个月阴雨连绵，湿气很重，所以表现出'湿邪'特征较明显，我们称之为'湿毒疫'。但中国地域大，在比较干燥的甘肃和青海，病人表现出的'燥邪'比较突出。目前青海没有死亡案例，重症患者也比较少。所以我们推测，在干燥的地方，以湿毒为主要特征的新冠肺炎病情可能相对比较轻。"张伯礼说。

目前，美国 50 州已全部出现疫情。美国约翰斯·霍普金斯大学发布的实时统计数据显示，截至美国东部时间 2020 年 3 月 18 日 13 时（北京时间 19 日 1 时），美国累计新冠肺炎确诊病例 7324 例，死亡 115 例。

中医进医保让更多纳米比亚人获益 *

吴长伟

今年 59 岁的纳米比亚工程师贝克斯近来非常高兴：他的中医治疗费可以通过医保报销了！贝克斯在首都温得和克的一家中医诊所接受治疗有一段时间了。他认为中医"挽救了他的生命"。

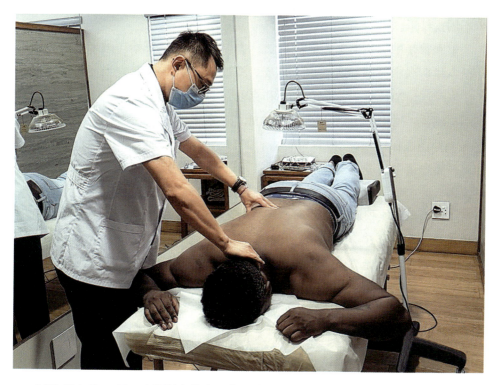

2020 年 3 月 18 日，中医针灸推拿医生王鹏在纳米比亚首都温得和克的诊所为当地病人进行治疗。

新华社发（丁娴 摄）

---

* 来源：新华社，2020 年 3 月 21 日。

据为贝克斯治疗的中医针灸推拿医生王鹏介绍，今年3月6日，他得到纳米比亚医疗保险联合会的通知，中医正式进入纳米比亚医保体系，各家商业保险公司可以据此进行医保报销。这意味着，从3月起纳米比亚50多万医保参保者可以享受中医治疗医保报销。

去年，一起车祸造成贝克斯背部和颈部慢性疼痛，膝关节功能严重受限。贝克斯不得不借助拐杖行走，给生活带来极大困扰。

贝克斯说："我到私立医院治疗了很长时间，医生建议我手术，否则只能通过长期口服抗炎止痛药控制症状，这些药物可以让我暂时缓解疼痛，但行动并没有明显改善，而且副作用很大。曾接受过中医治疗的表哥介绍我来这家中医诊所，经过王医生的耐心诊治，我的病痛很快得到缓解，治疗一段时间后可以不用拐杖了。"

王鹏曾是中国援纳医疗队的队员。中国从1996年开始向纳米比亚派出医疗队，由两名中医师和两名护士组成。经过20多年的耕耘，当地人已经接受了中医疗法。2017年，王鹏在温得和克创办了一家中医诊所。

王鹏说："中医在纳米比亚有很大市场，但要想被主流人群接受，就必须进入当地的医保体系。"他告诉记者，2017年8月拿到纳米比亚行医执照后，他就开始申请中医进入当地医保体系，用近3年时间办好各种手续，接受专家评审等。

王鹏介绍，医保联合会的通知发布后，已经开始有全科医生将患者转到他的中医诊所了。他说："很多当地医生对中医疗效持肯定态度，针灸推拿疗法尤其适合治疗肌肉关节痛等相关疾病，只是之前医保不能报销让病人治疗受到限制。"

纳米比亚卫生部执行主任南共贝表示，中医进入医保体系是纳米比亚医疗领域的可喜举措。"我了解到很多病人表示中医疗效非常好，接受中医让很多人获益，因此我们很高兴通过纳米比亚与中国的合作，来为我们的人民提供中医服务。"

南共贝还表示，在当前新冠肺炎疫情肆虐的情况下，纳米比亚已准备好使用中医药来应对新冠病毒。他说，纳米比亚希望学习中国对抗病毒的做法，愿意与成功抗击新冠病毒的国家合作。

中医出征海外　助力全球抗疫 *

贾平凡

全球战"疫"已经全面展开。身处世界各地的华侨华人，许多人主动投身战"疫"第一线。目睹了中国有力的战"疫"举措，见识了中国有效的防治成果，他们积极向祖（籍）国学法子、找方子，热情向住在国分享中国战"疫"经验和方案。而在中国的战"疫"方案中，发挥中医药优势、坚持中西医结合是最显著特征之一。

在中国战"疫"取得显著成效之时，海外疫情蔓延，牵动人心。一支支医疗专家组分享中国战"疫"经验，一批批医疗救治和防疫物资空运"出海"战"疫"，一个个互联网医院为全球线上问诊，一箱箱中药茶包和中药颗粒免费赠饮……中国万里驰援，跨洋连线，为海外华侨华人和当地民众送去"防疫汤"，

第二支中国抗疫医疗专家组一行 13 人抵达米兰马尔奔萨机场。图为欢迎人员与中国专家组人员一起打出横幅，横幅上的意大利文为"我们是同海之浪，同树之叶，同园之花"。

（高温青年社区供图）

* 来源：《人民日报（海外版）》2020 年 3 月 23 日。

吃下"定心丸"。战"疫"海外，中医师和中医药列队其中，大显身手。

一、万里远征——"娘家人"带来战"疫"大礼包

"准备起飞，近 12 个小时的飞行，抵达目的地已是午夜。"北京时间 3 月 18 日上午 11 时 15 分，上海浦东国际机场，在即将飞往意大利米兰的航班上，浙江省中医院副院长、呼吸内科主任中医师杨珺超发了一条朋友圈。

对杨珺超而言，这是一次远征。她和其他 12 位中国医疗专家一起，组成"中国赴意大利抗疫医疗专家组"，远赴海外，携手战"疫"。

这是中国首次派出中医专家援助海外疫情防治。杨珺超是这支医疗专家组的两名中医专家之一。

"这次疫情期间，在国内的临床实践中，中西医结合抗疫取得很大成效。海外对中医高度关注。"在飞机起飞前 1 个小时，杨珺超接受了本报记者的采访。

"我们将向意大利介绍中医抗疫经验。"杨珺超说："一是介绍治疗新冠肺炎的中医方案和在中国的成效，共享临床思路；二是介绍中医和中医药的理论体系，增进意大利民众对中医的科学认识；三是考察意大利疫情实际发展状况，为当地社会和华侨华人提供诊疗建议。"

自信从容的背后是扎实的中医战"疫"实战经验。

"1 个月做了 3 年的工作量，节奏非常快！"疫情发生后，杨珺超参与开展浙江省科技厅新冠肺炎应急研发攻关项目，研究中西医结合的临床疗效，研制抗疫药物。"我们第一时间制定了浙江省中西医结合推荐方案，研发的 5 个药物拿到浙江省食品药品监督管理局的批号。"

此外，杨珺超还带领中医专家团队投身战"疫"一线中："我们组成专家巡视组，到衢州、台州、青田、西溪等地的定点医院现场巡视指导，特别是对新冠肺炎重症和危重症患者的救治。"

中医"出海"援助顺应了国际疫情防控需要。"中医治疗新冠肺炎的经验，应该是中国方案里的一大亮点。"日前，中央指导组专家、天津中医药大学校长、中国工程院院士张伯礼透露，目前韩国、日本、意大利部分科研院校已经来信，希望中国分享抗击新冠肺炎疫情的经验，分享中医药使用的经验，并请求援助中成药。

这次出征，杨珺超和医疗专家组一起为意大利带去一份成色十足的战"疫"大礼包：一批由浙江省捐赠、海外急需的9吨医疗救治和防护物资。

这批医疗物资中有一批介绍互联网医院咨询诊疗平台操作流程的三折页。这是出征前杨珺超专门叮嘱医院工作人员加紧赶制出来的。"分发给当地的华侨华人，为他们多开辟一条求助路径。海外侨胞可以通过网络进入医院诊疗平台，跟国内的医生专家咨询诊疗。"

意大利当地时间3月18日下午4时30分，"中国赴意大利抗疫医疗专家组"平安抵达米兰马尔奔萨国际机场。消息瞬间传遍侨胞们的朋友圈："娘家人来了！"

二、线上会诊——"云"上中医为侨胞望闻问切

"各位侨胞：我是文成县海外远程健康问诊团专家组成员，现为大家提供健康咨询服务（服务时间：北京时间14时—22时，意大利时间7时—15时）。如有咨询问题请文字描述后@本群医生或医学志愿者。"

每天下午两点整，这段话会准时出现在浙江省温州市文成县海外华侨远程健康问诊微信群里。而这样的微信群，文成县一共开通了40个。每个微信群近500人。

"每个问诊群里都有一位中医坐诊。旅居世界各国的文成籍华侨华人都可以在群里问诊。"文成县委宣传部常务副部长周洁把本报记者"拖"进几个问诊群。

群里，侨胞不仅可以用文字描述症状，还可以上传化验单、舌苔照片等图片信息向医生问诊。接到问诊信息，中西医医生一起回复，答疑解惑，直到侨胞安心。

"文成是著名侨乡，家家有华侨，人人是侨眷。海外华侨对中医情有独钟，很信任中医。"周洁说，"中西医结合线上问诊，极大缓解了海外侨胞对新冠肺炎疫情的恐慌心理。"

疫情暴发以来，如果说微信是服务海外侨胞战"疫"的"轻骑兵"，那么互联网医院无疑是在高空自由翱翔的"空中梯队"。

在江苏，为助力海外广大侨胞抗疫，江苏省侨联积极协调江苏省华侨文化交流基地江苏省中医院，第一时间开通"云诊室"。中医正插上"云"翅膀，

服务广大海外侨胞，助力国际战"疫"。

"伸舌头给我看看。下面大声说'一'，让我能听到喉咙的震动。最近咳痰多不多？"在江苏省华侨文化交流基地江苏省中医院 7 楼的互联网医院，一位中医专家正用视频通话为患者问诊。

"近期，像这样的新冠肺炎疫情'云诊室'电话，从国内打到了国外，渐渐成了'国际热线'。"江苏省中医院副院长吴文忠说，"我们与德国、荷兰、加拿大等海外中医机构的连线正在安排，还将开通海外中医从业者咨询新冠肺炎的交流平台。"

除了问诊，"云诊室"还向海外传授中医战"疫"智慧。

"英国当地有喝凉水的习惯，我们建议改喝温水""双黄连苦寒，不是每个人都适合服用""固表扶正，清化湿热，建议依据个人体质、结合当地药材对症下药"……近日，该院的一位名中医与英国维多利亚学院华人中医专家视频连线，远程探讨新冠肺炎"中医未病先防""既病防变"的方案。

处于"热线那头"的江苏省中医院国际中医远程医疗教学合作平台，分布在美国、加拿大、英国、澳大利亚、瑞士、巴西、爱尔兰、新加坡等十几个国家和地区。

三、大锅煮药——防疫中药成多国抢手货

"要去熬药了！"当地时间 3 月 17 日上午 8 时左右，匈牙利东方国药集团董事长陈震在赶往煮中药茶的路上接受采访时，语气急切而疲惫。

从 2 月 27 日至今，每天上午 11 时，在匈牙利首都布达佩斯八区"欧洲广场商贸中心"内和十区"唐人街商贸中心"和和美食中餐厅，陈震和当地华人志愿者一起，免费赠饮用大锅熬煮的防疫中医药茶——"化湿防瘟饮"。

"这是匈牙利东方国药集团岐黄中医药中心根据中国国家卫健委及各省中医诊疗指导方案改良制成的。之前，我还和大成国医堂张庆滨博士一起研制了其他几种防疫中药方，都公布在网上，供侨胞选用。"陈震表示。

"来领中医药茶的人太多了，每天都排大长队！不少匈牙利周边国家的华人专门开车过来喝中药茶。不止有华人，还有很多当地人，带着保温杯和保温壶，装中药茶回家给家人喝。"一边免费赠药，一边赶制药茶，陈震忙得不可开交。

在欧洲疫情暴发之际，匈牙利街头免费赠送防疫中药茶。这是一道独特的风景线。匈牙利是欧洲首个也是唯一一个为中医药立法的国家。

中医药在匈牙利的特殊际遇，和当地华侨华人30多年来的辛勤耕耘密不可分。

"我们已经连续16年为匈牙利民众提供免费义诊服务，每次义诊都有几千人甚至上万人前来咨询问诊。每年中国春节期间，我们免费为当地民众赠送上万杯中药茶。我们也参与到欧盟大健康检查计划中，已经完成了占人口50%以上的健康大普查义诊。"陈震介绍，如今，中医药在匈牙利积累了良好的群众基础，"当地人知道'预防为主'的理念，'上医治未病'在匈牙利有固定的专有译名。"

不止匈牙利。疫情当前，中医药已成为全世界的抢手货。

"很多人到我诊所开防疫中药，一开就是20包、30包。中药要卖断货了，我得加紧补货。"最近，加拿大安大略中医学院院长、世界中医药学会联合副主席吴滨江明显感觉到，当地人对中医药的需求增多了。

在美国，据外媒报道，自2月以来，不少地区用于缓解流感症状以及增强免疫力的中药订单数量几乎翻了一番，纽约民众甚至开始抢购中药。板蓝根、金银花等中药已出现脱销现象，部分中草药一包难求，价格飞涨。

荷兰莱顿大学生命科学学院莱顿欧洲中医药与天然产物研究中心主任王梅对本报表示，自疫情开始以来，荷兰的中医药进口商采购需求明显增大。这促使出口荷兰的中国中医药企业又新开了几条生产线。

四、防患未然——在当地分享中医防疫好方法

两脚平行开立与肩同宽，屈膝成马步站式，翻转掌心向下；两臂自身侧上举过头，脚跟提起，同时配合吸气……

3月12日，在位于德国巴伐利亚州的北京中医药大学魁茨汀医院（中国—德国中医药中心）大厅里，跟着中医师的口令，几名德国病患正在练习中国传统健身功法——八段锦，一招一式，有板有眼。

"八段锦、太极拳、贴耳豆，这些都是中医提高免疫力、防治疫情的重要方法。除此之外，我们还参考中医药服务于中国国内患者的实践经验，研制了适合德国防疫的中药汤剂'防疫汤'，发给医院患者与中德双方同事服用。"北

京中医药大学魁茨汀医院院长戴京璋对本报介绍。

作为欧洲第一个也是唯一一个以中医药治疗为特色的综合性医院，北京中医药大学魁茨汀医院制定了一整套极具中医药特色的防疫方案。

"得知疫情蔓延到德国后，我们医院确定了'坚定自信、发挥优势、杜绝内感、防范输入'的防控方针。"戴京璋表示，"现在，在努力做好医院及周边防疫工作同时，我们正努力与各方协调，积极向全德乃至欧洲提供'防疫汤'处方及各种应对新冠肺炎疫情的中医药方法。北京中医药大学也在积极准备向德国及欧洲派出医疗队，提供防疫中药等医疗物资。"

世界希望从中医抗疫方案中汲取智慧。语言和文化背景差异是道坎儿。而华侨华人是最好的译介者。

"中国有什么好方法分享吗？"当地时间3月9日，在德国巴伐利亚雷根斯堡兄弟教会医院，在参加完该院疫情防控会议后，一位年过半百的资深德国医生向呼吸科护士戴唯洁虚心请教。这让戴唯洁深受触动。曾在上海新华医院工作过的她，马上开始向中国的医生朋友请教疫情防治办法。国内医生朋友的建议为她指明了行动方向。

"我们寻找会德语的你！"3月10日下午，戴唯洁在几个德国华人微信群里，发布了一则数百字的倡议书，寻找医学专业的德语翻译志愿者。

她想组队翻译由中国国家卫生健康委员会和国家中医药管理局联合发布的《关于印发新型冠状病毒肺炎诊疗方案（试行第七版）的通知》（以下简称"诊疗方案试行第七版"），印刷出版后，为德国各大医院、医疗科研机构和卫生部门提供防疫借鉴。

倡议书甫一发布，立即引发在德侨胞广泛转发和回应。

"当晚，300多位专业翻译、医学专家加我微信，都愿意提供无偿帮忙。"经过筛选，戴唯洁很快成立了一个20多人的核心志愿者翻译团队。

经过6天6夜的协作奋战，3月16日，"诊疗方案试行第七版"德语版定稿第一版问世，迅速在德国各大医疗机构引发强烈反响。

这样的事情不仅发生在德国。"我们学校成立的'中医抗击疫情信息研究组'义工队，正在做一个包含英语、波斯语、法语、日语、汉语等多语种的中医抗疫经验分享帖。"吴滨江表示，加拿大是一个多元文化汇聚的国家，翻译可以让民众更好地了解中国战"疫"经验。

国际社会积极评价中医药抗疫 *

颜　欢　林　芮　赵益普　方莹馨
胡博峰　张梦旭　霍　文　于　洋

在抗击新冠肺炎疫情过程中，中国强化中西医结合，促进中医药深度介入诊疗全过程，及时推广有效方药和中成药，有效减少轻型和普通型向重型、重型向危重型发展，提高治愈率、降低病亡率，受到国际社会广泛关注和积极评价。

一、"中医药学是中国古代科学的瑰宝"

在这次抗击疫情过程中，中医药参与面之广、参与度之深、受关注程度之高，是新中国成立以来前所未有的。中医药的作用体现在预防、治疗和康复全过程，在国家发布的诊疗方案中，中药方剂显示出了良好的临床疗效。据介绍，国家中医药管理局先后派出 5 批近 800 人的专业队伍驰援武汉，全国支援武汉的医疗队里有 4900 余人来自中医药系统。数据显示，截至目前，新冠肺炎确诊病例中，有 74187 人使用了中医药，占 91.5%，其中湖北省有 61449 人使用了中医药，占 90.6%。临床疗效观察显示，中医药总有效率达到了 90%以上。

中西医结合治疗方案纳入国家卫健委第三版诊疗方案，并在后面几版不断完善。第五版新冠肺炎诊疗方案专门设置了中医治疗内容，针对医学观察期、临床治疗期和恢复期列出了中医诊疗方案。发挥中医药独特作用，坚持中西医结合、中西药并用，中国抗疫实践受到世界关注。《印度时报》撰文称："中国医护人员想方设法全力救治患者，传统中医药正发挥积极作用。"

匈牙利前总理迈杰希·彼得指出，中国医护人员运用各种手段提高抗疫水平。"中医药学是中国古代科学的瑰宝，对世界文明进步产生了积极影响。大

＊　来源：《人民日报》2020 年 3 月 24 日。

量事实证明，中西医结合非常有效。"

新加坡《海峡时报》详细介绍了中国在疫情防控中对中医药的运用，认为中国医务工作者综合使用中医药和西药，发挥各自优势，取得很好疗效。

马来西亚《星报》网站发表题为《中医广泛用于新冠肺炎患者治疗且效果良好》的文章认为，通过中西医结合治疗，轻症患者的发热、咳嗽、乏力等症状有所缓解，重症患者症状减轻、血氧饱和度明显提升，病情得到控制。在中西医综合施治下，中国治愈病例不断增加。

国际临床评价指标认为，对于新冠肺炎轻症患者，真正反映疗效的关键指标是转重率。临床发现，中医验方在减轻发热咳嗽症状、控制病情进展，提升人体免疫力方面有独特优势。德国病毒学家奇纳特尔近日接受采访时表示："中西医结合疗法具有重要借鉴意义。中医药在防止病毒吸附细胞、病毒复制等方面有明显效果。"

二、"中医是切实有效的治疗手段"

2019 年 5 月，第七十二届世界卫生大会审议通过了《国际疾病分类第 11 次修订本》，首次将起源于中医药的传统医学纳入其中。新加坡《海峡时报》近日刊发评论文章称，传统中医药的治疗效果在此次疫情中得到认可，这不仅有助于推动中医药国际化，也是中国软实力增强的表现。

日前，中国公共卫生专家通过视频连线与美国同行分享和交流中医药治疗新冠肺炎相关经验。中央指导组专家、中国工程院院士张伯礼表示，目前在中国确诊病例中，中医药参与治疗的病例超过 90%。美国专家有针对性地询问了中医药使用方法、适用病症等问题，中方专家一一作答。

据多家美国媒体报道，随着疫情在美国蔓延，用以治疗感冒和提高免疫力的中医药需求大增。《纽约邮报》报道称，自 3 月初纽约市出现首个新冠肺炎确诊病例以来，市民对中医药的需求激增，中医疗法正获得越来越多关注和认可。《国会山报》刊文指出，随着美国民众病毒防范意识的提高，积极了解和购买中医药的人在增加。

泰国公共卫生部医疗服务厅厅长颂萨表示："我们注意到，中医药在中国抗疫中发挥了重要作用，疗效明显。泰国也将考虑在适宜情况下尝试用中医药治疗新冠肺炎病患。"

印度旁遮普邦柯棣华针灸医院院长安德吉特·辛格说："我非常高兴看到中医治疗方案正在发挥积极作用。实践证明，中医是切实有效的治疗手段。"

三、"中医药和西医药可以优势互补"

中国及时主动同世界分享中医药参与疫情防控的有关经验。在一些国家抗击疫情的过程中，中医药同样发挥着独特作用。据介绍，目前，中国已向意大利、法国等十几个国家和地区捐赠中成药、饮片、针灸针等药品和器械，并选派中医师前往有关国家支援抗疫。

作为欧洲第一个实现中医药立法的国家，匈牙利在抗击疫情之初就非常重视中医药的作用。今年2月底，在匈中医师就开始熬煮可以增强免疫力的中药茶饮，并免费向当地民众发放。据报道，很多当地民众都坚持来领取中药茶饮。匈牙利卫生部补充医学工作委员会主任艾瑞·阿扬道克表示："相信中医药会在匈牙利抗击疫情中发挥积极作用。中医药和西医药可以优势互补、相互促进，共同维护和增进民众健康。"

据介绍，中国捐赠的药品中就有中药连花清瘟和金花清感，这两种药都源自我国两张古方——有近2000年历史的张仲景《伤寒论》麻杏石甘汤和清代《温病条辨》银翘散。蒙古国卫生部官员表示，中方已向蒙方提供中国传统中药治疗新冠肺炎方案，为其在治疗新冠肺炎患者和疫情防控方面提供支持。据介绍，蒙古国传染病防治中心近日已经开始使用相关中医药治疗新冠肺炎。

中国—菲律宾中医药中心日前拟定有关防治新冠肺炎中医诊疗方案，提供中医药治疗方案与建议，并组织中心相关医务人员与工作人员学习。

"中医药能因人而异地进行针对性治疗，帮助病人减轻病症，独特优势和作用显著，在欧洲乃至世界范围获得越来越广泛认可。"迈杰希·彼得认为，"中西医结合的方式已经是抗击疫情的重要方案，中医药正为全球抗疫作出贡献。"

中医药走向海外　助力全球抗疫[*]

严玉洁

在此次新冠肺炎防控中，中医药彰显了特色优势，贡献了重要力量。作为负责任的大国，中国及时向世界介绍了中医药防治新冠肺炎的重要作用及有效药物。酒香不怕巷子深，中医药在海外市场火了，背后是国际社会对其抗疫功效的认可。

一、中医药在海外市场火了

中医药近日在海外火起来了。路透社走访美国纽约市中药房 Kamwo Meridian Herbs 发现，这里顾客盈门，空气中飘着草药的气味，店员正在用老式的秤给顾客称金银花、桂枝、药用牡丹等草药。

纽约市针灸师、草药医师克莱顿·邵长期从这家药房进货。他告诉路透社，自 3 月 1 日确诊首例新冠病毒感染者以来，纽约市对传统中医药的需求大增。

事实上，自 2 月下旬以来，随着新冠疫情在美国蔓延，这家药房用于治疗流感症状、增强免疫力的中草药处方订单几乎翻了一倍。

同在纽约市唐人街的另一家药房 Calihouse Nutrition 也出现了类似情况。药房负责人帕特里克·萧表示，40 磅（约合 18 公斤）药材原本可以卖上两三周，现在短短几天就卖光了，最畅销的是金银花和板蓝根冲剂，货源紧张，价格也

---

* 来源：《中国日报》2020 年 3 月 24 日。

上涨了。

这不是个例，在海外社交媒体上，多国网友纷纷表达了对中医药的期待与信任。

印度网友 vijay banga 说：中国正在与意大利等国分享中医药治疗新冠肺炎患者的经验。临床经验表明，中医药对 90% 的新冠病例有效。

美国网友 Magda Szyrmer VMD 说：与中国相比，意大利、西班牙等国的新冠肺炎患者死亡率可能更高。中国 90% 的新冠肺炎患者都接受了中医药治疗。是不是值得了解一下呢？

vijay banga @lekh27 · 2小时 ⌄
回复 @Echinanews
@kuku27 China is sharing the experience of using **traditional Chinese Medicine** (TCM) in the treatment of COVID-19 patients with foreign countries, such as Italy, as clinical observation shows that TCM has been effective on 90 percent cases treated

   ♡ 1

Magda Szyrmer VMD @DrMagdaVet · 6小时 ⌄
COVID-19 may be more deadly in Italy and Spain compared to China. You are much more likely to die if you get sick with virus in Europe compared to China. 90% Covid patients in China treated with **Traditional Chinese Medicine**. Worth looking at? #covid19 #coronavirus

   ♡ 1

坦桑尼亚网友 Ndakizo King 说：在中国大陆，中医药已经被证明可以有效治疗新冠肺炎患者。

印度网友 Amrita Bhinder 说，中国百岁老人在感染新冠病毒后康复了。根据报道，他使用了抗病毒药物，康复期血浆和传统中医药。

二、中医药抗疫效果获一致认可

中医药大热的背后，是其治疗效果所带来的认同，中外都深深为之折服。

美国有线电视新闻网（CNN）近日援引中国有关机构的数据指出，到 3

Ndakizo King @NdakizoKing · 3月17日

Traditional Chinese Medicine (TCM) proved to be effective for #COVID19 patients on Chinese mainland xhne.ws/iTHOq

💬   ⇄ 1   ♡ 4   ⬆

月9日，有5万名确诊患者出院，大多数患者使用了中医药。经过专家团队研究证实，中西医结合与单纯使用中药和西药相比，能较快地改善发热、咳嗽、乏力等症状，提高治愈率、减少病亡率。

Life inside the makeshift hospital

I was admitted to a makeshift hospital where they have given me traditional Chinese medicine (TCM) every day which was developed by Hunan province.

The hospital gives us two bags of TCM every day for pneumonia. Many patients are healed by just taking this, no Western medicine.

临床研究显示，中西医结合治疗轻症患者中，102例病人观察中发现临床症状消失的时间比对照组缩短2天，临床治愈率提高33%；中西医结合治疗重症患者住院天数、核酸转阴的时间平均缩短2天以上，血氧饱和度明显提升，脱离吸氧时间缩短，淋巴细胞百分数、乳酸脱氢酶值等指标明显改善。

英国天空新闻网站对接受中医药治疗的新冠肺炎患者进

行了采访。29 岁的武汉女子李小熊（Li xiaoxiong，音译）说，她在方舱医院接受治疗时，每天都服用两袋中药，很多病人靠着吃中药痊愈了。

这名女子还透露，医院每天早上都会组织大家进行身体锻炼，比如一起练太极拳。

英国《每日邮报》也报道了类似的防治方案。它援引中医药专家的话说，疫情期间应远离潮湿的地方，练练太极拳，听听古典音乐。

Practice shows effectiveness of TCM in coronavirus treatment

By Jerry Van Oudenhove | chinadaily.com.cn | Updated: 2020-03-18 10:51

A doctor soaks packs of traditional Chinese medicine before boiling them at the Sixth Hospital of Wuhan in Hubei province on Saturday. WANG JING/CHINA DAILY

比利时人杰里·范伍德温霍夫现身说法。他说，在中国的这些年里，切身体会到中医药对健康的益处。

他表示，我充分意识到中国在用中医药治疗、遏制新冠病毒方面的研发至关重要，我将鼓励比利时及周边的欧洲国家将中医药纳入新冠肺炎的治疗方案。

与世界共战疫情[*]

——中国主动分享防治新冠肺炎的宝贵经验

王琳琳

在新冠肺炎疫情战场，中国采取了最全面、最彻底、最严格的防控举措，不仅为世界争取了时间，也为各国战"疫"提供了宝贵经验。

据不完全统计，全国新冠肺炎确诊病例中，有 74187 人使用了中医药，占 91.5%，其中湖北省有 61449 人使用了中医药，占 90.6%。

国家中医药管理局党组书记余艳红说，临床疗效观察显示，中医药总有效率达 90% 以上。中医药能够有效缓解症状，减少轻型、普通型向重型发展，提高治愈率、降低病亡率，促进恢复期人群机体康复。以中医经典为蓝本，我国专家已筛选出"三药三方"等一批有效方药。

化湿败毒颗粒获临床批件后，世界多国"求药"。该药被称为"Q-14"，Q 取英文谐音 CURE，治愈、解药的意思，"14"表示这张方子由 14 味药组成。"由此引申一句俗语，就是'One for all，all for one'，即'我为人人，人人为我'。我们愿与各国人民并肩作战、共抗疫情、共享中医药的经验和成果。"中国中医科学院院长黄璐琦院士说。

对于中医如何用药，天津中医药大学校长张伯礼院士介绍，"我们的经验是中药注射剂要大胆使用、早点使用"。例如，江夏方舱医院采取中医药为主的中西医综合治疗，除了给汤剂或口服中成药外，还有按摩、刮痧、贴敷等综合治疗。结果 564 名患者均未转为重症。向其他方舱医院推广后，1 万多名患者使用了中药，轻症转重症的比率降至 2%—5%，这是取得胜利的关键。

随着新冠肺炎疫情在多国蔓延，除了送药方，中国还积极组织专家深入开展技术交流。2 月初，中华医学会心血管病学分会 8 个学组、125 名心血管病专家及部分感染病专家在《中华心血管病杂志》优先网上预发表了《新型冠状

---

* 来源：新华社，2020 年 4 月 3 日。

病毒肺炎疫情防控期间心血管急危重症患者临床处理原则的专家共识》。3 月
28 日，受美国心脏协会邀请，该专家共识的英文版在其官方杂志 Circulation
上线，为救治全球范围内受疫情影响的合并心血管急危重症患者提供了有效
指导。

国家卫生健康委副主任曾益新介绍，根据不同国家需求，国家卫生健康委
汇编了最新诊疗方案、防控方案等技术文件，及时分享给全球 180 个国家 10
多个国际和地区组织；与世界卫生组织共同举办的"分享防治新冠肺炎中国经
验国际通报会"吸引了全球 77 个国家、7 个国际组织代表参会；通过远程视频
方式与 100 多个国家和地区举办了近 30 场技术交流会议。

例如，我国积极参与对非抗疫合作。国家卫生健康委国际司监察专员李明
柱介绍，国家卫生健康委援助埃塞俄比亚的医疗队协助埃塞俄比亚卫生部完成
了新冠病毒 PCR 检测试剂的设备调试，使埃塞俄比亚成为非洲除南非以外第
二个拥有新冠病毒核酸检测能力的国家。

疫情没有国界，任何国家都没有办法独善其身。李明柱表示，目前国家卫
生健康委已建立了国际合作专家库，还派专家参与世卫组织相关标准制定工
作，下一步将继续通过举办多场视频交流，分享我国在新冠肺炎应对方面的经
验，携手各国共战疫情。

国家中医药管理局向澳门
特区政府捐赠中成药抗疫 *

龙土有

　　国家中医药管理局委托澳门中联办向澳门特区政府捐赠一批中成药，作为治疗新冠肺炎患者之用药。澳门中联办副主任严植婵及澳门特区政府社会文化司司长欧阳瑜出席了 4 月 16 日举行的接收仪式。

　　2020 年 4 月 16 日，国家中医药管理局委托澳门中联办向澳门特区政府捐赠中成药。图为出席接收仪式嘉宾合影。

中新社记者钟欣　摄

＊　来源：中国新闻社，2020 年 4 月 16 日。

严植婵表示，突如其来的新冠肺炎疫情，是全球范围内发生的重大突发公共卫生事件。中央政府相关部门、内地不少地区在疫情信息、治疗方案、防疫物资、民生保障等方面给予澳门特区政府大力的支持。

严植婵指出，在此次抗击新冠肺炎中，中医中药发挥了重要作用，国家卫健委已将中医中药治疗纳入了新冠肺炎治疗方案之中。此次国家中医药管理局捐赠的药品，包括国家卫健委在《新型冠状病毒肺炎诊疗方案（试行第七版）》中推荐使用的四种中成药，相信会对澳门抗疫工作有所裨益。

欧阳瑜代表特区政府感谢国家中医药管理局对澳门应对新冠肺炎疫情提供的大力支持，她称，此次捐赠对新冠肺炎有明显疗效的中成药产品，体现国家对澳门居民的关怀。特区政府将在国家的支持下，尽最大努力阻止疫情蔓延，继续守护澳门的公共卫生安全和市民健康。

据介绍，国家中医药管理局此次通过澳门红十字会协助运送 1500 盒"金花清感颗粒"、1000 盒"藿香正气软胶囊"、3500 盒"疏风解毒胶囊"，通过澳门冠华行协助运送 800 盒"连花清瘟胶囊"至澳门，共捐赠 6800 盒中成药。

"连花清瘟胶囊""金花清感颗粒""疏风解毒胶囊""藿香正气软胶囊"四款中成药已获国家药品监督管理局批准注册，并被纳入国家"新型冠状病毒肺炎诊疗方案"。

海外抗疫 中医药贡献独特力量 *

郑汉根

最近，美国、荷兰、匈牙利等多国中医药诊所问诊人数大涨；中国许多药企的中医药产品海外订单激增；韩国、日本、意大利一些科研院校给中国中医专家来信，希望分享中医药治疗新冠肺炎的经验……一段时间以来，随着新冠疫情在全球多地蔓延势头加剧，海外对中医药参与抗疫的需求与关注也在增加。

中医药防治疾病注重增强人体自身抵抗力，注重维护整体平衡，在尚无西医特效药和疫苗的情况下，中医药发挥治未病、辨证施治、多靶点干预等优势，成为中国国内新冠疫情防控的一大特色和亮点。中国工程院院士、天津中医药大学校长张伯礼指出，中医早期介入、全程参与在新冠疫情治疗过程中发挥了重要作用。北京中医医院院长刘清泉表示，用中西医结合的办法降低新冠病死率的经验，已逐渐形成。

作为中国疫情防控经验的重要部分，"中医药管用"的消息也传到海外，受到许多国家的重视。中国已及时主动同世界卫生组织合作，分享中医药参与疫情防控有关情况，并将中国最新版新冠肺炎诊疗方案的中医药部分翻译成英文，与国际社会分享。中方还选派了中医师参与医疗专家组赴意大利、柬埔寨等国协助抗疫。

中医药在海外参与抗击疫情获得积极反响。在向意大利援助了 10 万盒抗疫中成药连花清瘟胶囊后，意方后来提出希望再追加 10 万盒。德国病毒学家奇纳特尔近日接受采访时表示："中西医结合疗法具有重要借鉴意义。中医药在防止病毒吸附细胞、病毒复制等方面有明显效果。"匈牙利卫生部补充医学工作委员会主任艾瑞·阿扬道克说："对于中医药是否能够在匈牙利防疫中发挥独特作用，答案是肯定的。"

---

* 来源：新华社，2020 年 4 月 20 日。

2020年4月16日，在湖南省浏阳市的湖南安邦制药有限公司制剂外包车间，工人在包装银黄清肺胶囊。连日来，位于湖南省浏阳市的湖南安邦制药有限公司开足马力生产中成药银黄清肺胶囊，供应国内外市场。

新华社记者薛宇舸　摄

中医药是中国优秀传统文化的重要组成部分，它包含的整体观、治未病等思想，体现着独特的中国思维、中国智慧。中医在积极参与海外抗疫的同时，有助于国际社会更多了解中医药，了解中国文化，有助于增进中外文化交流和民心沟通。支持中医药更多走向世界、服务国际社会，也是应有的中国文化自信和担当。

毋庸置疑，由于文化差异、各国相关法律政策限制等原因，中医药在海外抗疫中的运用还面临不少阻碍。然而，大疫当前，人命关天，中国中医药界本着医者仁心，正在应海外多国需求而尽心尽力。

"见彼苦恼，若己有之。"在这场全球战"疫"中，传承数千年中国智慧、历久弥新的中医药，正在助力各国护佑生命，给世界带来中国温暖，贡献中国力量。

中国赴马来西亚抗疫医疗专家组与
马中医药界举行视频会议 *

郁 玮　林 昊

受马来西亚中医抗疫工作小组邀请，中国赴马抗疫医疗专家组与马各地中医药界人士 4 月 22 日在吉隆坡通过视频连线方式，围绕在抗击新冠疫情过程中如何发挥中医中药作用等问题进行了交流。

马来西亚拉曼大学中医系、马来西亚中医总会、医师公会、医药企业等数十家机构超过 150 人参加了会议。

2020 年 4 月 22 日，在马来西亚吉隆坡，中国赴马医疗专家组组长、广东省中医院副院长李俊（前左二）、广东省人民医院感染科副主任医师罗晓丹（前右二）、广东省人民医院心理专家刘向欣（前右一）和专家组成员与马来西亚各地中医药界人士视频连线。

新华社记者朱炜　摄

---

* 来源：新华社，2020 年 4 月 22 日。

中国赴马医疗专家组组长、广东省中医院副院长李俊针对新冠确诊病例中轻症、重症及无症状感染者等不同群体的特征，向马来西亚同仁分享了中医在治疗、预防方面的经验，并结合广东省与马来西亚在气候、生活习惯上的相似之处，交流了诊疗方法、药物配方等，并介绍了刮痧、针灸、食疗等中医非药物疗法。

专家组成员、广东省人民医院感染科副主任医师罗晓丹重点就患者康复后居家观察期的卫生、保健等问题做了介绍；专家组成员、广东省人民医院心理专家刘向欣介绍了新冠患者及其家属可能会出现的心理问题及疏导方案。

参加会议的马来西亚中医医师赖怡行表示，此前关注过中国发布的《新型冠状病毒肺炎诊疗方案（试行第七版）》，这一版治疗方案很好，不过中国专家在连线中介绍的广东省诊疗办法可能更适合马来西亚的情况。

马来西亚华侨华人众多，一直有通过中医药诊疗、保健的传统。当地一家主要经营中医药业务的企业海鸥集团董事经理陈景岗介绍，新冠疫情期间，该企业中药销售量增长了约50%，中国《新型冠状病毒肺炎诊疗方案》中的清肺排毒汤等方剂所需的很多中药材都断货了。本地中医也结合当地情况，开出了多种清热解毒的药方。

近两天，中国专家组先后走访了马来西亚主要新冠定点医院及相关研究机构，与马医学界同仁就病人接诊、病房管理、医护人员自我防护等具体问题进行了深入交流。

中意医学专家就中医药抗疫经验在线交流 *

李　洁

由世界中医药学会联合会主办的"中医药抗疫经验专家对话——意大利专场"全球直播活动 4 月 22 日在线举行，来自中意两国的数十名医学专家就中国抗疫中使用中医药的经验开展了交流，来自 40 多个国家的 9 万多名观众收看了在线直播。

中国工程院院士、天津中医药大学校长张伯礼，北京中医医院院长刘清泉，广东省中医院副院长张忠德等曾赴武汉抗疫前线参与诊疗的中方中医药专家介绍了中西医结合救治新冠肺炎、中医诊治新冠肺炎重症或危重症等中医药诊疗的具体方案，同时就意方专家感兴趣的话题展开了讨论。

来自意大利高等卫生研究院、罗马大学医学院、拉奎拉医院等机构的意方医学专家、学者就中国在救治新冠肺炎患者时如何使用中医药方案支持人体免疫系统、如何从中医角度看待病毒的传播速度和范围、中药在解毒增效方面如何帮助缓解西药的副作用等问题与中方专家交流。

中国驻意大利大使馆科技参赞孙成永在开场致辞时表示，此次连线活动为两国联合抗疫和专家深入交流搭建了一个很好的平台。他说，中意两国中医药合作有良好的基础。2006 年中国科技部与意大利卫生部联合建立了中医药联合实验室，经过十多年的努力，联合实验室在合作研究、学术交流、人才培养、中医药文化传播等方面取得了许多收获。

意大利高等卫生研究院研究员、中意中医药联合实验室意方负责人爱丽丝·福奇表示，在全球面临新冠肺炎挑战的特别时刻，此次中方医学专家的经验分享非常重要。

疫情发生以来，世界中医药学会联合会积极组织中医药专家抗疫经验分享活动，开展"中医药参与全球抗疫支持行动"，此前已举办了 4 场中外专家在

＊　来源：新华社，2020 年 4 月 23 日。

线交流活动，先后有 6 名亲临武汉抗疫前线的中医药高级别专家与海外同仁分享他们的宝贵经验。

意大利百科全书出版社 3 月 27 日在其官方网站发表文章介绍张伯礼院士谈中医在新冠肺炎诊疗中的实践，引发当地对使用中医药抗疫的广泛关注。

中葡专家在线交流中西医结合防疫抗疫 *

赵丹亮

由世界中医药学会联合会主办的中西医结合防治新冠肺炎交流会葡萄牙专场于 4 月 23 日在线举行。来自中葡两国的 10 多位专家学者就中西医结合防疫抗疫，展开了线上对话交流。

此次在线交流活动历时 2 小时，中葡两国的专家学者就中西医结合抗击疫情、对新冠肺炎患者的心理干预以及复工后的预防策略等问题展开交流。来自中国浙江的专家就他们赴武汉和意大利参加抗疫的亲身经历，分享了中西医结合诊治新冠肺炎的真实案例。还有许多来自德国、英国、南非和巴西的专家学者也在线参加了交流会。

中国浙江省中医药学会呼吸病分会主任委员、浙江中医药大学第二临床医学院教授蔡宛如在致辞中表示，新冠肺炎疫情是全球范围内一次重大突发公共卫生事件。中国在应对这次疫情过程中，广泛使用了中西医结合的疗法，取得了良好效果。本次连线活动为分享抗疫经验搭建了交流平台。

葡萄牙米尼奥大学中葡药食植物资源研究中心主任阿尔贝托·迪亚斯表示，期待两国在抗疫和学术研究上能多分享、多合作，共同应对这场挑战。

欧洲中医药学会执行委员会委员、葡萄牙分会主席里卡多·特谢拉表示，他十分感激中国第一时间公布诊治方案和分享治疗经验，同时也了解到中西医结合治疗新冠肺炎在中国取得了良好效果。他们正在研究制定适合欧洲人的中医药防治方案，期待合作。

此次葡萄牙专场活动由浙江省中医药学会、葡萄牙科英布拉大学孔子学院等承办。作为中医特色孔子学院，科英布拉大学孔子学院建立了新冠疫情信息分享平台，将相关信息翻译成葡文并分享，还联合华人中医师建立在线义诊平台，支持当地民众抗击疫情。

---

* 来源：新华社，2020 年 4 月 24 日。

全球战"疫"，中医药有独特作用[*]

贾平凡

抗击新冠肺炎疫情，是当前全球最紧要的事。抗疫取得显著成效的中国，为世界提供了可资借鉴的中国方案。而在中国的抗疫方案中，发挥中医药优势、坚持中西医结合是最显著特征之一。

在抗疫过程中，中国强化中西医结合，促进中医药深度介入诊疗全过程，及时推广有效方药和中成药，有效减少了轻型和普通型向重型、重型向危重型发展，提高了治愈率、降低了病亡率。此外，中国还积极向世界分享中西医结合的抗疫经验，受到国际社会广泛关注和积极评价。

一、中西医结合疗效好

在中国抗疫实践中，中西医结合、中西药并用疗效显著，聚焦外媒目光。

马来西亚《星报》网站发表题为《中医广泛用于新冠肺炎患者治疗且效果良好》的文章认为，通过中西医结合治疗，轻症患者的发热、咳嗽、乏力等症状有所缓解，重症患者症状减轻、血氧饱和度明显提升，病情得到控制。在中西医综合施治下，中国治愈病例不断增加。

据英国《经济学人》杂志报道，中国国家主席习近平 2020 年 3 月在北京考察新冠肺炎防控科研攻关工作时表示，中国抗击新冠肺炎疫情必须"坚持中西医结合、中西药并用"。中国政府官员表示，中医可以通过防止轻度或中度症状的患者发展更严重的症状来降低死亡率，并且可以加快康复速度。

新加坡《海峡时报》报道称，在中国抗击疫情过程中，中医药参与面之广、参与度之深、受关注程度之高，是新中国成立以来前所未有的。中医药的作用体现在预防、治疗和康复全过程，在国家发布的诊疗方案中，中药方剂显示出了良好的临床疗效。国家中医药管理局先后派出 5 批近 800 人的专业队伍

---

* 来源：《人民日报（海外版）》2020 年 4 月 27 日。

驰援武汉，全国支援武汉的医疗队里有 4900 余人来自中医药系统。数据显示，在新冠肺炎确诊病例中，有 74187 人使用了中医药，占 91.5%，其中湖北省有 61449 人使用了中医药，占 90.6%。临床疗效观察显示，中医药总有效率达到了 90% 以上。

拉美社报道称，作为较早受到新冠肺炎疫情影响的国家，中国使用几十种西药对确诊患者进行治疗。然而，中国多位专家表示，中西药结合使用后能够发挥更好的疗效。中药配方对治疗高烧、咳嗽、食欲不振、恶心、腹泻、呼吸系统疾病和肌肉酸疼等临床症状都具有一定疗效。

匈牙利前总理迈杰希·彼得指出，中医药学是中国古代科学的瑰宝，对世界文明进步产生了积极影响。大量事实证明，中西医结合非常有效。

二、控制疫情发展有优势

据美联社报道，在全球还没有研制出治疗新冠肺炎特效药的情况下，一些人通常在其政府的建议下转向替代药物。中国和印度两国拥有悠久的中医传统，因此都将中医药作为抗疫替代药物。中国国家卫健委已发布了一份有关治疗新冠肺炎患者的诊疗方案，其中包括几种可缓解包括虚弱和发烧在内症状的中草药。

外媒关注到，在海外的中国人也积极利用中医防疫。据俄罗斯卫星通讯社报道，3 月中旬，为了帮助在俄华人预防、治疗新冠肺炎，在俄罗斯的中医医生自发组织成立了俄罗斯中医抗疫专家团队。在俄工作近 20 年的俄罗斯中医药学会会长、本次抗疫专家组组长之一的李云海表示，中医药治疗新冠肺炎的理念与西医不同。"中医药治疗的主要原理是辅助正气，通过提高人体的免疫能力，激发人体的自愈能力来达到治疗的目的。"

国际临床评价指标认为，对于新冠肺炎轻症患者，真正反映疗效的关键指标是转重率。临床发现，中医验方在减轻发热咳嗽症状、控制病情发展、提升人体免疫力方面有独特优势。

外媒关注到，中国援助海外的抗疫医疗物资，也包含一定数量的中医药品。

据《菲律宾商报》"菲商网"消息，近日，中国抗疫医疗组抵达菲律宾，12 名中国专家中，有人专攻危重症护理医疗、呼吸道感染疾病防治和中医药治疗。

巴基斯坦科技时报报道称，一家中国制药公司向巴基斯坦卡拉奇市的一家医院捐赠了中药，以帮助巴基斯坦卫生部门治疗新冠肺炎。中药已被证明对新冠肺炎有效。世界卫生组织指出，大约 6% 至 10% 的轻度新冠肺炎病例可能会转化为严重病例。但是，武汉一个方仓医院的 564 名轻度和普通患者中，没有人在使用中药配方治疗后发展为重症病例。

三、积极分享中医抗疫经验

4 月 14 日上午，来自美国、英国、德国、荷兰等十余家外国媒体记者走进武汉市中医院，与抗疫一线的中医药专家以及重症医学专家面对面，了解中西医结合在武汉新冠肺炎疫情防控中发挥的作用。在采访中，中医和西医在治疗新冠肺炎过程中发挥作用的差异，成为不少外媒记者的聚焦点。

"中国正积极向世界推广其治疗新冠肺炎的经验。"据英国《经济学人》杂志报道，中医从业人员已加入中国医疗队，帮助缓解柬埔寨、伊拉克和意大利的疫情。中国政府也向其他国家捐赠了传统药物。疫情在全球暴发后，来自 64 个国家的 9 万人参加了最近的电话会议，向中国中医专家学习如何与新冠病毒作斗争。

据拉美社报道，日前，中国公共卫生专家通过视频连线与美国同行分享和交流中医药治疗新冠肺炎相关经验。中央指导组专家、中国工程院院士张伯礼表示，目前在中国确诊病例中，中医药参与治疗的病例超过 90%。刚出现嗓子疼等症状的轻症病人完全可以吃中成药。中医不能杀死新冠病毒，但是中医有办法用中药治好新冠肺炎病人。中医的着眼点永远是整个身体，而不仅是病毒。美国专家有针对性地询问了中医药使用方法、适用病症等问题，中方专家一一作答。

据巴西《南美侨报》报道，巴西中医院院长海金斯表示，抗击疫情绝不能少了中医药，中国抗击新冠肺炎疫情的措施值得各国借鉴。海金斯表示，在中国历史上，每当流行病暴发时，中医就始终走在前线与疾病作斗争。许多人在中医的帮助下幸存下来。中医和西医应各自发挥长处，优势互补，给病人更好的医疗照顾。

泰国公共卫生部医疗服务厅厅长颂萨表示，中医药在中国抗疫中发挥了重要作用，疗效明显。泰国也将考虑在适宜情况下尝试用中医药治疗新冠肺炎病患。

中医战"疫"，东方智慧焕发生机*

熊建人

欧洲第一锅预防新冠肺炎的中药是在匈牙利煮的。从 2 月 27 日开始，在布达佩斯，几乎每天都有华人中医师免费为当地民众提供改善人体免疫系统的汤药。

在美国、老挝、伊朗、韩国等地，中医药都在用不同方式为当地抗击疫情作出贡献。

世卫组织总干事谭德塞表示，中国是目前全球应对新冠肺炎疫情最具经验与成果的国家，中国抗疫经验值得借鉴。

而在中国经验中，发挥中医药优势、坚持中西医结合是显著特征。中医药治疗新冠肺炎的疗效得到了越来越多的认可。凡是秉承客观态度，无不承认，战"疫"情，中医确实有一套。

一、应对疫情，中医做了些什么

1 月 27 日，刚到武汉的张伯礼心头一沉。

作为中国工程院院士、天津中医药大学校长，张伯礼当时看到的疫情很严重：医院爆满，发热门诊几百个人排队，几个小时也看不上病。"特别是看病的、陪诊的都混杂在一起，让人担心。"他说。

两个月后，武汉在院的患者从 6 万多降到了 1000 左右，重症患者从 1.2 万减少到 490 例左右。如同意大利诗人但丁所说，冲破黑暗夜，再见满天星。

这一逆转的实现，首先要归功于隔离——集中隔离、分类管理，把发热的、留观的、疑似的、密接的人员（四类人员）坚决隔离开。武汉市基层社区组织和市民非常给力，用了几天的时间基本上把患者成功隔离开。

只隔离不给药，只是成功的一半。"虽然没有特效药，没有疫苗，但是我

＊ 来源：《人民日报（海外版）》2020 年 5 月 9 日。

们有中药，所以我们就给病人发放中药汤剂和中成药。"张伯礼说，开始不太顺利，武汉 13 个区，第一天只发放了 3000 多份。两三天之后，大家看到了中药的疗效，烧退了，咳嗽也减轻了，很多患者主动要药喝，前后发了 60 多万人份的药物。

2 月初，四类人员中诊断出确诊患者的比例是 80% 多，2 月中旬就降到了30%，2 月底百分比就降到了个位数。"集中隔离，普遍服中药，阻止了疫情的蔓延，是取胜的基础。"张伯礼说。

对于重症患者的救治原则，是西医为主、中医配合，中西医结合。"中医配合，有时是四两拨千斤。"张伯礼说。在金银潭医院、湖北省中西结合医院、雷神山医院，中医都参与了重症救治，取得了非常好的效果。"我们的经验是中药注射剂要大胆使用、早点使用。生脉注射液、参麦注射液，对稳定病人的血氧饱和度、提高氧合水平有作用；痰热清注射液、热毒宁注射液，与抗生素具有协同作用；血必净注射液对抑制炎症风暴、控制病情进展有一定效果。"

患者康复期治疗也是中医发挥作用的"主战场"。据北京地坛医院中西医结合科主任医师王融冰介绍，患者治愈进入康复期后还有一些症状，比如乏力、纳差、心慌、气短、失眠、抑郁等。这些症状的彻底解决需要中医药的帮助。"比如针灸、拔罐、刮痧、耳豆、穴位按摩，还有传统功法太极拳、八段锦，都有利于病人舒缓情志、增强体质、尽快恢复健康。"

二、破除偏见，中医做对了什么

确诊后，李华（化名）吃的第一口药，是汤药。

"之前在国外不了解中医，没想到中药效果这么神奇！"才一两天，症状明显好转的李华，忍不住向医护人员发出感叹。

不久前，从境外来京后，经筛查诊断，李华住进了北京小汤山定点医院B2 病区。

"中医药的优势在武汉已经得到充分论证。"给李华把脉开方的病区负责人、北京中医医院呼吸科主任医师原庆对患者的后续治疗很有信心，"中医讲'三因'，因时、因人、因地，小汤山接诊的是境外来京人员，中医作用的发挥是否与武汉一致，需要实践来论证。"

每次问诊，原庆及其团队的开场白都是"您了解中医吗"。回答中差不多一半以上是"完全不了解"。

"我说要把把脉时，他反问我，把脉是干什么？"原庆说，在望、闻、问、切之后，他都会建议对方先上网看看中医治疗新冠肺炎的情况，然后才是处方开药，开的也都是汤药。

"患者了解之后，都非常愿意接受中医治疗。"更让原庆团队自信的是，包括首例确诊病例在内的不少患者，都发出了"没想到中药效果这么好"的感叹。

中医药治疗传染病已经有几千年的历史，在这个过程中，形成了比较成熟的科学规律。针对传染病的治疗，主要集中在 3 种治疗方法上：清热、化湿和解毒。

"面对传染病，中药的使用好比是迅速动员一个国家的军队防卫体系，旨在迅速抵御外来之敌（病毒），防止敌人对国家造成重大破坏。"北京中医院院长刘清泉说，"比如化湿的治疗，实际上就是提振军民士气，提升免疫功能。解毒的办法，就相当于给入侵之敌当头一棒。清热的方法，是改变人体的内部环境，使病毒无可藏之处。"

原庆遇到的对中医不信任的态度，是疫情防控中一个并不少见的现象。可以说，除了与病毒搏斗，中医还要直面各种质疑和偏见。而消除质疑、证明自己的最好办法，就是用疗效说话。

据中央指导组成员、国家中医药局党组书记余艳红介绍，全国新冠肺炎确诊病例中，有 74187 人使用了中医药，占 91.5％。临床疗效观察显示，中医药总有效率达到了 90％以上。中医药能够有效缓解症状，能够减少轻型、普通型向重型发展，提高治愈率、降低病亡率，促进恢复期人群机体康复。

三、疗效显著，中医是怎么做到的

日前，《柳叶刀》预印本发表论文，基于中国 10 省 662 例临床救治观察，"清肺排毒汤"应急项目组研究发现，中性粒细胞和淋巴细胞比值对新冠肺炎诊断和重型患者临床病程进展具有重要预测价值。

这篇文章是全球新冠肺炎疫情暴发以来，《柳叶刀》系列期刊上刊载的第一篇中医药研究团队临床科研成果。中医药抗疫经验，正在为国际学术界所认可。

论文提及的"清肺排毒汤"是国家诊疗方案中推荐的通用方剂，也是此次中医抗疫中形成的"三药三方"之一。

在特效药和疫苗付之阙如的时候，"我们跟西医一样，注重从老药里筛选有效的药，同时也研制了几个新药新方，也就是'三药三方'。"张伯礼说，金花清感颗粒、连花清瘟胶囊、血必净注射液和清肺排毒方、化湿败毒方、宣肺败毒方，均经过了实践和研究的双重检验。

比如，金花清感颗粒，主要功效是疏风宣肺、清热解毒。"我们在武汉做了一个临床对照研究，结果显示，金花清感颗粒治疗轻型和普通型患者，和对照组相比，转重症比例下降了2—3，退热时间缩短了1.5天，反映免疫功能的白细胞、中性粒细胞计数和淋巴细胞计数有显著改善。"张伯礼说。

血必净注射液联合常规治疗以后，可以使重症患者的28天病亡率下降8.8%。清肺排毒方在全国10个省、66个定点医疗机构治疗的1263名确诊患者中，治愈出院1214例，占96.12%。宣肺败毒方通过对武汉市500例患者开展的研究显示，轻型和普通型患者，发热、咳嗽、乏力等症状明显减轻，无一例转重。化湿败毒方，也在临床疗效观察中确证了有效性。

"中医和西医在治疗模式上有明显不同。从西医来看，多数化学药物都是单靶点的，而中医和中药更多是多靶点的。也就是说，中药更像个团队在作战。"东南大学附属中大医院副院长邱海波说，就这次新冠肺炎而言，病毒导致炎症、免疫失调，进一步导致肺、心脏等器官的损害，因此，病毒、炎症、免疫力异常导致的器官损害，都是靶点。西药往往是针对某一个靶点进行治疗，而中药是多靶点的治疗，对病毒的复制、对炎症的消除和对免疫的调节以及对之后的器官损伤、凝血等方面都会产生影响。

四、援助他国，中医还能做什么

3月18日，化湿败毒颗粒获得国家药监局药物临床试验的批件。

中国工程院院士、中国中医科学院院长黄璐琦表示，中药和化学药、生物药的研发流程不一样，化湿败毒方源自临床，获得临床批件的意义更在于中医对疫病的理论以及临床疗效有了物化的载体，也是把中医的科研数据与临床高级别证据进行了有效转化。

"获得临床批件以后，好多国外朋友纷纷向我们要药。我们在给国外朋友赠送药的时候，化湿败毒颗粒被称为'Q-14'，Q取英文谐音CURE，治愈、解药的意思，'14'表示这张方子是由 14 味药组成。"黄璐琦说。

加拿大《环球邮报》网站报道称，武汉建议使用中药"是有道理的"，它应与西药结合使用，"在西方医学中，我们的药物仅能攻击一个具体目标。而用中医疗法，则可以防止病毒吸附细胞、病毒复制等。"

"现在疫情在多国、多点暴发，中方愿同有需求的国家开展中医药参与疫情防控的国际合作，并提供力所能及的援助。"余艳红说。

一是分享救治经验。及时主动同世界卫生组织合作，分享中医药参与疫情防控的有关情况，把中国最新版本的新冠肺炎中医药诊疗方案翻译成英文，在国家中医药局官网和新媒体上公开。"我们还通过远程视频交流、提供技术方案等方式，与日本、韩国、意大利、伊朗、新加坡等国家分享救治经验。"余艳红说。

第二，捐赠中药产品。中国有关组织和机构已经向意大利、法国等十几个国家和地区捐赠了中成药、饮片、针灸针等药品和器械。

第三，选派中医师赴外支援。已经有中医专家前往意大利、柬埔寨、老挝等国参加抗疫。

中医药抗疫，仍在进行时。

中医药助力巴西抗疫 *

陈威华　　赵　焱

　　"中医药管用"的消息传到了巴西，如今在当地正规药店就能购买连花清瘟胶囊等中成药。"这对新冠患者来说，是一个福音。"72 岁的古斯塔沃·平托教授说。他多年潜心研究中国文化，对于中医药也有深入了解。

　　平托教授观察到，"对于新冠病毒，目前既没有疫苗也没有特效药，但在中国抗疫过程中，中医药发挥了重要作用"。

　　去年 9 月，由巴西达明公司与甘肃中医药大学附属医院联合成立的中国——巴西中医药国际合作基地在圣保罗市成立，多位中医名家受邀前来巴西执业。这个中医药基地投入运行后，不仅为当地医生提供了学习中医的机会，还使当地民众有机会享受到优质的中医诊疗服务。

　　圣保罗市是此次巴西新冠疫情的重灾区，医院接诊能力已接近饱和，一些轻症患者求医无门，不少人慕名找到中医药基地问诊买药。达明公司董事长方芳说："由于医疗资源紧缺，许多华侨华人，也包括一些巴西民众，在出现了咳嗽、发烧的症状后，没法及时就医。中医药基地的专家们在线开展义诊服务，提供专业救助工作。"

　　基地主任周强曾作为援外医生在马达加斯加工作过，有着丰富的海外诊疗经验。他和国内派遣来的文新、韩迎娣医生以及秦静护士在线接诊，甚至专门开设了夜间门诊。

　　周强说："巴西规定不能使用中药饮片配药，因此我们根据患者的具体情况，调剂搭配使用现有的中成药。我们通过网络接诊、问诊，对患者进行早期干预、早期治疗，使之不至于发展为重症，目前已经取得了很好的效果。"

　　中医药基地精选了养生茶方，推荐给华侨华人使用，以增强自身免疫力。几位医生还制作了一份《新冠疫情防御视频指导》，供民众参考。不少巴西医

＊　来源：新华社，2020 年 5 月 9 日。

生协会也主动与基地联系，要求学习中医药抗疫经验。方芳介绍说，巴西西医中医学会是当地最大的医生协会，有 3800 多位会员。他们注意到中国医生使用中药治愈了很多新冠病人，因此请求基地的医生为会员们开设网络培训课程。

方芳说："受疫情影响，我们的中药清关进入巴西后，没有合适的航班运到圣保罗来，只能靠我们的员工以公路运输的方式送过来。巴西路况不好，3000 公里的路开了 3 天多的时间，终于将药物及时送到患者手中。"

目前中医药基地库存的对症药物已基本售罄，基地正与国内厂家联系，计划尽快再次进口一批药物。

平托表示，中医药博大精深，多年以来，他坚持服用养生中药，也积极向亲朋好友进行推荐，"相信在疫情结束后，更多巴西人将会接受中医药"。

连线 14 国，中医专家把脉疑难病例 *

王琳琳

无症状感染者如何医治、呼吸困难意识清醒的患者怎样用药、肺部纤维化重度炎症病例能否使用抗生素……9 日下午，多位中国中医专家视频连线 14 个国家的 80 多位专家，把脉多国抗击疫情中的疑难病例。

"重症和危重症患者肺部纤维化和肺功能损伤问题严重，一些国家采用了剂量较大的抗生素治疗，副作用很大，有更好的救治方法吗？"亚美尼亚埃里温国立医学院教授、国立传染病医院主治医生安娜希特提问。

"患者如无明确合并细菌性炎症，不主张使用抗生素。"国家中医药管理局医疗救治专家组组长仝小林院士说，中药在治疗后期肺功能损伤和肺部纤维化

2020 年 5 月 9 日，世界针灸学会联合会主席、中国中医科学院首席研究员刘保延（左）和中国科学院院士仝小林在视频诊断会议上。

新华社记者殷刚　摄

---

* 来源：新华社 2020 年 5 月 9 日。

方面效果明显。对于肺功能损伤，可用黄芪、党参、茯苓、白术等调节整体机体免疫，对于肺部纤维化可用三七、水蛭、地龙等中药，经过两个月以上的治疗，病情会有明显改善。

中国中医科学院副院长杨龙会介绍，该院派往武汉的医疗队独立接管了武汉金银潭医院一个重症病区，两个月内，用纯中医药方法治愈88例、用中西医结合方法治愈42例重症及危重症患者，中医药在提高治愈率、缩短住院日及核酸转阴时间、减少抗生素和激素的使用量等方面均有明显优势。

天津中医药大学校长张伯礼院士说，中医药可深度介入诊疗全过程，"三药三方"以及针灸、拔罐等中医综合疗法在新冠肺炎各阶段用药不同、作用不同，疗效明显。仝小林介绍中医的治未病体系——未病先防、既病防变、愈后防复是中医药应对重大疫情的得力武器。世界针灸学会联合会主席刘保延表示，中西医结合能有效减少轻型和普通型向重型发展、重型向危重型发展，提高治愈率、降低病亡率。

采用中西医结合法成功治疗多名新冠肺炎患者的伊朗德黑兰医科大学传统医学院副院长胡曼建议，各国尝试将中医中药、针灸等传统医药疗法与西医结合，并推广至其他疾病，特别是单纯西医治疗存在困难的疾病。

本次会议由世界针灸学会联合会、上海合作组织睦邻友好合作委员会共同主办。此前，世界针灸学会联合会已组织16场中西医结合国际抗疫大讲堂，8场与伊朗等国的专家远程会诊。

德国孔院举办中医抗新冠疫情线上研讨会 *

张毅荣

德国施特拉尔松德孔子学院日前联合汉堡大学附属埃彭多夫医院汉萨美安中医中心，共同组织举办了数场中医抗击新冠疫情的线上专业研讨会。

施特拉尔松德孔子学院中方院长孙建安告诉记者，计划今年 4 月下旬至 6 月上旬间共举办 5 场免费研讨会。内容主要包括中医在新冠疫情预防、治疗和康复中发挥的作用，以及国内一些地区成功的临床经验分享。

孙建安说："希望通过举办研讨交流活动，让德国医疗界同行更加了解中医药独特的理论和诊疗方法，以及在应对这次新冠疫情实践中展示出的有效性。"

施特拉尔松德孔子学院德方院长法尔克·霍恩表示，已举办的两场研讨会在当地引起了很大关注，最近一场就吸引了 40 多名当地医护人员线上参加。学院目前正在积极筹备接下来的研讨会，计划邀请曾在中国亲身参与过抗击新冠疫情的医务人员参会。

施特拉尔松德孔子学院由施特拉尔松德应用科学大学与安徽合肥学院合作共建，于 2016 年 8 月 30 日揭牌。该院自成立伊始，就把中医推广作为办院特色之一，先后为当地相关机构开设了多期中医药培训班，并为促成中药配方颗粒进入德国贡献了力量。

---

* 来源：新华社，2020 年 5 月 11 日。

"祖国的关心让我们备受鼓舞" *

张晓东

当前，俄罗斯处在新冠肺炎疫情防控关键期。中国驻俄罗斯大使馆日前邀请天津中医药大学校长张伯礼院士、国家中医药管理局医疗救治专家组组长仝小林院士，通过视频连线方式，为旅俄华侨华人、中资企业和留学生代表等就疫情防控答疑解惑。

在近两个小时的连线中，两位院士就如何避免群体性感染、如何区分新冠肺炎症状与流感症状、检测出阳性结果如何居家隔离治疗、如何避免轻症转重症等诸多问题进行了详细解答。

"目前，疫情在俄罗斯快速蔓延，按照中国的防疫经验，现阶段最重要的就是要阻断传染源及传染途径。"张伯礼指出，华侨华人居住集中，一定要注意加强隔离。要做到少聚集、少串门、少聚餐，养成戴口罩的习惯。在做好初步隔离工作的同时，还应注重做好自身防护。仝小林认为，中医"未病先防、既病防变、瘥后防复"的理论在此次疫情防控中得到了很好的证明，"但重症不能单纯只用中药，要多种手段并用"。

"中国驻俄罗斯大使馆将继续与中国公民一道团结一心，共克疫情，共渡难关。"中国驻俄罗斯大使张汉晖表示，在俄罗斯防控举措成效逐步显现的当下，通过此次连线交流，旅俄同胞将能更好更科学地做好防护。

中国驻俄罗斯大使馆事先通过微信公众号预告了此次连线活动，许多旅俄同胞积极收看。在莫斯科经商的朱余克表示，专家分享的防疫内容丰富，介绍的方法实用，针对性也很强。"病毒无情人有情。来自祖国的关心让我们备受鼓舞，相信中俄两国将进一步加强抗疫合作，同心协力，最终赢得抗疫胜利"。

此前，中国政府赴俄罗斯抗疫医疗专家组携防疫物资抵达莫斯科，专家组

---

* 来源：《人民日报》2020 年 5 月 12 日。

通过座谈、视频连线等方式向旅俄侨胞、留学生讲解疫情防控科学知识，发放防疫物资。这次连线活动，让大家再次感受到祖国的殷殷关切之情，对战胜疫情更加充满信心。

中医师助力英国抗疫 *

于佳欣

"谢谢王医生，多亏了您的救治，我准备回医院上班了。"不久前，英国一家医院的护士劳拉·洛恩努在核酸检测转阴后，第一时间给治疗自己的中医师王天俊打了电话。

一个月前，洛恩努出现新冠病毒感染症状，多方求助无果后，在曾接触中医的父亲推荐下，她找到了王天俊。

王天俊在英国有十几年从业经历，也是英国中医论坛主席、英国中医联盟网创始人。英国新冠疫情暴发后，在英国中医联盟网支持下，他联合几十名在英中医师发起中医抗疫援助行动，如今志愿医生已有80多人。从最初为问诊的华侨华人开药，到为越来越多的英国人治病，再到帮助救治感染的一线人员，这个团队一直在为英国抗疫贡献自己的力量。

一开始，王天俊将中药邮寄给洛恩努，但有一次过了4天药还未送到。"她很着急，我也很担心她的身体，就干脆直接开车送到她家门口了。"王天俊说。

洛恩努回忆起她取药的情景：打开家门，中药就放在门口，王天俊在马路对面，看到她把药取走后才开车离开。

另一位在当地医院工作的华人护士沈嬿讲述了她的求医经历。

4月初的时候，沈嬿持续高烧不退，英国医生建议她在家隔离，开了退烧药并嘱多喝水休息，但一周后症状并未减轻。当时沈嬿有同事因感染去世，她十分担心自己。经朋友推荐，她找到了志愿者团队里的钱梦珠医生。"钱医生怕我耽误治疗，直接托人开车送药过来，这来回一趟就有100多英里！"

沈嬿坦言，几乎未接触过中医的她，刚开始用药时信心并不足，有阵子病情加重时还特别消极。"但钱医生每天都打电话询问我的情况，鼓励我，还指导我做穴位按摩。"

---

* 来源：新华社，2020年5月19日。

坚持服药两周后，高烧逐渐退去，沈嬿转危为安，三周后已经可以去上班。

这两个治愈病例只是中医志愿者团队救治病人的一个缩影。截至目前，这个团队已接受约5000人咨询，中医药治疗近千人，其中包括当地医护人员、司机、邮递员等疫情期间坚守岗位的一线工作人员约百人，不少人检测结果转阴后，又重返工作岗位。

"他们是抗击疫情的'战士'，保证他们的健康对抗疫胜利至关重要。"王天俊说，"中医药抗疫的效用已在中国得到证明，我们希望用中医药帮助更多'战士'重返战场。"

中医药欧洲抗疫记 *

执笔记者：于佳欣　参与记者：袁　亮　林　晶　赵丹亮

"要不是周医生，我肯定得叫救护车去医院了。"丹麦哥本哈根 51 岁的"中丹创新中心"总经理卡琳·维斯·安科斯提娜日前对记者说。

3 月一次家庭聚会后，安科斯提娜出现疑似感染新冠病毒症状。根据当地规定，她只能在家隔离，但她的状况却一天比一天糟，有几次，家人差点要叫救护车了。就在此时，朋友推荐了一位旅居丹麦 30 多年的老中医周鹏彦。

视频电话问诊，跟踪病情，调整用药……在周医生帮助下，安科斯提娜坚持服用中药三到四周，身体逐渐好转，而跟她一起用药的母亲和女儿都已完全康复。

"周医生每天都给我打电话询问服药后反应，并根据病情变化调整用药，一般医生很难做到这点。"安科斯提娜感动地说。

随着欧洲疫情形势日益严峻，向中医求助的人也从最初以华人为主，慢慢扩大到当地人，且比例呈上升趋势。

英国护士劳拉·洛恩努在工作中感染，服用中药一段时间后，症状明显好转。不久前，她专门打电话告诉救治自己的中医师，核酸检测转阴，已回医院上班。

中药抗疫的受欢迎度，在当地中药需求猛增中可见一斑。中东欧中医药学会会长、匈牙利东方国药集团董事长陈震说，疫情期间，集团制药厂不但未停工，还加班加点生产。英国中医论坛主席、英国中医联盟网创始人王天俊也表示，自英国疫情进入暴发期，中药材的需求量是平时的 5 至 10 倍。

"中医药能帮助人们解决问题，因为它能因人而异进行针对性治疗。"匈牙利前总理迈杰希·彼得说，"中西医结合能帮助患者摆脱病痛，抗击新冠疫情。"

＊　来源：新华社，2020 年 5 月 23 日。

自英国疫情暴发以来，王天俊便联合几十名在英国有资质的中医师发起中医抗疫援助行动，如今志愿者医生已增至200多人。团队对所有人都提供免费咨询和问诊。从一开始以救治华人为主，到现在帮助越来越多一线人员。

"他们是抗击疫情的'战士'，保证他们的健康对抗疫胜利至关重要。"王天俊说，"中医药抗疫效用已在中国得到证明，我们希望中医药能帮助更多'战士'重返战场。"

在匈牙利，从2月27日起，当地华人中医师开始在首都布达佩斯"煮大锅中药"，免费为当地民众及华人提供增强免疫力的汤药。在布达佩斯唐人街的一些餐厅，匈牙利东方国药集团免费提供"化湿防瘟饮"，帮助人们增强免疫力。

3月初，葡萄牙疫情刚暴发时，旅居葡萄牙的中医师颜春明主动在社交媒体用葡语和英语视频直播，有针对性地介绍疫情相关防护知识、中医治疗方案及中国成功抗疫经验，并呼吁做好防护和隔离。很多网友在留言中向他表示感激并听取了建议。"只要这些呼吁能挽救生命，便是对我作为一名医生的最好回报。"颜春明说。

尽管中医药在抗疫中的作用有目共睹，但中西医不同的标准和理论体系，让大部分西方人依然对中医药持质疑态度。不少受访中医师表示，应注重向当地人解释中医药治疗原理。

"中医药对提高身体免疫力的确有重要作用，特别是其侧重调理身体平衡的功效能帮助缓解体内痰湿内壅，这是感染者出现呼吸困难的主要原因。"英国米德尔塞克斯大学教授、英国皇家医学院院士柯松轩告诉记者。

不少受访人士认为，虽然疫情之下，当地民众提高了对中医药的认可度，但中医药要更好"走出去"，依然任重道远。"西方人讲究实证，加大对国内外中医药治疗效果的大数据统计，会更有说服力。"王天俊说，长远看，需从生产源头提高标准，依靠先进技术严格规定用法和用量，并加大中医教学和文化的中外交流。

"经过此次疫情，构建人类卫生健康共同体意义更加凸显，希望以此为契机加大中医药国际交流，擦亮中医药的'国家名片'，为人类健康带来更大福祉。"陈震说。

中国中医科学院召开
"中坦传统医学抗疫视频交流会"*

张子隽

由国家中医药管理局主办、中国中医科学院承办的"中坦传统医学抗疫视频交流会"于 6 月 12 日召开，中国驻坦桑尼亚大使馆经济商务参赞袁林，坦桑尼亚卫生部医疗服务司司长格雷丝，国家中医药管理局国际合作司副司长朱海东，中国中医科学院院长黄璐琦院士，以及赴武汉一线抗疫的专家，坦桑尼亚卫生部、传统医学研究所等机构的官员和科研人员等 30 余人参加视频会。会议由中国中医科学院副院长杨龙会主持。

袁林在致辞中介绍了本次会议是由中国驻坦使馆商请国家中医药管理局协助组织的一次中坦双方抗击新冠疫情交流视频会议，并对本次会议成功举办表示感谢。

格雷丝表示，非常愿意学习中国抗疫经验，作为合作多年的伙伴国，希望中国方案可以为坦桑尼亚提供借鉴。

朱海东在致辞中介绍了中医药在临床、科研方面深度介入抗疫的情况以及中医药参与全球疫情防控的情况，并提出希望中坦双方政府部门可以支持两国传统医学机构开展合作。

黄璐琦院士、西苑医院心血管科主任医师董国菊、广东省中医院 ICU 副主任医师周袁申分别以"新型冠状病毒肺炎中医诊疗经验分享""化湿败毒方在新冠肺炎中的应用""新冠肺炎的中医药治疗、预防及康复"为题进行了报告，与坦方分享了治疗新冠肺炎有效方药的科研攻关、临床诊疗方法以及预防康复的中医药适宜技术等内容。

专家报告后，中坦双方还就新冠肺炎诊断方法、中医学如何与坦桑尼亚传统医学结合、中西医结合在抗疫中发挥的作用等方面进行了交流。

---

* 来源：中国中医科学院官网，2020 年 6 月 15 日。

　　本次会议是在全球疫情肆虐背景下中坦召开的一次新冠肺炎防治的经验交流分享会，目的是支持坦桑尼亚抗击新冠肺炎疫情、推动中医药抗疫援助工作。

中巴网上研讨会寻求加强中医药抗疫合作 *

陈威华　　赵　焱

由中国驻巴西大使馆、驻里约热内卢总领馆联合中巴多家机构共同主办的"国际抗疫合作系列研讨会"开幕式 2020 年 6 月 16 日举行。参会嘉宾通过网络探讨促进国际抗疫合作，交流一线救治经验，并寻求加强中医药在抗击新冠疫情中的应用。

中国驻巴西大使杨万明指出，这场疫情以各国人民的生命为代价启示我们，各国紧密相连、命运与共，应携手构建人类卫生健康共同体，共同应对全球性挑战。中国对巴西人民面临的疫情挑战感同身受，正积极根据巴方需求提供协助。面对疫情对世界经济的深层次冲击，中巴同样需要齐心协力、携手应对。期待两国政府、企业、民间组织通过密切交流，加强双方疫后务实合作规划对接，为双边经贸、投资、科创、文教、卫生等各领域合作注入更多活力。

中国驻里约热内卢总领事李杨强调，这一系列研讨会旨在深化中巴抗疫合作，相信我们的团结合作一定会为深化中巴全面战略伙伴关系、构建中巴及人类命运共同体作出重要贡献。

中葡论坛常设秘书处秘书长徐迎真说，在抗击疫情过程中，中国政府与葡语国家开展了广泛的抗疫合作。希望各方加强多边和双边衔接联动，推动传统医药合作抗疫。

来自北京、上海等地的参会代表通过视频介绍了目前国内抗疫的最新进展，表示将加强公共卫生机构的科研合作和技术交流，并根据巴方需求，开展中医药抗疫交流和合作，为促进国际抗疫合作发挥积极作用。

巴西参会代表称，目前巴西新冠疫情严峻，病患剧增，中国政府、企业和华侨华人及时伸出援助之手，巴方对此衷心感谢。中方抗疫经验值得巴方学习。中医药在抗疫过程中发挥了重要作用，巴方非常愿意与中方加强这方面的

---

*　来源：新华社，2020 年 6 月 17 日。

合作，共同携手，早日战胜病毒。

　　本次研讨会由中国驻巴西大使馆、驻里约热内卢总领馆，上海市人民政府、四川省侨务办公室等联合主办。巴西多名州、市官员以视频方式出席开幕式并发言。

中医药为全球战"疫"添动能 *

贾平凡

7月14日，由中国驻巴西大使馆、中国驻里约热内卢总领馆、四川省侨务办公室（四川海外联谊会）、四川省中医药管理局等共同主办的"国际抗疫合作系列研讨会"之"中西医结合抗疫暨四川专场"在线上举行。通过大屏幕，多位参与新冠肺炎疫情防治的四川专家与巴西政府部门代表、医疗专家交流中西医结合抗疫经验，探讨如何在中医药领域加强合作。

新冠肺炎疫情在全球暴发以来，这样的跨国抗疫经验线上交流不胜枚举。其中，华侨华人参与其中的身影随处可见。在接受本报记者采访时，巴西、加拿大、美国、南非、意大利等多国华侨华人普遍表示，在这场没有硝烟的疫情防控阻击战中，中国创造的中西医结合、中西药并用的抗疫良方，取得显著成效，彰显"中国智慧"；中国积极向世界分享中西医结合的抗疫经验，促进国际合作抗疫，展现大国担当。

一、分享中国抗疫经验

疫情发生以来，在中国政府相关部门、中国驻各国使领馆和海外侨团组织的共同努力下，中西医结合的抗疫经验从"云端"漂洋过海送达海外侨胞心上，中医药防疫物资也源源不断送达海外侨胞的手中，为侨胞吃下"定心丸"。

6月12日，福建省海外联谊会、福建省侨联共同举办远程医疗视频会。4名中国援助菲律宾抗疫医疗专家组成员与来自南非、尼日利亚、喀麦隆、肯尼亚等20个非洲国家的200多名侨胞，线上分享中国疫情防控经验。《非洲时报》新媒体中心主任孙想录也参加了此次会议。"中国抗疫专家介绍的中西医结合抗疫经验令人印象深刻。"孙想录表示，"参加了几次中国抗疫经验线上交流会议，让我对新冠肺炎疫情和中国的抗疫措施有了更全面的认识。我不仅在日常

---

* 来源：《人民日报》2020年7月22日。

生活中严格践行中国行之有效的防疫措施，也通过报道向旅非华侨华人介绍中国的抗疫经验。"

从 4 月至今，巴西洪门总会会长王文捷也参加了不少中巴抗疫经验分享视频会议。他介绍，中国医疗专家的线上分享不仅为侨胞战"疫"提供了重要参考，也为巴西的医生提供专业的抗疫经验指导。巴西侨团组织纷纷借鉴中医抗疫经验，用实际行动关怀当地侨胞。6 月，巴西华人协会向确诊的侨胞发放由浙江侨联捐赠的连花清瘟颗粒。7 月 10 日，巴西华人协会又向圣保罗侨胞发放中国武汉一家企业捐赠的甘草茶饮中药。

3 月 26 日，受中国中央广播电视总台邀请，加拿大安大略中医学院院长、世界中医药学会联合会副主席吴滨江参加了"全球疫情会诊室"直播节目，与参与武汉战"疫"一线的中国中医专家及世界各地中医专家一起分享中医抗疫经验。收获满满的吴滨江对本报记者表示，这为他在加拿大推广中西医结合的抗疫经验提供了重要借鉴。

"世界针灸学会联合会、世界中医药学会联合会两联指导""中国抗疫院士专家顾问组""专业中医团队""在线中医咨询服务"……打开由安大略中医学院筹建的"加拿大华人华侨网上中医方舱咨询平台"，在加华侨华人和留学生不仅可以通过自查系统确认自身健康状况，还可以在线向加拿大各省市的中医专家咨询防疫方法。

自 5 月 8 日正式上线以来，该平台已成为分享中医抗疫经验的重要窗口。吴滨江介绍线上发布内容的来源，"安大略中医学院组织成立了中医抗疫志愿者小组，在得到授权后，将张伯礼、黄璐琦、仝小林等中医专家开办的中医诊疗新冠肺炎的讲座资料，翻译整理成 12 篇图文并茂的英文简报；为方便加拿大多元社区及世界各国更直接了解和掌握中医抗疫经验，自 3 月 8 日至 5 月 31 日，相继发布了翻译整理的中、英、法、匈、阿、日、葡、俄、印、韩 10 个语种的'多语种中医抗疫经验全球分享'文档；自 5 月 16 日至 7 月 11 日，分别与天津中医药大学、云南中医药大学等 5 所中国中医高校合作开展了'中国中医药抗疫经验分享专家大讲堂系列讲座'；录制了几个普及中医抗疫知识的中英双语小视频。"

二、中医疗效引发关注

疫情在美国发生以来，曾在中国参与抗击"非典"的美国北大医疗中心院长、美国加州针灸中医师公会第一副会长杨捷，这次又将中医抗疫经验派上了用场。

耐心接听很多在美华侨华人的求助电话、热心回应多个留学生家长群的防疫咨询、为伊朗裔美籍友人修复新冠肺炎感染后遗症……杨捷一直很忙，但令他备感欣慰的是，此次疫情中，美国北大医疗中心研制复方草药制剂"清肺祛毒胶囊"+"银花精素"+"肺康素"三药联用，不仅曾作为紧急援助物资支援武汉抗疫一线的医护人员，还有效治疗了数百位美国新冠肺炎确诊患者，展现了创新中医药的威力。

"中医药的生命力在于疗效。"杨捷表示，在应对新冠肺炎这种突发性传染病时，由于缺乏疫苗和特效药物，现代医疗技术治疗存在巨大空白。而中医药借助数千年形成的疫病诊疗体系，有效填补了这个空白。高水平的中西结合救治方法，可以最大限度地减缓疫情进展，最大程度地保全患者生命。

对此，吴滨江深表赞同。他表示，"新冠肺炎疫情肆虐全球，世界重新审视中医。经此一'疫'，中医的研究方法和临床治疗能力令人赞叹。此次疫情期间，世卫组织官网正式删除抗疫'不使用传统草药'的建议，给了全球中医人莫大的鼓舞。"

最近，意大利中意青年会会长陈铭收到一位意大利医学教授自己撰写的尚未发表文章。"文章主要探讨中西医结合的可能性和方法。"陈铭说，经历此次实践检验，在全球科研领域，越来越多的人开始倾向于支持中西医结合抗疫方法。

三、传播中医正当其时

中医药走向世界，华侨华人大有可为。巴西圣保罗针灸医学院院长蔡万文建议，在巴西，中医通过针灸被当地人熟知。用当地人熟悉的表达方式去解说中医药，或更容易被其他国家、地区接受。

加拿大多伦多时间7月20日下午2时，安大略中医学院推出的免费"趣味中医"云课堂再次准时开讲。屏幕上，放映着知识点满满的课堂讲义，吴滨江侃侃而谈，用通俗易懂的语言将晦涩艰深的中医知识娓娓道来。屏幕外，近200位居家的中医从业者和爱好者同步收看的同时，不时记下重要知识点。

这是"趣味中医"云课堂连续举办的第17次讲座。自3月30日以来，每周一下午 2 时至 4 时，吴滨江的"趣味中医"云讲堂，成为因疫情而"宅家"的中医"粉丝"的福利大礼包。为满足海内外更多中医爱好者的需求，安大略中医学院还将讲座内容在 Youtube 和腾讯微云两个社交平台上发布。

"疫情促使海外中医转型升级。现代化不是西医的专利。"吴滨江认为，2020 年被称为"数字生活时代的元年"。疫情加速了网络教育和网络医疗的发展，中医诊疗和中医教育也不例外。以往，海外中医人凭三指诊脉可以开诊所，各自为政也可以过着自给自足的生活；新冠肺炎疫情迫使大家学习使用网上诊疗等信息技术。掌握和运用好信息技术，会使中医变得更强、走得更远。

杨捷介绍，中医药必须与时俱进，对千百年来的诊疗经验进行整合，改进提取技术，剔除杂质，找到真正有疗效的关键成分。只有中医药通过现代技术实现各种有效成分的协同，才能在世界医学殿堂发挥更大作用。

中医药智慧助力破解全球抗疫难题[*]

田晓航　温竞华

"在没有特效药的情况下，实行中西医结合，先后推出八版全国新冠肺炎诊疗方案，筛选出'三药三方'等临床有效的中药西药和治疗办法，被多个国家借鉴和使用。"9月8日，习近平总书记在全国抗击新冠肺炎疫情表彰大会上发表重要讲话时，再次肯定了中医药在抗击疫情中的贡献。

战"疫"伟大历程，中医药功不可没。当前，全球新冠肺炎确诊病例超过2700万例，古老的中医药智慧仍在持续帮助各国破解抗疫难题。

荣获"人民英雄"国家荣誉称号的天津中医药大学校长、中国工程院院士张伯礼8日在接受记者采访时说，"三药三方"之一的连花清瘟胶囊（颗粒），除了中国向一些国家捐赠以外，目前已有十几个国家可以进口使用。

"我们还正在跟美国南加州大学共同开展宣肺败毒颗粒的二期临床试验，他们非常关注这个药以及我们已经取得的一些实验成果。"张伯礼说。

同为"三药三方"之一的清肺排毒汤也在多国得到使用。国家中医药管理局"清肺排毒汤"应急专项专家组组长、北京中医药大学副校长王伟介绍，清肺排毒汤在意大利、英国、美国、日本、马来西亚等国都有使用，反馈效果不错。

令海外感兴趣的不止是中药。中医、中西医结合治疗新冠肺炎的各种方法，治疗中的各种注意事项，无不受到多国医师和民众关注。

近几个月，张伯礼同数十个国家进行了中西医结合治疗的抗疫经验交流。他说："他们对中西医结合抗疫经验非常关注，问得也很多。"

在世界针灸学会联合会举行的第七次中医药治疗新冠肺炎中国—伊朗专家组视频会议中，新加坡中医师公会副会长郭忠福说，在民众的强烈要求下，新加坡政府5月5日起允许中医针灸介入新冠肺炎的临床治疗，而中国的中医药

---

[*] 来源：新华社，2020年9月9日。

防治模式对新加坡很有帮助，希望能有中国专家到新加坡进行指导。

为了满足海外对中医药抗疫经验的需求，疫情期间，世界针灸学会联合会与中国针灸学会、中华中医药学会联合举办了29期中英双语的"国际抗疫专家大讲堂"系列讲座。来自60多个国家的医师和民众在线观看，浏览量超百万人次。50多位抗疫一线专家与部分国外专家介绍了中医药、中西医结合治疗新冠肺炎的中国方案和临床经验——"通过针刺的双向调节作用刺激神经网络，引发良性的刺激，而这种刺激有助于失衡的机体调节自身免疫功能。同时，刺激产生的抗炎作用也有助于减轻由新冠肺炎引发的炎症风暴损伤。"在第二十六讲中，北京中医药大学中医临床特聘专家金观源讲解了针刺疗法的作用。

"在海外一些国家或地区，大多数民众没有使用中药的经验，尤其欧美国家疫情暴发后中药更难获得。请问中国抗疫成功经验中推荐的预防方或治疗方，海外新冠肺炎患者服用的剂量是否可以减小？"

在第十三讲中，针对提问，全国抗击新冠肺炎疫情先进个人、中国中医科学院广安门医院急诊科主任齐文升给出方案：剂量建议根据实际情况而定。如果是新冠肺炎确诊患者，其检测核酸阳性并有发烧咳嗽等症状，可以每天服用一到两剂治疗方（化湿败毒方）；如果是预防或症状很轻，可以每天服用一剂预防方（神术解毒方），或代茶饮服用。

除了线上分享经验，一些中医人还把中医药诊疗服务和中医抗疫知识"送"到了万里之外。

中国中医科学院原院长、首席研究员曹洪欣带领专家团队，为美国、加拿大、澳大利亚、英国等地的患者远程诊疗。

"通过远程方式介绍中国防控疫情特点、中西医结合治疗方案，让更多专家学者了解中医诊疗作用，通过远程诊疗有效补充一线诊疗的需求，对疫情防控具有积极意义。"曹洪欣说。

在疫情全球蔓延阶段，世界针联副主席吴滨江带领加拿大安大略中医学院向华人社区居民赠送千服抗疫预防免煎颗粒中药。他们还以多种方式普及中医抗疫知识，如先后以十种语言发布"多语种中医抗疫经验全球分享"，将院士和专家们在国内所做报告翻译成英文、做成简报，在中医药杂志开辟中医抗疫专栏……

　　"新冠肺炎疫情这场严重的全球公共卫生突发事件，让世界认识到了中医药作为东方智慧的独特魅力，同时也为中医药走向世界提供了新的历史机遇。"中国中医科学院首席研究员、世界针联主席刘保延说，中医药的特点是个体化治疗，要让中医药更广泛地参与海外抗疫，如何充分利用现代的信息技术、人工智能技术，让中医药"望闻问切"的方式和能力得到延伸和发展，值得进一步思考。

| 第四部分 |

中医药抗疫获各方认可

钟南山：应重视中医中药在防控新冠肺炎中的作用 *

肖思思　霍思颖　吴鲁

在 2 月 18 日的广东省新闻办新闻发布会上，钟南山院士等专家提出，应重视中医中药在防控新冠肺炎中的作用。

据中国工程院院士钟南山介绍，研究中发现，在实验室发现西药在细胞水平对新冠病毒有效，但西药真正进入人体有个过程。

目前正在对中药展开研究，一批已经在临床广为常用的药物，验证其三方面的作用：一是能否灭病毒；二是能否减少病毒进入细胞；三是能否减少发生炎症风暴。一旦找到了证据，将能够给中药的使用特别是肺炎中早期的应用提供一些依据。

据钟南山院士团队成员、广州市呼吸健康研究院杨子峰教授介绍，在广州医科大学附属第一医院、呼吸疾病国家重点实验室联合广州海关技术中心在 P3 实验室分离到活病毒后，迅速也开展了中药的药效筛选。在科技部门组织的对中

2020 年 2 月 18 日，中国工程院院士钟南山在广东省政府新闻发布会上介绍情况。

新华社记者邓华　摄

*　来源：新华社，2020 年 2 月 18 日。

药的科技紧急攻关任务当中，目前筛选了 54 个已上市的中药和化学药品系统地开展了抗新型冠状病毒的体外药效研究，初步发现 5 个名优中成药在体外有显著的抑制新型冠状病毒的作用。

"虽然这些中成药在细胞水平显示出抗病毒抗炎的效果，应该说为新型冠状病毒治疗带来一些希望，但仍然需要推进一些严格的临床实验来确定其临床疗效，以便更好地实现中西结合，缓解抗疫的燃眉之急。"他说。

此外，专家特别说明，上述药物是针对新型冠状病毒感染的治疗药方，不是预防药物，且一些药物只适用于轻症，不适用于重症，一定要在医生指导下服用。

中国日报专访张伯礼：中医药特色
"江夏方舱模式"的探索与启示[*]

吴　勇

从 2 月 14 日开舱，到 3 月 10 日休舱，江夏方舱医院在 26 天运营中，收舱人数 564，治愈 482 人，82 人（含 14 名有基础病）尚未达出舱标准而转至定点医院，圆满收官。

中国日报记者近日采访了江夏方舱医院名誉院长张伯礼院士，就相关问题进行了访问。

一、中医江夏方舱医院的疗效怎么样？

张伯礼：医院收治的 564 例患者，轻症约 71%，普通型 29%。

患者年龄分布：20—39 岁占 29.5%，40—59 岁占 49.3%，60 岁以上占 17.7%。

患者入院症状：约 30% 的患者存在乏力、气短的症状；约 40% 的患者有咳嗽症状。

经治疗后，患者体温控制良好。99% 患者体温小于 37℃，仅有 1% 的患者体温高于 37℃。患者 CT 影像治疗后显著改善，临床症状明显缓解。咳嗽、发热、乏力、喘促、咽干、胸闷、气短、口苦、纳呆等症状较治疗前明显改善。

二、中医江夏方舱医院取得了哪些成绩？

张伯礼：病人零转重、零复阳，医护人员零感染，达到了开舱时我和刘清泉院长的要求。

这里面，我想重点讲病人零转重。约 10% 左右的新冠肺炎患者转为重症，

---

*　来源：《中国日报》2020 年 3 月 13 日。

重症病情复杂，死亡率高。因此治疗新冠的关键就是早干预，早治疗，不让他转成重症就是治疗效果的核心指标了。这点我们的后方团队与国际核心指标集工作组讨论后也形成共识，如果能在轻症就解决，效果是最好的，一旦转重，治疗会相当麻烦，治愈率也低。

江夏方舱医院收治564例轻症和普通型患者，以宣肺败毒汤和清肺排毒汤为主，少数人配合颗粒剂随症加减，多数患者辅以太极、八段锦和穴位贴敷等。患者临床症状明显缓解，咳嗽、发热、乏力、喘促、咽干、胸闷、气短、口苦、纳呆等症状较治疗前明显改善，没有一例患者转为重症。

武汉另一家方舱医院收治330例患者，也是轻症和普通型患者。没有在中医师的指导下规范使用中医综合治疗。据他们介绍，结果有32例患者转成重症，转重比例约10%，

这两舱的数据对比，说明中医药可以有效防止新冠病情转重。我们参加的另外几个临床研究，也同样显示，轻症转重率也较低，约2%—4%。

三、江夏方舱医院有什么不同？

张伯礼：方舱医院不是一般医院，是特殊时期的临时救治医疗机构，必须适应新形式，善于变通。

一是医生的改变。我们开舱第一件事，就是向医护人员强调：方舱主要任务是服务病人，把病人放在心上，用热情态度来感化病人，抚慰病人。医生工作态度发生变化，工作定位发生变化，不是高高在上，而是和病人一起渡过难关，把病人扶过河。在舱内开展了为患者过生日、评选"三好舱友"、"心灵鸡汤"的鼓励、学习太极拳、八段锦等活动。中医讲究大医精诚，形神一体。通过关心抚慰病人情绪，服药后症状改善，让患者看到希望，有了自信就会促进康复，其实这也是中医治病的独特优势。

二是病人的改变。病人来了以后，最大的问题是普遍存在的焦虑、恐惧、无助的情绪。我们的做法就是改善舱内条件，挂拉帘形成一个相对隐私的空间；热床、热饭、热药让他们感受到温暖；让患者参与治疗、从被动治疗到主动参与，改变了医患关系，把方舱医院变成一个大社区、大家庭。

比如打太极拳、八段锦，不是简单的动动胳膊动动腿，而是让病人主动参与，不是天天躺在床上唉声叹气。一旦有了效果，就进入良性循环。病人自己

也慢慢地转变身份，愿意主动拿药、主动发药、帮助做卫生、清洁垃圾、服务其他人。

病人不再是被动治疗，而是主动参与治疗，甚至参加管理。这对治疗也是最好的帮助。

三是治疗方式的改变。中医治病讲究辨证论治，对舱内大多数病人我们用协定的通治方治疗，但是配合中医的针灸、贴敷、按摩及太极、八段锦的综合治疗康复措施。对比平时这也是一种治疗方式的转变。

在舱内以清肺排毒汤和宣肺败毒方为主，少数人配合颗粒剂随症加减，辅以太极、八段锦和穴位贴敷，效果是明显的。通治对同一病因、相同症状的大规模病人是一种现实的治疗方法，内治外治结合，治疗康复并举，是成功的经验。

四、江夏方舱医院取得了哪些经验？

张伯礼：这里讲的是体制、机制的创新，为今后我国传染病防治工作和应急体系建设提供了重要实践经验。

一是建设了中医主导的临床根据地，有利于发挥中医药优势特色，进行中医药效果验证和经验总结。

二是把中医队伍从参谋、辅助人员升级为治疗新冠的主力部队。承包战区，深度介入，全程治疗，并且取得了非常好的战果。

三是整个治疗中医灌满舱，实现了中医综合治疗一条龙。这里面全是中医，全是中医的人，全吃的是中药，用的都是中医治疗方法。从中药、针灸到太极拳，第一次实现了中医中药灌满舱。

当然，我们也有基础病治疗药物、氧疗仪器、心电监护设备、抢救设施及药物、移动 CT 机等，这些装备让我们更有底气，更放心地使用中医药。所以我总是讲中西结合才是最好的治疗。

最后，综上所述，我认为江夏中医方舱医院是一个非常成功的模式。无论是管理、治疗以及医患关系都值得好好总结。希望记住的经验就是：以后再有疫病发生，中医自己要成建制承包定点医院。只要给我一块阵地，我就能给你唱出一台好戏来。

"清肺排毒汤"彰显中医药抗疫疗效与自信[*]

路志正

自从湖北省武汉市发现新型冠状病毒肺炎以来，我一直非常关注。中医在防治疫病方面有丰富的诊疗经验，所以我觉得这个病并不可怕，我们应该全力以赴发挥中医药的优势。当前，新型冠状病毒肺炎猖獗，给广大人民的生命财产带来巨大的损害，在这危急时刻，作为一名老中医，我首先向奋战在全国各地，尤其是在抗疫一线的中西医同道们，包括中国中医科学院的专家团队，表示诚挚的问候和敬意，并向他们道一声："你们辛苦了！"

我自1939年从医以来，80余年诊治过不少急性热病。1954年、1957年分别以专家组成员的身份参加过石家庄流行性乙型脑炎防治、中医抗流行性乙型脑炎成果鉴定及血吸虫病的防治，2003年参加了国务院副总理吴仪在北京召开的抗击"非典"专家座谈会。实践和历史经验告诉我们，在重大疫情面前，中医是能够大有作为的，中医是一支不可或缺的主力军和生力军。

"疫病"是中医对外感疫毒邪气引发的具有强烈传染性的一类急性热病的统称。由于受历史条件和科技水平限制，在漫长的中医发展历史中，没有形成一门中医疫病学。但不可否认的是，无论是几千年前的《黄帝内经》《伤寒论》，还是明清时代的温病学派，其著作里面都有"疫病"的身影。比如东汉时期张仲景在《伤寒杂病论》的序中讲到："余宗族素多，向余二百，建安纪年以来，犹未十稔，其死亡者，三分有二，伤寒十居其七。"从中不难看出，"疫病"具传染性的特点，而且在《伤寒论》和《金匮要略》中，把疫疠之邪作为传染病的发病原因之一、病因学之一。可以说，中医现在的疫病学，就是中医伤寒、温病学中极具传染性的一部分。

中医在防治"疫病"方面也有很多经验可以借鉴。上个世纪50年代乙型脑炎的流行，病情很凶险，邀请了蒲辅周先生和几个儿科专家，进行分析后，

---

* 来源：中国中医微信公众号，2020年3月1日。

都认为应该先进行西医诊断，也就是让传染病医院、儿科研究所先诊断，再进行中医治疗。经过多方会诊之后，决定用苍术白虎汤加减治疗，疗效稳定。最后北京市卫生局总结，没有 1 个死亡病患，也没有后遗症。

在 2003 年"非典"期间，有西医人士说中医连隔离都不懂，还能看传染病？然而在我国历史上，多严重的瘟疫都是用中药治疗的，所以在这方面，中医是主力军，是不可代替的。因此，现在习近平总书记要求中西医并重。我们要做的，就是让中西医并重落实到具体工作当中，不能仅停留在口头上，要给中医决定权才行。

现在国家卫生健康委和国家中医药管理局推广的清肺排毒汤，是经过临床验证、由经方演化而来的。清肺排毒汤由麻杏石甘汤、小柴胡汤、五苓散、射干麻黄汤 4 个方子组成，药物组方有宣、有清、有健脾、有和胃，方子涵盖面广，考虑到了寒、热、燥以及胃肠问题，经过临床验证疗效确切后加以推广。该方对普通型、轻型和重型均有明显疗效。在湖北以外 10 省救治确诊患者 1100 多例，有效率达 90% 以上，有一半以上患者 1 剂起效，说明整体辨证思路正确，病因病机分析精准，堪称速效、特效方剂，体现了经方效如桴鼓的特点。利于快速大面积遏制扑灭疫情，相信必将对疫情防控和临床救治发挥重要作用。

新冠肺炎病毒，并不是那么可怕，但是我们重点防护也是必要的。因为有的肺炎患者开始没有症状，潜伏期以后症状才表现出来。因此在这方面，我们既要借用现代的医学知识，又不能被其束缚，要充分发挥中医辨证思维。疫病的特点是传染性强、波及面广，一定要有一个针对本次疫病的核心处方来解决共性的问题，因为引起疫病的病机是一样的。解决共性问题之后，再根据具体病情进行随症加减，就可以各个击破以达到最佳治疗效果。

通过这次疫情，我们也可以看出，中医治疗传染病在学术和临床方面仍然存在不足，需要通过临床实践来加大研究力度。中医还有很多宝藏没发掘出来。"非典"以后，我就提出建议，成立一个联合机构，根据"未病先防"的理念，建立一支中医治疗流感等传染病的人才队伍，可以在传染病到来之时起到有备无患的作用，从而更好地发挥中医特色和优势。建议每个省成立中医急性温热病研究院，同时开展有关理论和临床的实验研究工作，应对突发事件。在这些方面，中医不能按照西医的标准，要有中医自己的标准，这样才能不被束缚。

中西医是两种不同的医学，中医是宏观的，西医是搞实验和微观研究的。病毒变化很快，每次都不一样，根本来不及准备，只能综合治疗。整体准备才能有备无患，所以我们建议成立中医急性温热病研究所、研究院。一定要发挥中医特色，真正认识到中医是不可战胜和不可替代的力量，是主力军。

院士仝小林：中医药对整个疫情控制非常重要 *

田巧萍

"武汉的病人不容易"，3月5日上午，湖北省中医院光谷院区在全国首开新冠肺炎康复门诊，仝小林院士接受记者采访时，深深挂念的是武汉的病人。

1月24日，大年三十，仝小林院士到达武汉。42天，他奔波于发热门诊、留观病房、重症病房、方舱、隔离点、社区。

国家卫健委发布的《新型冠状病毒肺炎诊疗方案》已更新到第七版，仝小林是制定中医治疗方案部分的牵头人；第一个被推荐使用的中药通治方——"武汉抗疫方（1号方）"，仝小林是拟方人。

仝小林，国家中医药管理局医疗救治专家组组长、中国科学院院士、中国中医科学院首席研究员、中国中医科学院广安门医院主任医师。

一、康复，中医大有可为

在湖北省中医院光谷院区新冠肺炎康复门诊，仝小林院士拿起艾条亲自示范。他说："康复门诊对新冠肺炎病人的整体恢复来说是个福音。"仝小林介

---

* 来源：长江网，2020年3月6日。

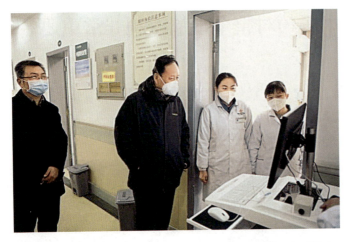

全小林院士来到湖北省中医院（光谷院区）观看相关设备

绍，中医非常强调治未病，治未病就包括了未病先防，已病防变，瘥后防复。

"新冠肺炎病人出院后，现阶段就是一个瘥后防复的阶段"，全小林说，从病人的表现来看，即使是核酸检测阴性了，也不发烧了，但出院以后还会有一些不同程度的相应症状，如乏力，肌肉酸痛、食欲不好、心慌、气短、胸闷、盗汗等，所以需要进一步康复调理。出院的重症、危重症病人，他们的肺损伤比较重，部分患者后期肺功能的恢复和解决肺纤维化的问题，需要相当一段时间，"这可能要3个月、半年甚至1年的时间"。

"新冠病人康复可以采取中西医结合，西医也有很多有效的康复手段，但主要还是以中医为主。中医在康复方面具有优势"。全小林院士说，中医在康复方面，除了汤药，还有各种非药物疗法，像针灸、火罐、刮痧、药浴、食疗，还有五禽戏、八段锦等体育疗法以及心理疗法。综合治疗，对病人恢复来说是有效的康复手段。

二、这个病，中医病名叫寒湿疫

全小林一到武汉，就直奔病房、急诊留观、发热门诊看病人。他首先要判断这个新发的病到底是什么病。

武汉给他的第一感觉是又潮湿又阴冷。

他看到的初发病人，舌质淡，舌苔白厚腐腻，困乏无力，发热但热度不高或不发热，咳嗽胸紧，没有食欲，恶心甚或呕吐，腹泻，这是典型的寒湿郁肺和寒湿困脾的表现。

"通过对病人的观察，结合环境因素，我们基本考虑这个病的病名叫寒湿疫"，仝小林院士在接受记者采访时介绍，新冠病毒是个嗜寒湿的病毒，在寒湿的环境存活的时间长，在武汉湿冷的环境下比较容易传播。

仝小林迅速定下中医治疗新冠肺炎的的原则：宣肺化湿。即针对寒湿郁肺、阻肺，要宣肺解表，散寒透邪；针对寒湿困脾，要避秽化湿，健脾化痰；同时，针对疫毒损伤肺络，痰淤阻络，要解毒通络。尽管由于地域、体质、基础病、药物干扰（西药、中药）等，在疾病发展过程中会出现很多变证、坏证，可以化燥、化热、伤阴等等，但这个病是个阴病，以伤阳为主线。

"宣肺化湿是个大的原则，在后来指导全国的中医治疗方案里都是以这个思想为主线"，仝小林说。

中医治疗可将大部分症状"扼杀于初期"。

"这么多病人哪里来的？源头还是在社区。"到达武汉不久，仝小林与湖北省专家充分讨论后，拟出了一个宣肺化湿的通治方——"武汉抗疫方"，在主方的基础之上，分别针对发热、咳喘、纳差、气短、乏力等症状，拟定了4个加减方。社区医生经过简单的培训就可熟练应用。

"辨证论治、一人一方"是中医理想的用药模式，但"特殊时期，应先让每一个病人都吃上中药，阻断轻型向重型发展"。武昌区副区长向悦联系了本地及江苏两家药企，先后为武昌区提供了数万人份的汤剂和免煎颗粒，2月3日起在武昌全区大范围免费发放。每人份14天用量。

这么多人服药，不良反应在所难免。为了更好地指导居民服药，仝小林团队又与中国中医科学院首席研究员刘保延教授团队合作，紧急开发出一款手机APP，刘保延教授在后台投入了几百名后方医生，通过这个平台一对一远程指导病人服药，很大程度上缓解了武汉本地医疗资源不足、病人得不到及时救治的困境。仝小林院士介绍，绝大部分新冠肺炎确诊患者的初期症状是相似的，中医治疗可将绝大部分症状"扼杀于初期"。"武昌模式"所得到的万余份反馈显示，绝大多数患者的症状都在短时间内得到改善。

三、中医在多次疫情防治中发挥了重要作用

几千年的中医治疗这个新病到底行不行？有没有效果？仝小林院士肩负着巨大的压力出征武汉。

"我的信念来自于对中医疗效的确信，因为自古以来中医在数百次的疫情

中都是中流砥柱，对中华民族的繁衍起到了非常重要的作用。"

全小林介绍，新中国成立以后，有 4 次大的瘟疫，他参加了 3 次救治。20 世纪 70 年代到 80 年代，中国发生流行性出血热，当时全小林正在读首批国医大师周仲瑛的博士。

"这个疫情持续了 10 多年，我参与了 3 年。"全小林介绍，当时患病人数多，死亡率也比较高。最开始死亡率超过 10%，后来在周仲瑛教授团队的努力下，死亡率降到了百分之一点几，中医效果非常明显。

"我当时是博士生，在苏北医院治疗这些病人，对很多危重症，中医还是很有效果，而且把他们抢救回来了。"

另一次是 SARS 暴发。"当时我在中日友好医院，是中医、中西医结合医疗组组长，除了中西医结合治疗 200 多例外，我们用纯中医治疗了 11 例，效果都很好，发热、咳喘等症状明显得到了改善，病人的病程也缩短了不少"。

第三次，就是本次的新冠疫情。他以院士的身份出任国家中医药管理局医疗救治组共同组长。全小林认为，在西医没有找到特效药及研发出疫苗之前，中医药在社区的早期介入、全程参与，对整个疫情控制特别是对社区疫情防控非常重要。他们根据武昌社区中医药防控的实践，和武昌区政府、湖北省中医院、刘保延网络信息平台一起，总结出了"武昌模式"，即"通治方 + 政府搭台 + 互联网"。这一模式，对未来新发、突发重大公共卫生事件社区中医药防控，对未来社区中西医结合模式，都有启迪。

ICU 内外的中西医合作 *

——专家谈中医药在抗击新冠肺炎中的重要作用

郑　璐

在这次中国抗疫战争中，中医药广泛参加新冠肺炎治疗，深入介入诊疗全过程，发挥了前所未有的积极作用，成为抗疫"中国方法"的重要组成部分。

目前全国 5 万余名出院患者大多数使用过中医药。据湖北省卫生健康委员会消息，湖北省中医药使用率累计达到 91.91%，方舱医院中医药使用率超过99%，集中隔离点中医药使用率达到了 94%。

中医药在抗击新冠肺炎疫情中扮演了怎样的角色？中西医结合是如何实现的？有效药物如何使用？中医方舱有什么特别之处？中国工程院院士、天津中医药大学校长张伯礼，北京中医医院院长刘清泉，东南大学附属中大医院副院长邱海波等三位中央指导组专家近日接受记者采访，讲述了这些故事。

一、有效降低转重率

如何让轻症患者不要变成重症，是疫情防控的治疗工作中的关键问题。

"在轻症患者基数较大的时候，转重率高低直接决定重症病人数量多少。"邱海波指出，为了避免大量重症病人的出现，最好在早期就控制住轻症患者的病情发展，特别是要在社区、隔离点筑牢第一防线。

国际临床评价指标同样认为，对于新冠肺炎轻症患者，真正反映疗效的关键指标是转重率。

"中医药治疗发挥的核心作用正是有效降低转重率，特别是在早期介入，能显著降低轻症病人发展为重症病人的几率。"张伯礼说。

他对比类似条件下的 108 例病例后发现，西医治疗转重率在 10% 左右，而中西医结合治疗转重率约为 4.1%。对发热、咳嗽、乏力改善等症状，中药

---

* 来源：新华社，2020 年 3 月 16 日。

起效非常快，对肺部炎症的吸收和病毒转阴都有明显效果。

邱海波认为，中医中药与西医西药的结合，在防止早期轻症向重症转化上有很大作用。"我们发现中医中药对于轻症患者的发烧、乏力、肌肉酸痛症状确有缓解作用，这些症状缓解后转成重型的病人就变少了。"

湖北积极开展新冠肺炎的早期预防，面向集中隔离点、隔离人员、一线的医务人员和社区工作人员，截至13日，一共发放了43万人份的肺炎预防方以及36万人份的中成药。

国家中医药管理局此前已发布消息，初步证实清肺排毒汤、化湿败毒方、宣肺败毒颗粒、金花清感颗粒、连花清瘟胶囊、血必净注射液等3个中药方剂和3个中成药对新冠肺炎有明显疗效。

刘清泉建议，轻症且发热乏力的患者，适用金花清感治疗；轻症且发热便秘的患者，连花清瘟治疗更适宜。两者不能叠加使用，也不建议没病的人吃药。

二、中西医结合发挥最佳效用

邱海波是三位专家中的唯一一位西医，他与刘清泉在ICU里合作救治新冠肺炎患者，对中西医结合治疗有着经过实践检验的深刻认识。

"我是重症医学科的医生，最关注的就是危重和重症病人的救治。起初我们对新冠病毒并不够了解，治疗措施很有限，特别是看到病人上呼吸机一周甚至两周仍无好转迹象时，真的是非常被动和着急。"1月20日，邱海波一来武汉就直奔ICU，如何让病人继续支撑下去，尽可能降低器官损伤，获得恢复的时间与机会，邱海波开始寻求中医的帮助。

"肺与大肠相表里。"这是邱海波提到的一句中医原理。

"我发现中医很多提法与现代医学有共通之处，比如重症胰腺炎的病人，肚子很胀，肺呼吸也不好。我们把腹胀解决了，结果发现肺功能也跟着改善了。其实从西医的角度看，腹胀物理因素对膈肌的影响加重了肺的功能障碍，腹胀时肠道大量堆积毒素也会加重肺损伤，所以把肠道问题解决了之后，肺功能也就跟着改善了。两者说法不同，但是原理却是贯通的。"

中药注射液血必净是邱海波最近关注的一种药，它的作用是阻断新冠肺炎引起的炎症风暴和微血栓形成。"这个药很有意思，1月底我们开始在临床上使用，并按照西药的评价体系去研究，发现它能使重症肺炎的病死率下降近8.8 个百分点，这是一个了不起的结果。"

"其实翻译成中医理论，炎症就是毒，凝血就是淤。"刘清泉接过了话茬，在 ICU 里，西医起主力军作用，他作为中医也做足了辅助工夫，一边西医插管，一边使用中药的情形常常出现。"给病人喝了中药以后，排便畅通了。护士们虽然工作量增加了，但她们看到我不但不埋怨，反而都很开心，因为病人指标变好了。西医中医都是一条心，只要病人能好起来，需要谁谁就上。"

刘清泉说，能精准地杀死病毒是最好的办法，在没有特效西药的时候，中医用的是传统智慧中的"围魏救赵"。以新冠病毒为例，通过中药调整，改变病毒生存的人体环境，从适宜转为不适宜。"病毒待不住，自己就走了，实际上病就好了。"

三、中医方舱体验：医病先医心

江夏方舱医院，在这场治疗中是个独特的存在。

与其他方舱不同，江夏方舱医院的病人全部吃中药。里面的 564 个病人，被 5 个中医院校组成的医疗队承包了。这里的治疗相对简单，以发中药为主，输液都很少。除了吃药外，还有很多特色项目，打太极、练八段锦、针灸、按摩、穴位敷贴，中药治疗手段一样也不少。

虽然是中医医疗队承包，但化验检查、移动 CT 等现代医学设备一样不少。"该吸氧的还得吸氧，该输液还得输液，肺部影像还得检查，一些常用基础西药我们也备着。"据张伯礼介绍，现在的中医医生以高校培养为主，除了学好中医理论外，西医课程占 40%，真正的中医学生没有完全不懂西医的。"中国有两套医学保驾护航。真正把两种医学吃透了，优势互补，中西医结合不仅能实现，还能起到非常好的效果。"

许多新来的病人有恐惧、焦虑、无助情绪，张伯礼表示，中医医病先医心，看病之前要先做好服务，抚慰、关心、温暖病人，建立信心和信任。

"有的病人开始不愿意吃药，结果隔壁床患者吃完以后退了烧，他也赶紧吃上了。吃习惯后慢慢觉得中药不那么苦，症状减轻人也舒服了，就有信心了，对医生的态度也不一样了。"刘清泉说，中医方舱的特殊治疗方式，被患者慢慢接受，越来越多的患者配合治疗，甚至主动参与到治疗中来，医患关系变得非常融洽。到目前为止，没有一例转重症，没有一例复阳，没有一个医护人员感染。

张伯礼对于这个结果挺满意。"事实证明对于新冠肺炎轻症患者，用中药完全可以达到治疗目的。"

刚出院的患者身体机能往往较弱，中医也在积极提供康复方案，帮助更多的患者调理提升免疫力。3月5日，湖北省中医院开设了新冠肺炎康复门诊，采用中医治疗手段，为康复出院的患者提供恢复期治疗与康复指导。

不仅仅是在江夏，也不仅仅在中国，面对全球抗疫的情况，中国医疗专家已携带大量医疗物资驰援意大利、伊拉克等国家。据张伯礼介绍，此次中国带去的药品中就有中药连花清瘟和金花清感，这两种药都源自我国两张古方——近2000年历史的张仲景《伤寒论》麻杏石甘汤和清代《温病条辨》银翘散。

张伯礼恳切地说："这次新冠肺炎疫情中我们积累了很多宝贵经验，也乐于跟国际社会分享，只要他们需要。现在虽然曙光在前，但慎终如始，我们大家还要再坚持一下，取得最终的胜利。"

中医药瑰宝焕发新光彩 *

黄璐琦

习近平总书记指出："中医药学包含着中华民族几千年的健康养生理念及其实践经验，是中华文明的一个瑰宝，凝聚着中国人民和中华民族的博大智慧。"新冠肺炎疫情发生以来，习近平总书记多次强调："坚持中西医结合、中西药并用"。在此次抗击疫情中，中医药参与的广度和深度都是空前的，取得的效果也是显著的。

历史上，中医药为抗击疫病作出过重要贡献。今天，中医药又为新冠肺炎疫情防控作出突出贡献。如，中西医结合治疗，能减缓、阻止重症向危重症、普通型向重症转化，提高治愈率、降低病亡率；能有效抑制患者体内毒素的产生，避免或者延缓炎症风暴的发生；等等。除了药物，中医还有不少非药物疗法，针刺、艾灸、八段锦、穴位贴敷、隔物灸、热敏灸、拔罐等方法能够帮助患者改善症状。当前，境外疫情扩散蔓延态势仍在持续，我国外防输入压力持续加大，国内疫情反弹的风险始终存在。巩固疫情防控成果，需要做好中医药治疗新冠肺炎临床总结，对临床救治有效的方案、方剂开展机理研究，并加快成药性研究和临床适应症研究。从长远看，要探索中医药更好融入国家传染病防控体系，让中医药这个中华文明瑰宝发挥更大作用。

坚持中西医结合，充分发挥中医药的独特优势。在重症住院患者的治疗中，中西医共同制定诊疗方案、联合查房，给予患者辨证处方治疗，减少重症患者向危重症转变，最大程度降低病亡率。在轻症及疑似患者的治疗中，对医学观察期患者推荐服用中成药。对于集中隔离、肺部有病理学改变但症状不明显的疑似患者，按照中医诊疗方案给予协定处方治疗。对于出院患者，运用中医药缓解重症出院患者仍存在的肺部炎症、咳嗽、乏力、食欲不振等症状。

加强循证分析，提高精准施治能力。此次疫情防控，中医药行业在派出多

---

* 来源：《人民日报》2020 年 5 月 14 日。作者为中国工程院院士、中国中医科学院院长。

批医疗队的同时，同步强化了循证数据对临床的支撑。及时接收一线临床数据、远程分析数据，并根据数据优化治疗方案，效果令人满意。接下来，要努力让数据支撑临床成为常态。一方面，完善临床科研一体化模式，以临床为导向，突破中医诊疗关键技术，建立中医临床诊疗数据客观采集分析数据库。另一方面，在强化中医循证医学研究的基础上，发挥中医药理论与实践的优势，加强中医药防治流行性传染病的研究工作，特别是加强中医药防治病毒性疾病方面的研究工作，做到科学分析、精准施治。

加快构建中西医结合的应急医疗体系。不断提高中医药防病治病能力和科技创新能力，在中医药领域建立开放、竞争、协作的机制，特别是通过资源共享、联合攻关、优势互补、技术支持、联合共建等完善中医临床和研究机构的协作机制，提高中医药应对突发公共卫生事件的整体能力。同时，加快构建中西医结合的应急医疗体系，在国家各级疾病防治决策和方案制定中，更好发挥中医专家的作用。

发挥中医药抗疫独特作用 *

——专访匈牙利前总理迈杰希·彼得

翟朝辉

日前，匈牙利前总理迈杰希·彼得在接受经济日报记者专访时表示，中国成功抗击新冠肺炎疫情为世界作出表率，中医药在防疫和治疗过程中发挥了重要作用。

面对新冠肺炎疫情这一全球公共卫生突发事件，迈杰希认为中国抗击疫情的做法非常成功，主要得益于四个方面原因。一是中国有非常强有力的领导层，在疫情发生之初，就在救治、检测、追踪上开展了一系列扭转疫情局势的正确做法，以人民生命为第一位，赢得了主动，有力地阻止了疫情传播。

二是中国人民的团结和自律让世界印象深刻。中国民众认真听从了防疫建议，更响应号召暂停了所有社交活动，帮助政府有效阻断了病毒传播的途径，将感染风险降到最低。

三是同心抗疫的举国体制体现了中国制度独特优势，让中国可以实行非常有力和严格的防疫措施，并且可以在疫情基本得到控制的前提下，在世界上最早开始复工复产，为世界经济稳定以及帮助其他国家抗疫作出了贡献。

四是事实证明，中医药在防疫和治疗过程中发挥了重要作用。在疫情控制方面，中国把传统中医与西医治疗很好地融合在一起，如果没有中医药的话，这次抗击疫情不会这么成功。

迈杰希现在是欧洲医疗卫生中国传统医学基金会主席，近年来一直关注中医药在欧洲的发展，在担任总理职务期间曾直接推动了匈牙利为中医立法。

迈杰希表示，中医药是中国传统文化的重要组成部分，同时还是世界人类非物质文化遗产，全世界应该借助抗击疫情加大对中医药的研究。

迈杰希说："中医已经延续几千年的实践经验是宝贵和无可替代的，应该

---

* 来源：《经济日报》2020 年 6 月 23 日。

继续提高中医药全球卫生治理的参与度，让中医药在维护人类健康服务中发挥更大作用。"

迈杰希强调："中国向世界无私分享抗疫相关经验，对各国抗疫起到了非常大的作用。"此外，中国还向匈牙利提供了大量急需的医疗物资和设备，这是匈牙利在最困难时期得到的最有力支持，我们永远不会忘记中国朋友的帮助，这都将推动匈中两国友谊更深入地发展。

下决心建立中西医并行并重管理体制 *

——专访中国国际经济交流中心总经济师陈文玲

汪子旭

《经济参考报》6 月 24 日刊发题为《下决心建立中西医并行并重管理体制——专访中国国际经济交流中心总经济师陈文玲》的报道。文章称，近日，由经济参考报社主办，经济参考报（新华健康）、中国财富网承办的"中医药抗疫与传承创新发展研讨会"在北京举行。会议期间，中国国际经济交流中心总经济师陈文玲在接受《经济参考报》记者专访时表示，应把中医药振兴和发展上升为国家重大战略。她认为，当前最关键的是，下决心重构中医药管理体系和西医药管理体系，真正建立并行、并重的体制机制，对中医药的培育发展和监管遵循中医药自身的规律。

陈文玲认为，这次抗击疫情，是中医药史上一次最大规模参与的国家重大抗疫行动，也是参与国家战胜重大自然灾害和病毒的一次大规模演练，发挥了前所未有的重要作用，充分显示了中医药的魅力和力量，得到各方前所未有的高度认可，进而提高了整个社会对中医药传承、传播、应用重要性的认识，提高了中医药在未来医改中的地位。

"更具现实意义的是，中医药抗疫不仅救治成功率高、救治时间短，而且费用显著降低。这不仅减轻了患者的痛苦，挽救了更多生命，也给国家节省了大量的医疗费用。事实上，'简便验廉'一直是中医药的最大优势，此次抗击疫情的效果再次证明了这一点。"陈文玲说。

在此基础上，陈文玲认为，当前，应该把中医药真正作为国家重大战略落实下来，这有以下四方面的重要意义和价值。

第一，从历史角度看，中医药是中华文明的重要载体，有着深厚的实践基础。陈文玲表示，中医药有它的哲学思想、理论深度、理论体系和医术集成，

---

* 来源：新华社，2020 年 6 月 24 日。

有在几千年历程中形成的深厚的文化积淀。中医药主张个性化治疗、辨证治疗、系统治疗、内外兼修。像这样的医学，全世界极少。她认为，中医药是中国的瑰宝，是我们国家几千年传承、积累下来的一座"富矿"。

第二，从人体的全生命周期来看，中医药有极大的价值。陈文玲认为，中医药可以延长人的生命周期，在人的全生命周期中提高人的生命质量，这一点上，它的作用不可替代。她表示，从人体的全生命周期来看，从一个人出生，到青少年、中年、老年，目前我国民众整体的健康状态都不是很理想，完全健康的人占的比重很小。而建立国民健康体系迫切需要发挥中医药作用，利用中医药，可以进行人的全生命周期的维护，保证人的生命健康与高质量生存。

第三，从消费者对医疗服务消费需求的生命周期来看，对中医药的需求应该进一步端口前移。陈文玲表示，有数据统计，现在中国人的医疗费80%以上是用于抢救性治疗，也就是后期维持生命的治疗。她认为，未来消费者对医疗服务的消费需求应该端口前移，更加重视防病，也就是中医的"治未病"。把构建国民健康体系和医疗预防体系，放在医疗服务体系的首位，把疫疾病预防和维护人的健康状态的消费变成医疗费支出的主体。这样，整个医疗服务的消费周期就会延长，人的生命也会延长，生命质量也会提高。

"是否可以设计这样的政策制度：比如，为鼓励人们进行体育锻炼、健康生活，如果一个人一年内没有医疗卫生费用支出，就可以得到国家的奖励，奖励他为国家节约了潜在费用；再如，中医按摩、足疗、健身等费用，每年允许一部分纳入到医保体系中，因为它能提高总体健康水平，降低未来可能的救治费用。总之，就是在政策制度设计上，鼓励、引导人们崇尚、践行健康的生活方式，尽可能把全生命周期医疗服务的端口前移。"陈文玲说。

第四，从当前的国际竞争和博弈来看，特别是根据中国战胜疫情的实践，应进一步提高对中医药的文化自信。陈文玲表示，国务院新闻办公室发布的《抗击新冠肺炎疫情的中国行动》白皮书显示，我国中医药参与救治确诊病例的占比达到92%，湖北省确诊病例中医药使用率和总有效率超过90%。她表示，这场疫情，是一场大考，也让我们反思中医药的文化传承和作用、魅力。在国际竞争和博弈中，中医药作用的发挥，极大提高了我们国家的软实力，提高了我国在国际上的地位和影响力。

基于此，陈文玲表示，要把中医药的振兴发展，包括解决当前的体制机制问题和中医药自身的问题，作为未来医疗卫生体制改革的一项非常重要的任务。当前最关键的是，应下决心重构中医药管理体系和西医药管理体系，真正建立并行、并重的体制机制，对中医药的培育发展和监管遵循中医药自身的规律。

"必须在这些方面取得决定性的突破，使中医、西医形成叠加优势，构建中西医并行、并举、并重、并跑的新体制，使中国的医学能够站在世界的前沿。中医药和现代西医各有所长，目前的问题是，以西医思维、西医标准为主，存在矮化、弱化、边缘化中医的痼疾，并形成以此为核心的固化体制机制。在今年抗击新冠肺炎疫情中，中医药发挥了重要作用，但是，将来随着疫情消失，中医药的境况会不会'涛声依旧'？就像 2003 年"非典"疫情过后那样？"陈文玲说。

"本来，中国是世界上唯一可以让人真正能享受到中、西医两种医学体系并行、并举、并重、并跑好处的国家。但如果不下决心解决体制机制问题，可以预料，在不远的未来，作为中医药发源地的中国，真正的国医大师将越来越少，而优质中药也将成为他国的福利，最后中医药将只剩下'非物质文化遗产'这一光荣称号。这绝不是危言耸听！"陈文玲严肃地说道。

乌克兰前总理季莫申科：
将积极推动中医药国际化 *

李东旭

9 月 30 日，乌克兰前总理季莫申科在首都基辅接受中国驻乌媒体集体采访。

新华社发（谢尔盖·斯塔拉斯坚科　摄）

乌克兰前总理季莫申科日前接受中国驻乌媒体集体采访时表示，各国应重视研究中医药这一宝贵财富并将其应用于全人类的健康事业，她本人将积极推动中医药国际化。

8 月 23 日季莫申科确诊感染新冠病毒且病情严重，24 日晚接受呼吸机治疗。在中国驻乌使馆帮助下，季莫申科的医疗团队与中国中医专家取得联系。9 月 5 日季莫申科服用了中国专家提供的中药后，体温开始下降，病情出现好转。服用数日后，9 月 11 日季莫申科新冠核酸检测呈阴性，并于 9 月下旬开始恢复正常生活和工作。

季莫申科说，通过这次治疗，她切身感受到了中医药的疗效，这些药物对她和家人的康复发挥了重要作用。对此她要真诚感谢中国大使馆和中医专家的无私帮助。

季莫申科说，现在越来越多的科学家在研究和发展中医药。千百年来中医药积累了丰富的经验和实践，相关独特知识是中国和世界的共同财富。各国应当认真研究中医药并将其用于全人类的健康事业。

季莫申科在接受采访时还称赞中国的抗疫努力堪称世界典范。她说，武汉

＊　来源：新华社，2020 年 10 月 14 日。

的抗疫壮举充分展示了中国的医疗保障能力和以人为本的精神。季莫申科说，中国在抗疫过程中的公开、透明以及和全世界分享经验的做法令人印象深刻。中国在自身疫情得到控制后，为多国提供抗疫援助，这样的举动令人难忘。

　　季莫申科说，中国的抗疫援助让乌克兰人民真切感受到了朋友般的温暖。在当前全世界疫情依旧肆虐的艰难时刻，各国只有团结一致，人类社会才有延续生存、迎来繁荣的可能。

第五部分

各地中医药抗疫成效

北京定点医院中医药参与治疗
新冠肺炎有效率为 94.7% *

邓煜洲

4月25日，在北京市新型冠状病毒肺炎疫情防控工作新闻发布会上，北京新冠肺炎中医药救治专家组副组长、佑安医院中西医结合中心主任医师、中西医结合传染病研究所副所长李秀惠介绍了北京市新冠肺炎中医药诊治相关情况。

李秀惠说，针对新冠肺炎的病例救治，北京市成立了中医药救治专家组，制定完善了《北京市新型冠状病毒肺炎中医药防治方案》（试行）第1版至第4版，组织中医药救治、科研、管理专业人员全程参与救治工作，对疑似病例、确诊病例、轻型、普通型和恢复期病例辨证施治。

对于重症监护室的危重型患者，在西医治疗的同时，进行辨病、辨证型与辨症状相结合，给予中药汤剂鼻饲、灌肠、静脉输注、穴位贴敷，以回阳救逆、通腑存阴治疗，取得了比较好的效果。

佑安医院第一例新型冠状病毒肺炎重型确诊病例，通过上述中西医并重疗法，仅住院治疗12天就痊愈出院。针对治愈出院患者，专家组还根据中医证型特点制定了恢复期治疗方案，促进患者康复。

一、轻型到重型患者实现全病程中医药治疗

李秀惠说，中医治疗不拘泥一方一药。中医治疗的方案来自于对疫病形成的完整辨证体系，来自于对疫病治疗已经形成的有效方法。从轻型到重型患者，实现了全病程中医药治疗，并在临床运用中不断完善方案。佑安医院80例新冠肺炎回顾性研究显示金花清感对于治疗有明确效果，治疗组病毒核酸转阴平均7.3天，对照组为9.8天，治疗组胸部CT肺炎吸收好转早于对照组2.3天。

---

* 来源：央视新闻客户端，2020年4月25日。

中医认为新冠肺炎属于"疫病"范畴，病位在肺，病邪以湿毒为主，北京的气候和病人特点是湿郁化热，素有气阴不足之人更容易发展成重型病例，在扶正祛邪总原则下，实施宣肺透邪、解毒凉血、培土生金的三步治法。在危重型病例治疗中，专家组首次提出用培土生金法，帮助患者恢复胃肠道功能，加快恢复体力。

李秀惠说，中医的病证症相结合的诊疗体系，能更全面了解疾病发生发展过程、不同时期主要证候、当下患者主要症状体征，有的放矢开展治疗。中医和西医相互借鉴、相互认同、优势互补，摸索出中西医协同治疗的一些切入点。比如在危重型患者救治中，西医用激素可以抑制炎症因子，降低体温，但是激素也抑制机体免疫功能，这时中医要加强扶正药物，提高机体抵抗力，减少细菌真菌感染机会。

此外，中医治疗也从治疗的方法上进行创新探索。救治重型危重型患者是降低病死率的重点和难点，既往没看过在同一时期有这么多患者用体外膜肺仪。中医通过每天看舌像等使用多种治疗方法提高疗效，比如对高热、便秘、腹胀患者采用中药方灌肠法，腹气通了，体温就下来了。在治疗消化道出血时突破治疗禁区首次应用了灌肠法，有一名使用 ECMO 的危重型患者反复便血1个月，中医辨证给予中药黄土汤并配合鼻饲、灌肠，使患者便血稳定下来。

另外，还突破了以往认为中医疗效不明确就不用的观念，制定了针对成人、儿童、有基础病等不同人群的中药扶正防疫方案，给定点医院发放服用中医预防饮，取得了治未病的好效果。

二、中医在新冠肺炎预防、治疗、康复全程发挥重要作用

李秀惠说，在这次抗击疫情中，中医从扶助人体正气出发，维护自身抗病能力、调整机体内在平衡、修复病理损害，在预防、治疗、康复的全程发挥了重要作用。

在预防方面，按照《内经》"正气存内，邪不可干"理论，提出扶正抗疫观点，制定了针对成人、儿童、有基础疾病等不同人群的预防方案。

在抗疫期间，给定点医院医护人员服用中医预防饮，助力医务人员实现零感染。

对轻型和普通型治疗可以单用中药，使患者痊愈出院。

对于病毒核酸转阴慢的，中医认为是正虚邪陷，对住院达 40 多天的几个普通型患者，给予健脾益气化湿的治疗后，病毒核酸都转阴出院了。

对于重型和危重型病例，采取中西医结合，共商救治方案，一患一策，互相配合，中西医专家联合会诊机制发挥了非常好的作用。比如患者喘憋，肺部炎症加重，中医抗肺渗出，支持西医液体疗法；患者出现痰中带血，属热入营血表现，给予凉血止血，效果很好。

对出院患者的治疗，中医注重调神、情志、饮食与器官康复并举，给予益气养阴等中药治疗，使患者咳嗽、咳痰、低蛋白血症、电解质紊乱以及肺部炎症进一步好转。出院患者复诊时接受中医药调理，恢复得非常好。

截至 4 月 24 日 24 时，北京市定点医院中医药参与全部病例救治率为87.9%，治疗有效率为 94.7%。参与重型危重型病例救治率为 81.3%，治疗有效率为 92.3%。

提高"治愈率"降低"病亡率"*

——天津中医药治疗新冠肺炎显身手

徐　杨

新冠肺炎疫情发生以来，我市发挥中医药特色优势参与社区预防、发热门诊、定点医院患者治疗，坚持中西医结合的治疗原则，提高"治愈率"、降低"病亡率"。截至 2 月 20 日 24 时，我市 131 例新冠肺炎确诊病例中有 130 例使用了中医药治疗，占确诊病例的 99%。同时，我市还组建了由中医一附院、一中心医院 17 名中医、西医医师和 35 名护士编队组成的首支中西医结合医护队，昨天进驻市海河医院首个中西医结合病房，收治新冠肺炎患者。

市卫健委中医处处长刘光宗介绍说，为了满足新冠肺炎的医疗救治需要，我市不仅组建了包括 2 名中医专家在内的市级医疗救治专家组，而且专门成立了由中国工程院院士张伯礼任组长，全国名中医陈宝贵和天津市名中医张智龙任副组长，10 名中医、中西医结合专家为成员的市级中医专家组，结合我市地域、气候、饮食习惯等特点，先后制定了三版我市新冠肺炎中医药防治方案。

自 1 月 21 日收治首例新冠肺炎患者起，我市就明确了由中医一附院专家组成中医团队入驻海河医院，每天有 5 名中医专家参与多学科会诊和值班，坚持"一人一策"，随时观察患者主证及舌脉变化，随时调整处方用药。同时，中医专家还会参加多学科讨论例会，对新入院、重症、危重症及疑难病例进行中西医会诊讨论。另外，市卫生健康委还组织市级中医专家到海河医院会诊，现场与红区里视频连线，根据患者实时脉证，开展集体讨论，调整中医治疗方案，会诊患者症状普遍得到缓解。通过中医深度参与临床救治，开展中西医联合治疗，在改善患者临床症状、实验室指标，缩短病程，减轻抗病毒西药的副作用上发挥了重要作用。

---

*　来源：《天津日报》2020 年 2 月 23 日。

　　中医一附院和一中心医院联合组建的中西医结合医护团队，昨天已进驻海河医院 E5 病区。病区主任、中医一附院急症部部长李桂伟主任医师介绍说，中西医结合医护团队自组建以来进行了安全防护、医护管理、病房路径、区域规划、消防安全等全方位培训和工作部署，为收治新冠肺炎患者做好了各项准备。该病区将坚持中西医结合，提升新冠肺炎患者的临床救治效果。

河北：精准施策凸显中医药"抗疫"优势 *

李　娜

疫情发生以来，河北省充分发挥中西医结合优势，针对不同阶段、不同类型患者，分类施策，精准发力，中医药特色优势得到充分发挥。

疫情发生之初，河北省要求所有密切接触者和医疗机构发热门诊、预检分诊点等高危人群，提前服用预防性中药。截至目前，河北已向各类高危人群发放预防性中药汤剂 1.7 万余人份，省内医务人员无一人发生院内感染。

对于无症状感染者，河北省制定印发《无症状感染者医学干预专家共识》，指导各地规范开展中药汤剂和中成药防治。同时，在河北省发布的省级中医诊疗方案中，还指导健康人群，采取中药汤剂、代茶饮、穴位拍打、足浴等预防措施，增强免疫力，提高疫情防范能力。

疫情发生后，对河北省内所有新冠肺炎患者，中医药都第一时间介入临床治疗、全程施治。1 月 21 日，河北省出现第一例确诊病例，1 月 22 日，患者就开始服用中药汤剂治疗。省卫健委会同省中医药管理局每日组织省级专家会诊，及时调整优化诊疗方案，中医药治疗率始终在 94% 以上，有效阻止了轻型和普通型患者向重型、危重型发展。

截至 3 月 1 日，河北省确诊的 318 名病例中，309 名应用中医药，治疗率97.2%。应用中医药治疗的患者平均住院日为 13.3 天，未用中药治疗的平均住院日 15.6 天，中医药缩短患者平均住院日 2.3 天。首诊为轻型和普通型的 282例出院病例中，有 272 例使用中医药治疗，其中只有 13 例转重症和危重症，仅占 4.8%。

河北省在重型、危重型病例救治中，中医药通过"因人制宜""辨证论治"发挥了作用。在每日安排省级专家现场巡诊或远程会诊中，对患者"一日一方"甚至"一日数方"的做法，显著提高了治疗的精准性和有效性。

＊　来源：《中国中医药报》2020 年 3 月 2 日。

截至 3 月 1 日，治愈出院的 43 例重型和危重型病例中，有 42 例全程应用中医药治疗，平均住院日 16.9 天，重型、危重型病例转为普通型平均 8.3 天。

针对出院患者脏腑气血亏虚，正气尚未复原现状，河北省在总结前期经验的基础上，制定新冠肺炎治愈患者康复期用药和调护规范。对出院患者，每人携带 7 天的康复期中药汤剂或中药配方颗粒剂，并指导其合理采用艾灸、耳穴压豆、拔罐等方法，帮助其提升正气，强身健体，防止疾病复发，尽快恢复正常工作和生活。

山西：中医药参与救治总体有效率达90%[*]

向 佳

山西省是最早在临床应用"清肺排毒汤"治疗新冠肺炎，并对临床疗效进行临床观察和数据分析的省份之一。截至 2 月 18 日 24 时，山西省 131 例确诊病例中服用了国家中医药管理局推荐的"清肺排毒汤"和该省研制的"山卫中克冠 1 号""复方葶苈颗粒"等中药汤剂及中成药的达 127 例，并采用"一人一方"，中药使用率达 96.9%。其中，已经经过中医药一个疗程（三天）以上治疗的 113 例。经中西医结合治疗，症状改善 42 例，治愈出院 60 例，其余病情平稳，总体有效率达 90.3%，截至目前无一例死亡。

对于全省的确诊病例救治，山西积极发挥中西医在疫病救治中的协同作用，建立完善了省、市、县三级中西医联动机制。全省 11 个市全部安排省级专家深入定点医院辨证论治、开方用药，进行包点指导。根据各定点医院需求，安排省级专家分别深入晋中、吕梁、运城一线进行中西医联合指导。建立健全各定点医院中西医会诊制度，中医医师全部进驻定点医院。对确诊病例和疑似病例统一服用"清肺排毒汤"治疗。截至 2 月 18 日 20 时，已为全省密切接触者发放预防中药 3265 份，含 16325 剂、32650 袋。

该省积极发挥中医"治未病"在疫病预防中的主导作用。组织专家研究制定肺炎疫情防治的预防处方，小柴胡汤加减和玉屏风散加减纳入全省中医药防治方案（试行），供参考使用。各市、县卫生健康行政部门和各医疗机构积极指导密切接触者提前服用中药汤剂或中成药，有效降低发病率。

针对疫病康复，该省积极有效发挥中医药的核心作用。患者服用中药后，症状改善和精神状态均明显好转。目前，山西安排专人，每日对患者出院后康复期的身体体征进行监测，并组织专家，制定了六君子汤加减和生脉饮加减两类康复期处方，帮助患者巩固疗效、恢复体质。

---

* 来源：《中国中医药报》2020 年 2 月 24 日。

为保证中药质量和服药率，山西省指定山西省中医院按照"一人一策"的原则，"统一购药、统一质量、统一煎制、统一配送、统一服用"。所有相关工作人员过年期间全天候在岗、通宵达旦熬制中药，保障中药供应。并且，专门安排各相关医疗机构督促所有确诊病例、疑似病例服用中药，有效提高服药率，并积极指导密切接触者提前服用中药汤剂或中成药，降低发病率。

为更好应对新冠肺炎疫情，山西各级卫生健康系统全部成立领导小组，专设中医药应对工作组、中医药专家参与临床救治专家组，并专门组建疫病防治中医药专家队伍。各中医医疗机构全部成立了专门领导小组，并抽调精干力量随时做好临床救治和支援一线准备。

该省将中医专家纳入全省疫情防控专家组，并专门成立了由全国名中医、省级名中医等组建的中医药防治专家组，省级中医药专家组成员全部待命，随时做好支援一线准备。全省 11 个市至少有 1 名省级中医药专家包点指导，各定点医院临床救治专家中，全部配备至少有 1 名中医医师，确保确诊和疑似病例第一时间服上中药，确保中西医联合救治第一时间实施到位。

此外，山西还成立省级肺炎疫情中医药专项应急领导组和专家组，各定点医院明确专人负责，切实做好全过程监测，实行日报告制度，持续做好中医参与救治病例临床实践的监测、记录、梳理、总结工作。

同时，省级中医药专家组对各定点医院收治的所有确诊病例及时进行中医远程会诊，结合患者实际提出针对性建议，提高患者临床疗效。对重症、危重症患者，省级专家深入定点医疗机构，辨证论治，开方用药。

该省印发《关于做好新型冠状病毒感染的肺炎中医药专项应急救治工作的通知》，并安排山西省中医院为全省确诊病例和疑似病例统一配制中药汤剂，确保中药药品质量，并由顺丰快递负责统一配送，确保药品及时配送到位。

内蒙古：蒙中医药参与治疗率达 98.7% [*]

张 玮

12 日，记者从内蒙古自治区卫生健康委员会获悉，内蒙古在新冠肺炎救治过程中，蒙中医药参与治疗率达 98.7%。

新冠肺炎疫情发生后，内蒙古坚持中西医结合、蒙西医结合原则，充分发挥蒙医药中医药作用，积极改善症状、提升治愈率。

截至 3 月 12 日 7 时，内蒙古确诊病例 75 例，出院 71 例、死亡 1 例，治愈率达 94.7%。在新冠肺炎救治期间，除 1 例孕妇外，其他 74 例确诊病例均使用蒙中西医结合治疗方式，蒙中医药参与治疗率达 98.7%。

新冠肺炎疫情发生后，内蒙古成立医疗救治专家组，纳入蒙医中医专家 17 名，组建了 6 个梯队 51 人的蒙医中医医疗队，各定点医院治疗组中纳入蒙医中医专家，保证蒙中西医共同参与、全程协作。

内蒙古按照国家诊疗方案，结合当地"湿、毒、燥、热"的发病特点，发布了 3 版《新型冠状病毒感染的肺炎蒙医药预防和诊疗方案》和 2 版《新型冠状病毒肺炎中医药诊疗方案》，指导蒙医药中医药治疗工作。

同时，根据国家方案制定了《新冠肺炎恢复期蒙医康复指导建议》，要求患者在出院医学观察期全部运用蒙医中医进行功能恢复和身心康复。

消息介绍道，内蒙古 18 所蒙医中医医院向内蒙古药监局申请并通过绿色通道备案 91 个防治新冠肺炎蒙药中药传统制剂品种，并批准在各定点医院调剂使用 8 种有效蒙药制剂。

记者了解到，内蒙古在选派驰援湖北医疗队时统筹安排蒙中西医资源。截至目前，内蒙古派出 9 支医疗队共 849 名医护和疾控人员，其中 17 家蒙医中医医院派出医护人员 201 人。

内蒙古国际蒙医医院官方称，该院通过医疗队向武汉方舱医院出院病例、

*．来源：中国新闻网，2020 年 3 月 12 日。

兄弟省市医护人员发放防疫蒙药香囊"那格布九味散"，提高抗病能力。

内蒙古卫生健康委员会官方表示，内蒙古按照国家统一部署，充分发挥蒙中医药作用，成为当地提升治愈率、降低病亡率的有效措施。

辽宁发挥中医药特色优势
全程协作参与新冠肺炎医疗救治[*]

辽宁省坚持在医疗救治中发挥中医药特色优势，统筹全省中医药资源，强化中西医协作，以三大区域集中救治中心为重点积极推进中医药应用，促进中医药深度介入诊疗全过程，对我省印发的中医药诊疗方案中的中成药、方剂及中药注射剂加大推广力度。中医药独特作用和优势逐步显现，在患者救治过程中参与度、贡献率显著提升，在预防与康复中也发挥了积极作用。目前，全省累计确诊病例数 121 例，中医药参与治疗后治愈出院加症状改善比例为 79%，全省中医药参与治愈患者平均住院日 12.91 天。其中三大区域集中救治中心在院 57 例，中医药参与治疗比例达到 93%，已治愈出院 46 例，中医药参与治疗比例为 82.6%。

一是建立中西医协作救治工作机制。各级卫生健康部门成立的疫情防控工作领导小组，都有中医药主管部门人员参与。省高级别专家组吸纳了辽宁中医药大学附属医院呼吸科专家，全程参与疫情研判、防控及救治策略咨询等工作。单独成立了以全国名中医张静生、白长川为顾问，呼吸、急诊、重症、院感等专业共 16 名专家组成的省级中医药防治专家组，同其他专家共同开展重型病例诊治。三大区域集中救治中心和各定点医院积极吸纳中医科室或中西医结合科室人员参加救治，先后从各市中医医疗机构派出医护人员 121 人参加我省支援湖北医疗队。各级医疗机构组织医务人员开展新冠肺炎诊疗方案全员培训，中西医相互学习、协同协作，共同提高医疗救治能力。

二是加强疾病防治中医药应用研究。结合我省气候特点和病证特点，组织中医专家先后制定了两版中医药诊疗方案，规范科学应用中医药技术方法。中医专家通过深入研究已形成共识，中医药早期干预治疗，可以快速改善症状，

---

* 来源：辽宁省卫生健康委员会网站，2020 年 2 月 22 日。

降低重症发生率，缩短平均住院时间，可改善预后，降低病死率，且口服个性化中药汤剂优于口服中成药。部分恢复期患者复查核酸检测阴性，但仍有咳嗽、咳痰、胸闷气短等症状，专家建议恢复期患者继续应用中药汤剂治疗，促进肺部炎症吸收，提高治愈效果。白长川教授依据对本次疫情病因、病机的分析及多年临床经验，总结出外感热病"二化气血定性""四期虚实定势"理论，研究成果已刊发在《中华中医药学刊》，对中医药防控新冠肺炎具有重要的指导意义。

三是加强医疗救治中医药应用。三大区域集中救治中心均有中医专家直接参与一线临床工作，经前期临床观察，沈阳中心累计收治的 57 例确诊病例 56 例应用中西医结合治疗，应用中药汤剂治疗 46 例。口服中药汤剂后，患者症状均有明显改善，且无 1 例发展成为重型及危重型。1 例从外市转入沈阳中心的重型患者，应用中药汤剂治疗 5 天后，症状明显缓解，已转为普通型。中心已出院患者 22 人，其中 18 人应用中药汤剂，应用中药汤剂的患者平均住院日为 14.6 天，未服用中药的患者平均住院日为 15.5 天。大连中心累计收治确诊病例 22 例，应用中药汤剂治疗 11 例，口服中药汤剂后，无一例发展为重型或危重型，2 例本地重型患者应用中西医结合治疗后，已转为普通型，目前出院患者 10 人，其中 5 人应用中西医结合治疗，平均住院日为 13.2 天，未应用中西医结合治疗的患者平均住院日为 14.3 天。锦州中心于 1 月 28 日至 2 月 9 日间收治锦州市当地确诊病例 9 例，其中 8 人采用"一人一日一方"的思路，根据患者个体化差异，予以辩证治疗，平均住院天数为 11.75 天，2 月 11 日 2 例重症患者经会诊使用汤药后，15 日原厚腻舌苔明显变薄，症状改善，经中西医结合治疗 19 日两人均由重型转为普通型。

四是积极发挥中医药在预防与康复中作用。秉承中医"治未病"理念，按照省新冠肺炎中医药防控工作方案要求，各中医医疗机构积极制作辟瘟香囊、防病代茶饮等开展防控工作。白长川教授，研发了以"固本解毒汤"为代表的预防用药，用于大连市和辽宁中医药大学附属第二医院一线医务人员。张静生教授，配制了柴芩抗感合剂、清瘟代茶饮、辟瘟囊，派发给中医院一线千余名医务工作者。2 月 16 日，辽宁中医药大学附属医院为出征前线的指挥部人员及援湖北医疗队全体医护人员免费提供抗病毒预防中成药剂。沈阳中心成立中医治疗组，制定预防方"扶正解毒汤"，由药剂科紧急加工完毕，并第一时间发放给临床医护人员及院内工作人员。锦州中心普通型病区组的 60 名医护人员，于 2 月 15 日开始口服中药汤剂，调节体质，预防疾病。中医专家在患者出院时都会叮嘱饮食、运动等相关注意事项，特色的太极拳、网红的八段锦、自创的代茶饮等都为患者进一步恢复提供支持。

吉林省充分发挥中医药作用和优势
坚决打赢疫情防控阻击战 *

李开宇

面对汹涌而来的新冠肺炎疫情，省中医药系统认真贯彻落实省委、省政府决策部署，主动出击，快速应对，广大医护人员更是闻令而动、义无反顾地投身到疫情防控第一线，充分发挥着中医药在疫情防控和患者救治中的独特作用，为打好打赢疫情防控阻击战作出了重要贡献。

快速反应行动，全力应对疫情。1月20日，面对严峻的疫情防控形势，省中医药管理局在第一时间成立了中医药防控工作领导小组，组成4个工作组，明确分工，责任到人，抽调12名同志参与省联防联控工作组；积极发挥党建引领作用，开展"亮身份、担使命、让党旗在疫情防控第一线高高飘扬"活动，号召全省中医药系统各级党组织和全体党员充分发挥战斗堡垒和先锋模范作用，深入一线，冲锋在前；按省委组织部要求，包保扶贫驻村工作队队员第一时间返回工作岗位，开展驻村疫情防控工作。

疫情发生以来，省中医药系统始终把疫情防控救治工作当作第一要务。省中医药管理局先后制发了20余份文件通知，明确要求，部署任务；多次组织召开中医防控专家论证会，根据国家诊疗方案，结合我省气候、地域特点和确诊病例救治情况，以省疫情防控工作领导小组名义正式发布了《吉林省新型冠状病毒感染的肺炎中医药治疗方案》，同时组建了全省中医院院感防控专家组和由59名中医药专家组成的中医药医疗救治专家组。

我省新冠肺炎确诊病例陆续出现后，各级中医药管理部门与卫生健康部门沟通协调，坚持采用中西医会诊、中西医结合的救治方式，中医药专家全程参与救治。针对确诊病例各项检测指标，辨症论治，制定中医诊疗方案，开具中医处方，实现"一人一策"精准治疗，对于疑似病例、治愈出院病例采用中药

* 来源：《吉林日报》2020年2月28日。

进行预防性干预和康复治疗。同时，专家组成员充分发挥现代科技优势，利用远程会诊系统对相关地区定点医院收治病例进行会诊，指导基层医疗单位完善中医救治方案，提高救治效果。

省中医药管理局副局长毕明深介绍说："截至 2 月 27 日，我省新冠肺炎确诊病例 93 人，全部使用了中西医结合的方法进行治疗，患者住院期间中药的使用率达到 100%，这在全国也是位居前列。目前，我省第一例重症患者和一位危重症患者已经治愈，体现了中医药参与救治的显著效果。"

随着中医药在疫情防控救治工作中作用的凸显，大批中医医疗团队奔赴前线参与救治工作。按照国家统一部署，我省先后抽调 5 家三级甲等中医院呼吸科、重症医学科共计 101 名医护人员驰援武汉，分别援助武汉同济医院中法新城院区和雷神山医院，目前已经顺利开展救治工作。

在这场严峻的疫情阻击战中，中医药科技攻关作为"硬核力量"，成为阻击疫情的有力武器——全省中医药系统 12 位专家成立了中医药科研攻关专家组，专家组在国医大师、全国名中医、省名中医指导下提出了针对公众提高自身预防意识和增强抵抗能力的防控建议，并向社会发布；2 个中医药防控疫情科技项目在省科技厅立项，其中长春中医药大学附属医院王檀教授研制的防控方"除湿防疫散"获省药监局备案，已在一线医务人员和公众人群中使用超 2 万人次。

目前，中医药科研攻关专家组正在研究预防新冠肺炎膏方防治方案，省中医药管理局也在协调省药监局加快"宣肺化湿颗粒"等 3 家中医院院内中药制剂的审批工作，并积极组织参与救治的中医药专家及支援湖北中医医疗队加强病例的收集、整理，关注病情变化，积累临床数据，为深入研究评判治疗效果做好准备。

为了深入推进疫情防控工作，省中医药管理局按照国家卫健委、国家中医药管理局要求，对医务人员通过多种方式加强疫情基础知识、诊疗技能等相关培训。截至目前，我省所有二级以上中医医院培训率达到 100%；严格落实发热病人接诊、筛查流程和发热病人登记监测报告制度；积极调配防护物资，缓解中医医疗一线防控物资的困难；自春节期间开始，中医药相关部门全部停止休假进入工作状态；发挥局网站主阵地作用，开设专栏，加强疫情防控科普宣传，编印《疫情防控法律简明读本》，引导全系统、全社会营造良好的法治舆论环境。

黑龙江：中医药参与救治确诊病例数925例，参与率98.82%[*]

记者从"黑龙江省应对新冠肺炎疫情联防联控"系列新闻发布会获悉，截至4月26日24时，全省累计确诊病例936例，中医药参与救治确诊病例数925例，中医药参与率98.82%。

据黑龙江省中医药管理局规划产业处副处长井中旭介绍，全省有73所中医医院设置了发热门诊，有44所中医医院抽调97人参与了援鄂医疗队，抽调专家积极参与了省临床用药专家组、省防控专家组、省援俄专家组工作。

井中旭表示，黑龙江制定了《中医药应对新型冠状病毒感染的肺炎医疗工作方案》，建立了中西医联合会诊机制、协同救治机制，同步应用中医药对新冠肺炎患者进行救治。"成立了由国医大师、岐黄学者领衔的专家指导组，结合我省地域气候及居民体质特点以及确诊病例中医证候特点和辨证用药规律，在强化中医药防治基础上，先后形成三版防治方案，指导临床同步应用清肺排毒汤、根据辨证论治采用的自拟中药汤剂、中成药、中药注射液、艾灸、针灸等多种手段，为新冠肺炎患者提供预防、救治与康复服务。"

此外，专家组还深入定点医院一线和疫情严重的地市，直接参与救治。截至4月26日24时，全省累计确诊病例936例，中医药参与救治确诊病例数925例，中医药参与率98.82%。

---

[*]　来源：《人民日报》客户端，2020年4月28日。

中西医协同，上海超九成
新冠患者用中医药治疗 *

姜泓冰

专家协同，治理理念和方式杂糅，上海在新冠肺炎患者救治上中西医并重、融合救治，取得了令人惊叹的疗效。

记者从 4 月 17 日召开的"上海市新冠肺炎中西医协同救治新闻通气会"获悉：截至 4 月 16 日，上海共收治新冠肺炎确诊病例 628 例，按境内和境外输入分类：境内病例 339 例，313 例接受中医药治疗，占比 92.33%；境外输入 289 例，210 例接受中医药治疗。上海市新冠肺炎医疗救治专家组组长张文宏表示，目前，上海本地逾 92%患者接受中医药治疗，患者治愈率高达 97.5%，这样高的治愈率正是中西医专家默契配合、合力救治的结果。

一、一人一方，轻重症患者皆见效

上海市卫健委副主任、市中医药管理局副局长张怀琼介绍，上海共有近 20 名中医骨干参与了新冠肺炎确诊患者的救治。在上海累计收治的 31 例重型、危重型患者中，有 29 例临床救治中全程应用了中医药治疗。对于重型合并腹胀、高热患者，使用中药治疗可起到截断病情作用，有利于减少重型转为危重型的发生。

据不完全统计，上海市轻型和普通型确诊病例中，伴有腹部胀气的患者经中药干预后近 90%症状有改善，伴有消化道症状或呼吸道症状患者经中药干预后近 70%症状有改善，伴有发热患者经中药干预后近 50%体温恢复正常。另有 8 例患者经中药干预后，肝功能指标显示有好转迹象。

此外，中医药对儿童患者救治具有独特优势，轻型、普通型儿童患者运用中药调理，临床显示有较好效果。上海共收治儿童新冠肺炎确诊病例 49 名，

---

* 来源：《人民日报》2020 年 4 月 18 日。

有 25 例患儿在救治中使用了中药，其中 2 例患儿使用纯中医治疗。

上海坚持辨证施治，源于经典而不囿于经典；坚持中医"一人一方"，精准施治。曙光医院呼吸科主任张炜说，具体遣方用药上，在结合"麻杏石甘汤"等有效经方和名老中医临床经验的基础上，不断根据患者病情调整用药，做到源于经典而不囿于经典，一人一策因人施治。据了解，在上海的境外输入病人中，留学生几乎都用中药，其中几位同学吃了中药后很快痊愈康复出院，一些华裔患者也积极主动要求运用中药治疗，疗效不错。

二、"中西医好似水和油"

上海市新冠肺炎医疗救治专家组组长张文宏认为，在新冠肺炎救治中，中西医发挥了不同的作用，"兼收并蓄"是可贵："中西医就像不同的武功，有些武功快一点，有些武功慢一点，但会持久些。"

如何做到中西医结合、并重？张文宏透露说，在上海公卫中心，每天中西医专家集体查房后，中医还会继续查房。在救治专家组，中西医专家非常融洽。"中医同病异治、异病同治很有道理，中医对整个治疗有所帮助，我们都是看得到效果的！"

重症救治组专家、瑞金医院急诊科主任毛恩强也说，在危重症患者救治中，中医理论，艾灸等中医手法，完全可以借鉴。此次上海市新冠肺炎医疗救治专家组中西医协同结合方式非常到位："中西医好似水和油，是不同的理论体系。中西医各有特色，组合起来互相借鉴，对同一疾病就产生很好的效果。"

上海市中医医院肺病科主任石克华举例说，上海最近两天有几例曾使用 ECMO 的患者出院。其中一位老先生在治疗中曾经出现 5—6 日大便不通，患者腹压居高不下，服中药后次日就大便通畅，各方面状态稳定下来，在中西医结合的救治之下，患者状态越来越好，最终顺利脱机、顺利出院。

据悉，上海市级中医专家组还在梳理临床治疗有效经验的基础上，及时对中医诊疗方案进行调整优化。

江苏省九成患者接受中西医结合诊疗 *

仲崇山　叶真

"各位专家好！我们是无锡市第五人民医院，有一位 61 岁的女患者，1 月 25 日因发热收治入院，后确诊为新冠肺炎。入院 17 天来肺部炎症一直没有吸收……"

"目前病人二便情况如何？有口干、咳痰的症状吗？"

"病人二便正常，口干症状不明显……"

16 日下午，江苏省人民医院远程会诊中心，一场网络病例中医会诊在紧张地进行着，会诊的专家来自江苏省中医院、南京中医药大学等医疗单位。

专家们分析认为，该病人每天上午不发热只是下午发热，口干、口苦的症状不明显，舌苔厚腻，且年纪不算大，符合"痰、瘀、热"的特征，可以进行中西医结合治疗，用药须以化湿、清热、解毒、泻热为主，并佐以扶正，达到湿去、热退、正气恢复，从而阻断疾病进一步发展。

专家组接下来又与镇江、连云港的新冠肺炎定点收治医院进行了远程会诊，并现场给予了用药指导。

自新冠肺炎疫情发生以来，这样的中医专家远程会诊在省人民医院已经进行了多次。

江苏省卫健委新冠肺炎救治专家组中医组组长、国家中医药管理局中医药专家防治组成员、江苏省中医院急诊科主任中医师奚肇庆介绍，新冠肺炎患者普遍具有发热、干咳、乏力、纳差等特点，属于瘟病"湿"的范畴，因此必须以清热、解毒、润肺、祛邪为主，辨证施治。按这个思路，目前不少患者已经取得较好疗效。

在抗击新冠肺炎疫情一开始，我省就成立了中医专家组，中医中药全面深度介入疫情控制工作，并制定了中医诊疗方案，建立了中西医会诊和联合治疗

---

* 来源：《新华日报》2020 年 2 月 17 日。

制度。全省各地定点收治医院几乎都对患者采用了中西医结合疗法。

据江苏省中医院肝病中心主任中医师叶放介绍，近些年来我省利用中医药在治疗乙脑、"非典"、甲流等疫情中都取得过积极成效。此次新冠肺炎，表现为肺湿、胃湿两种类型，既发热但又不是高热，咳嗽而痰不多，鼻涕也很少，因此要围绕去"湿"去治病治症，通过加强"扶正"来达到"祛邪"。

16日，南京一例97岁高龄的新冠肺炎患者治愈出院，据专家介绍，该老年患者在接受西医治疗的同时，在中医方面也积极通过"扶正"提高自身抵抗力，之后这位病人的病情得到稳定，直到康复。

据南京中医药大学副校长程海波介绍，新冠肺炎中医诊疗方案江苏已经推出了两个版本，目前由国医大师周仲瑛牵头的团队正在抓紧推出第三版，在治疗方案上更适合当前的发病情况。同时，我省还设立了新冠肺炎疫情中医药应急课题，开展科研攻关，由南京第二医院、苏州第五医院、常州第三医院等5家单位参与科研，期待更快拿出临床证据，用理论支撑临床，造福更多的患者。

省卫健委副主任、省中医药管理局局长朱岷介绍说，中医药在前期疫情防控工作中发挥了自己的特色和优势，中医药系统也体现了应有的责任担当。目前新冠肺炎病例救治中发现，在疾病早期，中医药及时介入，可以让普通型、重型患者加快向轻型转换，轻型患者服用中药后症状明显减轻，核酸检测转阴速度明显加快。

截至2月14日24时，江苏省604例确诊病例中，中医药参与治疗的病例数占542例，参与率达到89.7%。其中，单纯只用中成药治疗的118例，单纯只用汤剂的226例，既使用汤剂又使用中成药的198例。在中医药参与的确诊病例治疗中，有309例症状改善明显。

据朱岷介绍，在驰援湖北的江苏队伍当中，有328人来自中医院。特别是江苏44人加入第三批国家中医（江苏）医疗队，目前已经进入了武汉江夏区的一个方舱医院，正在尝试以中医药为主要手段开展防控工作。

对于普通人而言，平时应该如何提高自己的免疫力，预防疾病？奚肇庆表示，中医认为，起居有常、少熬夜，是提高自己免疫力的最好方法。"正气存内，邪不可干"，就是说抵御任何疾病，首先要提高自己的正气，正气强了，就不容易感染疾病。

他还强调，中医认为，肺为华盖，病邪侵犯人体，第一个遭殃的就是肺。提高人体的免疫力，首先要益气固肺，把肺的正气提上来。其次，这次新冠肺炎也影响到了脾胃，所以有些病人表现为乏力、没劲、食欲不好和大便的改变。脾好了，肺才能好，中医有培土生金的说法，土就是脾，补脾实际上就是补肺。

中医药战"疫"的浙江方案[*]

陈 宁　郑 文

这个春天，一场没有硝烟的战争打响了，白衣"战士"与时间赛跑，与病毒较量。在这个争分夺秒的"战场"上，中医药大省浙江贡献了传统医学的力量。

博大精深的传统中医药如何在新冠肺炎面前发挥作用？"中医提倡以人为本、天人合一，我省中医医务工作者结合浙江的地域特色，摸索出了一套'浙江方案'"。省中医药管理局相关负责人告诉记者，目前，全省中医药系统医务人员在战"疫"一线，参与救治确诊病例的比例逾 95%，参与救治疑似病例的比例逾 92%。

在抗击新冠肺炎的阻击战中，浙江中医药深度介入参与救治，中西医如何联合完成"轻症病例早日治愈、减少重症病例、重症病例转轻"的目标？近日，记者采访了多位中医药专家和各地医疗机构。

一、一线救治浙江特色显身手

杭州市目前最年长患者出院了！近日，一位 89 岁的新冠肺炎患者在杭州市西溪医院治愈出院，并带上了医院专门为她配制的 14 包中药。

"入院时，这位老人高烧 39.4℃，状态不佳，精神也很差，病情较重。"医院感染科主任喻剑华回忆，入院检查后发现，老人双肺有严重感染，并伴有心律不齐、冠状动脉硬化、肾功能差、肌酐指标高等状况。

对于伴有基础疾病的老年患者，什么样的治疗方案更人性化？老人入院后不久，医院就在西药抗病毒治疗的基础上，同时采用了中药进行治疗。但是由于患者出现了严重的消化道症状，肾功能进一步下降，1 周左右先后停用了克力芝和阿比多尔抗病毒药。继续使用中药及支持治疗。喻剑华欣喜地发现，这

＊　来源：《浙江日报》2020 年 2 月 21 日。

一个性化的治疗方案让老人的症状逐步减轻，发热等症状消退，两次咽拭子及一次大便病毒核酸检测为阴性，达到出院标准出院时，医院继续为她开具了两周的恢复期中药。

在浙江，杭州市西溪医院的中医化尝试并非个例。新冠肺炎疫情发生以来，中医药不仅因人制宜，还遵循着因地制宜的原则。

"我们要考虑到浙江的季节气候特点和地理环境，再对症下药。"国医名师徐志瑛教授说，中医治疗就是通过具体分析每一种病症和患者的一系列症状，通过审证求因，从复杂的病理机制中找出发病原因，然后制定治疗法则，拟定治疗处方，解决出现的症状，最终使机体达到气血和顺、阴阳平衡。

"中医讲究辨证论证，我们根据临床实际，谨守病机施治。"温州市新冠肺炎中医药防治专家组组长程锦国说，专家组在考察温州患者症候特征时发现，患者的发病特点为湿温疫毒，湿重于热。因此，治疗应在辨证基础上尽早使用清热解毒、化痰排毒、凉血散血、通腑泄热等治法以挽救气阴，截断疾病进程。

为了让中医药力量介入救治一线，浙江先后印发了4个版本的《新型冠状病毒肺炎中医药防治推荐方案》。

首届全国名中医范永升教授说："最新版的'浙江方案'包含从预防到恢复的全过程。"方案共分成6种证型，并分别针对6种证型提出了方剂与药物，具有分型细致、方药具体的特点。

浙江的中医药诊疗方案还提倡原则性与灵活性结合。"疾病是千变万化的，比如恢复期药方只有肺脾两虚的香砂六君子加减，但方案中注明可根据病人实际情况调整，适应各地的需要。"范永升教授说。

二、辨证施治关口前移早预防

在浙江，中医药介入疫情治疗的关口还被前移到诊治疑似病例和预防阶段。在疑似病例未确诊之前，中医师第一时间介入会诊，第一时间让患者用上中药；截至2月18日，全省已使用预防方剂8.7万人，向一线医务人员、防控工作人员推荐使用预防方剂73.9万帖。

"在医院各类救治中，中医一直积极参与。"从事中医工作27年的绍兴市人民医院中医科主任吴国水告诉记者。绍兴市人民医院作为新冠肺炎定点收治医院，所有病人从收治到出院全程予以中医药治疗，共收治确诊病例 23 人，已治愈出院 13 例（重症 1 人）。

1 月 22 日，抗击新冠肺炎的阻击战刚刚打响，绍兴市人民医院就收治了一位从新昌转院而来的疑似患者（1 月 23 日确诊）梁先生。"他是重症患者，当时他的氧合指数很低，呼吸衰竭、肺部大量渗出，并且高烧不退。"吴国水回忆。

在开展救治的同时，中医药就开始介入治疗。中医师进入隔离病房对梁先生进行了常规的望闻问切，并逐一记录在案。令吴国水印象最深的，是医院中医治疗团队开出的 3 个千古名方——分别是张仲景的麻杏石甘汤、葶苈大枣泻肺汤及孙思邈的千金苇茎汤。"实践证明，这些汤剂对医院首例确诊病人病情的好转起到了较好作用。"他说。

"现在，我们将这些汤剂用于轻症患者，防止他们病情加重，并取得了很好的效果。"吴国水说，已出院的患者陆某及仍在院的任某、何某等用中药后，均从重症转为普通型，目前病情稳定。

不定期根据病例情况前往一线会诊，是浙江省名中医、宁波市中医医疗救治专家组顾问王邦才的重要工作之一，2 月 19 日，他在中国科学院大学宁波华美医院会诊了 7 位患者。

"自从宁波对全市所有确诊病例、疑似病例实施每日会诊制度以来，整个专家组共参与一线会诊 100 余人次。"宁波市中医药管理局局长徐伟民告诉记者，疫情发生后，宁波市将 15 名中医专家纳入市级医疗救治专家组，后根据疫情发展态势专门成立市中医医疗救治专家组，分 5 个小组对 15 家收治定点医院进行分片包干负责指导。

中医专家小组与定点医院中医师每日线上开展会诊，疑难复杂病例提交市级专家组集体会诊，根据情况组织现场会诊，确保患者第一时间看上中医、用上中药，力求轻症早治愈，重症早转轻。

"我们群里每天都很热闹，有好的经验和做法都会一起交流讨论，有的是医生们自己总结的，有的是来自全国各地的信息。"徐伟民说，专家组建立了"钉钉"群，每天都在群里进行情况汇报、病例交流、疑难问题集体讨论，有时还会召开培训视频会议，对国家版治疗方案等内容进行业务培训。

"在对疑似患者的治疗上，中医可以通过望闻问切，辨证论治，及时进行中药干预治疗，改善非新冠患者症状，调节体质。从而降低重症的发生率，提高治愈率。"坚守在救治一线的台州恩泽医院中医科主任助理、主治中医师钱晓说。

早在1月17日，台州市公共卫生中心在接诊第一例新冠肺炎疑似患者时，台州恩泽医院中医科团队就根据全国各地公布的有限的病患舌像资料和症状，进行了仔细分析，制定了面向普通群体的防感汤和香囊。

"防感汤主要采用黄芪、柴胡、桂枝、苍术等药煎制而成，具有扶正益气、燥湿驱邪的功效，能有效提高机体免疫力，防止病毒感染。"钱晓告诉记者，香囊则主要起到"芳香避秽、化浊解毒"的功效。截至2月19日，恩泽医院发放防感汤剂8000余包、香囊300余个。

三、中西医协同各司其职降风险

抗疫一个多月以来，钱晓感触颇深的是对重症患者的治疗过程中，西医、中医有效协同，各司其职。2月9日，65岁的患者李某入院，伴有阵发性咳嗽、咳痰、痰白量少、恶心、呕吐等症状。"治疗过程中，西药进行抗炎、抗病毒、免疫球蛋白、补钾、护胃等对症支持。一天后，中药则针对咳嗽、咳痰、少量白痰、胸闷、口干明显、四肢冷等症状，进行个性化调理。"目前，该患者已经进入恢复期。

截至2月19日，台州恩泽医院已收治144例确诊患者，并对其中138例开具中医处方。大部分患者乏力、发烧、咳嗽、咽痛、纳差、腹泻等症状得到缓解，影像学表现得到改善或逆转，总有效率在90%以上。

范永升教授说，中医药早期介入，对提高治疗效果，减少病人不良反应发挥着积极作用。"除此之外，中医药还能促进患者康复，在恢复期时，中医药可以发挥健脾化湿、补气等作用。"

在金华市中心医院，一位确诊新冠肺炎的87岁高龄女性患者，肺部有炎症，伴有高血压、糖尿病，用了抗病毒、抗菌药以后，胃口不好、小便量少。医院传统医学中心主任中医师徐斌与西医医生讨论后，对老人使用中医药治疗，老人的情况趋于好转，目前已经康复出院。

"西医治疗有一套抗病毒的理论和机制，取得的治疗效果很好。"国医大师、浙江省新冠肺炎防治中医高级别专家组组长葛琳仪说，与西医治疗采用抑制方式不同，中医则是让疫毒由内向外"透"出来，比如感冒不出汗就用发汗的药，如果不退烧，发展成胸闷、气急、咳嗽，就用清热的药。

葛琳仪强调，中医和西医表面看起来不一样，但是原则是一样的，都是对症下药。谈及她领衔制定的《新型冠状病毒肺炎中医药防治推荐方案》时，她说，一开始对疫情认识不全面，发展到后来接触的病人多了，就逐步完善这个方案，四版更新下来，辨证施治的原则不变，临床疗效还可以。

在徐志瑛教授看来，中西医结合治疗是中国独有的治疗方式，中医讲整体，现代医学讲"点"，中西医结合就是互补。中医并不是光治慢病，对于医治急性病也有不错的效果。

安徽省：确保中医药上得去用得上 *

王继学

1月22日，安徽省报告第1例新型冠状病毒感染的肺炎确诊患者。两天后，省政府启动重大公共卫生事件一级响应。截至2月10日24时，该省累计报告确诊病例860例，中医药迅速参与疫情救治，发挥作用明显。

一、上得去——从体制机制上保证

省委省政府高度重视中医药参与疫情防控工作，省疫情防控工作领导小组和应急指挥部，均有中医药管理部门人员参加，省医疗救治专家组有16名中医药专家参加，省卫生健康委和省中医药管理局还专门成立全省中医药防控新型冠状病毒感染的肺炎工作领导小组和中医药专家指导组。

省卫生健康委、省中医药管理局两次联合发文对在防治工作中加强中西医结合、重视发挥中医药作用提出明确而又具体的要求。协调省经济和信息化厅在调度应急储备时向中医院倾斜，并足额保障定点医院中成药的使用；协调省药监局、省医保局扩大部分中药院内制剂的适用范围。

在应急指挥部组织的四期全省视频培训会上均安排中医药专家解读新型冠状病毒感染的肺炎中医药诊疗方案，提出及早介入、全程参与的中西医协同原则，并要求各定点医院、后备医院在组织医务人员培训中传达落实。

二、用得上——让患者第一时间用上中药

2月4日，阜阳市3名重症患者痊愈出院，这也是该省首次有重症患者治愈出院。3人平均住院13天，在院期间同步应用中医药治疗，一人服用了中药汤剂，其他两人使用了中成药。

2月5日，芜湖市1名患者出院，这是该市首例经中西医结合治疗的治愈

＊ 来源：《中国中医药报》2020年2月12日。

出院病例。该患者经过一周左右中西医专家反复会诊和"抗感合剂"的加减治疗，患者症状改善，肺部 CT 改变理想。

2 月 6 日，亳州市 3 名患者治愈出院。这 3 名患者在住院期间均使用了中药汤剂或中成药，在改善患者症状的同时降低了医疗费用。

省医疗救治专家组成员、省中医院呼吸内科主任医师张念志负责合肥、淮南、六安 3 个市定点医院的中医药会诊巡回指导，近两周来一直奔波在巡诊指导的路上，他多次进入隔离病房，对住院患者进行会诊，开具中药处方。

该省建立中西医结合会诊制度，省级中医药专家组与省直定点医院建立巡诊制度，要求所有确诊和疑似病例均要有中医药专家参与救治会诊、开具中药处方，保证患者第一时间用上中药。省级中医药专家组成立 8 个专家小组，分别对 16 个市的救治工作分片包保，实行会诊指导。截至 2 月 10 日 24 时，该省累计报告确诊病例 860 例，中医药参与救治 804 例（93.5%），累计治愈出院 88 例，中医药参与救治 80 例（90.9%）。

疫情初起，该省中医药学会即组织国医大师领衔的中医药专家组反复论证，于 1 月 22 日在官网和官微上发布了中医药预防呼吸道传染病的组方，指导公众科学运用方药、茶饮和香囊等中医药技术方法做好预防。

建议处方公布后，受到社会的广泛关注，"安徽省中医药"微信公众号这篇文章的阅读量在一天多的时间内即达到 10 万 +。根据省中医药学会发布的组方，省中医药管理局组织配方颗粒企业制作一批便携盒，提供给定点医院和医疗队等服务临床一线的医务人员，以做好自身防护、更好服务患者。全省各中医医院纷纷配制预防中药汤剂和茶饮，保障防控一线人员健康。

安徽省中医院互联网医院于 1 月 16 日紧急开通网上发热门诊，由肺病科、感染科、全科医学等专家组建的发热门诊线上专家团队，利用休息时间义务提供免费在线诊疗和咨询，以降低新冠肺炎患者接触和交叉感染风险，扩大医疗资源供给。

同时，该省从 36 所中医医院选派 86 名医护人员参加安徽省援鄂医疗队，正奋战在抗疫最前线。

福建省：中医药战"疫"显身手 *

邓剑云

数次深入金银潭医院为新冠肺炎患者问诊，三方远程会诊为方舱患者个体化辨证施治……在湖北抗疫一线，中医倾尽所长；在省内，中医药深度介入预防、治疗、康复全过程。

据福建省卫健委消息，目前，在我省临床救治中，中医药参与率整体已达到99%。

一、着眼福建，分型更精准

症状都消失了，可核酸检测始终不能转阴，患者就一直不能出院。这是目前新冠肺炎治疗中的难题之一。

2月29日，受省新冠肺炎疫情防控工作领导小组指派，福建中医药大学附属第二人民医院呼吸与危重症医学科主任陈志斌、福建省中医药学会感染病分会主任委员李芹教授、福建中医药大学附属第三人民医院主任医师陈淑娇专程赶往泉州，指导这类疑难病例。抵泉后，专家组查看了病人的望、闻、问、切等四诊信息和肺部CT影像等，分析认为这类病人的主要病机是气虚毒恋，遂提出益气扶正、托毒祛邪的治法，施用补中益气汤加虎杖、槟榔、马鞭草。

自疫情开始，省卫健委中医处就组织26名中医药专家分赴全省九个设区市和平潭综合实验区，指导当地中医参与新冠肺炎治疗。

"到设区市指导、轮班远程会诊，使省级专家与基层相互联动，有利于提升诊疗水平，能更好、更快地解决患者救治问题。"陈志斌是福建新冠肺炎防治专家组的组长之一，他发现我省的新冠肺炎患者以体热偏热者居多，认为有必要补充中医证型"湿热郁肺证"。

"分型更精准了，覆盖人群就更广了。"2月9日，参照国家卫健委发布的

---

* 来源：《福建卫生报》2020年3月5日。

《新型冠状病毒肺炎诊疗方案（试行第五版）》，陈志斌和其他专家应省卫健委要求，编写了《新型冠状病毒感染的肺炎中西医结合专家共识》，便于临床医生在诊疗新冠肺炎病例时有章可循。

疫情发生以来，陈志斌多次组织远程会诊、到设区市指导新冠肺炎疫情救治，案头工作也增多了。"新冠肺炎是新的疾病，医生也要不断探索实践、总结成长。"

二、中西结合，疗效更明显

高清大屏幕上，一边是医生在介绍疑难病例的病情、诊疗情况，一边是病人的病历资料。2月21日9点，在福建省新冠肺炎防治远程指导中心，福建省新冠肺炎医疗救治临床专家组正连线定点收治新冠肺炎患者的各设区市医院。

这是福建中医药大学附属人民医院肺病科副主任医师、医学博士徐顺贵作为中医药专家第三次远程指导，与他搭档的是呼吸科、重症医学科专家。"新冠肺炎是呼吸道传染病，起病急，随时可能转向危重症，在治疗上要中西医并重。"徐顺贵认为。

在落实中西医会诊制度的基础上，中医医师还全程参与定点救治医院确诊患者的诊治。

"重型患者，有慢阻肺病史！刚入院就呼吸困难，低氧血症！入院五天后，患者病情反复，还出现了恶心、呕吐、腹泻等症状。"市级定点医院漳州市医院收治了一位病情棘手的新冠肺炎患者。漳州市中医院副院长洪敏俐带领肺病科、中医科骨干医生参与会诊，对症用药后，患者病情日渐好转。

不久后，这位老年患者出现肺纤维化，病情反复。福建中医药大学教授张喜奎通过远程会诊了解患者情况，连夜调整处方用药。服用中药汤剂，持续配合氧疗、抗病毒、抗感染、对症支持等治疗，在中西医协同作用下，目前该患者已从重型患者降级为普通型患者。

在莆田，福建首例新冠肺炎患者于2月3日从莆田学院附属医院治愈出院。病人收住期间，先是采用中医配合西医治疗，后根据临床辨证施治。莆田学院附属医院感染性疾病科副主任医师邱荣仙说："中西医结合治疗有效地改善了患者临床症状，防止病邪深入，促进肺部炎症吸收，缩短了病程。"

在福州，福州肺科医院是定点收治医院，但没有中医科，没有中药房。疫情发生后，省卫健委就从省、市中医类医院选派了 7 名中医师，赴该院隔离病房参与新冠肺炎救治工作。

福建中医药大学附属人民医院传统内科主治医师曾广铨介绍，在肺科医院期间，院内中医药参与率超过 80%。多数病人反映服用中药颗粒剂后，咳嗽、腹胀、腹泻等有所改善，暂未出现新增不适。

省卫健委中医处负责人表示，中医药的早期介入对新冠肺炎的诊治起到至关重要的作用，有效地改善了患者临床症状，防止病邪深入，促进肺部炎症吸收，缩短了救治时间，提高了治愈率。统计数据显示，截至 3 月 1 日 24 时，福建省累计报告新冠肺炎确诊病例 296 例，中医参与治疗确诊病例 296 例。

三、深度介入，经验更丰富

"排毒汤加槟榔 9 克，先服用三天""刘某某，黄芪 60 克、益母草 15 克、蒲公英 15 克……"在微信群里，陈志斌正给设区市定点医院的临床医生遣方用药。在他的手机里，各医院建立的抗疫微信群非常活跃。

"省级专家经常主动跟踪我们新冠肺炎患者的情况，及时给予指导。"邱荣仙说，2 月 4 日上午，福建医科大学孟超肝胆医院副院长、福建省中医药学会感染病分会主任委员李芹教授远程指导他们医院，结合收治的 51 名新冠肺炎患者临床证候变化及舌质、舌苔特点，建议服用清肺排毒汤治疗。当天下午，就有 47 名新冠肺炎患者服用了清肺排毒汤。

邱荣仙说："我们医院是省内首家运用'清肺排毒汤'治疗的试点单位。在清肺排毒汤介入治疗后，大部分患者病情好转。我们对其中的康复者做了随访，目前没有发现核酸检测转阳的病例，也没有发现副反应。"

陈志斌认为，此次抗击疫情，中医药在既病防变上显现效果，能缓解发热、咳嗽等疑似新冠肺炎症状，减少轻型或普通型转成重型或危重型，在未病先防和愈后防复上也发挥了独特优势。因此，他在参与编写《福建省新冠肺炎中西医结合防治手册》时，增加了预防调护、愈后调理等内容。

从省立医院、省人民医院等省属医院，到龙岩市中医院、三明市中西医结合医院等设区市医院，各院纷纷根据中医药防治方案开展中医药早期干预，预防密切接触者、一线医护人员等受疫病侵袭。

在莆田，中医药在未病先防上的作用更加显现。各县、区（管委会）在中医师指导下，为 28 个集中隔离医学观察点的留观人员、一线防疫人员近千人提供了预防中药汤剂，在预防疗程结束后未出现 1 例确诊病例。

此外，莆田学院附属医院 51 例中西医结合治疗的病历还被收入中国中医科学院"防治新型冠状病毒感染的肺炎"科研攻关项目组工作信息平台，为制定《新型冠状病毒肺炎诊疗方案（试行第六版)》提供参考。

江西中西医携手战"疫"初见成效 *

钟端浪

新冠肺炎疫情发生以来，全省中医药系统积极参与疫情防治，发挥中医药作用和优势，在改善患者临床症状、控制病情进展、缩短治疗时间、减少激素用量、减轻并发症等方面取得良好效果。

一、初见成效：首例出院患者为中西医治疗结果

1月27日，记者在采访我省新冠肺炎首例治愈者罗某出院时，得知罗某从省中医院转院到南昌大学第一附属医院期间，体温平稳，前期中西医结合治疗起了良好的作用。

罗某是新干县人，1月3日驾车带岳父到湖北洪湖市办事。1月8日，罗某出现发热、咳嗽，体温39℃。此后十余天，他在当地进行治疗，病情不仅没有缓解还有加重趋势。1月19日，罗某来到省中医院，寻求中医药治疗。省中医院根据罗某的临床表现，组织院内中医专家进行会诊，拟定以中药小柴胡汤加杏仁汤为主要方剂加减治疗。令人欣喜的是，罗某于1月19日下午服用中药后，晚上体温降至正常。基于罗某的临床表现，省中医院专家在会诊后认为罗某存在感染新冠肺炎的可能，并立即向有关部门上报。

1月22日，罗某被确诊为新冠肺炎。因当时省中医院还不属定点医院，1月23日10时，罗某被转至新冠肺炎省级定点医院南昌大学第一附属医院象湖院区。转院前，罗某病情稳定，体温36℃，精神好转，无明显乏力，无恶心呕吐，食欲较前改善。1月27日，罗某出院，成为我省最早治愈出院的新冠肺炎患者。

对此，省中医药管理局相关负责人表示，中医中药在历次疫病流行中都发挥了重要作用。面对如今的疫情，在西医没有特效药可用的情况下，中西医加

---

* 来源：《江西日报》2020年2月20日。

强合作，发挥各自所长，将是一条最佳治疗途径。

二、迅速改造：增设定点医院发挥中医特色

据省中医院院长熊汉鹏介绍，中医全面参与抗疫，也是逐步推进的。

1月21日以来，我省从全省中医药系统抽调精干人员参加省疫情防控应急指挥部办公室工作组，并组成4个工作组，全面对接省疫情防控应急指挥部各项工作任务。与此同时，省中医院专门对专业技术人员开展中西医结合诊疗方案培训和院感知识技能培训，特别是在感控方面，聘请省内权威专家，进行了培训考核。

1月24日，我省成立省级中医药防治专家组，研究发布了《江西省新型冠状病毒感染的肺炎中医药防治方案（试行）》。2月3日，我省再次组织专家对中西医结合治愈出院的患者进行病例分析，细化新冠肺炎防治方案，发布了《江西省新型冠状病毒感染的肺炎中医药防治方案（试行第二版）》，在全省医疗机构推广使用。省中医院在此基础上，制定了本院医疗救治方案、应急处置方案、感染防控方案和转运模拟演练方案。医疗救治方案充分体现中西医协同的原则，实现优势互补。

2月7日，省疫情防控应急指挥部决定增设省中医院抚生院区为省中西医结合救治定点医院，省中医院发扬特别能战斗的精神，3天就完成了隔离病房的全部改造。接到任务之时，省中医院抚生院区病房尚有100余名住院患者需要紧急转移。医院连夜进行紧急部署。之后，在省中医院八一大道院区迅速腾出病房，并向外单位筹借转运患者车辆，迅速转移患者。与此同时，省中医院召集施工人员商量抚生院区隔离病房改造事宜。在此后的3天里，他们克服招工、物料征集等难题，对省中医院抚生院区一栋八层楼的住院病房迅速完成了布局改造、入院治疗流程再造及专家组验收等全部流程，于2月11日开始正式投入使用。截至2月18日24时，该院共收治确诊患者27名。

三、高达95%：中西医联合治疗已成普遍做法

2月16日，省中医药管理局局长谢光华在省新冠肺炎疫情防控工作新闻发布会（第十场）上，通报了我省百姓关注的中医药防治疫情等情况。截至2月15日24时，全省确诊病例925例中，有878例使用中药汤剂或者中成药联

合西医治疗，使用率达 95%，中西医联手已成普遍做法。

据介绍，在临床上，我省绝大多数患者能在轻症阶段通过中药或中西医结合治疗，提高人体自身的免疫力，调节人体的阴阳平衡，从而控制病情或治愈。目前临床上"无症状"新冠肺炎患者并不少见。所谓"无症状"，只是指无发热、咳嗽等症状，从中医角度来看，并非真的是无症状，实际上，在饮食、大小便、精神状态、体力、躯体感觉、舌象、脉象等方面已经出现异常，因此这部分患者需要尽早有针对性地给予中医药治疗，可以有效遏制病情发展。对于重症和危重症患者，中医药的优势主要体现在改善临床症状、减轻发热症状、控制病情进展、缩短治疗时间、减少激素用量、减轻并发症。从中医专家参与会诊的重症患者情况来看，发挥中医因人施治、辨证论治的优势，一人一策，一人一方，对于改善患者基本状态、提高患者血氧饱和度、减少肺部渗出、保护脏器等都有一定的作用。

2 月 18 日，省中医院刘良徛教授在该院抚生院区接受记者采访时表示，根据此次新冠肺炎的中医病因、病机和江西地域气候特点，我省针对不同证型自拟了"江中抗疫 1 号"方和"江中抗疫 2 号"方应用于临床，取得了比较好的效果。省中医院抚生院区于 2 月 11 日开始收治新冠肺炎确诊患者，目前已经有 2 名纯中医治疗的患者 2 月 16 日出院。2 月 17 日对 20 名经过中医或中西医结合手段治疗患者进行核酸检测，19 名患者检测结果为阴性，大大缩短了治疗时间。

山东省推进新冠肺炎治疗中医药早参与、全程介入中医药参与治疗率超98% *

李 振

在新冠肺炎疫情防控和医疗救治中，我省发挥中医药优势，坚持中西医结合、中西医并重，推动中医药及早、全程、全面介入，中医药参与治疗率达98%以上，取得显著成效。

"根据不同患者的不同特点，创制了七个处方，目前应用效果良好。"济南市传染病医院中西医结合科主任袁成民介绍，该院将发酵改良后的中药应用于住院患者治疗中，使用率在95%以上，截至目前住院患者未出现重症化趋势。

我省充分发挥中医药历史悠久、底蕴深厚、名医辈出的优势，为新冠肺炎患者提供精准化中医药诊疗服务。疫情发生以来，省委疫情处置工作领导小组第一时间组织全省中医药顶尖专家成立中医药专家组，对全省疫情防控进行中医药干预与指导。"一位49岁患者出现呼吸衰竭等重症症状，在给予抗病毒、对症支持治疗的同时，专家组对患者辨证论治，开出中药方剂，服药后患者病情改善明显，呼吸衰竭得到纠正，发热、恶心等全身症状得到显著改善，住院9天后疾病痊愈。"省新冠肺炎疫情处置领导小组医疗救治专家组副组长、山东中医药大学附属医院肺病科主任张伟介绍。

辨证论治，因地制宜，我省各地结合本地实际开展特色中医药诊疗服务。青岛冬天气候潮湿阴冷，居民有喜食海鲜、喝啤酒等饮食习惯，痰湿体质偏多，为此，青岛组织中医药专家制订推广具有本地特点的新冠肺炎中医药预防方案，截至目前，中医药参与治愈和症状改善率超过96%。

在临床救治中坚持中西医结合、中西医并重。疫情发生以来，省级中医药专家组组织对全省确诊病例进行远程会诊，普通和轻型患者每2日会诊一次，危重患者每日进行会诊随访，并根据病情调整中药处方。截至2月29日，省

---

* 来源：《大众日报》2020年3月4日。

级中医药专家组参与会诊患者 835 人次（含儿科患者 52 人次）。烟台市奇山医院的中医专家为处于恢复期的重症和轻症患者分别制订个体化康复方案，配合五禽戏、八段锦等多样化中医康复手段进行身心调养。

根据疫情变化和对疾病的认识不断进行治疗方案的调整。"随着对新冠肺炎疾病的发生、发展、预后、转归认识的加深，推出第二版中医诊疗方案，增加了调养期、中医外治法和中医情志干预等内容。"张伟说，目前我省新冠肺炎确诊患者中医药参与治疗率达 98％以上，绝大部分重型、危重型病例应用中西医结合治疗。

在救治患者的同时积极推进利用临床治疗经验开展科学研究，推动中医药防治课题攻关。据悉，目前山东中医药大学附属医院已承担省科学技术厅科研项目，研究探讨中医药在预防和治疗新型冠状病毒肺炎方面的有效性及证治规律，并力争把研究成果及早应用于临床。

河南中医药全过程参与新冠疫情防控协同治疗率达 99.1%*

刘　鹏

　　河南官方 15 日对外通报称，自新冠肺炎疫情发生后，河南省充分发挥中医药独特优势，建立应对新冠肺炎中西医协同机制，中医药全过程深度参与了新冠肺炎疫情防控，其中参与重症患者会诊率达 100%，中医药协同治疗率达 99.1%。

　　河南省政府新闻办 15 日召开的新闻发布会上，河南省卫生健康委党组成员、副主任张智民介绍说，河南是中医药学的主要发祥地和医圣张仲景故里，是在全国有重要影响力的中医药大省，拥有的中医医院数、实有床位数、中医类别医师数均居全国首位，有着遍布城乡的中医药服务网络。

　　据介绍，自疫情发生后，河南多次研究部署中西医协同救治工作，加强中西医统筹调度、开展中西医联合攻关、做到中西医优势互补，切实提升临床救治效果。

　　其中，在人员配置上，河南官方要求各定点医疗机构至少安排 1 名经验丰富的中医医师负责确诊病例的中医辨证施治和病情观察，每超过 15 名患者增加 1 名中医医师，鼓励各地探索 1 名中医师、1 名西医师的双医师管床制度。

　　在会诊安排上，要求各地医疗专家组中必须有中医专家。此间，河南省组建了省、市、县三级中医专家智库，省级确定 23 名中医专家，市级确定 355 名，县（区）级确定 1025 名，通过远程会诊、对口支援、专家驻点指导等形式，对新冠肺炎救治进行了全方位指导。

　　在药事服务上，要求各定点医疗机构和发热门诊按标准配备中药师和足量中药饮片，指导患者规范服用。全省 147 家定点医院共配备中医师 1103 名，中药师 733 名，确保了中医药服务的及时有效。

---

* 　来源：中国新闻网，2020 年 4 月 15 日。

　　张智民称，自疫情发生后，河南省卫生健康委第一时间组织专家研究制定《河南省新型冠状病毒感染的肺炎中医药预防方案》和《外感发热患者门诊中医药治疗指导意见》，促进中医药及早介入。全省多数市、县级中医院都为防控工作人员提供了中药预防服务。同时，认真做好新冠肺炎恢复期患者中医药康复指导和中医药干预，及向全省治愈出院患者推荐营养饮食方案，从中医适宜技术、中药、饮食疗法、情志疗法等方面为符合解除隔离及出院标准的患者给出指导建议，达到了预后防复的效果。

　　据了解，截至4月14日，河南共确诊新冠肺炎患者1276人（含3例境外输入病例），中医药参与治疗率达99.14%；治愈1254例（含3例境外输入病例），中医药参与1244例，参与率99.36%。

　　张智民介绍说，自疫情发生后，河南全省中医医疗机构共派出252名医护人员驰援湖北，占河南省援鄂医疗卫生人员总数的19.8%。其中2月10日派出的33名中医队员和2月21日派出的35名中医队员共68名队员组成了国家中医医疗队（河南队）入驻武汉江夏方舱医院接管豫二病区，期间累计收治患者106名，做到了零转重、零复阳、零事故、零投诉，医务人员零感染。

湖北 61449 名新冠肺炎患者使用中医药治疗总有效率达 90%以上 *

曾　莉

3月23日，国务院新闻办公室在湖北武汉举行新闻发布会，介绍中医药在防治新冠肺炎中的作用。中央指导组成员、国家卫生健康委党组成员、国家中医药局党组书记余艳红介绍，全国新冠肺炎确诊病例中，有74187人使用了中医药，占91.5%。其中，湖北有61449名患者使用了中医药，占90.6%。临床疗效观察显示，中医药总有效率达90%以上。

"共有4900余名中医药人员驰援湖北，约占援鄂医护人员总数的13%，其中院士3人，专家数百名。这次中医药援助队伍规模之大、力量之强前所未有。"余艳红说，在早期没有特效药、没有疫苗的情况下，总结中医药治疗病毒性传染病规律和经验，深入发掘古代经典名方，结合临床实践，形成了中医药和中西医结合治疗新冠肺炎的诊疗方案，成为中国方案的重要特色和优势。目前，已筛选出金花清感颗粒、莲花清瘟胶囊、血必净注射液和清肺排毒汤、化湿败毒方、宣肺败毒方等有明显疗效的"三药三方"。

中医药能够有效缓解症状，减少轻型、普通型向重型发展，能够提高治愈率、降低病亡率，促进恢复期人群机体康复。中国工程院院士、天津中医药大学校长张伯礼表示，方舱医院采取中药为主的中西医综合治疗，除了汤剂或者口服的中成药以外，还有按摩、刮痧、贴敷这些综合治疗。结果显示，各个方舱医院的转重率基本在2%到5%左右，显著降低了由轻症转为重症的比例，成为取得胜利的关键。

余艳红表示，研究证实，中医药的整体调节，能够增强人体免疫力，同时还有抑杀病毒的作用。中国的中医药界愿意与国际社会进一步加强合作交流，分享防疫和救治经验，向有需要的国家和地区提供有效中成药、专家咨询和任何力所能及的援助。

---

* 来源：《湖北日报》2020 年 3 月 24 日。

中医战"疫"，湖南确实有一套 *

易禹琳

2月13日，记者从湖南省中医药管理局获悉，在抗击新冠肺炎疫情的硬仗中，湖南中医药再次发挥了威力。截至2月12日24时，全省总计确诊968例，中医药参与救治915例，占94.52%；出院312例，其中286例采用中西医结合治疗，中西结合治疗率91.67%；在院656例，中医药参与治疗629例，症状改善共453例，占72.02%；中医参与后"治愈＋症状改善"共739人，占参与治疗确诊病例总数的80.77%。

数据证明，湖南中医战"疫"，确实有一套。

一、专家组3次开方，开工复工企业免费发放

2月13日，在长沙市开福区上班的李先生惊喜地在公司大堂里喝到了煎煮的预防用中药。为更好地抗击新冠肺炎疫情，湖南省中医药管理局部署，从2月12日开始，由全省109家定点中医医疗机构向所有开工复工企业免费发放预防用中药。而药方是由国医大师刘祖贻等11位医学、药学专家经过反复分析论证形成的预防新冠肺炎的2号药方。

早在1月21日，湖南省就成立了中医药防治新冠肺炎专家组。1月22日，由国医大师熊继柏等19位专家研究，针对体虚的易感人群及包括一线医务人员和有接触史的高危人群开出了预防药方，针对患者4种不同症状开出了治疗药方。1月27日，专家组又再次会商，针对体质壮实、但需要密切接触患者的高危人群新增了用以"辛凉御邪，清肺解毒"的中药预防药处方，为战"疫"最前线的"战士"再加一套防护衣。1月31日前，湖南中医药大学第一和第二附属医院、衡阳市中医医院、株洲市中医伤科医院等医院向医疗、交通、公安、社区一线人员免费发放预防中药汤剂30万份。

---

* 来源：《湖南日报》2020年2月14日。

2月7日，企业全面复工之际，为给全省老百姓再添一道防疫屏障，湖南中医药专家又连夜攻关，分析了14个省开出的46个防疫预防药方，又结合了湖南地理、气候和用药习惯，吸取湖南中医药参与治疗确诊患者的经验，开出了两个预防用处方，供全省机关、企事业单位、大专院校、中小学预防使用。2月10日，省中医药管理局公布推广，2月11日又部署向全省开工复工企业免费发放。

二、中西医结合早，一人一策专家会诊

2月12日，从长沙市公共卫生救治中心（长沙市第一医院北院）传来好消息：已治愈出院56例（含10例重型病例），治愈率可观，实现了患者"零死亡"、医务人员"零感染"的目标。隔离病房负责人周志国主任医师认为，最重要的一条经验是实施了中西医结合救治。

1月30日，郴州市首例确诊患者治愈出院，从确诊到出院仅7天时间，郴州市第二人民医院介绍，中医药在其中发挥了重要作用。

王伟是湖南中医药大学第一附属医院呼吸科的医生。1月31日，作为省中医药管理征集的首批中医药诊疗志愿者之一，他第一个入驻了长沙市公共卫生救治中心。至2月10日，王伟已问诊了100多例患者，并进行了病情反馈、疗效观察、病情发展追踪。他每天还需把所有问诊情况，包括患者的舌像都发给专家组，他们会诊后，一人一策开出药方。

湖南中医药大学第二附属医院副院长游柏稳是新冠肺炎湖南省中医医疗救治专家组的副组长。他告诉记者，1月22日，18名中医专家就随省级医疗救治专家组下沉到了全省14个市州，各市州也将本地区中医药专家纳入本地专家组中，积极参与诊疗。为使所有患者都能及时得到专家会诊，游柏稳在省级抗疫专家组组长陈新宇教授的指导下，结合国医大师熊继柏教授的问诊经验，组织医务及信息部门设计了一套为省级中医专家会诊团队量身打造的"新型冠状肺炎问诊表"。隔离区内的医护人员在线实时填写患者情况，上传舌像等关键问诊影像资料，专家会诊团队利用手机APP或电话终端就可进行会诊指导，并形成结果统计分析及病患记录留存。因此，远在武汉、黄冈的几名危重型患者也得到了湖南中医专家的救治指导。确保患者第一时间用上中药，特别是对于重症和危重症患者积极运用中西医结合方法开展救治。随着疫情的发展，湖

南省中医药管理局随时组织专家修订中医药诊疗方案。2月3日下发了《湖南省新型冠状病毒感染的肺炎中医药诊疗方案（试行第三版）》，将疫病分为初热期、重症期、危重期、恢复期4期，根据各期不同临床表现分为9种类型辨证施药。2月5日，组织召开了省、市、县三级中医诊疗专家500余人参加的第三版视频培训会。

2月10日，湖南省7家中医医院的40名医务人员，共同组成第三批援助湖北国家中医医疗队，启程前往武汉方舱医院。中医战"疫"的湖南经验，有望在湖北发挥更大作用。

广东省：中医药治疗新冠肺炎参与率 94.05% *

朱晓枫

8 月 26 日，2020 年全省中医药工作电视电话会议召开。笔者获悉，至 8 月 24 日 24 时，全省新冠肺炎确诊病例 1730 例，中医药参与治疗确诊病例 1627 例，占 94.05%。

回顾 2019 年工作，广东中医药交出了亮眼的"成绩单"。广东把发展中医药事业作为深化医改和建设卫生强省重点任务，投入 21.52 亿元，带动各级投入共计 33 亿元开展 59 家县级中医院升级建设，投入 13.5 亿元实施高水平中医医院建设和中医药传承创新工程重点中医医院建设。

至 2019 年末，全省有中医医疗机构 2.1 万个，中医医疗床位(含综合医院、专科医院中医科) 达 7.3 万张，中医类别执业医师 4.7 万人，全省中医诊疗服务人次达 2.17 亿，住院服务人次达 230 万。全省 100% 的乡镇卫生院和社区卫生服务中心、97.9% 的社区卫生服务站、88.6% 的村卫生室能提供中医药服务。

广东省卫生健康委党组书记、主任段宇飞介绍，下一步，全省卫生健康系统要紧紧围绕解决"西重中轻""以西律中"这两个根本性问题，真正把中西医并重落到实处，加快实现中西医协调发展。要坚持新发展理念，围绕"建高地、育名医、补短板、强基层、推创新、兴产业、扬文化、保健康"等重点任务，抓住重点领域下实功夫，持续深化中医药医改工作。

重点一：积极推进中医药改革

广东省卫生健康委副主任、省中医药局局长徐庆锋表示，各地要持续深化学习贯彻中央和省委、省政府的精神与要求，加快出台落实举措，做好与"十四五"规划编制衔接，积极推进中医药重大改革。

各地卫生健康管理部门、中医药主管部门力争下半年出台并召开中医药大

---

* 来源：《南方日报》2020 年 8 月 27 日。

会，紧密结合本地实际推动出台具体政策举措。

重点二：秋冬季新冠肺炎疫情防控

要做好秋冬季新冠肺炎疫情防控工作，完善优化中西医联防联控工作机制，坚持中医思维开展中医药防治，如提供新冠肺炎恢复期中医康复建议，指导新冠肺炎患者出院后居家中药调护等。

会议强调，要做好中医医疗机构新冠肺炎防控工作，强化发热门诊"哨点"作用。纳入我省发热门诊和发热诊室建设的中医医院，要按照建设标准和要求，如期完成建设任务。要加强医疗资源储备，确保医疗力量、物资设备储备充足。

重点三：中医医联体建设

广东高度重视在健康广东行动中充分发挥中医药作用，推动公立中医医院高质量发展，常态化推进三级公立中医医院绩效考核，启动二级公立中医医院绩效考核。

中医药医保制度有望推进改革，争取更多中医医疗服务项目纳入政府定价范围、纳入医保支付范畴。会议提出，在医保按病种分值付费改革中，对同病同效的中医治疗病例，按西医治疗病例的支付标准进行医保支付。

会议还强调要全面推进中医医联体建设，鼓励县级中医医院牵头组建医疗联合体。优化统筹社会办中医，全面放开对只提供中医药服务的中医门诊部和中医诊所数量、地点等限制。探索建立中医药监管新机制，打击假借中医旗号开展非法行医和虚假违法宣传的"中医养生保健"服务行为。

重点四：构建中西医结合应急救治体系

广东要坚持建高地与补短板齐抓共进，实施好国家中医药传承创新工程、区域中医（专科）诊疗中心建设，打造高水平中医医院群。

值得留意的是，会议提出健全中医药参与新发突发传染病防治和公共卫生事件应急处置的机制。重点支持广州中医药大学第一附属医院建设国家重大疫情救治基地，支持省中医院建设省级中西医结合应急救治中心、省中医药科学院等项目。加强中医医院传染病救治能力建设，构建省、市、县一体的中西医结合应急救治体系，全面提升中医医院应急救治能力。

重点五：中医药人才培养

中医药人才缺乏，是广东中医药发展的痛点。会议指出，要加快中医药传承创新与人才培养。强化创新平台建设，推进中医药传承创新，抓好中医药多层次人才培养，打造高水平的中医疫病防治队伍。

此外，还要弘扬中医药文化，促进中医药对外交流合作。实施中医药文化推进行动，加强中医药对外交流与合作，拓展中医药服务贸易，推动广东中医药走向世界。

广西建立中西医协同救治机制战疫情 *

刘 伟 黄浩铭

　　广西多位医务人员近日接受记者采访时表示，中西医结合治疗手段在新冠肺炎患者救治过程中，对缩短病程、治疗并发症、缓解症状、减少重症与危重症的发生有明显临床效果。

　　截至 3 月 16 日 24 时，全区本地确诊病例 252 例，其中中医药参与治疗 246 例，参与率 97.6%。累计出院病例 248 例，其中有 242 例出院患者使用中医药治疗，参与率 97.6%。

一、迅速建立中西医协同救治机制

　　"我们医院确诊病例全部治愈出院了。治愈患者中年龄大的 90 岁，小的只有 3 个月。无医务人员感染，无死亡病例。"南宁市定点医院、第四人民医院院长吴锋耀对记者说。

　　吴锋耀表示，作为一家三级甲等传染病专科医院，他们设置了中医科，从接诊第一位新冠肺炎患者开始，中医就介入治疗，全程采取中西医结合治疗方案。

　　一个多月来，这家医院中医科常务副主任马钰婷带领团队值守隔离病房，每天为病人号脉、看舌象，通过视频与病房外中医药救治专家组会诊。专家组根据每个病人情况，分别开出中药方。"从临床效果看，中西医结合治疗能够缩短患者病程。"

　　"除口服汤药，还采用针刺、艾灸、穴位贴敷、壮瑶药熏蒸等治疗方式，对轻症患者发热、身体酸痛、乏力、厌食等症状能够减轻，对危重症患者一些基础病治疗效果明显。"南宁市第四人民医院副院长谢周华说。

　　疫情发生后，广西迅速建立了中西医协同救治机制。自治区卫生健康委、

---

　　* 来源：《经济参考报》2020 年 3 月 18 日。

中医药局要求定点医院建立中西医联合会诊制度，要有中医医师参与诊疗方案制定、联合查房；将中医药专家纳入医疗救治专家组，每次自治区级专家实地和远程会诊、病例讨论均要有中医药专家参与。

针对不同对象，广西实施分类精准救治和预防。对确诊病例，定点医院给予辨证施治；对恢复期患者，加强中医康复指导，促进患者愈后转归；对集中隔离医学观察人员，给予汤药预防干预；对普通易感人群、密切接触者、一线医务人员等，通过中医治未病方法提供预防干预。

作为自治区中医药救治专家组首席顾问，唐农除牵头制定救治、预防方案和视频授课外，主要实地和远程会诊南宁、玉林、桂林、北海、河池、贵港等多个市级定点医院与自治区人民医院邕武医院确诊患者救治，"一人一策"开方用药。

唐农表示，中医的"疫病治疗观"不仅仅针对具体致病源，还要考虑人体内环境形成的易感性，不能孤立地拿抗病毒药理强不强来判断疗效好不好。

"中医根据患者脉症判断，然后用汤药、针灸等调和阴阳，实现'正气存内，邪不可干'，促使疾病得到救治。阴阳调和了，自然就能保持病人身体免疫系统的平衡，防止其过强或过弱。"唐农说。

梧州市医疗救治组中医专家、市工人医院中医科主任程星说："中西医各取优势，取长补短，共同治疗。西医重点在抗病毒治疗，重症时支持治疗，中医在改善症状方面效果好，能减轻西药副作用。"

二、广西中医药驰援湖北抗疫一线

"28天前开始喉咙痛，鼻子不通气，吃药没好，现在开始胸痛和干咳，做CT医生说肺部问题不大，但没有做病毒核酸检测，我会不会是新冠肺炎？"

"建议服用3天益气清瘟饮，服药后再联系我们。"

在湖北武汉的一个网络问诊平台上，广西中医药大学第一附属医院院长谢胜回复患者咨询并留下联系电话。

当得知武汉疫情严重后，这家中医院中医治未病中心团队通过网络远程方式为武汉市民提供中医居家健康管理咨询1000多人次，并为多名确诊患者开方用药。

为打赢湖北防控疫情保卫战，广西中医药系统医务人员纷纷请缨驰援湖北。目前已有 130 名中医医务人员赶赴湖北抗疫一线。

陈平是广西中医药大学第一附属医院呼吸专业副主任医师，2 月 13 日开始在湖北十堰市竹溪县参与救治工作。他每天都要到隔离病房查房，对患者望闻问切，辨证论治，开具中药处方。对轻症患者，组织练习八段锦、呼吸操等中医特色疗法。

广西中医药大学附属瑞康医院 18 名医护人员在武汉沌口方舱医院开展救治工作。呼吸内科副主任潘玲所在的 K 组病区，病人数量最多，除要对患者进行治疗，还要缓解其焦虑情绪。

进驻武汉沌口方舱医院后，来自广西国际壮医医院的医护人员开展了一些壮医特色疗法。他们带着患者跳起了壮药绣球操、壮医三气养生操。这逐渐成为医护人员和患者的默契活动。

广西国际壮医医院医护人员还将具有芳香化浊、提高免疫力作用的壮药香囊送给患者，帮助他们改善睡眠、平缓呼吸。

三、面向社会开展中医药预防干预

自治区中医药局局长姚春表示，为增强免疫力，广西中医系统积极运用预防方药、中药壮瑶药香囊、艾灸、八段锦、壮医三气养生操等中医壮瑶医治未病方法，为普通易感人群、密切接触者、一线医务人员等提供预防干预，深受欢迎。

唐农牵头组织专家针对密切接触人群、一般人群和儿童拟定了不同预防疫肺方。广西中医药大学 3 家附属医院发放"预防疫肺 1 号方、2 号方""益气清瘟饮""壮医防瘴药茶"等预防药剂 15 万多份，还研发了由中药、壮瑶药配制成的香囊向社会发放。

据广西中医药大学附属瑞康医院院长唐友明介绍，瑞康医院制作了配方颗粒剂和汤剂等 5 种中药剂，提供给集中隔离点群众与医护人员、公安民警等一线疫情防控人员，还向广西女子监狱赠送了近 5000 包预防中药。这家医院还与一家制药公司合作，将刚生产出来的 20 万份清肺排毒颗粒捐赠湖北抗疫一线。

梧州市为社区观察人员免费提供"四个一"预防措施，即一份爱心防疫茶、一盒艾条、一个香囊和一张预防时疫小处方。南宁、桂林、北海、玉林、崇左等地每天煎煮预防汤药，发放给医护人员、防控人员、重点监控人群和普通市民。

为缓解公众焦虑情绪，广西中医药大学第一附属医院坚持每天发布中医特色防治知识，及时开通免费在线咨询服务，360多位医生上线，服务11万多人次。医院中医健康管理中心主任刘倩说，通过线上平台，中医治未病中心团队指导居民练习八段锦和科学运用健脾除湿艾灸保健法。

海南省:"望闻问切"在救治新冠肺炎患者过程中发挥独特作用,中医药参与确诊患者治疗占比 93%*

马 珂

2 月 27 日上午,在海南医学院第二附属医院(以下简称海医二院),新冠肺炎治愈出院患者陈先生手里提着的行李中,有一袋中药。陈先生康复出院,与中药治疗有密不可分的关系。

据悉,截至 2 月 27 日,我省累计确诊新冠肺炎患者 168 例,其中中医药参与治疗 156 例,占比 93%。中医药在防治新冠肺炎中发挥了独特优势作用。

海医二院中医科主任王高岸告诉海南日报记者,1 月 31 日该院便制定了中西医联合会诊工作制度,中医专家加入医院新冠肺炎专家组,参加每日新冠肺炎专家例行会诊。随后,该院探索双医师管床制度,对确诊新冠肺炎患者,西医医师、中医医师联合管床,选派中医师到新冠肺炎隔离病区,采集中医四诊(望、闻、问、切)资料,辨证施治。"目前,我院收治的新冠肺炎患者,重型都已转普通型,普通型患者病情稳定向好。"王高岸说道。

三亚市中医院与南部战区海军第二医院制定诊疗联动机制,发挥中西医结合优势救治新冠肺炎患者。两家医院成立了中西医联合会诊工作小组,三亚市中医院指派一名中医师进驻南部战区海军第二医院新冠肺炎确诊患者病区采集患者资料,上传至中西医结合专家微信工作群,由两家医院中西医专家会诊施治,安排专人给患者配送中药汤剂。"我们结合每位患者的体质、年龄、性别及三亚气候和地域特点,给每位患者确定个性化的中医治疗方案。"三亚市中医院医务科副科长姜成龙介绍说。

截至 2 月 27 日,海南省人民医院治愈出院患者共 61 例,出院患者中 54 例应用中药汤剂治疗,5 例危重症出院患者均应用中药汤剂。

---

* 来源:《海南日报》2020 年 2 月 29 日。

省中医院选派中医专家到各定点收治医院帮助搭建中西医结合会诊制度，指导使用中医中药治疗新冠肺炎。同时，选派中医医疗队到湖北省荆州市江陵县人民医院应用中医中药治疗新冠肺炎患者。该院还派出张汉洪主任作为国家中医药局重症专家指导组成员，在武汉各医院开展重症巡诊，指导各医院应用中药治疗危重症患者。

省中医药管理局有关负责人告诉海南日报记者，疫情发生以来，省卫健委、省中医药局及时成立中医药专家组，研究出台了3版中医药诊疗防治方案指导全省各医疗机构实施，组织专家深入5家省级定点收治确诊患者医院和3家省级定点收治疑似患者医院会诊、巡诊，与省药监局联合制定中药储备和调用机制，全力推进中医药参与救治新冠肺炎患者。

重庆市：中医药成为抗疫急先锋[*]

何军林

3 月 23 日，国务院新闻办公室在湖北武汉举行新闻发布会，介绍中医药在防治新冠肺炎中的作用。中央指导组成员、国家卫生健康委党组成员、国家中医药局党组书记余艳红介绍，全国新冠肺炎确诊病例中，有 74187 人使用了中医药，占 91.5%。其中，湖北有 61449 名患者使用了中医药，占 90.6%。临床疗效观察显示，中医药总有效率达 90% 以上。

"共有 4900 余名中医药人员驰援湖北，约占援鄂医护人员总数的 13%，其中院士 3 人，专家数百名。这次中医药援助队伍规模之大、力量之强前所未有。"余艳红说，在早期没有特效药、没有疫苗的情况下，总结中医药治疗病毒性传染病规律和经验，深入发掘古代经典名方，结合临床实践，形成了中医药和中西医结合治疗新冠肺炎的诊疗方案，成为中国方案的重要特色和优势。目前，已筛选出金花清感颗粒、莲花清瘟胶囊、血必净注射液和清肺排毒汤、化湿败毒方、宣肺败毒方等有明显疗效的"三药三方"。

中医药能够有效缓解症状，减少轻型、普通型向重型发展，能够提高治愈率、降低病亡率，促进恢复期人群机体康复。中国工程院院士、天津中医药大学校长张伯礼表示，方舱医院采取中药为主的中西医综合治疗，除了汤剂或者口服的中成药以外，还有按摩、刮痧、贴敷这些综合治疗。结果显示，各个方舱医院的转重率基本在 2% 到 5% 左右，显著降低了由轻症转为重症的比例，成为取得胜利的关键。

余艳红表示，研究证实，中医药的整体调节，能够增强人体免疫力，同时还有抑杀病毒的作用。中国的中医药界愿意与国际社会进一步加强合作交流，分享防疫和救治经验，向有需要的国家和地区提供有效中成药、专家咨询和任何力所能及的援助。

---

[*] 来源：《中国中医药报》2020 年 6 月 8 日。

四川省:"两个90%以上"背后有啥故事 *

邓 翔　沣伍力

截至 2 月 25 日 0 时,全省共计确诊病例 529 例,中医药参与治疗 493 例,中医药参与率 93.2%。与此同时,经过临床诊治,"新冠 1 号"有效率达 90%以上,"新冠 2 号""新冠 3 号"疗效良好⋯⋯在 2 月 25 日举行的四川省新冠肺炎疫情防控工作新闻发布会(第八场) 上,这些信息极大提振了大家的信心。

"两个 90%以上"背后有哪些故事? 省中医药管理局党组成员、副局长杨正春,省中医药科学院院长、研究员赵军宁,省中医院院长、教授谢春光,西南医科大学附属中医医院院长、教授杨思进进行了解读。

一、发挥四川中医药优势,快速推出"新冠 2 号""新冠 3 号"

我省在国家中医药管理局、国家卫生健康委推荐治疗方"新冠 1 号"中药制剂的基础上,结合四川特点,又推出"新冠 2 号""新冠 3 号"中药制剂。系列制剂为何能在如此短时间内推出?

"中医药讲究'三因制宜',即结合不同地域、气候和人体特点用药。"谢春光介绍,推出"新冠 2 号""新冠 3 号"中药制剂正是结合目前湖北和四川湿邪较重的气候特点,研制的相应方药。

"新冠 2 号""新冠 3 号"能迅速推出的背后,有哪些重要因素? 杨正春坦言,系列制剂能在短时间内推出,是我省中医药疫情防控工作及早整体部署、多机构联合快速攻关的结果。

1 月 21 日我省成立中医专家组,组织中医专家到定点医院临床一线参与医疗救治,中西医联合会诊,收集到较为丰富的第一手临床资料。及早组织名中医,包括曾参与过"非典"、甲流防治的专家,结合地域、气候特点,辨证施治,在全国较早地论证形成新冠肺炎四川中医药防控技术指南。各地充分运

---

*　来源:《四川日报》2020 年 2 月 26 日。

用指南参与病例治疗，取得较好的临床效果。

杨正春表示，"新冠2号""新冠3号"的迅速"出炉"，还与四川深厚的中医药文化底蕴密切相关。

"新冠1号"是来源于国家中医药管理局、国家卫生健康委联合推荐的"清肺排毒汤"处方，然而在"新冠2号""新冠3号"的研发中，川派中医应对流感、瘟疫的丰富经验则扮演了重要角色。"'新冠2号''新冠3号'的处方是由成都中医药大学附属医院联合多家医院，组织多位国家、省级名中医在多年治疗流感反复临证、加强研究基础上，结合本次疫情特点推出的。"此外，杨正春透露，此次制剂中，大部分中药都是川产道地药材，"川产道地药材质量好、疗效好，研制中药制剂的时间也随之大大缩短。"

二、制剂研发快且安全有效，已临时纳入医保支付

"新冠1号""新冠2号""新冠3号"中药制剂推出如此迅速，是否经过了严格的临床试验？赵军宁表示，"新冠1号""新冠2号""新冠3号"不仅研发快，并且安全、有效。赵军宁介绍，系列制剂均由我省科研技术实力较强的三甲中医医疗机构研发，并严格按照国家和我省相关规定和技术评审，经省药监局、省中医药管理局按应急防控用药特别审批程序，取得了医疗机构制剂批准文号，获准在临床使用。

自2020年2月12日，"新冠1号""新冠2号""新冠3号"中药制剂取得省药监局批文后，迅速开始在省内各大新冠肺炎定点救治医院使用。其中，"新冠1号"共计使用2100余瓶，目前正在加速生产1000余瓶，确保各大医院能及时投入使用。杨思进现场分享了数据：截至2月24日，"新冠1号"在全省共治疗新冠肺炎确诊患者151例。服用"新冠1号"后，有30例治愈出院，36例症状消失，59例症状改善，11例症状平稳，有效率达90%以上。

"新冠2号""新冠3号"中药制剂对于新冠肺炎确诊患者同样具有良好的疗效，绝大部分患者服用后病情得到不同程度的缓解。

"新冠1号""新冠2号""新冠3号"中药制剂是否所有患者都能用上？能否进入医保报销范围？对此，杨正春在现场表示，"新冠1号""新冠2号""新冠3号"正在全省定点医院进行推广并已临时纳入医保支付，同时调拨到甘孜、武汉等地，以便及时救治患者。

贵州中医药是这么做的：确诊新冠肺炎 146 例，138 例接受中医药介入治疗 *

姚东天

5 月 7 日，都市新闻记者从省政府办公厅获悉，日前，贵州省中医药管理局党组书记、局长于浩以"把握抗击疫情机遇、摸清底数精准施策，努力推进中医药高质量发展"为题，到省人民政府网接受在线访谈。

据介绍，从救治成效来看，中医药介入后救治成效是非常明显的，贵州省累计确诊 146 例病人中，138 例接受中医药介入治疗，数据显示规范的中西医结合治疗能缩短疗程。

一、发展中医药产业，我省有五大优势

据介绍，发展中医药产业，我省有五大优势。

组织机构已建立。省委省政府领导对中医药产业高度重视，及时组建了中医药管理局，这也是全国为数不多、实行独立管理的副厅级中医药机构，能有效统筹推动全省中医药产业高质量发展。

工作机制有保障。中医药事业的发展不是一个简单的行业动作，也不是简单的以中医医疗水平的提高为唯一标准，它是民族文化自信和传承的标志，是为全社会和人民群众共谋的福利。

人才培养链条全。开设了中医药教育的专门机构和专业，强化早跟师和临床实践，积极推进中西医结合教育，全面推进"西学中"。升格后的贵州中医药大学是一所以中医药为主、多学科支撑、办学层次较为齐全，集教学、科研、医疗为一体的中医药本科院校，是国家中医药管理局与贵州省人民政府共同建设的中医药高等院校。开展了中医名家评选工作，目前，全省共有国医大师、全国名中医、名老中医药专家近 30 人。自 2010 年起，我省已累计评选近

---

* 来源：天眼新闻客户端，2020 年 5 月 7 日。

百名省级名中医。

产业基础比较好。贵州素有"夜郎无闲草、黔地多灵药"美誉，是全国中药材四大主产区之一，具有品种多、产量高、质量好的贵州中药民族药，中药资源品种达到4800余种，其中47个品种获得国家地理标志产品保护，中药民族药种类在全国位居前列，苗药销售额也远远超过其他民族药。

政策扶持力度大。省委省政府高度重视，及时将中药种植产业融入全省大扶贫、大数据、大生态三大战略行动中，并提出一系列扶持中医药产业加快发展的重要举措，《贵州省促进中医药传承创新高质量发展的实施意见》等政策文件也将相继出台，《贵州省中医药发展条例》已列入2020年省人大立法计划，为贵州中医药产业高质量发展提供了良好政策环境。

二、中西医结合治疗，能缩短疗程

据介绍，新冠肺炎疫情发生后，在省委、省政府的坚强领导下，在省卫生健康委党组的指导下，扛起中医人的政治责任，始终把人民群众生命安全和身体健康放在第一位。

成立了由国医大师、各级名中医和相关学科的中医专家组成的省市县三级中医专家救治指导小组，完善中西医会诊、中医查房和远程诊疗制度。以省内各级收治医院为主战场，同时号召全省中医系统医务人员支援湖北，全省31家中医医院先后派出5批共计219名医护奔赴抗疫一线。向法国捐赠价值18.8万元的中成药、民族药等预防新冠肺炎抗疫物资。倡导省内中医药企业捐助大批中药、民族药、医疗设备等价值近1800万元的物资支援抗疫一线，推广宣传黔产药材。调拨10吨中药随贵州省中医专家队前往湖北支援。组织研究制定"贵州方案"，供一线中医医师辩证使用。全国率先征集民族民间治疗新冠肺炎方药和方法，组织专家研究1605份献方。推广中医艾灸、针灸等传统防治技术在疫情防控中的作用。将61种黔产的对疫情防治有效的药品、民族医药企业所制中药熏蒸、中药香囊等纳入防控工作，在全省推广使用中药预防新冠病毒感染。

从救治成效来看，中医药介入后救治成效是非常明显的。贵州省累计确诊146例病人中，138例接受中医药介入治疗，占比为94.52%。全省累计出院患者144例，其中137例接受了中医药介入治疗，占比95.14%；120例接受中药汤剂治疗，占比 83.33%。以 1 月 31 日中医药介入治疗为时间节点观察我省出院患者平均住院日，由此前入院患者的 16.06 天下降到 10.21 天，中西结合治疗的患者最短住院时间为 5 天。数据显示规范的中西医结合治疗能有效缓解病情，缩短疗程，降低费用。

三、全力打造"中医药强省"

在全中医药系统全力抗击疫情基础上，坚决全面抓好中医药各项工作，以高质量发展为目标，突出重点，统筹推进。着力加强中医药服务体系建设。建成一批优质医院，做广做实基层中医馆，建设一批优质中心。进一步完善县乡村三级中医药服务体系，争取在 2022 年实现"县县有中医院、乡乡有中医馆、村村有中医看"。

要做大做强中医药产业，全面推动大数据与中医药产业深度融合，推进贵州省中药材电商交易平台建设，切实发挥贵州省大数据试验区高地"赋能"优势，促进贵州省中药材产业网络化、集约化、规模化发展。加快"定制药园建设"，推进中医药药材规模化、规范化种植。全面提升"黔药"品牌影响力和竞争力，聚众力、集众智全力打造"中医药强省"。

云南确诊病例清零，中西医协同治疗取得成效 *

陈 静

记者 14 日从云南省应对疫情工作领导小组指挥部办公室获悉，当日，云南新冠肺炎确诊病例实现清零。此前，云南采用中西医协同救治方法，取得成效。

1 月 21 日，国家卫生健康委员会确认昆明首例输入性新冠肺炎确诊病例，这也是云南首例确诊病例。此后，除怒江州、迪庆州外，云南省其他 14 个州市先后报告确诊新冠肺炎病例。截至 3 月 14 日，云南累计确诊 174 例，死亡 2 例，治愈出院 172 例，治愈率达 98.85%。

3 月 14 日，随着曲靖市、德宏州最后 2 例在院治疗确诊病例先后出院，云南实现在院确诊病例全部清零。从发现第一例确诊病例到清零，云南共经历了 50 余个日夜。

期间，云南探索出具有特点的治疗方法。云南省中医药管理局副局长杨丽娟此前透露，此次新冠肺炎救治，云南开展中西医协同协作，并取得初步成效。截至 2 月 25 日 12 时，云南有确诊病例 174 例，其中 168 例中医药参与治疗，确诊患者中医药治疗率达 96.6%；累计治愈出院 129 例，中医药参与治疗 123 例，出院患者中医药治疗率达 95.3%。在康复方面，云南也通过中药新技术、膳食之道、传统工法等手段提高病人的康复质量。

此外，根据前期中医药参与新冠肺炎临床治疗经验，云南省还研制了 10 个极具地方特色的中药院内制剂，已获得药监部门批准在全省定点救治医疗机构调剂使用，纳入新冠肺炎治疗医保基金支付范围。

---

* 来源：中新社，2020 年 3 月 14 日。

西藏自治区卫健委组织研究藏药预防新冠肺炎 *

西藏自治区卫健委 2 月 7 日公布，西藏无新增疑似和确诊新型冠状病毒感染的肺炎病例，另外组织藏医药专家和学者研究藏药预防新冠肺炎。

截至 2020 年 2 月 6 日 24 时，西藏自治区累计报告新冠肺炎确诊病例 1 例，重症病例 0 例，死亡病例 0 例，出院病例 0 例。目前，患者生命体征平稳，追踪到的密切接触者正在接受医学观察。

6 日，西藏自治区卫健委组织藏医药专家和学者，安排部署藏医药预防新型冠状病毒感染肺炎的科学研究工作，要求借助藏医药在疾病预防中的独特优势，深入分析《四部医典》及其他古籍文献中关于防治瘟疫的理论依据，研究整理防治疫病的经典验方，加快开展临床研究工作，还要加大对现有疫用藏药产品的分析，细化完善研究方案，科学设定研究内容、方法及有效性指标，同时在药品剂型和用药途径上下功夫，深入分析研判，尽快研制出行之有效的藏药产品。

另据北京援藏指挥部消息称，由 27 人组成的北京市第五批组团式援藏医疗队提前返回西藏共同抗击疫情。

该队医生有 21 人服务于拉萨市人民医院，4 人服务于堆龙德庆区人民医院。

由拉萨市出资、北京援藏指挥部协助采购的医护物资已到达拉萨，包括 N95 以及其他医用口罩 2 万个、防护服 2000 套、护目镜 3000 个。

---

* 来源：中国新闻网，2020 年 2 月 7 日。

陕西中医药参与新冠肺炎确诊病例治疗，救治率达 93.7%*

4月1日，在省人大常委会召开的《陕西省中医药条例》新闻发布会上，陕西省中医药管理局副局长孙长田表示，中医药在本次疫情防治方面发挥不可替代的作用，效果十分明显，中医药参与确诊病例救治率达到93.7%。

孙长田介绍说，此次新冠肺炎疫情在早期没有特效药、没有疫苗的情况下，我省中医药专家总结中医药治疗病毒性传染病规律和经验，深入发掘古代经典名方，结合临床实践，形成中医药和中西医结合治疗新冠肺炎的诊疗方案，成为中国方案的重要特色和优势。治疗方案筛选了以"三药三方"为代表的一批有效方药，有效缓解了患者症状，减少了轻型、普通型向重型发展，提高了治愈率、降低病亡率，促进了恢复期人群机体康复。实践再次充分证明，中医药这个老祖宗留下来的宝贵财富屡经考验，历久弥新，值得珍惜，它依然好使、管用，并且经济易行。

我省在疫情防治方面也注重充分发挥中医药的优势与作用。首先，根据国家卫生健康委、国家中医药管理局新型冠状病毒感染的肺炎防治方案，召集全国名中医杨震和省市级中医医院、中西医结合病医院、传染病医院、胸科医院的15名专家，充分考虑陕西省地域、气候特点，对我省中医药防治方药和方案进行了充分论证，形成了包括成人方、儿童方、食疗方及起居宜忌的预防方药和三期7种类型（轻症3种类型、重症2种类型、恢复期2种类型）的治疗方案。

在疫情防控期间，我省各级中医医疗机构免费为隔离医学观察点的留观人员提供中药预防汤剂。截至目前，共向6811名新冠肺炎密切接触者发放"清肺排毒汤""益气固本汤"等中药预防汤剂57857服（袋），发放抗病毒颗粒、莲花清瘟胶囊、小儿肺咳颗粒、强力枇杷止咳胶囊等中成药410盒。同时，我

＊　来源：《西安晚报》2020 年 4 月 2 日。

省还担负国家中医药管理局治疗新冠肺炎推荐处方"清肺排毒汤"试点工作。3月2日，中央电视台视频连线西安市第八医院采访了相关医生和患者，对"清肺排毒汤"的较好疗效进行了报道。

截至3月31日，西安市第八医院等11家定点医院收治的227例确诊、疑似病例运用了"清肺排毒汤"救治，90%以上患者的症状及影像学表现改善明显。全省确诊253例中，237例接受中医药治疗，中医药参与确诊病例救治率达93.7%。

甘肃：新冠肺炎救治，中医药主动作为[*]

李欣瑶

新冠肺炎疫情防控，是 2020 年打响的一场全民参与的人民战争。在这场战争中，患者救治是最前线、也是最重要的工作。

甘肃是中医药大省，有着深厚的中医药底蕴。在新冠疫情防控中，甘肃第一时间成立中医药防治专家组，中医第一时间介入患者救治。中医药主动作为，与西医一起担负起了患者救治的重要使命。

一、迅速反应建立工作机制

在新冠肺炎疫情发生后，我省卫生健康部门迅速反应。1 月 23 日，省卫生健康委第一时间组建了包括我省全国名中医、甘肃省名中医在内的 60 名专家在内的中医药防治专家组。

面对甘肃新冠肺炎疫情，专家组迅速根据国家方案，以及我省中医治疗 SARS 和禽流感等传染性疾病的经验，讨论制定了甘肃新冠肺炎疫情中医药防控工作方案、中医药防治方案，指导开展中医药参与新冠肺炎疫情预防工作。

从收治第一例患者开始，在所有定点医院的隔离病区中，不仅有西医医生，还有中医医生。

据我省新冠肺炎中医药防治专家组组长、甘肃中医药大学附属医院副院长张志明介绍，我省在按照国家诊疗方案规范治疗的基础上，全程开展中西医结合治疗。

我省注重发挥中医"治未病"的优势。在疫情发生初期，针对普通人群、虚体人群和武汉来甘返甘人群等重点对象，推荐基本预防方药和中医药适宜技术。推荐了包括食疗、口服汤药、香囊、足浴等在内的 8 种基本预防方药、方剂，在省卫生健康委网站公开发布，供各地和广大群众参考使用。

---

* 来源：《甘肃日报》2020 年 3 月 20 日。

二、中医药第一时间介入

从 1 月 23 日我省确诊首例新冠肺炎患者开始，针对每一个确诊病人，我省都由中西医专家共同会诊，确定患者病情为轻型、重型或危重型，然后共同制定中西医治疗方案。同时，中西医专家共同指导全省范围内新冠肺炎防控和医疗救治工作。

我省要求所有定点医疗机构在患者救治中建立中西医结合联合救治、会诊、查房和病例讨论制度，对于疑似和确诊病例，中医专家第一时间介入。在确诊患者的救治中，我省采取一线中医医生临床问诊，省级专家根据临床诊断和病历、视频会诊的方式对患者进行治疗。

各定点医院也根据患者临床表现，"一人一方"辨证施治，使用中药汤剂或中成药进行治疗，确保尽早、及时、全程使用中医中药。

同时，我省采取中医专家组划片包干的办法，分工负责省级定点医院的中医会诊工作。当天确诊病例当天进行会诊，其余病例每三天进行一次会诊，根据病情变化调整处方用药。重症和危重症病例由中医医疗救治组组长根据病情需要随时安排专家进行会诊。对于兰外定点医院患者，采取远程会诊和现场会诊相结合的方法加强对市县救治患者的会诊、指导。

三、中西医结合疗效明显

在中西医结合治疗中，张志明和专家组成员发现，面对发热病人，用西药控制体温，往往会出现反复发烧的情况。但是当中药用于退热治疗时，普遍 1—3 天就可以解决发热问题。同时对于患者出现的乏力、腹泻、疲乏、气短等症状，中药有良好的治疗效果。

张志明说，新冠肺炎在中医中属于温病范畴，在中医经典著作《温病论》和《温病条辨》中，对如何治疗温病有着系统的论述。

根据中医经典著作的论述，温病从口鼻入，发展过程可分为卫、气、营、血四个节段，也就是从轻到重、由浅入里的过程。专家组认为，及早介入中医治疗，就是在四个节点上"设伏"，防止病情向下一个节段发展，从而实现了截断和扭转。

根据省卫健委对此次新冠肺炎的主要症状，如发热、咳嗽、胸闷气短等进行的统计分析，在中医药参与救治后，患者发热症状最短 1 天，最长 6 天缓解，平均 2.91 天；咳嗽症状最短 1 天，最长的 6 天缓解，平均 3.11 天；胸闷气短最短 2 天，最长的 10 天缓解，平均 3.36 天。

根据初步分析，中医药参与新冠肺炎治疗后，发热、咳嗽、胸闷气短这三个主要症状能够在 1—4 天内得到明显缓解。

四、甘肃方剂助力新冠肺炎防治

在前期中医药参与防治经验的基础上，省卫生健康委组织专家，总结形成了使用我省部分道地药材的中医药防治新冠肺炎预防（扶正避瘟方）、治疗（宣肺化浊方、清肺通络方）、康复（益肺健脾方）和藏药系列方，系列"甘肃方剂"进一步优化组方用药，更注重实际应用。

我省在新冠肺炎防治中，甘肃方剂深度介入预防、治疗、康复全过程。全省各地积极为密切接触者提供免费的中药预防服务，各级医疗机构也为发热门诊、预检分诊点医务人员分发中药预防药物。

同时，我省还安排专人对使用中医药治疗的确诊病例进行电话回访，准确掌握中医药救治信息，了解中医药治疗效果。对于达到出院标准的患者，继续发挥中医药在疾病康复中的核心作用，针对部分患者因病后体虚和脾胃受损、肝郁气滞等造成的气短、乏力、食欲不振、失眠、焦虑等症状，专家组通过中药进行调理，帮助患者快速恢复。

截至目前，我省 91 例确诊病例中，有 89 例使用了中医药治疗，中医药治疗率达到了 97.8%，中医药参与治疗率居全国前列。

同时，甘肃方剂还寄往武汉战"疫"前线，供我省前线医疗队员预防以及武汉新冠肺炎患者使用，取得了良好的效果。

我省新冠肺炎中医药防治专家组认为，中医药参与防治新冠肺炎，有着关口前移、截断扭转、防治在早期、治愈在初期等优势。中西医结合治疗，不仅控制了重症、危重症的发生率，降低病亡率，而且缩短了患者住院周期，降低了患者住院费用。在新冠肺炎防治中，中医药发挥了积极作用。

青海：中藏医药参与防控一线[*]

端　智

　　青海省主动发挥中藏医药优势作用，积极推动中藏医药参与疫情防控和医疗救治工作。截至 2 月 27 日，全省 18 例治愈出院确诊病例中，中医药参与率达 100%。

　　省卫生健康委印发《关于进一步做好新型冠状病毒感染的肺炎中（藏）西医结合救治工作的通知》，第一时间组建省级中医药、藏医药专家组。制定《青海省中医药防治方案（试行第一版）》《青海省藏医药防治方案（试行第一版）》并更新至第二版，指导全省各医疗机构运用中藏医药方法预防治疗新型冠状病毒感染的肺炎。各级中藏医医院均设置预检分诊点和发热门诊，并多次进行全院培训和实战演练。选派资深藏医药、中医药专家，深入集中医学观察点和出院患者家中，制定中藏医药康复方案。全省各级中藏医医院主动请战参加青海省支援湖北医疗队，截至目前，共有 34 名中藏医医护人员奋战在湖北抗疫前线。

　　省药品监管局、省医保局开通绿色通道，快速批准省中医院、省藏医院 9 种预防疫病中藏药制剂，并将其列入医保报销范围。同时，要求全省中藏医医院加强院内制剂管理，严格统一调配，确保疫情期间用药安全。组织专家对全省中藏药生产企业涉及预防和治疗疫病的中藏成药目录进行整理，以备疫情防控之需。

　　充分发挥中藏医药在预防传染病方面的优势，在国医大师尼玛指导下，省藏医院研制开发九味防瘟黑药药囊，共配制药囊约 3500 个，第一时间向湖北省捐赠 1000 个，向省内医疗机构配发 1200 个，向青海省支援湖北医疗队配发 242 个。西宁市 29 家基层医疗卫生机构中医馆，熬制预防方剂 3.9 万余份，截至目前，已经由 481 个家庭医生团队为 8000 余名重点人群免费发放 3.4 万余

　　* 来源：《中国中医药报》2020 年 2 月 28 日。

份中药汤剂（颗粒）。

制作发行汉藏语版新冠肺炎宣传视频、编制藏文版新冠肺炎预防常识电子手册、藏汉双语新冠肺炎防护科普动画在医院订阅号发布。果洛州藏医医疗集团、称多县藏医院等州县级藏医医疗机构自发录制藏语安多方言、康巴方言防疫公益宣传视频，第一时间确保基层广大农牧民看得懂、用得上。

全省加大中藏医药疫病防治科研攻关力度，省中医院申报的"青海省新型冠状病毒感染肺炎的中医药综合防治方案研究"课题和省藏医院申报的"二次开发九味防瘟黑药对病毒性肺炎的临床防控效果评估"获得省科技厅立项资助，现已开展相关研究工作。

宁夏中医药治疗新冠肺炎参与率达 98.6%[*]

——中西医结合，凸显"1+1 ＞ 2"效果

姜　璐

连日来，在抗击新冠肺炎的战场上，中医药成功参与新冠肺炎治疗的佳讯不断：

截至 3 月 4 日，全区累计收治确诊患者 75 人，其中中医药参与治疗 74 例，参与率 98.7%；

全区已治愈出院新冠肺炎患者 69 例，中医药参与治疗率为 98.6%……

这样提振士气、鼓舞人心的数据背后，实则是中西医专家协同攻关，发挥各自优势，取得"1+1>2"的显著治疗效果。

一、治愈病例用事实说话

一把草药，到底有何独到之处？

"患者连续多日高烧，高流量吸氧，胆红素高达 80.2muol-L，肺、肝等多脏器受损，还有尿血的症状，情况危急，西医治疗都已上，但病情依旧严重！"不久前，自治区新冠肺炎诊疗专家组在为一名 37 岁的男性患者查房后，立即展开会诊。

"针对高烧不退的情况，建议上安宫牛黄丸。"

"小柴胡汤可以减轻呼吸不畅、胸闷、乏力等症状。"

……

一阵集思广益后，自治区新冠肺炎诊治专家组副组长、宁夏中医医院暨中医研究院副院长童安荣，自治区新冠肺炎诊治专家组成员、宁夏中医医院暨中医研究院主任医师常红卫等中医专家开出处方：小柴胡汤、升降散、麻杏石甘汤、达原饮，加减组方，同时冲服安宫牛黄丸。

---

[*]　来源：《宁夏日报》2020 年 3 月 6 日。

3 天后，患者的体温降了下来，胆红素、转氨酶降至正常值，其他症状也逐渐缓解，随后该名患者由重症转为轻症，目前已治愈出院。

常红卫介绍，他们对一些患者进行中西医结合治疗后还发现，服用中药比不服用中药的效果好。

不久前，一位 70 多岁的女性患者出现对抗生素耐药、西药效果不明显等反应，服用中药汤剂后，患者体温逐渐恢复正常，咳嗽、有痰、气短的症状减轻，病情也明显好转。

"在新冠肺炎没有西医特效药的情况下，应该大胆尝试中医药，充分发挥中医药防病治病的独特优势和作用。"童安荣说，中医药在改善发热等症状、提高病人抵抗力、降低药物副作用方面效果显著，其优势可以全程参与新冠肺炎的治疗上，以减缓病情进展、缩短病程、提高治愈率。

截至目前，在我区收治的 75 例新冠肺炎患者中，中医专家参与 74 例的救治过程，并取得良好的治疗效果，同时有效降低了轻症变成重症、重症变成危重症的发生率。

除在区内发挥优势，宁夏中医药治疗在湖北也成效凸显。自 2 月 29 日起，40 名来自宁夏中医医院暨中医研究院的医护人员，在武汉市汉阳体校方舱医院指导患者开展腹部按摩、耳穴压豆、按摩足三里等中医治疗，改善了患者失眠、焦虑、便秘、腹泻等症状。

二、一人一方，加减化裁

疫情发生以来，自治区党委、政府高度重视，组织中西医专家入驻自治区第四人民医院，中西医专家同仇敌忾，与病魔斗争。

"从中医的角度来看，新冠肺炎属于古代的'疫病'范畴，此病多为感受具有强烈传染性的疫疬之气。"童安荣说，我国的新冠肺炎病在武汉暴发，当地多雨潮湿，所以当属温热病。温邪上受，首先犯肺，病位在肺，病变初起见发热、咽痛、咳嗽少痰等肺卫症候。同时部分病人有恶心、纳差、疲乏、腹泻、舌苔腻等湿困中焦、脾胃运化失常症状。因而，我区发现的新冠肺炎病因病位为温热夹燥犯肺，夹湿涉及于脾。

针对这些情况，中医专家们结合国家的总体防治方案及宁夏气候特点，制定了《宁夏新型冠状病毒肺炎中医药防治方案》，综合应用清肺排毒汤、麻杏石甘汤、小柴胡汤、达原饮、升降散等方剂，对患者进行"一人一方"的中医辨证治疗。

何为"一人一方"？

常红卫介绍，《黄帝内经》指出，五疫之至，皆相染易，无问大小，病状相似。因此，他们针对宁夏气候变化、地理环境、患者身体状况、疫病演变规律，在所有患者诊治大方向不变的基础上，通过临床表现及舌象的不同，对药方进行加减化裁，从而达到"祛邪扶正、调整阴阳"的目的。

要及时掌握所有患者的病情变化和用药反馈，并非易事。

进驻自治区第四人民医院以来，童安荣和常红卫已连轴工作 40 多天。戴防护服、防护手套、护目镜、口罩，这样的"全副武装"给望闻问切带来很大不便。"很是考验我们的定力和判断力。"童安荣说，每次查房，他们要对患者多次把脉、问询，确保判断无误后，再对症下药。

每天晚上回到驻地宾馆，童安荣和常红卫还要将白天的病例和处方再认真过一遍，往往工作至凌晨两三点。

三、治未病，防患于未然

"不治已病治未病，不治已乱治未乱。"

疫情发生后，宁夏中医医院暨中医研究院秉承中医治未病理念，按照未病先防、病后防变、愈后防复的要求，组织开展了中医药预防干预。针对普通人群、密切接触者、有慢性基础病以及儿童等重点人群，加工具有中药成分的防护口罩 3000 个、药皂 3000 块以及防护中药香囊 5000 个。向有新冠肺炎确诊患者密切接触史者，从事预检分诊、治疗工作的高危人群，体质较差者以及需要预防性服用中药、提高自身抵抗力的居民，提供固表益气健脾的益气防瘟口服液 1 万多份。此外还为宁夏第五、第六批援助湖北医疗队队员配备预防中药颗粒剂。

宁夏中医医院暨中医研究院联合银川市中医医院，在国家推荐治疗处方、自治区中医药防治方案推荐预防处方的基础上，开发研制出预防和治疗新冠肺炎中药制剂"益气防瘟合剂""益气固卫合剂"和"清肺排毒合剂"，在自治区第四人民医院及中医医疗机构调剂使用，为打赢疫情防控阻击战提供坚实保障。

童安荣介绍，在自治区科技厅的支持下，他们还申请立项了新冠肺炎应急科技攻关研究项目——自治区中医药防治新型冠状病毒肺炎的集成技术研发和示范推广应用，目前正在有序开展，已取得一些成果。

"对于治疗疾病，中西医各有优势，并不矛盾。中西医联合起来、发挥各自所长，我们一定能打赢疫情防控阻击战。"童安荣信心满满。

新疆统筹组建新冠肺炎医疗救治定点医院中医药治疗参与度达 100%[*]

"目前，全市免费核酸检测工作多数区（县）已基本完成。国务院专家组和自治区、乌鲁木齐市专家正在根据核酸检测和流行病学调查结果，对疫情的发展做进一步评估。"乌鲁木齐市卫健委主任张卫说。

26 日下午，新疆维吾尔自治区人民政府新闻办公室召开新闻发布会，介绍乌鲁木齐市疫情和防控工作情况。

截至 7 月 25 日 24 时，新疆（含兵团）现有确诊病例 137 例（其中危重症病例 2 例、重症病例 14 例），乌鲁木齐市 135 例、喀什地区 1 例（乌鲁木齐市输入病例）、兵团 1 例；现有无症状感染者 147 例，均在乌鲁木齐市；尚有 7184 人正在接受医学观察。

一、高风险地区将进行二次免费核酸检测

乌鲁木齐市卫健委主任张卫说，从国内其他地区的经验看，影响核酸检测结果的因素很多，比如检测试剂灵敏度、受检测人员的感染时间和排毒时间、标本取材时受检测者配合情况（配合度差可能导致标本没有取到位）以及检测环境、检验人员的操作熟练程度等。由于各种原因，核酸检测也会出现假阴性的结果。

另外，对于和确诊病例、疑似病例有过密切接触的人员，去过疫情中高风险地区的人员，如果出现发热和呼吸道症状，一次核酸检测阴性存在假阴性可能，所以也需要两次核酸检测才能排除。

鉴于以上情况，为了全市各族群众的身体健康，从 7 月 26 日开始，将对天山区、沙依巴克区等重点地区进行二次免费核酸检测，同时开展"查遗补漏"，希望大家积极配合。

---

* 来源：人民网，2020 年 7 月 27 日。

二、统筹组建新冠肺炎医疗救治定点医院

乌鲁木齐市发生新冠肺炎疫情以来，自治区疫情防控指挥部统筹各方力量，在自治区传染病医院的基础上成立了新疆维吾尔自治区新冠肺炎医疗救治定点医院，在国务院联防联控机制指导组的指导下开展工作。

"同时，我们通过建立专家会诊机制、统筹优质医疗资源、调集各类先进医疗设备等措施，全力以赴做好患者救治工作。"自治区新冠肺炎医疗救治定点医院副院长陆晨说。

三、确诊病例轻症患者和无症状感染者居多，发病年龄的中位数偏轻

自治区新冠肺炎医疗救治定点医院副院长陆晨介绍说，此次乌鲁木齐市疫情收治的患者较前期相比，轻症患者和无症状感染者居多，发病年龄的中位数偏轻。

在新冠肺炎医疗救治工作中，乌鲁木齐市始终坚持降低感染率和病亡率，提高治愈率、收治率，按照国家卫健委发布的第七版《新型冠状病毒肺炎诊疗方案》，坚持中西医结合和"一人一策"、多学科协作，进行科学、高效的救治。

目前，通过积极有效的抗新冠病毒治疗，有多例重型患者转为普通型。

四、新冠肺炎治疗中医药参与度达 100%

自治区新冠肺炎医疗救治定点医院副院长李风森介绍，乌鲁木齐市出现新发新冠肺炎疫情以来，中医中药治疗第一时间参与到此次救治工作中。

前期新疆新冠肺炎治疗中医药使用率在 93% 左右，本次疫情中医药的参与度已达到 100%，在改善新冠肺炎轻型、普通型、重型临床症状方面都取得了较好疗效，同时关注了新冠肺炎相关并发症的预防，受到患者的好评和欢迎。

五、医院为患者开展心理干预提高治疗效果

从新冠肺炎病例救治经验看，新冠肺炎患者心理会受到不同程度的影响。除了对患者进行医疗救治外，心理干预也非常重要。

自治区新冠肺炎定点救治医院从患者具体情况出发，第一时间调集优秀的

心理医师，尽早对新冠肺炎患者进行心理评估和干预。医护人员也辅以细致耐心的照料，并鼓励患者定时通过电话、视频等方式与家人朋友交流。通过上述心理干预服务，有效缓解了患者的紧张情绪，降低了心理压力，提高了治疗效果。

　　同时，也提醒广大市民，新冠肺炎可防可治，要避免过度焦虑和盲目恐慌，保持正常生活规律，配合落实防控措施，加强个人自我防护，关注自身健康状况。要保持规律饮食，营养均衡，适量运动，提高自身肌体免疫力。

国家中医药管理局应对新冠肺炎疫情防控
工作大事记（2020年）

1月2日

国家中医药管理局协调参与武汉不明原因肺炎救治工作。

1月19日

印发《国家中医药管理局办公室关于做好中医医院呼吸道传染病防治工作的通知》。

1月20日

国家中医药管理局召开局长会议，研究部署新型冠状病毒感染的肺炎疫情防控有关工作。

1月21日

国家中医药管理局党组召开会议，专题传达学习习近平总书记关于新型冠状病毒感染的肺炎疫情的重要指示、李克强总理重要批示和孙春兰副总理讲话精神，研究中医药系统贯彻落实党中央、国务院新型冠状病毒感染的肺炎疫情防控部署的工作举措。

成立国家中医药管理局应对新冠肺炎疫情防控工作领导小组，设立各工作组和专家组，印发《国家中医药管理局应对新型冠状病毒感染的肺炎疫情联防联控工作方案》。

1月22日

与国家卫生健康委联合印发《新型冠状病毒感染的肺炎诊疗方案（试行第三版)》，细化了中医治疗方案相关内容。

推荐8名中医专家纳入国务院联防联控工作机制医疗救治组专家库，选派刘清泉、齐文升两位专家赴武汉参与会诊。

1月23日

召开全国中医药系统抗击疫情防控工作视频会议，余艳红书记、于文明局长对中医药系统防控工作再动员再部署。

1 月 24 日

选派中国科学院院士仝小林带队，第 2 批 4 名高级别中医专家赶赴武汉，指导中国中医科学院组建 2 支医疗队已完成行前培训。

在局政府网站开通"新型冠状病毒感染的肺炎疫情防控"专题专栏。

1 月 25 日

闫树江副局长带队，中医科学院院长黄璐琦院士领队，国家中医药管理局派出第一批国家中医医疗队赶赴武汉。

1 月 26 日

国家中医药管理局党组召开会议，传达学习习近平总书记在中共中央政治局常务委员会会议上的讲话精神。习近平总书记在讲话中强调要不断完善诊疗方案，坚持中西医结合，尽快明确诊疗程序、有效治疗药物、重症病人的抢救措施。

1 月 27 日

国家中医药管理局启动应急科研专项"清肺排毒汤"。

与国家卫生健康委联合发布《新型冠状病毒感染的肺炎诊疗方案（试行第四版）》。

1 月 28 日

与国家卫生健康委联合印发《关于进一步做好新型冠状病毒感染的肺炎中西医结合救治工作的通知》。

推动中医医院督导纳入国家卫生健康委总体督导工作中，派员参加卫生健康委督导组开展中医药督导工作。

1 月 29 日

国家中医医疗队正式接管武汉金银潭医院南楼感染一区、湖北省中西医结合医院 3 个病区。

1 月 31 日

中西医专家共同研讨形成《社区居家发热患者中西医结合医学管理专家建议（第一版）》。

指导武汉市新冠肺炎防控指挥部医疗救治组印发《关于做好医学观察人员中医药防治工作的通知》。

对山西、陕西、四川、黑龙江四省"清肺排毒汤"疗效数据进行汇总分析。

2月2日

指导武汉市新冠肺炎防控指挥部医疗救助组印发《关于在新型冠状病毒感染的肺炎中医药治疗中推荐使用中药协定方的通知》，要求各定点医院于2月3日24时前，确保所有患者服用中药，同时保证中药饮片的供应。

2月3日

与国家卫生健康委联合印发《新型冠状病毒感染的肺炎诊疗方案（试行第五版）》。

2月4日

召开局应对疫情防控工作领导小组会议，传达学习李克强总理在中央应对新型冠状病毒感染肺炎疫情工作领导小组会议上的讲话精神。李克强总理在讲话中强调要加强中西医结合，提高临床救治有效性。

2月6日

制定《集中隔离观察点隔离人员及有需求居家密切接触者中医药防治工作分区包片督导和指导方案》，由各级卫生健康委、中医药管理局和有关中医药专家组成专班，分区包片进行督导和指导。

与国家卫生健康委联合印发《关于推荐在中西医结合救治新型冠状病毒感染的肺炎中使用"清肺排毒汤"的通知》，推荐各地使用。

印发《国家中医药管理局新型冠状病毒感染肺炎中医药应急专项第一批立项计划的通知》。

印发《国家中医药管理局办公室关于加强信息化支撑新型冠状病毒肺炎疫情中医药防控工作的通知》。

2月10日

印发《关于做好新型冠状病毒肺炎疫情疫情防控监督工作的通知》。

2月11日

与国家卫生健康委联合印发《关于在新型冠状病毒肺炎等传染病防治工作中建立健全中西医协作机制的通知》，指导各地强化中西医联合会诊制度。

2月12日

余艳红书记带队赴武汉指导防控工作。

2月13日

召开局应对疫情防控工作领导小组会议，传达学习习近平总书记在北京调研指导新型冠状病毒肺炎疫情防控工作时的讲话精神。习近平总书记在讲话中强调"坚持中西医结合""坚持中西医并重"。

2 月 14 日

召开局应对疫情防控工作领导小组会议，传达学习李克强总理在中央应对新冠肺炎疫情工作领导小组会议上的讲话精神。李克强总理在讲话中强调要求强化中西医结合，促进中医药深度介入诊疗全过程，及时推广有效方药和中成药。

与国家卫健委联合印发《关于印发新冠肺炎重型、危重型病例诊疗方案(试行第二版）的通知》，并提供中医治疗解读材料。

2 月 15 日

与国家卫生健康委联合印发《关于印发新型冠状病毒肺炎轻型、普通型病例管理规范的通知》。

2 月 17 日

医政司蒋健司长、科技司李昱司长参加国务院联防联控机制举办新闻发布会，就中医药参与防治新冠肺炎及科学研究有关工作答记者问。

2 月 18 日

与国家卫生健康委联合印发《新型冠状病毒肺炎诊疗方案 (试行第六版)》。

2 月 20 日

余艳红书记出席国务院新闻办在湖北举行的新闻发布会，就中医药参与救治工作回答记者提问。

2 月 21 日

与国家卫生健康委联合印发《新型冠状病毒肺炎轻型、普通型病例管理规范（第二版）》。

指导督促武汉市新冠肺炎防控指挥部医疗救治组印发《关于进一步做好方舱医院中医药医疗救治工作的通知》《关于进一步做好新型冠状病毒肺炎中西医结合防治工作的通知》，要求各定点医院、方舱医院按照国家诊疗方案配齐配足相关中药。

2 月 22 日

与国家卫生健康委联合印发《新型冠状病毒肺炎恢复期中医康复指导建议(试行)》。

2月27日

国务院应对新冠肺炎疫情联防联控机制医疗救治组印发《关于加强对定点医院新冠肺炎中西医结合医疗救治工作调研指导的通知》。

3月2日

孙达副局长主持研究推进持续强化局直属（管）单位（医院）和中医药系统防控督导检查工作。

3月3日

召开局应对疫情防控工作领导小组会议，学习传达习近平总书记在北京考察新冠肺炎防控科研攻关工作时的讲话精神。习近平总书记在讲话中强调要坚持中西医结合、中西药并用，为打赢疫情防控人民战争、总体战、阻击战提供强大科技支撑。

与国家卫生健康委联合印发《新型冠状病毒肺炎诊疗方案（试行第七版）》，强调加强中西医结合。

3月4日

会同国家卫生健康委、人社部印发《关于表彰全国卫生健康系统新冠肺炎疫情防控工作先进集体和先进个人的决定》。

3月6日

余艳红书记出席国务院新闻办公室在湖北举行的新闻发布会，介绍中医药疗效和中医药治疗新冠肺炎的特色优势。

CCTV4播出《中华医药　抗击疫情》系列特别节目，共5期。

3月7日

协调中国红十字会向国（境）外捐赠新冠肺炎防治中药。

印发《国家中医药管理局机关及直属单位新冠肺炎疫情防控措施指南》。

3月10日

国家中医医疗队承接的江夏方舱医院休舱，收治564名患者，没有一例转为重症患者。

3月11日

成立国务院联防联控机制科研攻关组中医药专班并召开第一次全体会议。王志勇副局长担任专班副组长。

与国家卫生健康委联合印发《关于加强对新冠肺炎中医药预防工作指导的

通知》。

3 月 12 日

国家中医药管理局党组印发《关于认真学习贯彻习近平总书记考察湖北省疫情防控工作时的重要讲话精神统筹推进各项工作有序开展的通知》。

3 月 13 日

指导湖北省卫生健康委制定《湖北省新冠肺炎中西医结合康复诊疗方案(试行)》。

余艳红书记会见香港特区政府驻武汉经济贸易办事处主任冯浩贤，向港澳特区政府捐赠中成药。

3 月 17 日

科技司李昱司长参加国务院联防联控机制新闻发布会，就中医药参与疫情防控发挥作用情况答记者问。

3 月 18 日

"化湿败毒方"获得国家药监局药物临床试验批件。

3 月 19 日

印发《关于协助做好中国红十字基金会抗击新冠肺炎疫情医务工作者人道救助工作的函》。

3 月 23 日

余艳红书记出席国务院新闻办在湖北举行的中医药防治新冠肺炎重要作用及有效药物发布会。

3 月 26 日

会同中央电视台中国国际电视台组织国家中医医疗队 6 名专家与印度、巴基斯坦、加拿大、英国医学专家交流，分享中医药防治新冠肺炎经验。

3 月 27 日

"清肺排毒颗粒"获得国家药监局药物临床试验批件。

3 月 28 日

组织武汉前方专家与世界卫生组织及蒙古和巴西两国卫生部召开中医药防治新冠肺炎疫情视频会议。

3 月 31 日

国家中医医疗队完成医疗救治任务，返回派出地。

4月14日

科技司李昱司长参加国务院联防联控机制新闻发布会，就新冠肺炎药物研发进展情况答记者问。

4月17日

中医药专家参加国务院联防联控机制新闻发布会，就新冠肺炎疫情中医药防控工作进展和成效答记者问。

4月23日

中医药专家参加国务院联防联控机制新闻发布会，就新冠肺炎防控的科学知识普及答记者问。

4月24日

中医药在新冠肺炎防治中的作用与传承创新发展研讨会在上海举办。于文明局长出席并讲话。

5月8日

国家中医药管理局召开工作视频会议部署常态化疫情防控中医药工作。

5月12日

国家中医药管理局关于规范"清肺排毒汤"使用及生产的特别说明。

5月12日

"中医药抗疫与传承创新发展研讨会"在京举办。于文明局长出席并讲话。

6月2日

孙达副局长应邀出席博鳌亚洲论坛全球健康论坛第二届大会筹备工作暨"全球疫情防控经验和国际合作交流"视频专家会议并致辞。

6月4日

孙达副局长与赴外抗疫救治中资机构海外员工的中医医疗队全体成员视频连线并座谈交流，研究部署医疗队工作收尾和回国体检等事宜。

6月5日

国家中医药管理局党组理论学习中心组（扩大）2020年第二次集体学习会议召开。会议专题传达2020年全国"两会"精神，学习贯彻习近平总书记在专家学者座谈会上的重要讲话精神，深刻领会把握"促进中医药振兴发展"要求。

6 月 12 日

国家发展改革委、国家卫生健康委、国家中医药管理局联合召开视频推进会，就具体落实三部门联合印发的《公共卫生防控救治能力建设方案》，做好公共卫生补短板、堵漏洞、强弱项工作做出安排部署。于文明局长出席会议并讲话。

6 月 15 日

国家中医药管理局组织召开新冠肺炎中医药防治工作专家研讨会，研究中医药预防、治疗工作思路举措及方案。

7 月 30 日

上海合作组织睦邻友好合作委员会、国家中医药管理局、江西省人民政府共同举办 2020 年上海合作组织传统医学论坛视频会议，交流传统医药在抗击新冠肺炎疫情中的做法和成效。全国人大常委会副委员长沈跃跃、余艳红书记、于文明局长出席会议。

8 月 18 日

与国家卫生健康委联合印发《新型冠状病毒肺炎诊疗方案（试行第八版）》。

9 月 2 日

闫树江副局长一行赴天津调研秋冬季疫情防控等工作。

9 月 22 日

国家中医药管理局召开"弘扬伟大抗疫精神"报告会。闫树江副局长出席报告会并讲话。

10 月 21 日

国家中医药管理局召开秋冬季新冠肺炎疫情防控中医药工作视频会议，对做好秋冬季疫情防控中医药相关工作再动员、再部署、再推进。闫树江副局长出席会议并讲话。

11 月 12 日

余艳红书记、于文明局长、王志勇副局长、闫树江副局长、孙达副局长分别带队赴部分省份调研，指导疫情防控中医药工作。

12 月 31 日

国家中医药管理局、国家移民管理局举行"清肺排毒汤"复方颗粒捐赠仪式，并围绕抗击疫情、科研攻关等有关工作进行研讨。

图书在版编目（CIP）数据

中医药抗疫纪实 / 国家中医药管理局 编 . — 北京：人民出版社，2021.8
ISBN 978 – 7 – 01 – 023478 – 6

I. ①中… II. ①国… III. ①新闻报道 – 作品集 – 中国 – 当代 IV. ① I253

中国版本图书馆 CIP 数据核字（2021）第 143538 号

中医药抗疫纪实
ZHONGYIYAO KANGYI JISHI

国家中医药管理局 编

人民出版社 出版发行
（100706 北京市东城区隆福寺街 99 号）

北京尚唐印刷包装有限公司印刷 新华书店经销

2021 年 8 月第 1 版 2021 年 8 月北京第 1 次印刷
开本：710 毫米 ×1000 毫米 1/16 印张：24.75
字数：399 千字

ISBN 978 – 7 – 01 – 023478 – 6 定价：95.00 元

邮购地址 100706 北京市东城区隆福寺街 99 号
人民东方图书销售中心 电话（010）65250042 65289539